U0127992

心物感應與情景交融

再版
前言

　　這套「中國美學範疇叢書」初版於二〇〇一年，時隔十五年再版，作為編委與作者，依然感到書不盡言，言不盡意。

　　中國美學範疇，顧名思義，是對中國數千年源遠流長的美學與文藝史理論的概括。範疇這個術語本是從西方哲學引進的。西方所謂範疇是指人類主體對事物普遍本質的認識與把握。它與概念不同，概念一般反映某個具體事物的類屬性，而範疇則是對事物總體本質的認識與把握。中國美學的範疇與西方美學相比，富有體驗性與感知性，善於在審美感興中直擊對象，這種範疇把握，融情感與認識、哲理與意興於一體，正如嚴羽《滄浪詩話》所說「唐人尚意興而理在其中」。中國美學範疇，實際上是中國古代美學與哲學智慧的彰顯，也是藝術精神的呈現。諸如感興、意象、神思、格調、情志、知音等美學範疇，既是對中國美學與文藝活動的總結與概括，也是人們從事藝術批評時的器具。對中國美學範疇的認識與研究，不僅是一種學術研究與認識，而且還是一種體驗與濡染的精神活動。中國美學範疇的生成與闡述，與個體生命的活動息息相關，這種美學範疇在社會形態日漸工具化的今天，其精神價值與藝術價值越發顯得重要。中國當代美學範疇與精神的構建，毫無疑問應當從中國傳統美學範疇中汲取滋養。

　　這套叢書緣起於一九八七年，當時正是國內人文思潮湧動的時

候，那時我還是在中國人民大學哲學系美學教研室任教的一名年輕副
教授。吾師蔡鍾翔教授與中國人民大學中文系的同事成復旺、黃保真
教授一起編寫出版了《中國文學理論史》，接著又發起與組織編寫了
「中國美學範疇叢書」，歷時十三年，於二〇〇一年由百花洲文藝出版
社出版了第一輯，有《美在自然》、《文質彬彬》、《和：審美理想之
維》、《興：藝術生命的激活》、《原創在氣》、《因動成勢》、《風骨的
意味》、《意境探微》、《意象範疇的流變》、《雄渾與沉鬱》等十本。我
承擔了其中的《和：審美理想之維》、《興：藝術生命的激活》兩本。

　　在編寫這套叢書時，蔡老師作為主編，撰寫了總序，確定了基本
的編寫思想，對於什麼是中國美學範疇及其特點，作出了闡釋，將其
歸納為：一、多義性與模糊性；二、傳承性與變易性；三、通貫性與
互滲性；四、直覺性與整體性；五、靈活性與隨意性。這五點是中國
美學範疇的特點。強調中國美學範疇的認識與體驗、情感與理性、個
體與總體的有機融合。另外，蔡師也強調「中國美學範疇叢書」的編
寫與出版，是隨著中國美學的研究深入而催生的。在上個世紀八十年
代初的美學熱中，對於中國美學史的興趣成為當時亮麗的風景線，我
在當時也開始寫作《六朝美學》一書。而隨著中國美學史研究的深入，
人們越來越對中國美學範疇產生了濃厚的興趣，在當時，意象、意
境、境界、神思、比興、妙悟等範疇成為人們的談資，時見於論文與
著作中，也是文藝學與美學中的熱門話題。正是有鑒於此，彙集這方
面的專家與學者，編寫一套專門研究中國美學範疇的高水平叢書的策
劃，便應運而生。正如蔡師在全書總序中所說：「『叢書』選題主要是

元範疇和核心範疇，也包括少量重要的衍生範疇，在這些範疇之內涵蓋若干相關的次要範疇。這是對中國傳統美學範疇的一次全面深入的調查，工程是浩大的、艱難的，但確是意義深遠的，它將為中國美學和中國文論的史的研究和體系研究打下堅實的基礎。」

這套書從策劃到編寫，再到出版，歷經十多年，作為撰寫者與助手的我，見證了蔡師的嘔心瀝血，不辭辛勞。比如揚州大學古風教授撰寫的《意境探微》一書，傾注了蔡老師審稿時的大量心血。儘管古教授當時已經在《中國社會科學》、《文藝研究》、《文學評論》等刊物發表了相關論文，在這方面成果不少，但是蔡老師本著精益求精的方針，反覆與他通信商談書稿的修改，經過多次打磨與修改之後，最後形成了目前出版的書稿。記得那時我和蔡老師都住在人民大學校內，每次我去他家拜訪時，總是見到他在昏黃的檯燈下伏案看稿與改稿，聊天時也是談書稿的事。有時他對作者書稿的質量與修改很是著急與焦慮，我也只好安慰他幾句。

本叢書體現這樣的學術立場與宗旨。這就是：一、追求「究天人之際，通古今之變，成一家之言」的學術旨趣。每本書都以範疇的歷史演變與範疇的結構解析為基本框架，同時，立足於探討中國美學範疇的當代價值與當代轉化。作者在遵循基本體例的同時，又有著鮮明的個性與觀點，彰顯「和而不同」的學術自由精神。二、本著「萬物並育而不相害，道並行而不相悖」的兼容并包之襟懷，融會中西，將中國美學範疇與西方美學與文化相比較，盡量在比較中進行闡釋，避免全盤西化或者唯古是好的偏執態度。

　　值得一提的是，叢書的第一輯出版後，在二〇〇二年五月二十五日，叢書編委會與江西百花洲文藝出版社在中國人民大學中文系舉行了第一輯的出版座談會，當時在京的一些著名學者侯敏澤、葉朗、童慶炳、張少康、陳傳才，以及詹福瑞、韓經太、左東嶺、朱良志、張晶、張方等學者參加了座談會並作了發言，我也有幸與會。學者們充分肯定了這套叢書的出版對於推動中國美學的研究，有著積極的意義，認為這套書具有很高的學術水準。與會者讚揚這套書體現了古今融會、歷史的演變與範疇的解析相貫通的學術特色，同時也提出了中肯的意見。正是在這些鼓勵之下，叢書的編委會與作者經過五年的繼續努力，於二〇〇六年底出版了叢書第二輯的十本，即《美的考索》、《志情理：藝術的基元》、《正變·通變·新變》、《心物感應與情景交融》、《神思：藝術的精靈》、《大音希聲——妙悟的審美考察》、《虛實掩映之間》、《清淡美論辨析》、《雅論與雅俗之辨》、《藝味說》等。第二輯與第一輯相比，內容更加豐富，涉及中國美學與藝術的一些深層範疇，寫法愈加靈動，與藝術創作的結合也更加明顯。顯然，中國美學範疇研究的水平隨著叢書的推進也得到相應的提升。

　　從二〇〇六年叢書第二輯出版至今天，一晃又過去了十年。令人哀傷的是，蔡老師因病於二〇〇九年去世了。原先設想的出版三十本的計劃也終止了。在這十年中，中國美學範疇的研究有了很大的進展，比如將中國美學範疇與中國文化、中國哲學相連繫的論著問世不少，將中西美學範疇進行比較研究的成果也頗為可觀。但是這套叢書的學術價值歷經時間的考驗，不但沒有過時，相反更顯示出它的內在

價值與水平。時值當下對中國傳統文化與國學的研究與討論的熱潮，這套叢書的實事求是的治學態度，認真負責的撰寫精神，以及浸潤其中的追求人文與學術統一、古今融會、中西交融的學術立場，不追逐浮躁，潛心問學的心志，在當前越發彰顯其意義與價值。在當前研究中國美學的書系中，這套叢書的地位與價值是不可替代的，在今天再版，實在是大有必要。在這十年中，發生了許多變故，叢書的顧問王元化、王運熙先生，副主編陳良運先生，編委黃保真先生，作者郁沅先生等，以及當初關心與幫助過這套叢書的著名學者侯敏澤、童慶炳先生，還有責任編輯朱光甫先生，已經離世，令人傷懷。對於他們的辛勞與幫助，我們將永遠銘記在心。今天，這套叢書的再版，也蘊含著紀念這些先生的意義在內。

　　本次再版，百花洲文藝出版社本著弘揚優秀傳統文化的宗旨，經過與作者協商，在重新校訂與修訂的基礎之上，將原來的叢書出版，個別書目因各種原因，未納入再版系列。相信此次再版，將在原來的基礎之上，提升叢書的水平與質量。至於書中的不足，也有待讀者的批評與指正。

袁濟喜

二〇一六年十二月三十一日

總序

　　範疇，是對事物、現象的本質連繫的概括。範疇在認識過程中的作用，正如列寧所指出的，它「是區分過程中的梯級，即認識世界的過程中的梯級，是幫助我們認識和掌握自然現象之網的網上紐結」(《哲學筆記》)。人類的理論思維，如果不憑藉概念、範疇，是無法展開也無從表達的。美學範疇，同哲學範疇一樣，是理論思維的結晶和支點。一部美學史，在一定意義上也可以說是一部美學範疇發展史，新範疇的出現，舊範疇的衰歇，範疇含義的傳承、更新、嬗變，以及範疇體系的形成和演化，構成了美學史的基本內容。

　　中國傳統美學範疇，由於文化背景的特殊性，呈現出與西方美學範疇迥然不同的面貌，因而在世界美學史上具有獨特的價值。中國現代美學的建設，非常需要吸納融匯古代美學範疇中凝聚的審美認識的精粹。自二十世紀八十年代後期以來的十餘年中，美學範疇日益受到我國學界的重視，古代美學和古代文論的研究重心，在史的研究的基礎上，有逐漸向範疇研究和體系研究轉移的趨勢，這意味著學科研究的深化和推進，預計在二十一世紀這種趨勢還會進一步加強。到目前為止，研究美學、文藝學範疇的論文已大量湧現，專著也有多部問世，但嚴格地說，系統研究尚處在起步階段，發展的前景和開拓的空間是十分廣闊的。中國傳統美學範疇的特點是很突出的，根據現有的

研究成果，大致可以歸結為以下幾點：

一、多義性和模糊性。範疇中的大多數，古人從來沒有下過明確的定義或界說，因此，這些範疇就具有多種義項，其內涵和外延都是模糊的。如「境」這個範疇，就有好幾種含義。標榜「神韻」說的王士禎，卻缺乏對「神韻」一詞的任何明晰的解說。不僅對同一範疇不同的論者有不同的理解，同一個論者在不同的場合其用意也不盡相同。一個影響很大、出現頻率很高的範疇，使用者和接受者也只是仗著神而明之的體悟。

二、傳承性和變易性。範疇中的大多數，不限於一家一派，而是從創建以後便一代一代地傳承下去，成為歷代通行的範疇，但於其傳承的同時，範疇的內涵卻發生著歷史性的變化，後人不斷在舊的外殼中注入新義，大凡傳承愈久，變易就愈多，範疇的內涵也就變得十分複雜。如「興」這個範疇，始自孔子，本是屬於功能論的範疇，而後來又補充進「感興」、「興會」、「興寄」、「興托」等含義，則主要成為創作論的範疇了。

三、通貫性和互滲性。古代美學中有相當數量的範疇是帶有通貫性的，即貫通於審美活動的各個環節。如「氣」這個範疇，既屬本體論，又屬創作論；既屬作品論，也屬作家論，又屬批評、鑑賞論。至於各個範疇之間的互滲，如「趣」和「味」的互滲，「清」和「淡」的互滲，包括對立的互轉，如「巧」和「拙」的互轉，「生」和「熟」的互轉，就更加普遍。因而範疇之間千絲萬縷、交叉糾纏的關係，形成一個複雜的網絡。

　　四、直覺性和整體性。許多範疇是直覺思維的產物，其美學內涵究竟是什麼，只可意會，不可言傳。典型的例子如「味」這個範疇，什麼樣的作品是有滋味的，如何賞鑒作品才是品「味」，怎樣才是「辨於味」，「味外味」又何所指等等，都是不可能用言語來指實，只能是一種心領神會的直覺解悟。既然是直覺的，即不經過知性分析的，就必然是整體的把握。如風格論中的許多範疇，何謂「雄渾」，何謂「沖淡」，何謂「沉著痛快」，何謂「優游不迫」，都不可條分縷析。直覺性與模糊性無疑是有不可分割的連繫的。

　　五、靈活性和隨意性。漢語中存在大量的單音詞，其組合功能極強，一個單音詞和另一個單音詞組合便構成一個新的複音詞。中國古代美學利用組詞的靈活性，創建了許多新的範疇，如「韻」和「氣」組合構成「氣韻」，「韻」和「神」組成「神韻」，「韻」和「味」組成「韻味」，等等。而這種靈活性可以說達到了隨意的程度，一個主幹範疇能繁育滋生出一個龐大的範疇群或範疇系列，舉其極端的例子而言，如「氣」，不僅構成了「氣韻」、「氣象」、「氣勢」、「氣格」、「氣味」、「氣脈」、「氣骨」，還演化成「元氣」、「神氣」、「逸氣」、「奇氣」、「清氣」、「靜氣」、「老氣」、「客氣」、「屪氣」、「傖氣」、「山林氣」、「官場氣」等等，當然這些衍生的名稱未必都算得上範疇，但確有一部分上升到了範疇的地位。

　　上述這些傳統美學範疇的特點，也就是研究中的難點，要給予傳統美學範疇以現代詮釋，而不是以古釋古，難度是很大的。根本的問題在於古今思維方式的差異。我們現代的思維方式，基本上是採納了

西方的思維方式，因此在詮釋中很難找到對應的現代語彙，要將傳統美學範疇裝進現代邏輯的理論框架，便會感到方枘圓鑿，扞格難通。中國的傳統思維，經歷了不同於西方的發展道路，即沒有同原始思維決裂，相反地卻保留了原始思維的若干因素。我們不能同意西方某些人類學家的論斷，認為中國的傳統思維還停留在原始思維的水平。中國古人的理論思維在先秦時代已達到很高的水平，所保留的原始思維的痕跡，有些是合理的，保持了宇宙萬物的整體性和完整性，不以形式邏輯來切割肢解，是符合辯證法的原理的，在傳統美學範疇中也表現出這種長處。因此，研究中國美學範疇，必須結合古人的思維方式，連繫整個中國傳統文化的大背景來考察，庶幾能作出比較準確、接近原意的詮釋。範疇研究的深入自然會接觸到體系問題。中國古代美學家、文論家構築完整的理論體系者極少，但從範疇的整體來看是否構成了一個統一的體系呢？範疇的層次性是較為明顯的，如有些研究者區分為元範疇、核心範疇（或主幹範疇）、衍生範疇（或從屬範疇）等三個或更多的層次。但範疇之有無邏輯體系，研究者尚持有截然不同的觀點。我們傾向於首肯「潛體系」的說法，即範疇之間存在有機的連繫，範疇總體雖然沒有顯在的體系，卻可以探索出潛在的體系。但要將這種「潛體系」轉化為「顯體系」並非易事，因為這是兩種思維方式的轉換，轉換實際上是重建。有些研究者梳理整合出了一套範疇體系，只能是一家之言，是一種先行的試驗。由於對個別範疇還未研究深透，重建整個中國美學理論體系的條件就沒有完全成熟。於是我們萌發了一個構想，就是編輯一套「中國美學範疇叢書」，每一種

（或一對）範疇列一專題，寫成一本專著，對其美學內涵作詳盡的現代詮釋，並盡量收全在其自身發展的不同歷史階段上的代表性用法和代表性闡述，力爭通過歷史的評析揭示各範疇內涵邏輯展開的過程。「叢書」選題主要是元範疇和核心範疇，也包括少量重要的衍生範疇，在這些範疇之內涵蓋若干相關的次要範疇。這是對中國傳統美學範疇的一次全面深入的調查，工程是浩大的、艱難的，但確是意義深遠的，它將為中國美學和中國文論的史的研究和體系研究打下堅實的基礎。

這一工程從一九八七年開始策劃，歷時十三年，得到許多中青年學者的熱烈響應。更有幸的是，在世紀交替之年，獲得江西省新聞出版局和百花洲文藝出版社領導的大力支持，在他們的努力下，「叢書」被列入「十五」國家重點圖書出版規劃，「叢書」共計三十本，預定在四年內分三輯出齊。為此組織了力量較強的編委會，投入了充足的人力、物力、財力，力爭使「叢書」成為精品圖書。我們萬分感佩江西出版部門充分估計「叢書」學術價值的識見和積極為文化建設做貢獻的熱忱。最終的成果也許難以盡愜人意，但我們相信「叢書」的出版，必將在中國美學範疇研究的長途跋涉中留下一串深深的足印。

蔡鍾翔

陳良運

二〇〇一年三月

提　內
要　容

　　在中國古典美學中，「情景交融」與「心物感應」是相互紐結和溝通的兩個重要美學命題。「心物感應」是實現「情景交融」的基礎。「情景交融」的低級層次是情景組合，高級層次是情景互融，而情感在藝術中具有本體的地位。「心」與「物」之間的感應存在不同模式，有「物本感應」、「心本感應」和「平衡感應」等。不同的感應模式，其審美觀照方式有「以物觀物」、「以我觀物」、「物我兩忘」之別，其形象構成方式有「以形寫神」、「離形得似」、「形神相親」之別；其情感表達方式有「寓情於景」、「緣情寫景」、「情景合一」之別。「情」與「景」通過各種途徑達到交融，它是構成「意象」、「意境」和「境界」範疇的核心。

目次

第四章

審美感應是情景交融的基礎

第五章

寫情於景與物本審美意識

第六章

緣情寫景與心本審美意識

第一章

「景」與山水詩畫

第一節　「景」有三義

　　「心物感應」與「情景交融」是中國古典美學中兩個互相聯結而又交錯的重要命題。其中,「心」、「物」、「情」、「景」屬於基本範疇,而「心物感應」、「情景交融」的美學命題是在上述基本範疇的基礎上建構起來的。「心」與「物」,一為主體,一為客體,所以「心物感應」探討的是主客體的關係問題。「情景交融」也牽涉到主客體關係問題,不過,它的內涵卻要寬泛得多,其關鍵是對作為基本範疇的「景」如何理解。由於對「景」的內涵理解不同,「情景交融」的內涵也就不同。

　　歸結中國古典美學家的論述,「景」的美學含義有三:

　　一指存在於詩歌、繪畫等藝術作品中的山水景物,也即藝術家對於自然景色的描寫。沈顥《畫麈》云:「伸毫構景,無非拈出自家面

目。」皎然《詩式》云：「彼清景當中，天地秋色，詩之量也；慶雲從風，舒卷萬狀，詩之變也。」有的詩論家把文學作品中的山水景物描寫直接稱之為「景語」，如《文鏡秘府論》〈十七勢〉云：「凡景語入理語，皆須相愜，當收意緊，不可正言。」王夫之則説：「不能作景語，又何能作情語耶？古人絕唱多景語，如『高台多悲風』，『蝴蝶飛南園』，『池塘生春草』，『亭皋木葉飛』，『芙蓉露下落』，皆景也，而情寓其中矣。」[1]

　　二指作品中的藝術圖景或形象。它包括對自然景物和一切社會人事的具體描繪，是指廣義的「景象」。如《文鏡秘府論》〈十七勢〉中説：「凡作語皆須令意出，一覽其文，至於景象，恍然有如目擊。」在王夫之那裡，不但景色描寫，一切社會人事、性情、器物的具體描寫，都可稱之為「景」。例如杜甫《登岳陽樓》中有兩句詩：「親朋無一字，老病有孤舟。」顯然並非自然景物描寫，但王夫之評道：「『親朋』一聯，情中有景。」（《唐詩評選》卷三）説的是把情感表現為具體的圖景。王夫之的另一段話把「景」的藝術形象含義表述得更為明確和清晰：「於景得景易。於事得景難，於情得景尤難。」（《古詩評選》卷一）第一句中的前一個「景」是指外界的自然景物，後一個「景」是指對自然景物的形象描寫。第二句和第三句中的「景」都是指藝術形象。這三句話是説：形象地描寫自然景物容易，形象地表現社會人事難，把情感化為藝術形象更難。王國維所説的「景」，也是泛指文學作品對於自然與社會人事的形象描寫，如云：「文學中有二原質焉：曰景，曰情。前者以描寫自然及人生之事實為主，後者則吾人對此種事

1　王夫之：《姜齋詩話》卷二，《四溟詩話·姜齋詩話》，人民文學出版社1961年版，頁154。

實之精神的態度也。」[2]

　　三指客觀存在的自然景物，並進而泛指一切社會和自然的客觀存在物。如皮日休云：「（孟浩然）先生之作，遇景入詠，不鉤奇抉異。」（《全唐詩話》卷一）《文鏡秘府論》〈論文意〉云：「言其狀，須似其景。」其中之「景」皆指狹義的自然景物。王夫之所說的「情、景有在心在物之分」（《姜齋詩話》卷一），其中的「景」就泛指存在於人心之外的「物」了。何景明《與李空同論詩書》云：「空同子刻意古范，鑄形宿模，而獨守尺寸。僕則欲富於材積，領會神情，臨景構結，不仿形跡。」其中「臨景構結」之「景」並非僅指面對的自然景色，而是泛指客觀存在於生活中的一切事物。他批評李夢陽寫文章一心模仿古人，就像在模子裡鑄造形器一樣，一點尺寸都不敢走樣。而他自己，平時注意多積累材料，領會其中的意蘊，面對生活中的各種事物，由此出發來結構文章，而不去模仿古人的形跡。

　　由於「景」的美學含義有上述三種差異，「情景交融」的含義也就有了三種不同的層次：當「景」是指藝術作品中的自然景色描寫時，「情景交融」探討的是情感抒發與景物描寫的關係問題；當「景」是指作品的藝術圖景或形象描寫時，「情景交融」探討的是如何用具體生動的藝術形象來表達抽象的思想感情的問題，也就是如何構成「意象」和「意境」的問題；當「景」是指包括自然景物在內的一切社會和自然的客觀存在物之時，「情景交融」探討的是審美創造過程中主體之「情」與客體之「物」相互作用、滲透融合的問題，也就是主體與客體如何合二而一的感應問題。「情景交融」這三個層次的意蘊是相互關聯、環環相扣的。其中最基本的層次是主體之「情」與客體之「景」

2　王國維：《文學小言》，《王國維文集》，北京燕山出版社1997年版，頁231。

的感應交合。「情」屬於「心」的範疇，為「心」所包容；「景」屬於「物」的範疇，為「物」所包容。所以在這個層次上，「情景交融」所探討的，其實就是「心物感應」的問題，「情景交融」與「心物感應」由此而扭結、溝通在一起。任何審美創造都是從如何處理「心」與「物」的關係開始的，審美的主客體問題是任何藝術創作與美學理論的基石。由這一基本層次，衍生而為「情景交融」的第二層次，即作品中思想情感與形象圖景統一而形成的「意象」和「意境」；再進而衍生為第三層次：山水詩畫中的抒情與寫景相結合的原則和方法。

不過，這種衍生順序是就藝術創作的流程而言的，由「心物」審美的心理層次，到「意象」、「意境」的整體創造層次，到抒情寫景如何結合的原則、方法層次。但就中國古典藝術發展和中國古典美學理論的流向而言，對「情景交融」這三層次意蘊的認識，最早是從抒情寫景的山水詩畫創作實踐和審美理論開始的。

第二節　山水景色

「景」的本義，為「光」，為「大」。漢代許慎《說文解字》釋「景」曰：「光也。從日，京聲。」指太陽的光亮。《詩經》〈小雅〉〈楚茨〉云：「以妥以侑，以介景福。」漢代鄭玄箋注曰：「景，大也。」因為陽光普照各處，所以為大。「景」轉為外界存在的自然風物、山水景色之義，是從晉宋之際山水詩畫興起之時開始的。

山水詩畫的產生，是以人們的物質和文化水平達到了能夠欣賞山水之美，從而形成山水審美意識為前提的。所謂山水審美意識，就是把自然界的山水景物作為獨立的審美對象來觀照而產生的一種審美感受。山水詩畫便是專門表現這種審美感受的藝術樣式。所以並不是只

要詩畫中描寫到山水景色、自然風光的便可稱為山水詩或山水畫。也就是説，只有把山水自然景色作為詩畫的獨立題材，從而表現出作者的山水審美情趣的作品，才可稱為山水詩或山水畫。總起來說，自然景象進入文學領域，經歷了三個歷史發展階段。第一階段是神話傳説中神化和人格化的自然。比如《列子》〈湯問篇〉：「共工氏與顓頊爭為帝，怒而觸不周之山，折天柱，絕地維。故天傾西北，日月星辰就焉；地不滿東南，故百川水潦歸焉。」其中的天地日月山水，完全是人格神行為的結果或活動的背景。其他如「女媧補天」、「夸父逐日」、「盤古開天地」等神話中對自然界的描寫無不如此。第二階段是詩歌中用於托物比興的自然現象，或作為人物活動的自然背景。如用「關關雎鳩，在河之洲」的自然景象作比興，以引起下文的「窈窕淑女，君子好逑」（《詩經》〈周南〉〈關雎〉），因為雎鳩夜晚雌雄雙雙成對而宿，象徵君子與淑女的愛情專一。「昔我往矣，楊柳依依。今我來思，雨雪霏霏。」（《詩經》〈小雅〉〈采薇〉）「蒹葭蒼蒼，白露為霜，所謂伊人，在水一方。」（《詩經》〈秦風〉〈蒹葭〉）其中對楊柳、雨雪、蒹葭、白露等自然景色的描寫，都是作為人物活動的環境，為刻畫人物服務的。所以上兩個階段中的自然景象描寫，在作品中都處於從屬地位，本身並不具有獨立的意義。

第三階段是西晉以後，自然景色成為詩歌的獨立表現題材而出現了山水詩、山水畫。山水田園詩人的出現，以陶淵明、謝靈運為代表。但是在陶、謝之前，其實已有零星的但很標準的山水詩出現。西晉的左思可謂首開風氣，如其《招隱詩》云：「岩穴無結構，丘中有鳴琴。白雲停陰岡，丹葩曜陽林。石泉漱瓊瑤，纖鱗或浮沉。非必絲與竹，山水有清音。」用山水美景傳達出隱士的高潔生活。又如其《雜詩》等，皆可謂歌詠山水的優秀之作。但從文藝思想上自覺表現出對

山水的審美追求的，當推與左思同時的石崇。石崇的《金谷詩序》與〈思歸引序〉[3]兩篇文章表現出他對金谷田園山水美的欣賞和創作田園山水詩的藝術追求。金谷園是石崇憑藉自然山水與人工建構而修築的一座著名園苑。在〈金谷詩序〉中，石崇說明《金谷詩》是他和他的朋友們「或登高臨下，或列坐水濱」，對金谷風光「娛目歡心」之餘，「遂各賦詩，以敘中懷」之作。描繪金谷田園山水之美，當是這些詩篇的中心內容。《金谷詩》雖然沒有留下來，但從石崇《思歸引》和《思歸嘆》中對金谷景色的描寫，已可見一斑：「經芒阜，濟河梁，望我舊館心悅康。清渠激，魚徬徨，雁驚溯波群相將，終日周覽樂無方。」（《思歸引》）「秋風厲兮鴻雁征，蟋蟀嘈嘈兮晨夜鳴。落葉飄兮枯枝竦，百草零落兮覆畦壟。」（《思歸嘆》）

由西晉開始的自覺的山水審美意識，發展到東晉和南北朝，就更為成熟和普遍。這時，遊覽山水，娛情悅志，已成為士大夫文人的一種生活追求。東晉永和九年（353）暮春，王羲之時任會稽內史，邀集孫綽、謝安等四十一人，借在山陰（今浙江紹興）蘭亭舉行水邊春祭之禮，置身自然，欣賞山水，發為吟詠，集而為《蘭亭詩》。王羲之與孫綽各作〈三月三日蘭亭詩序〉[4]。王羲之的〈蘭亭詩序〉既包含有山水詩創作的審美理論，又是一篇抒情寫景、文情並茂的優秀文學作品。此文對會稽山陰的自然山水之美，表現出一種藝術家的審美態度，而且表明《蘭亭詩》的創作是這種審美欣賞和感受的結果。一方面是對客觀景物的審美享受：「仰觀宇宙之大，俯察品類之盛，所以遊

3　〈金谷詩序〉載劉義慶《世說新語》〈品藻〉（劉孝標註），《思歸引序》載蕭統《文選》卷四十五。

4　王羲之《三月三日蘭亭詩序》載《晉書》〈王羲之傳〉，孫綽〈三月三日蘭亭詩序〉載《藝文類聚》卷四。

目騁懷，足以極視聽之娛，信可樂也。」另一方面是主觀審美體驗的表達：「取諸懷抱」、「因寄所托」、「情隨事遷，感慨系之」。這兩方面的融合，便產生了描繪山陰景色之美的《蘭亭詩》。孫綽的〈蘭亭詩序〉其思想情趣與王羲之相近。他認為山水之美可以陶冶情性：「屢借山水，以化其鬱結。」山水詩是詩人對山水之美有所感觸，物我拍合，隨意而成的結果，所謂「物觸所遇而興感」。孫綽還提出，人們把興趣和注意力從城市移向農村，從官場轉向田園，置身於大自然的懷抱，是山水詩創作的直接條件：「振響於朝市，則充屈之心生；閒步於林野，則遼落之志興。」不過，造成這種條件的原因是多方面的，可以是對忙碌而緊張的官場生活的一種精神上的放鬆和調劑，可以是由於政治上的失意而退隱，也可以是出於老莊的修真養性和道教的服食求仙而悅山樂水。石崇作《金谷詩》並序屬於第一種情況，陶淵明和謝靈運屬於第二種情況，而王羲之與孫綽屬於第三種情況。

以老莊為代表的道家，對山水審美意識的形成和山水詩畫的興起起著積極的推動作用。如果說儒家關注的是人與人的倫理關係，那麼道家關注的是人與自然的協調關係。老子說：「人法地，地法天，天法道，道法自然。」（《老子》〈二十五章〉）以「自然」為「道」的最高體現，主張返璞歸真，與「道」同體，回歸自然。這種「天人合一」的思想，使人親近自然，崇奉自然，順應自然，促使人們從身之所處的自然中去發現美：「天地有大美而不言，四時有明法而不議，萬物有成理而不說。聖人者，原天地之美，而達萬物之理。」（《莊子》〈知北遊〉）

山水詩在東晉南朝之時產生，就思想淵源與人生態度而言，與道、釋兩家關係甚密。漢末魏晉，儒學衰微，玄學大盛，《老子》、《莊子》與《易經》一起被尊為「三玄」，老莊思想風靡一時。道家以求得

精神自由為宗旨，因而回歸自然，寄情山水；由道家所衍生的道教，講求服食求仙，深山採藥，探幽尋奇；而自東漢傳入的佛教，因參悟精義，心求空靜，故而遠離塵俗，築室名山，寄身自然。如晉時釋道安立寺於太行恆山，釋慧遠立寺於廬山，佛馱跋陀羅立寺於嵩山等等。而且道家名士與佛家高僧均有較高的文化修養，因此他們對於自然山水能夠具備審美的眼光。這裡舉出作於東晉隆安四年（400）的〈廬山諸道人遊石門詩序〉[5]為例，作者佚名，他以「釋法師」之一的參游者身分作此文，當屬佛教僧徒無疑。文章記敘佛教僧徒遊覽廬山石門作《游石門詩》經過，它不僅是一篇優美的山水寫景之作，而且表現出「因詠山水，遂杖錫而游」，以超功利的態度尋求山水之美的創作傾向。他們自覺地以大自然作為審美對象，在「人獸跡絕，徑回曲阜」、「林壑幽邃」、「路阻行難」之處去發現自然景色的「神麗」之美：「始知七嶺之美，蘊寄於此」；他們在審美觀照中追求一種精神上的愉悅和歡暢：「雖乘危履石，並以所悅為安」，「眾情奔悅」、「神以之暢」，感受到蘊含於山水之美中的「神趣」和意味：「當其沖豫自得，信有味焉，而未易言也。」把這種審美感受抒發於詩篇之中，「情發於中，遂共詠之」，就產生了《游石門詩》這樣的山水詩作。

山水詩的作者大多深受道家或佛教思想的影響。王羲之與孫綽都信奉道教，採藥服食，不遠千里，好山水之遊。王羲之曾歷盡浙中諸名山，泛滄海，嘆曰：「我卒當以樂死。」孫綽與許詢一起，是東晉玄言詩的代表作家，鍾嶸評為「世稱孫、許，彌善恬淡之詞」（《詩品》）。他家居會稽，性喜山水，曾游天台山等地，作〈游天台山賦序〉，表現出「遺世玩道，絕粒茹芝」，「輕舉」升仙，「篤信通神」的道教情趣。

5　載嚴可均《全上古三代秦漢三國六朝文》〈全晉文〉卷一百六十七。

他是從玄言詩過渡到山水詩的關鍵性人物，不但對自然山水有審美的理論認識，而且創作了一些不錯的山水詩。如《蘭亭集詩二首》有云：「流風拂枉渚，停雲蔭九皋。鶯語吟修竹，游鱗戲瀾濤。」又《秋日詩》云：

蕭瑟仲秋月，飆唳風雲高。
山居感時變，遠客興長謠。
撫葉悲先落，攀松羨後凋。
垂綸在林野，交情遠市朝。
澹然古懷心，濠上豈伊遙。

如果說前一首尚是純客觀的景物描寫，後一首則不失為情景交融的好詩了。

陶淵明與謝靈運是扭轉東晉玄言詩風的關鍵人物，開創了山水田園詩派。陶淵明自幼厭惡官場的勢利與庸俗，而心愛山水：「少無適俗韻，性本愛丘山。」辭官歸隱，以「久在樊籠裡，復得返自然」（《歸田園居》）為人生的最大的愉悅。這種道家的人生觀使他用藝術家的審美眼光來看待田園山水，「登東皋以舒嘯，臨清流而賦詩」（《歸去來辭》），寫下了許多優秀的詩篇，使田園山水之美藝術化。如果說陶淵明的田園詩充滿著人間的生活情趣，那麼謝靈運的山水詩就帶著一種超塵拔俗的清幽空靈的氣息。他的山水詩大多作於任永嘉太守和閒居會稽之時。《宋書》本傳稱其「尋山陟嶺，必造幽峻，岩峰千里，莫不備盡」，為便於遊覽而創造了前後齒可以調整高低的登山木屐，「所至輒為詩詠」。他把對山水風景的審美活動，視為人生不可缺少的精神需求，宣稱衣食與山水為不可缺少的二物：「夫衣食，生之所資；山水，

性之所適。」他把流連欣賞山水之美看得高於官場名利，提出「陶朱高揖越相，留侯願辭漢傅」、「豈以名利之場賢於清曠之域耶？」（〈游名山志序〉）謝靈運這種適情山水的創作態度，深受釋、道兩家思想的影響。他聲言《老子》、《莊子》「此二書最有理」，此外之書皆為幽居山林的「獨往者所棄」（《山居賦》自注）；又精通佛理，任永嘉太守時曾著《辨宗論》，申道生頓悟之理；嘗注《金剛般若經》，與僧慧觀、慧嚴等修改大本《涅槃》，故而佛家思想浸潤著他的山水詩創作。其十世孫皎然（俗名謝清畫）在《詩式》中曾說：「康樂公早歲能文，性穎神徹，及通內典，心地更精，故所作詩，發皆造極，得非空王之道助邪？」所以謝靈運的山水詩頗多靜謐空靈之趣。如筆下景色：「白雲抱幽石，綠篠媚清漣。」（《過始寧墅》）「池塘生春草，園柳變鳴禽。」（《登池上樓》）「密林含餘清，遠峰隱半規。」（《游南亭》）「雲日相輝映，空水共澄鮮。」（《登江中孤嶼》）「林壑斂暝色，雲霞收夕霏。」（《石壁精舍還湖中作》）等等。謝靈運之後，相繼出現了一批山水詩有成就的詩人，如謝朓、鮑照、陰鏗、何遜等。直至唐代，形成了以王、孟、韋、柳為代表的山水詩派。

　　山水審美意識的成熟，不但表現於山水詩，而且表現於山水畫。中國的山水畫幾乎與山水詩同時出現於晉宋之際，這比西方整整早了一千多年。西方直到十八世紀浪漫主義思潮興起後，伴隨著盧梭的「回到自然」的口號的提出，才有專門描寫和讚美大自然的風景詩和風景畫出現。這是由於中國經濟自古以農村農業為本，而西方經濟自古以城堡商貿為主，這使得中國人很久以來就與大自然親近、和諧相處，形成「天人合一」的觀念，因而體會到大自然的美也要遠早於歐洲人。中國晉宋時期的人，不但寫山水詩，而且已經開始畫山水畫。東晉大畫家顧愷之在《論畫》一文中說道：「凡畫，人最難，次山水。」他還

專門寫了一篇談如何描繪雲台山景象的《畫雲台山記》:「山有面,則背向有影,可令慶雲西而吐於東方。青天中,凡天及水色,盡用空清,竟素上下以映日。西去山,別詳其遠近……」據唐代張彥遠《歷代名畫記》中《顧愷之》條下記載,顧愷之畫有《廬山繪圖》、《山水》、《盪舟圖》等。晉代的其他畫家如戴逵畫有《吳中溪山邑居圖》,戴勃畫有《風雲水月圖》等,當然這些畫作未能遺留下來,今天已無法看到。但敦煌壁畫中還保存了一部分北魏和東、西魏時期的早期山水畫作,在山水中配以人物,構圖與技法尚十分幼稚和粗糙。與此同時,關於山水繪畫理論的美學之作也開始出現,其中最有名的是宗炳的《畫山水序》與王微的《敘畫》。宗炳精通佛理,遠遊名山,終身不仕。他把遊歷所經的山水畫在牆上,躺在床上觀看,謂之「臥遊」。他的《畫山水序》所表現的山水美學思想深受釋、道兩家思想的影響。他認為具象的山水體現著抽象的自然之道,所謂「山水以形媚道」。山水畫家應當通過對山水的觀照去體味自然之道,而要做到這一點,山水畫家必須有澄淨高潔的襟懷,這就是他所說的「澄懷味象」。山水畫的創作是主體的清澄的心靈,與雙目所見的客體山水「應目會心」、「應會感神」互相感應的結果。他指出,山水畫的審美功能是「暢神」,使審美主體得到精神的自由超脫而獲得一種暢快的感覺。此外他還對創作山水畫的一些重要方法作了具體的論述,如構圖的大小比例與色彩運用等等,具有相當高的理論水平。王微《敘畫》強調山水畫是獨立的藝術畫科,不同於古已有之的山川地形圖,所謂「作畫也,非以案域城、辨方洲、標鎮阜、劃浸流」。它的創作不是出於功利實用目的,而是為了「望秋雲,神飛揚,臨春風,思浩蕩」,寄託創作者愉快自由的精神活動,「豈獨運諸指掌,亦以明神降之,此畫之情也」。他大大提高了繪畫的地位,認為繪畫絕不僅僅是一種技藝,而與儒家經典《易

經》的卦像一樣，是與道相通的：「圖畫非止藝行，成當與《易》象同
體。」這與宗炳的看法相一致。此外他還論及山水畫的有關筆墨技法
等。王微的《敘畫》與宗炳的《畫山水序》相繼寫成於南朝劉宋時期，
可謂珠聯璧合，相映成輝。自晉宋間山水畫正式出現之後，經唐李思
訓的「金碧山水」，一變而為吳道子的豪氣縱筆，再變而為王維的水墨
山水，歷經宋元，直至明清，山水景物畫成為中國傳統文人畫的主
流，流派紛呈，奇峰迭起，通變革新，蔚為大觀。

「景」尤其本義轉為「風景」、「景色」之義，成為中國古典美學
中審美對象的一個範疇，是從晉宋之際人們的山水審美意識已經形
成，山水詩畫正式產生之時開始的。這時，一些詩人與美學家已經自
覺地把自然山水作為審美對象，在此意義上來使用「景」的概念了。
如東晉大詩人陶淵明《時運》詩序云：

時運，游暮春也。春服既成，景物斯和，偶影獨遊，欣慨交心。

又其《和郭主簿二首》其二云：

露凝無游氛，天高肅景澈。

顧愷之《畫雲台山記》云：

（山）下為澗，物景皆倒。

謝靈運《擬魏太子鄴中詩集序》云：

天下良辰美景，賞心樂事，四者難並。

謝赫《古畫品錄》評張則云：

意思橫逸，動筆新奇，……景多觸目。

劉勰《文心雕龍》〈物色〉云：

窺情風景之上，鑽貌草木之中。

劉義慶《世說新語》〈言語〉云：

過江諸人，每至美日，輒相邀新亭，藉卉飲宴。周侯中坐而嘆曰：「風景不殊，正自有山河之異。」皆相視流淚。

此時，「景」作為一個審美範疇，它有以下四方面的美學內涵：

（一）它指的是自然界的一種客觀存在物，與作為主體的人相對，可以身遊目視，是物質性的山水實景，即陶淵明所謂「景物」，顧愷之所謂「物景」，謝赫所謂「觸目」之「景」，陶淵明、劉勰所謂自然「風景」。

（二）它具有美的屬性，可以引起人們賞心悅目的美感。凡是平庸醜陋、污穢不堪之處，是不能稱作「風景」或「景色」的。王獻之讚美會稽鏡湖之景云：「鏡湖澄澈，清流瀉注，山川之美，使人應接不暇。」[6]《世說新語》〈言語〉云：「顧長康從會稽還，人問山水之美。

6　王獻之《帖》，載嚴可均《全上古三代秦漢三國六朝文》〈全晉文〉卷二十七。

顧云：『千岩競秀，萬壑爭流，草木蒙籠其上，若雲蒸霞蔚。』」這就是謝靈運所說的「美景」。

（三）需要人們用超功利的審美態度去觀照它。一個抱著占有或實用心態的人，面對自然事物，他想到的只是它的功利價值，就不能發現和感受對象的美。如馬克思所說：「販賣礦物的商人只看到礦物的商業價值，而看不到礦物的美和特性；他沒有礦物學的感覺。」[7]自然風景也一樣。從功利的觀點出發，他看到的是自然對象的商業價值，而看不到自然風景的美，他沒有美學的感覺，「景」也就不成其為「景」。宋代畫家郭熙《林泉高致》云：「看山水亦有體，以林泉之心臨之則價高，以驕侈之目臨之則價低。」晉宋之際的文人，他們之所以能夠發現並欣賞「美景」，就是因為他們能夠超於功利之上，以一種審美的心態去觀照自然山水，獲得一種精神上的愉悦和享受，所謂「借山水以化其鬱結」（孫綽〈蘭亭詩序〉），「遊目騁懷」（王羲之〈蘭亭集序〉），「娛目歡心」（石崇〈金谷詩序〉），使精神暢快自由，不受羈束，這就是宗炳所說的「暢神」（《畫山水序》）和〈廬山諸道人遊石門詩序〉中所說的「神以之暢」。精神上「沖豫自得」，擺脫實用功利的束縛，才能感到山水風景「信有味焉」（〈廬山諸道人遊石門詩序〉），獲得一種美的感受。這種對自然景物的超功利的審美態度，謝靈運稱之為「玩景」：「弄波不輟手，玩景豈停目。」（《初發入南城詩》）「景夕群物清，對玩咸可喜。」（《初往新安至桐廬口》）

（四）「景」作為一種物質性的自然存在，是客觀的「物」的一部分。它既是人們的審美對象，也是山水詩畫創造意象的源泉和基礎。

7　馬克思：《一八四四年經濟學——哲學手稿》，《馬克思恩格斯全集》第42卷，人民出版社1979年版，頁125-126。

陸機《文賦》云：「遵四時以嘆逝，瞻萬物而思紛，悲落葉於勁秋，喜柔條於芳春。」人們的思想感受由外界景物引起，隨其變化而變化。宗炳《畫山水序》談到他遍游江南名山，方能構象布色，作山水畫：「余眷戀廬、衡，契闊荊、巫，不知老之將至……於是畫像布色，構茲雲嶺。」這就是所謂「外師造化」、「搜盡奇峰打草稿」；有「眼中之竹」，方能有「胸中之竹」、「手中之竹」。

第三節 圖景構造

　　「景」在詩歌和繪畫中指的是對於事物或景色的形象描繪。它作為物像和圖景，是構成文藝作品的重要因素。對於作品中事物圖景的構造，中國古典美學首先強調藝術家須身歷目見，以自然為師。楊萬里《下橫山灘頭望金華山》有云：「山思江情不負伊，雨姿晴態總成奇。閉門覓句非詩法，只是征行必有詩。」[8]。說的便是寫景覓句，「工夫在詩外」的道理。他自言作詩景況：「自此每過午，吏散庭空，即攜一便面，步後園，登古城，採擷杞菊，攀翻花竹，萬象畢來，獻予詩材，蓋麾之不去，前者未酬，而後者已追，渙然未覺作詩之難也。」[9]袁宏道說：「善畫者，師物不師人；善為詩者，師森羅萬象，不師先輩。」（《序竹林集》）生活是藝術的源泉，作品的藝術圖景取自生活景象，如王夫之所說：「身之所歷，目之所見，是鐵門限。即極寫大景，如『陰晴眾壑殊』、『乾坤日夜浮』，亦必不逾此限。非按輿地圖便可云『平野入青徐』也，抑登樓所得見者耳。」[10]意思是說，親身所歷，親

8　楊萬里：《誠齋集》卷二十六，《四部叢刊》本。

9　楊萬里：《誠齋荊溪集序》，《誠齋集》卷八十，《四部叢刊》本。

10　王夫之：《姜齋詩話》卷二，《四溟詩話・姜齋詩話》，人民文學出版社1961年版，頁147。

目所見，是作詩寫景不可踰越的鐵門檻，不但是寫小景，即使寫闊大宏恢之景也如此。比如王維《終南山》詩句「陰晴眾壑殊」，描寫的是終南山連綿起伏的山峰在移動的陽光照耀下陰晴變化的不同面貌；杜甫《登岳陽樓》詩句「乾坤日夜浮」，描寫的是洞庭湖闊大無邊的氣勢，似乎天地日月皆浮動其中。這些詩句都是作者親身體驗的結果。又比如杜甫《登兗州城樓》中的詩句「平野入青徐」，描寫的是青州、徐州一帶千里平原的宏大景色，王夫之指出，這不是看看地圖就可以寫出來的，而是杜甫登上高高的兗州城樓，親目所見的景象。

「景」作為包括描繪山水在內的藝術形象，有「大景」與「小景」、「活景」與「死景」、「虛景」與「實景」等等之分。

「大景」與「小景」是就藝術形象的闊大與細小以及二者關係而言的。王夫之説：「有大景，有小景，有大景中小景」，「有小景傳大景」（《薑齋詩話》卷二）。大景如「吳楚東南坼，乾坤日夜浮」（杜甫《登岳陽樓》），小景如「細雨魚兒出，微風燕子斜」（杜甫《水檻遣心二首》）。「大景中小景」如「潮平兩岸闊，風正一帆懸。」（王灣《次北固山下》）。江水漲平兩岸，江面十分開闊，這是大景；小舟行駛在浩渺的江面上，這是小景。風朝一個方向吹，所以「風正」而「一帆懸」；如果行駛在彎彎曲曲的小河裡，方向經常變，就不可能「風正」了。這便是所謂「大景中小景」，也即以大含小。「小景傳大景」如「梅花落地疑殘雪，柳葉開時任好風」（杜審言《大酺》）。梅花落地，白色疑是殘雪，由嫩芽舒展出新葉的柳條，任春風隨意擺弄。從細小的景色寫出春回大地的景象，這便是所謂「小景傳大景」，也即以小見大。

「活景」與「死景」是就景與人、景與情之關係而言的。凡寫景為寫人、抒情服務，由景見人、即景會情的景象描寫，便是「活景」。王國維云：「其寫景物也，亦必以自己深邃之感情為之素地，而始得於特

別之境遇中，用特別之眼觀之。」（《屈子文學之精神》）反之，寫景與
人無關，與情無關，此種孤立的景便是「死景」。方東樹云：「景中皆
有情，景亦活矣，非同死寫景。」（《昭昧詹言》卷七）王夫之《古詩
評選》評謝朓《之宣城出新林浦向板橋》詩云：「『天際識歸舟，雲間
辨江樹』，隱然一含情凝眺之人呼之慾出，從此寫景，乃為活景。」這
兩句詩描寫天際歸舟、雲間江樹的景色，中間用一「識」字，用一
「辨」字，便不是單純的、孤立的寫景了，而是乘舟人眼中看到的景
色。這兩句詩的背後，隱藏著一個站在船頭，極目遠眺，努力辨識遠
處的景物的乘舟人。所以王夫之評其「隱然一含情凝眺之人呼之慾
出」。金聖歎則明確地把「景」視為小說與戲曲裡的一種人物環境描
寫。《西廂記》第二本第五折開頭有鶯鶯一段唱詞：「雲斂晴空，冰輪
乍湧，風掃殘紅，香階亂擁。」金聖歎評曰：「只寫雲，只寫月，只寫
紅，只寫階，並不寫雙文（按即鶯鶯），而雙文已現。有時寫人是人，
有時寫景是景，有時寫人即是景，有時寫景即是人。如此節四句十六
字，字字寫景，字字是人。」（金聖歎批本《西廂記》）此處寫景是寫
出鶯鶯活動的環境，人與景，景與情，融而不可分。

「實景」與「虛景」是就藝術形象構成中「虛」與「實」的關係而
言的。在詩歌中，「實景」是指忠於生活、如實描寫之景，「虛景」是
指想像、虛構、誇張的藝術描寫。明代謝榛云：「貫休曰：『庭花濛濛
水泠泠，小兒啼索樹上鶯。』景實而無趣。太白曰：『燕山雪花大如
席，片片吹落軒轅台。』景虛而有味。」（《四溟詩話》卷一）貫休的
兩句詩是對生活常景的如實描繪，而李白對塞北大雪的描寫則充滿想
像和誇張，得其神采，所以謝榛評其「景虛而有味」。「虛景」常常是
虛構之景，這種虛構往往可以超出生活邏輯的範圍。王之渙「黃河遠
上白雲間」（《涼州詞》），李白的「白髮三千丈」（《秋浦歌》），王維

所畫雪中芭蕉，都不是生活邏輯可以解釋的。用寫「實景」的方法來
要求「虛景」，就會膠柱鼓瑟，缺乏意趣。如盛唐詩人張繼的《楓橋夜
泊》：

> 月落烏啼霜滿天，江楓漁火對愁眠。
> 姑蘇城外寒山寺，夜半鐘聲到客船。

此詩四句中有三句歷來受人責難。最早提出批評的是歐陽修，認
為最後一句與生活邏輯不符，因為「三更不是打鐘時」（《六一詩話》）。
以後有人批評說，第一句也有毛病，烏鴉半夜在巢，是不會啼叫的。
清代又有人對第二句提出質疑，認為「楓生山中，性最惡濕，不能種
之江畔」（王端履《重論文齋筆錄》）。與此同時，維護此詩的，又進行
了大量考證，對上述種種非議予以批駁，以證明生活中有之。這都是
由於執著於「實景」而忽略於「虛景」之故。明代胡應麟則獨具慧眼，
肯定「虛景」：

> 張繼「夜半鐘聲到客船」，讀者紛紛，皆為昔人愚弄。詩借景立
> 言，唯在聲律之調，興象之合。區區事實，彼豈暇計。無論夜半是
> 非，即鐘聲聞否，未可知也。[11]

胡應麟認為，讀者為詩中景像是否符合事實而爭論不休，這是「為
昔人愚弄」──受了作者的愚弄。作者寫此詩時，只求興會神到，借
景立言，並不拘泥於「區區事實」。王士禛對此作了更為精到的論述：

11　胡應麟：《詩藪》〈外編〉卷四。

　　香爐峰在東林寺東南，下即白樂天草堂故址；峰不甚高，而江文通《從冠軍建平王登香爐峰》詩云：「日落長沙渚，層陰萬里生。」長沙去廬山二千餘里，香爐何緣見之？孟浩然《下贛石》詩：「暝帆何處泊，遙指落星灣。」落星在南康府，去贛亦千餘里，順流乘風，即非一日可達。古人詩只取興會超妙，不似後入章句，但作記裡鼓也。

　　又云：

　　世謂王右丞畫雪中芭蕉，其詩亦然。如「九江楓樹幾回青，一片揚州五湖白」，下連用蘭陵鎮、富春郭、石頭城諸地名，皆寥遠不相屬。大抵古人詩畫，只取興會神到，若刻舟緣木求之，失其指矣。[12]

　　總之，對於藝術創作中的「虛景」，只應領會意趣，取其思理之妙，而不可刻舟求劍，拘泥不化。否則一味求實，藝術也就成了「記裡鼓」、教科書了。

　　在繪畫藝術中，「虛景」被稱為「空景」。「實景」與「空景」指的是畫面的實與虛、密與疏。清代笪重光《畫筌》云：「含景色於草昧之中，味之無窮；擅風光於掩映之際，覽而愈新。密緻之中，自兼曠遠。……空本難圖，實景清而空景現。」畫面不可唯「實」無「空」（虛），否則「逼塞成堆，殊無趣味者，何也？蓋意泥濃密，未明虛實相生之故。不知濃處必消以淡，密處必間以疏。……或樹外間水，山腳間云，所謂虛實實虛，虛實相生，相生不盡。如此作法，雖千山萬樹，全幅寫滿，豈有見其逼塞者耶！」（清代鄭績《夢幻居畫學簡明》

12　以上皆見王士禎《帶經堂詩話》卷三，人民文學出版社1963年版，頁68。

卷一）「空景」與「實景」須相兼相濟，詳略有間，虛實互用。實處之妙，多因虛處而生，如宋代郭熙《林泉高致》所云：「山欲高，盡出之則不高，煙霞鎖其腰則高矣；水欲遠，盡出之則不遠，掩映斷其派則遠矣。」無「煙霞鎖腰」的「空景」，「實景」盡出的高山不能顯其高；無「草樹掩映」的虛筆，真相畢露的河水不能顯其遠。清代戴以恆《醉蘇齋畫訣》用詩句歸納了畫面以「虛」救「實」的種種方法：

初學貪多嫌景實，實而能空便救得。能空之法有何說？我為細詳其要訣。

若嫌景實枯樹列，樹背有水便空闊。若嫌景實雙鈎葉，雙鈎夾葉有空白。

若嫌景實求變格，古樹風帆林梢出。若嫌景實求妙術，石磴曲折著山石，或用瀑布層層折。

若嫌景實畫長林，長林背後一片雲。中有幾枝枯樹長，一群飛鳥著中央。

若嫌景實在山鄉，平坡法宗子久黃。平坡層層有低昂，均屬景實之要方。

總之，畫面墨多、景密為「實」，過「實」則壅滯不暢，堆塞無趣，須以「空」救之。所謂「空」，就是使景物拉開距離，露出空白。如上述諸法中所謂「樹背有水」、「石磴曲折」、「風帆林梢出」、「飛鳥著中央」、「林後一片雲」等等。

具體到圖景的構成之法，從構思佈局而言，則有「近詳遠略法」、「主次配合法」、「大小互融法」、「縱橫交錯法」、「朦朧含糊法」、「虛實相生法」、「別開生面法」等等。

「近詳遠略法」：是符合人們觀看事物的視覺感受的一種構景之法，其藝術意圖則是為了突出表現畫面中的主體，故次要之物包括背景等皆可減略，甚至代以大片的空白。如畫梅花滿樹花開千萬朵，可以只畫兩三枝，使人對梅花的神韻獲得集中而明豁的視覺效果。宋代饒自然所撰《繪宗十二忌》中，把「遠近不分」列為大忌之一：「作山水先要分遠近，使高低大小得宜。……蓋近則坡石樹木當大，屋宇人物稱之；遠則峰巒樹木當小，屋宇人物稱之。極遠不可作人物。」近大遠小，近處要詳，遠處要略。宋代畫家郭熙云：「正面溪山林木，盤折委屈，鋪設其景而來，不厭其詳，所以足人目之近尋也。……遠山無皴，遠水無波，遠人無目。非無也，如無耳。」[13]正面近處的「溪山林木」等景色的「鋪設」應當「不厭其詳」，而遠山的皴皺，遠水的波浪，遠人的眼睛都可以省略不畫。並不是遠山沒有皴皺，遠水沒有波浪，遠人沒有眼睛，而是因為它們處在很遠的地方，很小的東西，人們的眼睛就看不到了，就像沒有一樣。所以「近詳遠略法」是符合人們的視覺感受的。

「主次配合法」：畫面之景由多種因素，即多種事物所構成，但在多種因素的構成之中，主要的事物應當處在突出的地位。在豐富、變化與多層次的構圖中，使主要的事物和次要的事物獲得和諧的統一，以更好地烘托出主體事物的美。比如畫山，不能只畫山，還須畫水、草木、煙雲、道路等。「山以水為血脈，以草木為毛髮，以煙雲為神彩。故山得水而活，得草木而華，得煙雲而秀媚。」（郭熙《林泉高致》）在畫面上，這些事物不是並列的，如鄭績所云：「形象固分賓

---

13 郭熙、郭思：《林泉高致》，《中國畫論類編》上卷，人民美術出版社1986年版，頁640。

主，而用筆亦有賓主。特出為主，旁接為賓。賓宜輕，主宜重。主須嚴謹，賓要悠揚。兩相和洽，勿相拗抗也。」[14]所以，在畫山的時候，山是主體，其他因素居於次要的地位，以烘托、突出主要事物。比如山腰畫煙雲是為了顯示山之高：「山欲高，盡出之則不高，煙霞鎖其腰，則高矣。」（《林泉高致》）在畫山時，山峰又不能並列，還須突出主峰：「山水先理會大山，名為主峰。主峰已定，方作以次近者、遠者、小者。大者以其一境主之於此，故曰主峰，如君臣上下也。」（《林泉高致》）

「縱橫交錯法」：是一種顯示力與形的多種組合變化，使畫面視感保持均衡的構景之法。清代華翼綸《畫說》云：「畫有一橫一豎，橫者以豎破之，豎者以橫破之，便無一順之弊。」山、瀑布、高樹為豎，則煙雲、溪水沙岸、村舍為橫；花木主幹為縱，則枝葉為橫等等。如畫面一味為縱，或一味為橫，便產生「一順之弊」，單調而缺乏變化。

「朦朧含糊法」：是以寫意的筆墨，在介乎似與不似的朦朧景象中，表現事物之美的一種構景之法。中國傳統繪畫中的潑墨與大寫意是如此，更有一種指頭畫，其造型以朦朧含糊為美，其中最有名的畫家是清代的高其佩。由於他作畫用手指蘸墨塗抹，不同於用筆作畫，故而只能寫意而不能作工筆描形。所畫山水花鳥人物，隨意點染，無筆墨線條，不求形象清晰逼真而得其神韻，姿態生動。清代的高秉寫了一篇《指頭畫說》，總結了指頭畫創作的美學傾向。他稱讚高其佩的指頭畫「落墨有神氣，渲染有元氣」，不求形似，「意到筆不到」。其畫「群仙宮娥，信手塗抹，粗頭亂服，愈形其美。甚有眉目不清，口鼻相

---

14 鄭績：《夢幻居畫學簡明》卷一，《畫論叢刊》下卷，人民美術出版社1962年版，頁548。

連，有似嫫母者，然風神體格，窈窕端莊，自有別趣」。高秉指出，高其佩畫「花木之枝葉，人物之衣紋，筋骨尺寸，不必定合矩度」，而是隨手揮灑。如果「稍以己見正之，合則合矣，而神氣失之遠矣，反遜其未合之為美也」。意思是說，儘管這樣做合乎規矩，有了清晰的圖形，但事物的神氣反而失去了。不但繪畫如此，作詩也如此。明代謝榛《四溟詩話》云：「凡作詩不宜逼真，如朝行遠望，青山佳色，隱然可愛，其煙霞變幻，難於名狀，及登臨非復奇觀，惟片石數樹而已。遠近所見不同，妙在含糊，方見作手。」這種取景之法，即與表現對象之間保持遠距離，或似霧中看花，因而略去其逼真而清晰的形似，著重表現對象的整體氣韻。

「疏密相間法」：是一種在圖景的結構安排上，辯證地處理畫面的虛實、黑白、疏密的方法。清代畫家鄒一桂在《小山畫譜》中稱：「畫有八法，……一曰章法。章法者，以一幅之大勢而言。幅無大小，必分賓主，一實一虛，一疏一密，一參一差，即陰陽晝夜消息之理也。」畫幅不論大小，總是由有與無，實與虛，黑（包括色彩）與白，疏與密相間而成的。「疏」指筆墨疏朗，物像之間保持一定的距離。有距離就有空間，空就是「虛」，「虛」就是「無」，「無」在畫面上表現為「白」。「密」指筆墨濃密，物像之間互相貼近。物像本身是「實」體，是「有」。物像之「實」由線條和墨色構成，在畫面上表現為「黑」。鄒一桂指出，「虛」與「實」、「疏」與「密」之間是「參差」交錯的，猶如「陰」與「陽」、「晝」與「夜」、「消」與「息」一樣，既互相對立，又互相依存，是一種辯證統一的關係，二者缺一不可。構圖如果密而不疏，堆滿物像景色，線條墨色之間缺少應有的距離與空間，畫面必然滯礙凝壅，了無機趣。饒自然撰《繪宗十二忌》中所說的第一忌便是「佈置迫塞」，他指出：景象佈置「須上下空闊，四旁疏通，庶

幾瀟灑。若充天塞地，滿幅畫了，便不風致」。反之，如果有疏無密，有白無黑，也就一片虛空，不成其為圖畫了，因而必須疏密相間，處置得宜。比如畫樹石：「樹石布置，須疏密相間，虛實相生，乃得畫理。近處樹石填塞，用屋宇提空（引者按：屋宇周圍必有空間）。遠處山崖填塞，用煙雲提空。」[15]鄒一桂指出，所畫景色物像不在多少，只要疏密相宜，「佈置得法，多不嫌滿，少不嫌稀」（《小山畫譜》）。但他認為畫面「必分賓主」，由墨色、線條構成的實有的物像是主，間疏的距離與空白是賓。也就是說，畫面上的「白」是為「黑」服務的，景色佈置的空間與距離，是為了使物像更加鮮明突出，藝術地表現物色之美。所以中國傳統書畫有「計白當黑」之論，畫面上留下的空白，已經不是一般紙張的白，不是絕對的空白，而是構成畫面的不可或缺的一個組成部分，它對「黑」（線條與墨色）所體現的物像起著補充、增色的作用。因而「白」被稱作墨色的「六彩」之一。清代華琳云：

　　黑、濃、濕、乾、淡之外加一白字，便是六彩。白即紙素之白，凡山石之陽面處，石坡之平面處，及畫外之水天空闊處，云物空明處，山足之杳冥處，樹頭之虛靈處，以之作天、作水、作煙斷、作云斷、作道路、作目光，皆是此白。夫此白本筆墨所不及，能令為畫中之白，並非紙素之白，乃為有情，否則畫無生趣矣。然但於白處求之豈能得乎！必落筆時氣吞雲夢，使全幅之紙皆吾之畫，何患白之不合也。[16]

15　蔣和：《學畫雜論》，《畫論叢刊》上卷，人民美術出版社1962年版，頁319。

16　華琳：《南宗抉秘》，《中國畫論類編》上卷，人民美術出版社1986年版，頁296。

　　「計白當黑」中的「白」，如華琳所指出，「非紙素之白」，而是「畫中之白」。它與其他色彩一樣，是表現物像的一種藝術手段，是畫面虛實相生、疏密相間的一個重要構成因素。「疏」與「白」的恰當運用，不能只著眼於「疏」與「白」，不能只著眼於個別和局部，而要顧此及彼，目有全局，「使全幅之紙皆吾之畫」，做到胸有成竹，「落筆時氣吞雲夢」，這樣，「何患白之不合也」──自然達到疏密得宜，黑白相洽了。

　　「別開生面法」：是一種力求構圖不落舊套，出人意外的寫景之法。方薰《山靜居畫論》云：「凡作畫，多究心筆墨，而於章法位置，往往忽之，不知古人丘壑生發不已，時出新意，別開生面，皆胸中先成章法位置之妙也。」據鄧椿《畫繼》記載，宋徽宗以畫學取士，試題為「野水無人渡，孤舟盡日橫」。應試者所畫，其構景大多為繫空舟於岸側，或畫鷥鷥於舟舷，或棲烏鴉於船篷等等。其中一人所作與眾不同，畫一船伕臥於舟尾，橫吹孤笛，神態悠閒，以表示非無舟人，只無渡人而已。宋徽宗取該作者為第一名。

第二章

「情」與情景交融

第一節　情感本體

　　在「情」與「景」、「心」與「物」兩對範疇的關係之中，「情」、「心」皆屬審美主體，「景」、「物」皆屬審美客體，但「心」包容著「情」，「物」包容著「景」，前者的範疇大於後者。所以，在中國古典哲學和美學中，「心」是主體的總稱，主宰著人的全部精神活動。《孟子》云：「心之官則思。」《素問》〈靈蘭秘典論〉云：「心者，君主之官也，神明出焉。」朱熹《朱子語類》云：「心是神明之舍，為一身之主宰。」而「情」從屬於「心」，是「心」的活動的一部分。朱熹提出「心統性情」：「蓋心之未動則為性，已動則為情，所謂心統性情也。」（朱熹《朱子語類》卷五）據朱熹解釋，「性」是心平靜時的表現，是理性的，如仁、義、禮、智等；「情」是心激動時的表現，是感性的，

如惻隱、羞惡、辭讓、是非等；二者皆包容於「心」中，所以說：「心者，性情之主也。」（朱熹《朱子全書》卷四十五《元亨利貞說》）明代徐禎卿《談藝錄》則認為：「情者，心之精也。」、「情」在「心」之中占有最基本的、核心的位置。特別是在審美創造活動中，中國古典詩學認為情感具有藝術本體的地位。

中國古典詩學的基本精神之一，是詩的主體性原則。它認為，詩藝形象絕不是對生活中客觀對象的模仿和寫照。詩藝形像是「心」的創造物，是主體精神的表現，儘管它有用客觀方式表現和用主觀方式表現的差別。生活所提供的人事、景物，在「心」的創造中是作為素材來使用的。在詩藝中，生活材料如果離開了人的精神，就只是一堆死物。所以中國古代的詩歌理論家特別強調「心」在詩藝創造中的主導作用。宋代的邵雍說：「成詩為寫心。」（《無苦吟》）明代的王世貞說：「夫詩，心之精神發而聲音者也。」（〈金台十八子詩集序〉）

詩的主體性原則自始至終貫徹於中國古典詩學的漫長發展過程，基本上可以分為三個階段：

1.「言志」階段

「詩言志」是中國詩論最早的開山綱領。《尚書》〈堯典〉記載舜帝的話：「詩言志，歌永言，聲依永，律和聲。」這個詩的綱領當然不可能是只存在於傳說中而歷史上是否真實存在都成問題的舜帝提出來的，〈堯典〉只是西周史官對於傳說中的堯舜時代的追記，所以〈堯典〉關於「詩言志」的記載，只是反映著西周時代人們對於詩歌的看法，這在春秋戰國時期就已經十分普遍了。[1]如《左傳》襄公二十五年（公

1　這個問題筆者早在十五年前出版的《中國古典美學初編》中已作了論述，見該書頁5-6，長江文藝出版社1986年版。

元前548）記孔子説：「言以足志，文以足言。不言，誰知其志？」孔子講的是人們的言語和語言作品都是為了充分地表現內在的「志」的，這雖然並非專就詩而言，卻是包括「詩言志」在內的。到了《左傳》襄公二十七年（公元前546）的記載就十分明確了，文子對叔向説：「詩以言志。」此外，《莊子》〈天下〉説：「詩以道志。」《荀子》〈儒效〉説：「詩言是其志也。」表達的都是同一個意思。所以「詩言志」這一詩歌綱領的提出不可能晚於西周。有的論者認為產生於秦漢之際，這是不確切的。

　　那麼，對「詩言志」的內涵應該作怎樣的理解呢？至今一般的論者認為「志」指意志，是包括思想感情在內的，所以「詩言志」就是説，詩歌是表達人的思想感情的。其實，這是一種十分籠統的説法，對當時提出「詩言志」的西周時期來説是不準確的，它不符合這個主張的歷史原貌。實際上當時所謂的「志」並不包括情感在內，詩歌作為藝術的情感特徵，當時還沒有認識到。「志」所強調的是「志向」、「懷抱」，也就是今天所説的思想抱負。[2]

　　聞一多在《歌與詩》一文中曾對「志」字作出如下的考證和解釋：「『志』從『止』從『心』，本義是停止在心上。停在心上也可以説是藏在心裡。」據此，他歸納出「志」有三義：「一、記憶；二、記錄；三、懷抱。」朱自清在《詩言志辨》中連繫春秋時期人們「言志」往往與政教相關的事實，進而把「志」解釋為「懷抱」、「志向」，也就是思想抱負。這個解釋是十分正確的，是可以得到多方面印證的。《尚書》〈堯典〉中舜對夔講的這段話，在《史記》〈五帝本紀〉中，「詩言志」

2　筆者曾在《「言志」與「緣情」新説》一文中對此作了專門的論述，文載《湖北大學學報》1985年第1期。

作「詩言意」。鄭玄注《尚書》〈堯典〉「詩言志」為「詩所以言人之志
意也。」又《禮記》〈檀弓〉有「子盍言子之志於公乎？」之句，鄭玄
註：「志，意也。」可見「志」與「意」含義是相通的，「意」是人的
意念、思想。再看《論語》〈公冶長〉云：

> 顏淵、季路侍。子曰：「盍各言爾志？」子路曰：「願車馬衣輕裘
> 與朋友共。敝之而無憾。」顏淵曰：「願無伐善，無施勞。」子路曰：
> 「願聞子之志。」子曰：「老者安之，朋友信之，少者懷之。」

孔子及弟子各人所言之「志」，都是有關政治、道德、教化的各種
思想抱負和意願。

由此可見，「詩言志」強調的是詩歌表達詩人的志向和思想。它著
重闡明的是詩歌創作與詩人主體之間的關係，最早提出了詩歌藝術的
主體性原則。它所揭示的是詩歌作為人類意識形態之一所具有的共性
和普遍規律。任何意識形態，包括詩歌在內，都離不開人的主體，表
現著人的思想。至於詩歌作為藝術，與其他意識形態的差異，這是當
時還沒有認識到的。這要等到後來的「緣情」說來解決。

2.「主氣」階段

「詩言志」強調的是主體的一般因素，即思想倫理因素。中國古典
詩學主體性原則發展的第二階段，是漢末三國時曹丕《典論》〈論文〉
中提出的「主氣」論：

> 文以氣為主。氣之清濁有體，不可力強而致。譬諸音樂，曲度雖
> 均，節奏同檢，至於引氣不齊，巧拙有素，雖在父兄，不能以移子弟。

曹丕在這裡所說的「氣」，指作家的精神氣質。他認為一個作家的精神氣質是決定創作的主要因素，即所謂「文以氣為主」。曹丕認為，不同作家之間，他們的精神氣質有「清濁」之別，各不相同。作家各不相同的精神氣質在創作中表現為不同的文體風格，這就是所謂「氣之清濁有體」。在曹丕之前，「氣」只是一個哲學概念，曹丕把它引入文學之中，經過改造，成了一個重要的文學理論範疇。

中國古代樸素的唯物主義者認為，「氣」是一種自然物質，分為陰氣和陽氣。由於陰陽之氣的不同配合，產生了千差萬別的天地自然之物。總之，「氣」是構成物質世界的最基本的元素，即《易》〈繫辭〉所說的「精氣為物」；當然也是構成人類生命的物質元素，所謂「氣者，身之充也」（《管子》〈心術〉），人體充滿著自然之氣；「氣者，生之元也」（《淮南子》〈原道訓〉）「氣」是生命之本。這一唯物主義的自然觀從老子開始，一直到東漢的王充，不斷得到發展。

其中「氣」的內涵在孟子那裡曾經有過重要的變化，它由物質領域進入了精神領域，由物質的概念變成了關於人的精神狀態的概念了。《孟子》〈公孫丑〉説：「吾善養吾浩然之氣。」什麼是「浩然之氣」呢？他說：「其為氣也，配義與道」，「是集義所生者」。孟子所說的「浩然之氣」，是由儒家的仁義道德所決定的一種精神氣質。但是王充的「元氣」說卻與孟子不同。王充認為人的精神氣質決定於人所稟受的自然元氣：「人之善惡，共一元氣；氣有多少，故性有賢愚。」（《論衡》〈率性〉）並進而把人的言辭表達與「氣」連繫起來：「知（指思想活動——引者注）用氣，言亦用氣焉。」（《論衡》〈論死〉）

曹丕吸取了孟子重視精神氣質的思想，又與王充的物質「元氣」論結合起來，在中國古典美學的創作論方面第一次提出了「主氣」說，把作家自身的精神氣質與文學創作密切連繫在一起。曹丕之後，劉勰

承繼此說。《文心雕龍》〈體性〉云：「氣以實志，志以定言。」、「各師成心，其異如面。」劉勰把「主氣」說與「言志」說統一起來，認為作家的精神氣質必然影響、滲透到他的思想意志（「氣以實志」），思想意志決定著他的言語文章（「志以定言」），所以文章的風格受作家內在之「心」的制約（「各師成心」），各人之間的風格差異就像各人的面孔不會相同一樣（「其異如面」）。劉勰比曹丕高明的地方是，他認為文章的風格不是只決定於作家的天生的個性氣質的差異——「才有庸俊，氣有剛柔」，而且還取決於主體的其他因素，如「學有深淺，習有雅鄭」等。所以他提出一個「心」字來，強調文章的風格是「各師成心」的，因為「心」是主體各種因素的綜合，主體的各種因素都會影響到文章風格的形成。當然，他在指出不可忽視主體「學」和「習」之因素——「功以學成」——的同時，強調作家先天的氣質才性對文章風格的形成又起著主要的作用，即所謂「才力居中」，這就比曹丕又進了一步。

　　3.「緣情」階段

　　明代美學思想家王夫之曾經說：「詩言志，豈志即詩乎？」（《古詩評選》卷四）「詩言志，歌詠言。非志即為詩、言即為歌也。」（《唐詩評選》卷一）就是說，詩之所以成為詩，並不是由「志」來決定的。如果把「言志」當作詩，這就會忽視或抹殺詩歌作為藝術的自身特徵，因為「詩言志」只是揭示了詩歌作為意識形態之一的共性規律，而不能說明詩歌藝術作為一種特殊的意識形態的個性特徵。漢代的一些經學家便犯了這樣的錯誤。比如王逸在註釋屈原《九章》〈悲迴風〉時說道：「詩，志也。」另一個經學家高誘注《呂氏春秋》〈慎大覽〉時亦說：「詩，志也。」這種傾向發展到晉代便產生了玄言詩，在詩中說玄談理以言志；在宋代有所謂「載道」說，把詩歌當作宣揚後期儒學的

工具，其根源也在把詩與「志」等同。邵雍便說：「詩者人之志，非詩志莫傳。人和心盡見，天與意相連。」[3]他把神祕的精神本體「天道」視為詩人之「志」的來源，認為二者是溝通的，所以詩歌也就成了傳播性心天理的工具。

最早從詩學的主體性原則上糾正這種偏差的是西晉的美學思想家陸機。陸機《文賦》中論述了詩、賦、碑、誄、銘、箴、頌、論、奏、說這十種文體的各自特徵，如「碑披文以相質」、「論精微而朗暢」、「說煒燁而譎誑」等等，當說到詩的時候，他提出「詩緣情而綺靡」。這是對詩歌藝術特性比較全面的說明。「詩緣情」意為「詩由情而發」。「緣情」是詩歌的內在特性，而語言的精美——「綺靡」，是詩歌的外在特徵。在陸機之前，「詩言志」把詩歌與儒家政治倫理緊密地連繫在一起，強調詩歌對上「箴諫」，對下「教化」的作用，它側重於藝術的實用和功利目的。「詩緣情」則著重於審美，側重的是詩歌藝術的特殊規律。藝術需要情感。「志」是各種意識形態的共同表現對象，而「情」則是藝術的獨特表總得發點熱。」（《而已集》〈讀書雜談〉）「以情動人」是藝術審美的特點，白居易說：「感人心者，莫先乎情。」（《與元九書》）劉熙載說：「作者情生文，斯讀者文生情。」（《藝概》〈文概〉）詩「緣情」而發，做到「情生文」，讀者才能由「文生情」，以情動人。對詩歌的這一內在特徵，王夫之曾進一步作過如下的論述：

> 詩以道性情，道性之情也。性中盡有天德、王道、事功、節義、禮樂、文章，卻分派與「易」、「書」、「禮」、「春秋」去，彼不能代詩而言性之情，詩亦不能代彼也。（《明詩評選》卷五）

3　邵雍：《談詩吟》，《伊川擊壤集序》卷十八。

　　「五經」之中，唯有《詩經》屬於藝術，其他四經皆屬於學術。王夫之把情感視為詩歌特有的表現對象，因此詩歌與學術不能互相取代。「詩固不以奇理為高，唐宋人於理求奇，有議論而無歌詠，則胡不廢詩而著論辨也。」（《古詩評選》卷五）詩歌主要表現情感，學術著作則表現「理」和「志」等抽象的思想。如果用詩去説理言志，就抹殺了詩歌與論辯著作的區別，詩歌就沒有存在的必要了。所以王夫之特別強調：「詩以道情。道之為言，路也。」（《古詩評選》卷四）王夫之的思想是對陸機「詩緣情」理論內涵的最好的闡釋和發展。

　　在陸機之前，並不是沒有人談到過詩歌或藝術中的情感因素問題。比如荀子的〈樂論〉首先指出了音樂的抒情性質，強調情感是音樂創作的本源：「夫樂者樂也，人情之所必不免也，故人不能無樂。樂則必發於聲音，形於動靜。」但是荀子所説的作為藝術之本的愉悦快樂的情感，並非審美情感，而是他所創導的以「禮義」為核心的倫理情感。音樂所表現的情感性質，不能越出「禮義之道」的範圍，因而必須「以道制欲」，方有真正的愉悦和快樂：「樂者樂也，君子樂得其道，小人樂得其欲。以道制欲，則樂而不亂；以欲忘道，則惑而不樂。」儒家主張以「禮」配「樂」，「禮」、「樂」相濟，恰是要以禮義制約感情，把情感納入倫理之軌的緣故。此後《禮記》〈樂記〉與《毛詩序》對音樂與詩歌中情感因素的認識，都繼承著荀子〈樂論〉的傳統，強調這種倫理感情。比如《毛詩序》在論述「詩者志之所至也，在心為志，發言為詩」的傳統「詩言志」理論的同時，雖然它也提到了「情動於中而形於言」，但又明確指出，無論詩歌與音樂都應「發乎情，止乎禮義」。儒家的功利主義的藝術觀，正是為了以藝術中的倫理思想去規範社會全體成員的思想，從而達到「經夫婦，成孝敬，厚人倫，美教化，移風俗」的道德政治效應，以鞏固社會禮制的穩定結構。所以從荀子

〈樂論〉到《毛詩序》，儒家所涉及的倫理情感總是與實用主義與功利
主義緊密連繫在一起的。

魏晉南北朝由陸機開創的「緣情」說，使藝術中的情感由狹義的
倫理領域進入到廣闊的審美領域，視審美情感為藝術之本體，表現出
如下的特點：

第一，確立了情感在藝術中的獨立地位，變以「理」為本的舊藝
術論為以「情」為本的新藝術論。陸機之後，摯虞明確主張「詩以情
志為本」(《文章流別論》)；劉勰認為「立文之本源」是以「情」為「經」
(《文心雕龍》〈情采〉)，而且情感活動貫穿著創作和鑑賞的全過程：
「綴文者情動而辭發，觀文者披文以入情。」(《文心雕龍》〈知音〉)
「文」與「情」是不可分割的融合體：「未知文生於情，情生於文？」
(《世說新語》〈文學〉)在「情」、「志」、「神」、「氣」等主體因素中
情感活動是基礎。劉勰認為藝術創造有了情感活動——「人稟七情，
應物斯感」，方有思想活動——「感物吟志，莫非自然」(《文心雕龍》
〈明詩〉)。藝術中的思想是以情感為基礎的，思想的表現離不開情感
傾向：「氣以實志，志以定言，吐納英華，莫非情性。」(《文心雕龍》
〈體性〉)陸機指出，如果「六情底滯」，缺乏強烈的情感活動，創作
就會「志往神留，兀若枯木，豁若涸流」(《文賦》)而失敗。

第二，脫去「禮義」的束縛，以個體心靈觸發的全部自然真情為
審美情感之內涵。性情是自然的，出於「真」；而「禮義」是人為的，
出於「偽」，二者是對立的。所以魏晉藝術家在生活中率性任情，標榜
「禮豈為我輩設」(阮籍語)，追求一個「真」字。他們在藝術中同樣以
「真」為審美感情之核心，所謂「搖盪性情，形諸舞詠」(鍾嶸〈詩品
序〉)，「文章之體，標舉興會，發引性靈。」(顏之推《顏氏家訓》〈文
章〉)梁朝的裴子野在《彫蟲論》中批評當時的社會風氣是「罔不擯落

六藝，吟詠情性」，這種普遍的社會風氣就是以真情反禮教。他主張詩賦應「彰君子之志」、「止乎禮義」。蕭綱針鋒相對，予以批駁，指出「未聞吟詠情性，反擬《內則》之篇」（《與湘東王書》），反對用「禮義」規範情性。這是文學理論上情性對禮教的一次公開的進攻。

　　第三，革除倫理情感「勸善懲惡」的狹隘功利性，強調怡情悅志，把藝術情感建立在主體對客體的審美觀照之上，使之變成一種意味無窮的審美情趣。審美情感的產生是以實用為基礎而又超脫實用的審美意識發展的結果。文學的功利論，實乃人們的審美意識尚處於不自覺階段的表現。當人的審美意識由不自覺向自覺階段發展，人的審美要求也就逐步超脫物質功利與精神功利的觀念，而向怡情悅志的美感享受方面發展。魏晉南北朝的許多文學理論家如陸機、鍾嶸、劉勰等，他們一方面十分重視文學的社會作用，另一方面強調文學的社會作用離不開怡情悅志的審美享受。陸機所謂「頤情志於典墳」、「嘉麗藻之彬彬」（《文賦》）；劉勰《文心雕龍》所謂「洞性靈之奧區」（〈宗經〉），「陶鑄性情」（〈徵聖〉），「雕琢性情」（〈原道〉）等；鍾嶸認為「使味之者無極，聞之者動心，是詩之至也」，並指出詩歌有「使窮賤易安，幽居靡悶」、「殆均博弈」的怡情娛樂作用。陶淵明「樂琴書以消憂」（《歸去來辭》），「常著文章自娛」（《五柳先生傳》）。嵇康反對用社會功利的目光來看待音樂，提出「風俗移易，本不在此」（《聲無哀樂論》），而在於通過音樂之「和」，「可以導養神氣，宣和情志，處窮獨而不悶」（《琴賦序》）。這種與傳統功利主義不同的文藝價值觀，是文學家把客觀對象（包括物質形態與精神形態）作為審美對象來觀照，而不是當作實用對象來利用的結果。

　　中國古典詩學主體性原則的第三階段歷時千餘年，「緣情」說成為此後中國詩論的主導思潮。明代李贄的「童心」說，從明代袁宏道到

清代袁枚的「性靈」説，都強調自然本真的人性人情，是「緣情」説
在新的歷史條件下的具體發展。李贄提出：「天下之至文，未有不出於
童心焉者也。」（《焚書》〈童心説〉）他以有無「童心」作為區分文學
創作上「真」與「假」的標誌：「夫童心者，真心也。」、「絕假純真，
最初一念之本心也。」（《焚書》〈童心説〉）他進而把「童心」與傳統
的儒家經典對立起來，表現出鮮明的反理學傾向。他認為，一個人學
了「六經」、《論語》、《孟子》等書，「童心」就會喪失，人就成了「假
人」，言就成了「假言」，文就成了「假文」：「六經、《語》、《孟》，
乃道學之口實，假人之淵藪也，斷斷乎其不可以語於童心之言明矣。」
這是繼六朝梁代蕭綱之後，「緣情」説對於儒學的又一次猛烈攻擊。

　　公安「三袁」及袁枚又在李贄的影響下，倡言「獨抒性靈，不拘
格套」。袁枚《隨園詩話》卷五説：「凡詩之傳者，都是性靈。」袁枚
的「性靈」説與「緣情」説一脈相承，多處強調詩歌緣情而發：「詩者，
人之性情也。」（《隨園詩話》補遺卷一）「若夫詩者，心之聲也，性情
所流露者也。」（《答何水部》）「足以發抒情性，動人觀感。」（《答祝
芷塘太史》）等等。他們所標舉的「性靈」一詞，直接取自提倡「緣情」
説的六朝。六朝的「緣情」説便是以真實地抒發自己內在的「性靈」
為前提的。如劉勰所謂「洞性靈之奧區，極文章之骨髓」（《文心雕龍》
〈宗經〉）。蕭繹説：「至如文者，……情靈搖盪。」（《金樓子》〈立言〉）
姚察説：「夫文者，妙發性靈，獨拔懷抱。」（《梁書》〈文學傳〉）顏
之推云：「文章之體，標舉興會，發引性靈。」（《顏氏家訓》〈文章〉）
等等。袁宏道與袁枚所説的「性靈」，是指自然地、生動風趣地抒寫自
己的真實感情。「性」即性情、情感，「靈」指生動活潑的一種靈趣。
「性靈」也就是性情與靈趣的結合，真實地表現自己的情感和個性。袁
枚在《答蕺園論詩書》中説：「詩者，由情生者也。有不可解之情，而

後有必不可朽之詩。」即便是聖人，也與一般人一樣，具有七情六慾，所以詩歌應該表現普通人的情感和慾望。為此，他強調寫詩要「有我」。他說：「作詩，不可以無我。」、「詩有人無我，是傀儡也。」（《隨園詩話》卷七）「詩，以言我之情也，故我欲為則為之，我不欲為則不為。」（《隨園詩話》卷三）所以袁枚《續詩品》三十二首中專有一首《著我》，強調詩必須有「我」，表現自己獨有的情感和靈趣。袁枚之前的王夫之也說過：「或曰聖人無我，我不知其奚以無我也。我者，德之主，性情之所持也。」（《詩廣傳》卷四）所以王夫之早就明確地提出「詩以道性情」的文學主張。

我們可以說，自「緣情」說產生之後，中國古典詩學的主體性原則便為它所包容，形成中國詩學的情感本體論。這種情感本體論強調，在主體諸因素的綜合——「心」之中，情感占有根本的、核心的地位。《文鏡秘府論》〈論文意〉云：「夫詩工創心，以情為地。」徐禎卿《談藝錄》云：「情者，心之精也。」在詩歌創作中，主體的其他因素不能離開情感，而是以情為基礎，以情為主導的。比如拿主體因素之一的「氣」來說，氣質個性是虛的，在文學作品中它必然融合於思想，落實於情感，如劉勰所言：「氣以實志，志以定言，吐納英華，莫非情性。」（《文心雕龍》〈體性〉）而文學作品字句節奏所形成的舒疾緩急、抑揚頓挫的聲氣，又是受情感制約，表現著情感的運動變化的，所以徐禎卿《談藝錄》說：「情無定位，觸感而興，既動於中，必形於聲。故喜則為笑啞，憂則為籲戲，怒則為叱吒。然引而成音，氣實為佐；引音成詞，文實與功。蓋因情以發氣，因氣以成聲，因聲而繪詞，因詞而定韻，此詩之源也。」除「氣」之外，主體因素中的「志」、「理」、「意」等都屬於抽象的思想理念。在文學作品中，抽象的思想理念必須包容於情感之中。「情」的範圍比「理」大，如王夫之

所說：「有無理之情，無無情之理。」（《詩廣傳》）所以藝術中的思想是不能離開情感的，是以情感為本體的。只有融於情感的思想，才能深入人心，劉熙載所謂「寓義於情而義愈至」（《藝概》〈詩概〉），沈德潛所謂「議論須帶情韻以行」（《說詩晬語》），便是這個意思。

在中國古代文論中，就抽象的思想範疇而言，「意」的內涵是最大的，它既包括思想認識、意志理念，又包括文學創作的構思活動。陸機《文賦》中所說的「恆患意不稱物，文不逮意」中的「意」，便包含這兩方面的意思。但是在文學創作中，「意」是依託於情感的，是為情感的抒發服務的：「意以達其情。」[4]「意依情生，情厚則意與俱厚。」[5]「情立則意立，意者志之所寄，而情流行其中。」[6]所以「意」同樣是以情感為本的，「情」是構成「意」的核心：「情在意中，意在言外。」[7]清代詩學家朱庭珍對「意」、「志」、「情」三者的關係作了很好的說明：

> 情生則意立，意者志之所寄，而情流行其中。……是以詩貴真意。真意者，本於志以樹骨，本於情以生文，乃詩家之源。[8]

所謂「本於情而生文」，也就是說，情感是推進作為藝術構思的「意」的根本動力，王夫之以魚的游動打比方說：「蓋創作猶魚之初漾於洲渚，繼起者乃泳游自恣，情舒而鱗鰭始展也。」（《薑齋詩話》卷二）情感的舒展變化，推動著藝術構思與想像的進行，猶如魚兒展開

4　高啟：《獨庵集序》，《高太史鳧藻集》卷二，《四部叢刊》本。

5　厲志：《白華山人詩說》卷二，《清詩話續編》（四），上海古籍出版社1983年版。

6　朱庭珍：《筱園詩話》卷四，《清詩話續編》（四），上海古籍出版社1983年版。

7　梁廷枏：《曲話》卷二，《中國古典戲曲論著集成》（八），中國戲劇出版社1959年版。

8　朱庭珍：《筱園詩話》卷四，《清詩話續編》（四），上海古籍出版社1983年版。

鱗鰭而自如恣游。藝術的情感本體論還認為，在抒情與寫景、情感與景象的關係上，情感是根本的，作品的寫景和藝術形象都從屬於情感的抒發。李漁説：「詞雖不出情、景二字，然二字亦分主客，情為主，景是客。説景即是説情，非借物遣懷，即將人喻物，有全篇不露秋毫情意，而實句句是情、字字關情者。」[9]王國維也説：「昔人論詩詞，有景語、情語之別。不知一切景語，皆情語也。」（《人間詞話》）但其抒情的方式有二：一是以情寫景，另一是以情造景。

「以情寫景」是帶著情感來描寫生活中實有的景象，把情感融入現實景象的真切描寫之中，即所謂「物以情觀」（劉勰《文心雕龍》〈詮賦〉），「於情中寫景」（王夫之《明詩評選》）。如王翰的《涼州詞》：「葡萄美酒夜光杯，欲飲琵琶馬上催。醉臥沙場君莫笑，古來征戰幾人回。」邊塞戰士出征前暢懷豪飲、奏樂助興的生活場景描寫得十分真實，貫穿其中的是視死如歸卻又帶幾分悲涼的感情。

「以情造景」是根據情感表達的需要，創造出相應的藝術景象。這種景象更多地帶有想像的成分，不一定是生活中實有的，甚至是生活中不可能發生的。清代吳喬《圍爐詩話》説：「夫詩以情為主，景為賓。景物無自生，唯情所化。情哀則景哀，情樂則景樂。」詩中的景像是情感所化生的，景由情生，這就是所謂「以情造景」，景由情生。如李白的《陪族叔刑部侍郎曄及中書賈舍人至游洞庭》五首中的一首：「南湖秋水夜無煙，耐可乘流直上天？且就洞庭賒月色，將船買酒白雲邊。」詩中把洞庭湖當作人，向他賒購月色；藉著連天的洞庭水而乘流上天，到天上的酒家去沽取美酒。這在生活中是不可能的，只能存在於詩人的想像之中，借此抒發詩人的飄然出世之情和對洞庭月色的眷

9　李漁：《窺詞管見》，《詞話叢編》（四），中華書局1986年版。

戀難捨之愛。至如李白的《夢遊天姥吟留別》中的神仙天境，更是只能出現在夢中。詩中所造之景，強烈地傳達出詩人對於天姥山水之美的熱愛和對自由、人格的獨立追求之情。

作詩如此，作畫亦如此。清代畫家孔衍栻《石村畫訣》認為，畫家作畫，「不論大幅小幅，以情造景，頃刻可成」。畫家根據自己的情思，可以想像出相應的圖景來，通過所造之景抒發其特定的感情，繪景即是寫意抒情。另一位畫家方士庶在《天慵庵筆記》中認為，繪畫是表現畫家主觀情思的。畫中之境，是畫家心造之境，有何等心情，即造何等畫境，他稱之為「因心造境」:「山川草木，造化自然，此實境也。因心造境，以手運心，此虛境也。虛而為實，是在筆墨有無間，衡是非、定工拙矣。」

由於詩畫中的境界為情所使，為心所造，所以中國詩畫美學歷來特別重視藝術家心靈氣質的培養，強調內在的情志是藝術創作的根本:「情志者，詩之根柢也；景物者，詩之枝葉也。根柢，本也；枝葉，末也。」[10]明代詩論家謝榛則把「情」視為詩歌的核心和胚胎，而「景」只是傳達內在情感的媒介而已:「景乃詩之媒，情乃詩之胚，合而為詩。」[11]錢謙益認為，無論是現實世界還是藝術世界，都是充滿著「情」的:「佛言眾生為有情，此世界為情世界。儒者之所謂五性，亦情也。性不能不動而為情，情不能不感而緣物，故曰:『情動於中而形於言。』詩者，情之發於聲音者也。」[12]所以，「情」是構成藝術世界的最基本的元素，也是溝通藝術世界與現實世界的橋樑，如近代陳世宜《答友人書》所說:「宇宙之大，以情造之；世界之廣，以情通之。情之在天

10 黃子雲:《野鴻詩的》,《清詩話》(下),中華書局1963年版。

11 謝榛:《四溟詩話》卷三,人民文學出版社1961年版。

12 錢謙益:《陸敕先賜稿序》,《牧齋有學集》卷十九。

地間也，正如物理學上所謂以脫，凡有現象皆以之為媒介也；如化學上所謂元素，凡百化合物皆其所造成者也。」

　　以上這些論述，充分地展示了中國古代詩學以情感為本體的美學思想。

第二節　情景組合

　　中國古典美學關於「情」、「景」關係的認識，有一個發展過程。

　　「情」與「景」作為兩個美學範疇原本是各自獨立的，而且其內涵也是歷史地發展著的。中國古典美學關於「情」的認識經歷了三個階段，即生理情感、倫理情感和審美情感。生理情感是人的自然機制的心態表現，是形成倫理情感與審美情感的基礎。魏晉之前的美學思想家關於情感問題的認識僅止於生理情感和倫理情感，還沒有進入審美情感階段。荀子最早探討了把人的生理情感導向倫理情感的進程和必要。荀子認為「情」與「欲」不可分，人的生理情感產生於耳、目、口、鼻、心等感覺器官對於外物的感受和慾望：「夫人之情，目欲綦色，耳欲綦聲，鼻欲綦臭，心欲綦佚，此五綦者，人情之所必不免也。」（《荀子》〈王霸〉）這種自然欲望的滿足與否，就引起「好惡喜怒哀樂」等不同的生理感情。如果聽憑生理情感的發展，人們便只能停留於滿足一種動物式的慾望。為了實現感官的最大滿足，人們就會互相爭奪，引起社會的暴力和動亂，如荀子所言：「然則從人之性，順人之情，必出於爭奪，合於犯分亂理而歸於暴。」（《荀子》〈性惡〉）這就必須用社會倫理來制約自然之慾，使生理情感上升到倫理情感，而其核心是以「禮義之道」來規範自然情慾，使每一社會成員的自然情慾只能在各自應有的名分內得到滿足，這就是荀子在〈禮論〉中所

說的「養」和「分」，「養」其所欲，限其名「分」。這種倫理情感是從孔子、荀子到《毛詩序》的儒家文藝觀所強調的。儒家把倫理情感視為整個社會的穩定統治的基礎，所以也要求文藝把倫理情感作為全部內容的基礎。直到魏晉時期，如前所說，隨著文藝領域「緣情」論的確立，文藝中的「情」，其含義才由倫理情感上升為審美情感。

「景」的內涵也有一個歷史的發展過程。漢代以前，「景」指太陽的光亮；至六朝晉宋，轉為自然風景之義；到唐代，其含義擴大為文學作品中的山水景物描寫，稱之為「景語」，如云：「景語苦多，與意相兼不緊，雖理道亦無味。」（《文鏡秘府論》〈論文意〉）在明清的王夫之與王國維那裡，如本書開頭所述，「景」又可泛指一切客觀存在，以及一切文學作品中的形象圖景。總之，「景」作為一個美學範疇的含義是逐步擴大的。

「情」與「景」，作為一對相應的美學範疇，對其相互關係的認識，也有一個歷史發展的過程。在晉宋六朝，「情」、「景」尚未組成一對相應的美學範疇之前，「物色」與「情」是作為相對的一組概念來使用的。「物色」含義大致有二。一指外界存在的自然物，如「春秋代序，陰陽慘舒，物色之動，心亦搖焉」（《文心雕龍》〈物色〉）。它是引起主體情感變化的自然客體存在。但它所包容的自然物範圍，有一個逐漸擴大的過程。蕭統《文選》「賦」體設「物色」類，僅收《風賦》、《秋興賦》、《雪賦》、《月賦》四篇，此外又另設「鳥獸」類，可見蕭統所云之「物色」僅指自然景色，而不包括鳥獸蟲魚等動物在內。劉勰《文心雕龍》〈物色〉所云之「物色」已包括「玄駒」、「丹鳥」、「微蟲」等鳥獸動物，而唐代《文鏡秘府論》則把自然萬物的各種景象都包容在「物色」之中了：「物色萬象，爽然有如感會。」（〈十七勢〉）二指詩中的景物描寫。如劉勰所說，寫詩應做到「物色盡而情有餘」

（《文心雕龍》〈物色〉）；《文鏡秘府論》〈論文意〉引王昌齡《詩格》云：「詩有上句言物色，下句更重拂之體。如『夜聞木葉落，疑是洞庭秋。』『曠野饒悲風，瑟瑟黃蒿草。』是其例也。」這是指上下兩句皆為景物描寫之體。

六朝晉宋強調「物色」描寫應該與情感相結合，劉勰所云「物色盡而情有餘」，要求在有限的景物描寫之中，表現出無限而豐富的感情，已經把「物色」與「情」作為一對美學範疇連繫在一起。在唐代《文鏡秘府論》那裡，「物色」範疇開始向「景」或「景語」過渡。《文鏡秘府論》既使用「物色」，也使用「景」或「景語」，其含義是相同的，都是指詩歌中的景物描寫。《文鏡秘府論》強調，詩中的景物描寫必須與詩人的情意抒發相結合。它所論及的與「物色」或「景」、「景語」相對應的主體因素，是要比「情」來得寬泛的「意」。如：

> 夫詩，入頭即論其意，意盡則肚寬，肚寬則詩得容顏物色。凡詩，物色兼意下為好。若有物色，無意興，雖巧亦無處用之。若一向言意，詩中不妙及無味；景語若多，與意相兼不緊，雖理道亦無味。
> 詩一向言意，則不清及無味；一向言景，亦無味。事須景與意相兼始好。[13]

上文曾論及，在主體因素諸範疇中，「意」是最為寬泛的範疇，它包容著「情」、「志」、「思」、「理」等等，是感性之情與理性思想的統一。《文鏡秘府論》十分強調詩須「立意」，「立意於眾人之先」，其云：

---

13 〔日〕遍照金剛：《文鏡秘府論》，人民文學出版社1980年版，頁130、133、138、44。

「凡作文之人，常須作意。凝心天海之外，用思元氣之前。巧運言辭，精練意魄。」它所說的「立意」，就是在景物的描寫中要有自己的寄託：「詩者，書身心之行李，序當時之憤氣。氣來不適，心事不達，或以刺上，或以化下，或以序事，皆為中心不決，眾不我知。」詩歌是用來抒發自己的情感和思想的，但如果「一向言意」而不與景物描寫相結合，成了抽象說理，就會變得「不妙及無味」。相反，只是一味寫景，而無意興寄託，「空言物色，則雖好而無味，必須安立其身」。所謂「安立其身」，就是要有自己的身心寄託。它引用了這樣一首詩：「明月下山頭，天河橫戍樓，白雲千萬里，滄江朝夕流。浦沙望如雪，松風聽似秋。不覺煙霞曙，花鳥亂芳洲。」這首詩寫景應當說是不錯的，但通篇只是寫景，沒有絲毫的情感與思想寄託，所以《文鏡秘府論》批評此詩「並是物色，無安身處，不知何事如此也」。總之，寫詩應當作到「物色兼意下為好」，也就是「景與意相兼」。所以從美學範疇上來講，《文鏡秘府論》完成了從「物色」到「景語」的過渡，從此「景」與「意」組成了相應的一對美學範疇。之後，宋代的梅聖俞把「景」、「意」關係表述為「含不盡之意見於言外，狀難寫之景如在目前」（歐陽修《六一詩話》），要求詩歌在生動而具體的景物描寫中，含有無窮的言外之意，也就是景中有意。南宋姜夔《白石道人詩說》強調「景」與「意」的互相滲透：「意中有景，景中有意。」元代楊載的《詩法家數》也提出二者不可偏廢：「寫景，景中含意，事中瞰景，要細密清淡；寫意，要意中帶景，議論發明。」

　　但總的說來，宋代詩論家開始突出「意」中的情感內涵，把「意」與「景」的關係發展為「情」與「景」的關係。如宋代范晞文《對床夜語》云：「景無情不發，情無景不生。」、「情景相融而莫分也。」張炎《詞源》明確提出「情景交煉」的要求。元代的方回曾論到「景在

情中，情在景中」、「以情穿景」、「景中寓情」（《瀛奎律髓》）等等。從宋元到明清，「情」與「景」成為相反相成、互相對應而不可分割的一對美學範疇。「情景交融」的美學理論也逐漸形成。

應當強調說明的是，處於「情景交融」關係中的「情」，並不是純粹的、狹義的、直覺的、感性之「情」，而是廣義的、含有理性的、與思想內容不可分割的「情」。所以中國古典美學用「情景交融」的理論來分析具體作品，或以具體詩例來說明「情」、「景」關係的時候，其中之「情」往往就是一種意念和思想，甚或是一種議論，只是伴隨有情感而已。之所以如此，有兩方面的原因。一是因為如上所說，宋元以後「情」與「景」這對美學範疇以及「情」、「景」關係，是從唐代的「意」與「景」這對美學範疇以及二者關係中發展而來的。「意」本身就有理性的東西。宋元以後的詩論家雖然把「情」從「意」中強調出來，但「情」與意念、思想仍然保留著割不斷的關係。二是六朝的「緣情」論產生以後，雖然與先秦的「言志」論二者之間有鬥爭，但在鬥爭中逐漸產生了融合，逐漸形成了「情」、「志」統一論。劉勰《文心雕龍》中便認為「情」、「志」不可分，他常把「情」與「志」並舉：「人稟七情，應物斯感，感物吟志，莫非自然」（〈明詩〉），「志足而言文，情信而辭巧」（〈徵聖〉），「情志為神明」（〈附會〉）等等。唐代的經學家孔穎達正式明確地提出了「情志合一」論，他在《左傳正義》中解釋《左傳》〈昭公二十五年〉的一段話時說：「在己為情，情動為志，情志一也。」又在《毛詩正義》中說：「言悅豫之志，則和樂興而頌聲作；憂愁之志，則哀傷起而怨刺生」，把「悅豫」和「憂愁」這樣的感情稱為「志」；明代戲劇家湯顯祖也說：「志也者，情也。」（《董解元〈西廂〉題辭》）「情」與「志」完全等同，二者合而為一。所以，中國古典美學「情景交融」中的「情」並不排斥理性的內容。

　　「情景交融」理論的發展，實際上經歷了情景組合與情景互融兩個階段。從唐代到宋元，「情景交融」理論基本上表現為詩歌中的「情語」與「景語」如何交叉與配合，成為一種寫詩的格式和方法。明清則進入了情景互融的理論階段。

　　王國維《人間詞話》云：「昔人論詩詞，有景語、情語之別。」譚獻《復堂詞話》云：「南宋人詞，情語不如景語。」所謂「景語」，是指詩中用以描繪景物、構成藝術形象的語句。所謂「情語」，是與「景語」相對而言，用以抒發思想感情的語句。「情景交融」理論的初級階段，是對「情語」、「景語」如何相間相配、交叉使用問題的探討。

　　最早把「情景交融」作為寫詩的格式和方法，提出「情景相配」理論的是唐代的《文鏡秘府論》。它把「景語」與「情語」的組合方法，概括為以下幾種格式：

　　1.情景交叉。「詩有上句言意，下句言狀；上句言狀，下句言意。如『昏旦變氣候，山水有清輝』，『蟬鳴空桑林，八月蕭關道』是也。」（《論文意》）其中所舉詩例，前者為謝靈運《石壁精舍還湖中作》的開頭兩句，後者為王昌齡《塞下曲》的開頭兩句。「昏旦變氣候」說的是詩人對早晨和黃昏氣候變化的感受，所以是言意或抒情之句；「山水含清輝」為寫景之句，這是先情後景；「蟬鳴空桑林」是寫景，「八月蕭關道」是說主人公行走在秋天邊關的道路上，孤獨而淒涼，這是先景後情。以上概而言之是「景語」和「情語」先後交叉配合。

　　2.首句寫景，接句抒情。《文鏡秘府論》〈十七勢〉稱此為「直樹一句，第二句入作勢」。所謂「勢」，也就是寫詩的定式。它解釋道：「直樹一句者，題目外直樹一句景物當時者，第二句始言題目意是也。」這種寫詩的定式，就是開頭一句先寫與詩題無關的當時景物，第二句才轉入與詩題有關的情意抒發，達到情景相配。它舉王昌齡的詩

為例，如《登城懷古詩》開始兩句：「林藪寒蒼茫，登城遂懷古。」第一句寫登城當時的秋天景色，第二句轉入與題目有關的懷古之情。又如《客舍秋霖呈席姨夫詩》：「黃葉亂秋雨，空齋愁暮心。」首句寫景，接句抒情。

3. 首二句寫景，第三句抒情。《文鏡秘府論》〈十七勢〉稱此為「直樹兩句，第三句入作勢」。它解釋道：「直樹兩句，第三句入作勢者，亦題目外直樹兩句景物，第三句始入作題目意是也。」它舉王昌齡《留別詩》為例：「桑林映陂水，雨過宛城西。留醉楚山別，陰雲暮凄凄。」其中第一、二句寫景，第三句轉入題意，因與朋友在楚山惜別而醉飲。第四句又是寫景。

4. 首三句寫景，第四句抒情。《文鏡秘府論》〈十七勢〉稱此為「直樹三句，第四句入作勢」。它解釋道：「直樹三句，第四句入作勢者，亦有題目外直樹景物三句，然後即入其意。」它舉王昌齡《代扶風主人答》為例：「殺氣凝不流，風悲日彩寒。浮埃起四遠，遊子彌不歡。」前三句描寫西北塞外景象，第四句抒情。

5. 首四句或首五句寫景，接句抒情。《文鏡秘府論》〈十七勢〉云：「第四、第五句直樹景物，後入其意，然恐爛不佳也。」它舉王昌齡《旅次盩厔過韓七別業詩》為例云：「『春煙桑柘林，落日隱荒墅。泱漭平原夕，清吟久延佇。故人家於茲，招我漁樵所。』此是第五句入作勢。」此詩前四句描寫朋友別墅周圍的生活景況，第五句轉入題意，表示友人別墅的美景，吸引著他到這裡來隱居。但作者認為，這樣的詩格，連續寫景過多，容易「爛」而「不佳」。

6. 結尾兩句，上句言意，下句寫景。《文鏡秘府論》〈十七勢〉稱此為「含思落句勢」，並解釋道：「含思落句勢者，每至落句，常須含思；不得令語盡思窮，或深意堪愁，不可具說。即上句為意語，下句

以一景物堪愁，與深意相愜便道，仍須意出成感人始好。」這類詩格是
為了使詩篇的「落句」——也就是結尾，「不得令語盡思窮」而淺露無
餘，「落句須令思常如未盡始好」（《文鏡秘府論》〈論文意〉）。這就要
採用末尾兩句先意後景的組合方式。比如結尾要寫愁思，前句抒情，
隱含愁之深意，所謂「深意堪愁，不可具説」；接句以寫景煞尾，但所
寫之景要與隱含的愁思相愜，使人能夠領會其中的深意，受到感動，
所謂「須意出成感人始好」。這樣就能做到含意不盡，餘味無窮。它舉
王昌齡《送別詩》的結尾兩句為例：「醉後不能語，鄉山雨霏霏。」詩
人與朋友分手之際，以飲酒至醉來忘掉離別的憂愁，所以「醉後不能
語」一句，雖不言愁而愁思深含其中。接著以「鄉山雨霏霏」寫景之
句結尾，綿綿細雨籠罩著家鄉的山野，此景與詩人充滿愁思的心境完
全愜合。這樣的情景交合，確實做到了言盡而意不盡。

　　《文鏡秘府論》是中唐時留學中國的日僧遍照金剛收集當時論詩之
作，回國後編撰而成。唐代律詩雖已十分成熟，其成就可謂臻於高
峰，但有關「情」、「景」關係的理論尚未明確地與律詩理論結合，所
以上述情景相配的寫詩格式，是就一般詩作而言的。經宋至元，情景
相配的理論已經進入到律詩的寫作格式之中。最早就律詩創作提出「情
語」與「景語」組合模式的是南宋的周弼，他編選了一本《三體唐
詩》，專選唐詩中三種體裁的律詩，即七言律絕、七言律詩、五言律
詩。由於律詩中間兩聯四句的平仄和用語必須對偶，因此也就牽涉到
其中「景語」與「情語」如何對偶的問題。周弼為此提出「四實」、「四
虛」、「前虛後實」、「前實後虛」等格式。宋代范晞文《對床夜語》卷
二云：「周伯弜選唐人家法，以四實為第一格，四虛次之，虛實相半又
次之。其說四實，謂中四句皆景物而實也。」明代梁橋《冰川詩式》
謂：「中四句皆景物而實，謂之四實。」、「中四句皆情思而虛，謂之四

虛。」由此可見，周弼把律詩中四句都是景語的格式放在第一等，把中四句都是情語的格式放在第二等，中四句前兩句抒情（「前虛」）、後兩句寫景（「後實」），或前兩句寫景（「前實」）、後兩句抒情（「後虛」），此類格式則放在第三等了。

元代的楊載則進了一步，他在《詩法家數》中明確提出了情景交融的要求：「寫景，景中含意」、「寫意，要意中帶景，議論發明」。但他所說的情景交融，更多的是指律詩寫作中「情語」與「景語」相配的方式。他把律詩的八句四聯稱為「破題」（第一聯）、「頷聯」（第二聯）、「頸聯」（第三聯）、「結句」（第四聯）。如云：

破題——或對景興起，或比起，或引事起，或就題起。要突兀高遠，如狂風捲浪，勢欲滔天。

頷聯——或寫意，或寫景，或書事，用事引證。此聯要接破題，要如驪龍之珠，抱而不脫。

頸聯——或寫意、寫景、書事、用事引證，與前聯之意相應相避。要變化，如疾雷破山，觀者驚愕。

結句——或就題結，或開一步，或繳前聯之意，或用事，必放一句作散場，如剡溪之棹，自去自回，言有盡而意無窮。[14]

其中關鍵是頷聯和頸聯，因為律詩的四聯之中，中間兩聯必須平仄相對，字詞相偶，所以在情景相配的安排上，也必須做到「景語」與「情語」交錯相應。如果前聯（頷聯）兩句寫意，則後聯兩句就應寫景，如陸游《小舟過吉澤效王右丞》：「本去官道遠，自然人跡稀。

14　楊載：《詩法家數》，《歷代詩話》下冊，中華書局1981年版，頁729。

木落山盡出，鐘鳴僧獨歸。」前聯兩句寫景，則後聯兩句寫意，如杜甫《客夜》：「入簾殘月影，高枕遠江聲。計拙無衣食，途窮仗友生。」前聯兩句如果先意後景，後聯兩句就應先景後意，如蘇軾《送春》：「酒闌病客唯思睡，熟蜜黃蜂亦懶飛。芍藥櫻桃俱掃地，鬌絲禪榻兩忘機。」前聯兩句先景後意，則後聯兩句先意後景，如范成大《睡起》：「閒裡事忙晴曬藥，靜中機動夜爭棋。心情詩卷無佳句，時節梅花有好枝。」總之，中間前後兩聯情景相配不可相同，如楊載所云：「第二聯合用景物實說，第三聯合說人事，或感嘆古今，或議論，卻不可用硬事。或前聯先說事感嘆，則此聯寫景也可，但不可兩聯相同。」（《詩法家數》）清代李重華《貞一齋詩說》也說：「詩有情有景，且以律詩淺言之，四句兩聯，必須情景互換，方不復沓。」

元代的方回編選了一本《瀛奎律髓》，選唐宋諸家律詩三千餘首，崇尚江西詩派，倡江西詩派「一祖（杜甫）三宗（黃庭堅、陳師道、陳與義）」之說。江西詩派作詩、論詩從「法」著眼。方回對「情」、「景」關係的認識，主要也看作是「景語」與「情語」之間的組合安排，是寫作律詩、講究對偶的一種格式和方法。如杜甫《九日》頷聯兩句：「苦遭白髮不相放，羞見黃花無數新。」方回評曰：「『白髮』，人事也；『黃花』，天時也。亦景對情之謂。」又如陳與義《懷天經智老因以訪之》頷聯云：「客子光陰詩卷裡，杏花消息雨聲中。」方回評道：「以『客子』對『杏花』，以『雨聲』對『詩卷』，一我一物，一情一景。」再如陳與義《寓居劉倉廨中晚步過鄭倉台上》頷聯兩句：「世事紛紛人易老，春陰漠漠絮飛遲。」方回評曰：「以『世事』對『春陰』，以『人老』對『絮飛』，一句情，一句景，與前『客子』、『杏花』

之句，律令無異。」[15]方回認為，情對景，景對情，上情下景，上景下情，這是律詩中間兩聯的對偶要求，他稱之為「律令」。但在具體評詩的過程中，他所概括出來的情景組合的格式又是多種多樣的，主要有以下幾種：

1. 一聯之中，情景相對

《瀛奎律髓》卷二十六評陳師道《次韻春懷》云：「以一句情對一句景，輕重彼我，沉著深郁，中有無窮之味。」也就是說，一聯之中，上句抒情則下句寫景，上句寫景則下句抒情。如杜甫《上巳日徐司錄林園宴集》首聯兩句，方回評道：「『鬢毛垂領白』，言我之形容，情也；『花蕊亞枝紅』，言彼之物色，景也。」又如范成大《睡起》頸聯兩句，方回評道：「『心情詩卷無佳句』，言情思；『時節梅花有好枝』，言物。」以上皆為先情後景，情對景。

杜甫《江漲又呈竇使君》頷聯兩句：「日兼春有暮，愁與醉無醒。」方回評道：「日且暮，春亦且暮，景也。愁不醒，醉亦不醒，情也。」又黃庭堅《和師厚郊居示裡中諸君》頸聯兩句，方回評道：「『歸鴻往燕競時節』，天時也；『宿草新墳多友生』，人事也。亦一景對一情。」以上皆為先景後情，景對情。[16]

律詩一聯兩句如果皆景或皆情，就要講究不犯「合掌」之病。所謂「合掌」，就是類似或重複。清代朱庭珍《筱園詩話》卷四云：

> 一聯皆寫情，則兩句須有變幻，不可一律，致犯合掌之病。一聯皆寫景亦然。或上句寫遠，下句寫近；或上句寫所聞，下句寫所見。

15　以上皆見方回《瀛奎律髓》卷二十六，《瀛奎律髓匯評》，上海古籍出版社1986年版，頁1138、1145、1146。

16　以上所引皆見方回《瀛奎律髓》卷二十六，《瀛奎律髓匯評》，頁1129、1150、1143。

總寫一句自有一句之意境，兩句迥然不同，卻又呼吸相應，此為至要。

比如王籍《過若耶溪》中「蟬噪林逾靜，鳥鳴山更幽」兩句，放在律詩中是不行的，因為上下兩句都是寫蟲鳥啼鳴，都是寫幽靜的境界，犯了「合掌」的毛病。王安石主張上句改為「風定花猶落」，與下句「鳥鳴山更幽」作對，這樣上句靜中有動，下句動中有靜，就避免了「合掌」之病。

2. 中間兩聯，前聯寫景，後聯言情

方回認為：「中兩聯，前言景，後言情，乃詩之一體也。」（《瀛奎律髓》卷一）如杜甫《客亭》：

秋窗猶曙色，木落更天風。
日出寒山外，江流宿霧中。
聖朝無棄物，老病已成翁。
多少殘生事，飄零任轉蓬。

方回評道：

王右丞詩云：「江流天地外，山色有無中。」此詩三、四以寫秋曉，亦足以敵右丞之壯。然其佳處，乃在五、六有感慨。兩句言景，兩句言情，詩必如此，則淨潔而頓挫也。[17]

杜詩「日出寒山外，江流宿霧中」寫秋天清晨之景，可謂傳神，

17　方回：《瀛奎律髓》卷二十四，《瀛奎律髓匯評》，頁503。

方回認為當與王維「江流天地外，山色有無中」的寫景名句相匹敵，但杜甫此詩的最佳之處還不在這裡，而在於下聯緊接著發感慨，做到了一聯景，一聯情，兩兩相對。方回對律詩的這一情景對偶格式頗為重視，他多處強調：「一聯景，一聯情，尤淨潔可觀。」（《瀛奎律髓》卷十六）「（詩）潔淨精緻者，多是中兩句言景物，兩句言情。」（《瀛奎律髓》卷二十五）如果説上述第一種格式是句與句之間的對偶，那麼這第二種格式就是聯與聯之間的對偶。

3. 中間兩聯，前聯言情，後聯寫景

清代李重華《貞一齋詩話》云：「詩有情有景，且以律詩淺言之，四句兩聯，必須情景互換，方不復沓。」這就是說，律詩中間兩聯，只要情景互換，可以前聯景，後聯情；也可以前聯情，後聯景。如宋代陳師道《和王子安至日》：

> 晨起公私迫，昏歸鳥雀催。
> 百年忙裡盡，萬事醉間來。
> 竹雨深宜晚，江梅半欲開。
> 風燈挑不焰，寒火撥成灰。

此詩中間兩聯，前聯抒發被公事私事煎迫繁忙之苦，後聯寫景：雨打竹林宜在半夜才能發出深沉的聲音，江畔的梅花此時正欲開未開。

4. 中間兩聯寫景，首聯與尾聯抒情

如杜審言《和晉陵陸丞早春遊望》：

> 獨有宦遊人，偏驚物候新。
> 雲霞出海曙，梅柳渡江春。

淑氣催黃鳥，晴光轉綠蘋。
忽聞歌古調，歸思欲沾巾。

　　首聯抒情，寫一個遠離家鄉、獨自在外做官的「宦遊人」猛然感覺到周圍的景物、氣候為之一新而驚嘆又一個春天來到了。中間兩聯緊接上句「物候新」，多角度地描繪早春的景色變換：雲霞在天涯海角的曙光中噴薄而出，似乎因春天的到來而充滿活力；柳枝吐葉，梅樹開滿白花，似乎是北方雪中之梅渡江而來，迎接春天；溫和的天氣使黃鸝發出婉轉的啼鳴，熙和的陽光照在綠色的蘋草上。尾聯又是抒情，因在同遊時聽友人（陸丞）所作詩歌而勾起思鄉之情，不禁淚下。方回認為，律詩的「正體」是中間兩聯先景後情，兩兩相對，所謂「兩句言景，兩句言情，詩必如此，則淨潔而頓挫」。中間四句都寫景，首尾抒情言意，這是律詩的一種「變體」。他評杜審言此詩說：「律詩初變，大率中四句言景，尾句乃以情繳之。」[18]這一「變體」，在盛唐的詩作中已不少見：「起兩句言題，中四句言景，末兩句擺開言意，盛唐詩多如此。」（《瀛奎律髓》卷二十九）

　　5. 前兩聯寫景，後兩聯抒情

　　如杜甫《暮登四安寺鐘樓寄裴十迪》：

暮倚高樓對雪峰，僧來不語自鳴鐘。
孤城返照紅將斂，近市浮煙翠且重。
多病獨愁常闃寂，故人相見未從容。
知君苦思緣詩瘦，太向交遊萬事慵。

18　方回：《瀛奎律髓》卷十，《瀛奎律髓匯評》，頁320。

此詩首聯與頷聯寫景。首聯破題，緊扣「暮登」寺廟「鐘樓」，頷聯寫登樓所見晚景。頸聯與尾聯抒情。前聯寫自己病愁寂寞，不得與老友從容相聚。後聯勉慰友人，不要因作詩、交遊而過於勞累。方回評曰：「前四句專言雪後晚景，後四句專言彼此情味，自然雅潔。」[19]

6. 首聯寫景，後三聯抒情

如唐代張子壽《初發曲江溪中》：

溪流清且深，松石復登臨。
正爾可嘉處，胡為無賞心。
我猶不忍別，物亦有緣侵。
自匪常行邁，誰能知此音！

此詩除第一、二句寫景外，其餘皆為議論和抒情。首聯寫曲江之水和兩岸松石景色，頷聯感嘆如此美麗可嘉的景色，為何人們沒有到此遊覽賞識之心呢？頸聯寫物我有緣，似乎互相不忍離別；尾聯議論道，除非經常流連邁行於此，誰能成為此處山水的知音呢！所以方回評道：「後六句無一字粘帶景物，謂之似韋蘇州，非頂門巨眼不識也。」（《瀛奎律髓》卷二十九）

7. 前三聯寫景，尾聯抒情

如唐太宗《月晦》：

晦魄移中律，凝暄起麗城。
罩雲朝蓋上，穿露曉珠呈。

---

19 方回：《瀛奎律髓》卷二十一，《瀛奎律髓匯評》，頁877。

笑樹花分色，啼枝鳥合聲。

披襟歡眺望，極目暢春晴。

「月晦」是農曆每月的最後一日。唐太宗所寫的「月晦」日，應在陽春三月。此詩前三聯寫的是三月「晦日」早晨，作者所見的周圍景色：太陽慢慢地升起、移動，溫暖的陽光灑在美麗的都城上，頭頂有雲彩籠罩，腳下有晶瑩的露珠，樹上開著爛漫多彩的花朵如在歡笑，群鳥在枝頭一起啼唱。尾聯以抒發春日裡極目遠眺的歡暢之情作結。方回評道：「雖未脫徐、庾、陳、隋之氣，句句說景，末乃歸之於情。」[20]初唐詩風仍帶有六朝陳隋，徐陵、庾信等人宮體詩的綺靡習氣，唐太宗也不例外，特別是第五、六兩句從句法到格調，十分相似。所以紀昀評曰：「五、六是齊梁語。」（《瀛奎律髓匯評》卷十六）

8. 結句寫景

宋代張炎《詞源》云：「結句需要放開，含有餘不盡之意，以景結句最好。」結句指篇末結尾的句子，以寫景結尾，可以讓讀者從景物描寫中馳騁想像，體會到不盡之意。這一格式，適用於包括律詩在內的各體抒情詩。近人解弢在《小說話》一文中說：

吾幼年讀唐詩，至元稹《聞白樂天左降江州司馬》一首末二句：「垂死病中驚坐起，暗風吹雨入寒窗」，既怪其何以不用傷感語作結，而以寫景作結。繼而細想之，無論用若何傷感語，總不及暗風吹雨之傷神。今恍然知其故矣。蓋寫悽慘悲涼之局，最妙以當時景物為收煞。蓋閱者之感覺已隨作者之筆端入於幻境，與書中身受悽慘之局者

20　方回：《瀛奎律髓》卷十六，《瀛奎律髓匯評》，頁586。

同一迷惘，並不自覺其悲，忽然精神為景物所提出，方知己乃置身事外，而回首局內婉轉哀淒之人，益慨然灑淚。

此文作者從欣賞心理學的角度，對結句寫景的藝術效果作了很好的分析。由於讀者被作者的感情所浸潤、同化，處在與作者一樣的情境之中，所謂當局者迷，「並不自覺其悲」；篇末突然以寫景作結，就猛然把讀者從迷境中提攝出來，知道自己原來是局外之人，所以就能夠從旁觀者的角度來細細咀嚼、體味局內人的淒哀之情，益覺其悲而灑下淚來。

9. 通首言情或通首寫景

全詩皆由情語或景語組成。朱庭珍《筱園詩話》稱律詩中「通首言情，通首寫景」，「為變格變法，不列於定式」。明代謝榛《四溟詩話》卷一云：「八句皆景者，子美『棘樹寒雲色』是也；八句皆情者，子美『死去憑誰報』是也。」其實這裡所說的通首皆為情句或景句只是相對而言的，實際上它們只是以情為主之句，或以景為主之句而已。先看謝榛所說的「八句皆景」之詩。杜甫《陪鄭廣文游何將軍山林十首》之七：

棘樹寒雲色，茵陳春藕香。
脆添生菜美，陰益食簞涼。
野鶴清晨出，山精白日藏。
石林蟠水府，百里獨蒼蒼。

這首詩寫清晨日出後的山林美景和種種鮮香誘人的野菜，八句都是寫景，但景句中並非絕對無情，如「香」、「美」、「涼」等句，都是

在寫景中帶著感覺和感情，流露出對山色野鮮的讚美之情。「八句皆情」之詩為杜甫《喜達行在所三首》之三：

> 死去憑誰報，歸來始自憐。
> 猶瞻太白雪，喜遇武功天。
> 影靜千官裡，心蘇七校前。
> 今朝漢社稷，新數中興年。

「安史之亂」中，長安失陷，唐玄宗逃往西蜀，被迫遜位，唐肅宗在陝西鳳翔縣繼位稱帝。杜甫逃出被安祿山、史思明占領的長安，歷盡艱險，追隨唐肅宗，終於到達鳳翔縣，此詩表達了他的欣喜自慰之情。全詩八句都是情句，但並非絕對脫離景語的抽象抒情：不但有「雪」與「天」的景象，更有朝見天子時的景況描繪：自己的身影融入眾多官員行列肅靜的影子之中（「影靜千官裡」）；看到朝廷「七校」武將的隊伍，內心似乎從惡夢中甦醒，感到輕鬆快慰（「心蘇七校前」）。王夫之稱這兩句詩是「景中情」之句：「景中情者，如⋯⋯『影靜千官裡』，自然是喜達行在之情。」（《薑齋詩話》）這就是說，其中的喜悅之情是通過有關的景象得到表現的。所以，全詩皆景或全詩皆情，是就其主要傾向而言的。

其實在律詩中，作為「情景交融」寫作方式之一的情景組合，其句式是多種多樣、變化無窮的，絕不限於上述論及的那些格套。作詩的大家妙手，也斷乎不受種種情景組合之格套的束縛，以自然暢快地抒情寫景為指歸，而且往往超越「情」、「景」兩分的組合模式，走向情景互融的渾一的至妙境界。清代朱庭珍對此有過十分精到的總結：

　　自周氏論詩，有四實四虛之法，後人多拘守其說，謂律詩法度，不外情景虛實。或以情對情，以景對景，虛者對虛，實者對實，法之正也。或以景對情，以情對景，虛者對實，實者對虛，法之變也。於是立種種法，為詩之式。以一虛一實相承，為中二聯法。或前虛後實，前景後情，此為定法。以應虛而實，應實而虛，應景而情，應情而景，或前實後虛，前情後景，及通首言情，通首寫景，為變格、變法，不列於定式。援據唐人詩以征其說，臚列甚詳。予謂以此為初學說法，使知虛實情景之別，則其說甚善，若名家則斷不屑拘拘於是。……

　　夫律詩千態萬變，誠不外情景、虛實二端。然在大作手，則一以貫之，無情景虛實之可執也。寫景，或情在景中，或情在言外。寫情，或情中有景，或景從情生，斷未有無情之景、無景之情也。又或不必言情而情更深，不必寫景而景畢現，相生相融，化成一片。情即是景，景即是情，如鏡花水月，空明掩映，活潑玲瓏。其興象精微之妙，在人神契，何可執形跡分乎？[21]

　　朱庭珍此論，可謂的論也。

第三節　情景互融

　　情景組合是「情景交融」理論的低級階段，它把詩句分為「情語」與「景語」兩類，也就是說，就詩句而言，「情」與「景」是分開的，

21　朱庭珍：《筱園詩話》卷一，《清詩話續編》（四），上海古籍出版社1983年版，頁2336-2337。

它所探討的是「情語」與「景語」如何搭配的問題。在作品整體中，「情」與「景」是一種交錯關係，互相還沒有進入到對方之中，所以這種低級階段的「情景交融」是一種混合，到高級階段的「情景交融」，才是真正的化合。因此，以周弼、方回為代表的這種情景組合的理論曾經受到清代黃宗羲、王夫之和紀昀等人的批評。黃宗羲批評周弼說：

周伯弜之注《三體詩》也，以景為實，以意為虛，此可論常人之詩，而不可以論詩人之詩。詩人萃天地之精氣，以月露風雲花鳥為其性情，其景與意不可分也。月露風雲花鳥之在天地間，俄頃滅沒，而詩人能結之不散；常人未嘗不有月露花鳥之詠，非其性情，極雕繪而不能親也。[22]

情景虛實、相分相對之論，只能用於常人之詩，或初學者之詩。真正的詩人，以景為情，以情入景，「其意與景不可分也」。王夫之則批評方回說：

夫景以情合，情以景生，初不相離，唯意所適。截分兩橛，則情不足興，而景非其景。且如「九月寒砧催木葉」，二句之中，情景作對；「片石孤雲窺色相」四句，情景雙收：更從何處分析？陋人標陋格，乃謂「吳楚東南坼」四句，上景下情，為律詩憲典，不顧杜陵九原大笑。愚不可療，亦孰與療之？[23]

22　周弼：《景州詩集序》，《南雷文案》卷一。

23　王夫之：《薑齋詩話》卷二，《四溟詩話・薑齋詩話》，人民文學出版社1961年版，頁151。

　　王夫之指出，「情」與「景」在詩中是不可分割的，因為「景以情合」——詩中之景是與情相合、包含著感情的，「情以景生」——詩中之情是由景而生、離不開生活景象的。如果硬把「情」、「景」分為兩截，離開景象的情感就成為赤裸裸的、抽象的情感，「則情不足興」——這種感情索然無味，不能感染人；而與情無關的景，也就不可能成為一種藝術圖景，即所謂「景非其景」。王夫之反對把「景語」和「情語」按照律詩寫作的各種固定格式來組合，他特別批評把律詩的中間兩聯情景相對、「上景下情」奉為「律詩憲典」的寫作格套。他舉唐代沈佺期《獨不見》一詩為例說，此詩「九月寒砧催木葉，十年征戍憶遼陽」兩句屬於律詩中的頷聯，根據「上景下情」的原則，這兩句都應該是景語，可是現在卻是「兩句之中，情景作對」，前一句是景語，後一句是情語，自然就不合上述律詩固定格套的要求。他進一步指出，有的詩句你很難說它是景語還是情語，而是「情景雙收」之句，如他所例舉的唐代李頎《題璿公山池》中間四句：「片石孤雲窺色相，清池皓月照禪心。指揮如意天花落，坐臥閒房春草生。」其中每一句都是既有情，又有景，情景交融。第一句中「片石孤雲」是景，下接「窺色相」，是說園中的「孤石」和天上的「片雲」似乎在偷偷地窺視隱居的幽士，這就把「片雲孤石」比擬為有情之人了；第二句中「清池皓月」是景，下接「照禪心」，景中就融入了與「清池皓月」一樣清澈平靜的禪悟之情；第三句是說高僧參悟佛法感動神祇，天為之雨花。「天花落」是景，「指揮如意」是把天神比擬為有情有為之人了，也是情景結合之句；第四句「坐臥閒房」寫高僧隱士的閒適之情，「春草生」既是寫景，又是渲染與閒適之情相融洽的幽靜環境。所以王夫之評道：「『片雲孤石窺色相』四句，情景雙收，更從何處分析？」無法把它分析為哪是景語，哪是情語。王夫之所批評的「陋人標陋格，

乃謂『吳楚東南坼』四句，上景下情，為律詩憲典」，實際上是針對方回的。杜甫《登岳陽樓》一詩如下：

昔聞洞庭水，今上岳陽樓。
吳楚東南坼，乾坤日夜浮。
親朋無一字，老病有孤舟。
戎馬關山北，憑軒涕泗流。

方回評此詩曰：「中兩聯，前言景，後言情，乃詩之一體也。」[24]上文曾談到，方回對律詩中間兩聯「前景後情」的組合方式是十分強調的，認為「詩必如此，則淨潔而頓挫也」。王夫之反對把詩句絕對地分為「情語」和「景語」，更反對把「情景交融」理解為「情語」和「景語」如何搭配的寫詩的某種格套，所以他把持這種見解的人稱之為「陋人」，把這種寫詩的格套稱之為「陋格」。他說：「以一情一景為格律，……雅人之不屑久矣。」（《明詩評選》卷五）清代紀昀在《瀛奎律髓刊誤》中也批評說：「蓋詩之工拙，全在根柢之深淺，詣力之高下，而不在某句言情、某句言景之板法，亦不在某句當景而情，某句當情而景，及通首全不言景，通首全不言情之變法。虛谷（引者註：方回字虛谷）不譏晚唐之用意猥瑣，而但詆其中聯之言景，……蓋不究古法，而私用僻見，宜其自相窒礙也。」這一批評是很有道理的。

不過平心而論，方回在「情景交融」理論的發展中是有貢獻的。他是最早用「情景交融」的理論來評詩的批評家。他所論及的情景組合模式雖屬於「情景交融」理論的初級階段，但他在理論上卻是從情

24　方回：《瀛奎律髓》卷一，《瀛奎律髓匯評》，頁6。

景相配發展到情景互融的過渡人物。他最早指出「情」與「景」的關係是主體與客體、「我」與「物」的關係。如他評蘇軾七律《送春》的中間兩聯云：

> 「酒闌病客唯思睡」，我也，情也。「蜜熟黃蜂亦懶飛」，物也，景也。「芍藥櫻桃俱掃地」，景也；「鬢絲禪榻兩忘機」，情也。[25]

又評陳與義《懷天經智老因以訪之》頷聯「客子光陰詩卷裡，杏花消息雨聲中」云：

> 以「客子」對「杏花」，以「雨聲」對「詩卷」，一我一物，一情一景。[26]

又評杜甫《上巳日徐司錄林園宴集》云：

> 「鬢毛垂領白」，言我之形容，情也；「花蕊亞枝紅」，言彼之物色，景也。

主體與客體、「心」與「物」在詩中的感應溝通，表現為「情」與「景」的交融。方回結合具體的詩例，對此作了論述。他指出「情」與「景」的關係應該是「景在情中」和「情在景中」。如他評杜甫《江亭》中頷聯兩句云：「如老杜『水流心不競，雲在意俱遲』，即如『片雲天

25　方回：《瀛奎律髓》卷二十六，《瀛奎律髓匯評》，頁1145。
26　方回：《瀛奎律髓》卷二十六，《瀛奎律髓匯評》，頁1145。

共遠，永夜月同孤』，景在情中，情在景中，未易道也。」[27]「片雲天共遠，永夜月同孤」是杜甫《江漢》中頷聯兩句。杜甫的上述詩句，情感的抒發與景物的描寫是交融在一起的。「水流心不競」，既有「流水」之景，又有超然閒適的「不競」之意，二者相融，景在情中，因而「流水」也帶上了不急不爭的姿態；「雲在意俱遲」，既有「雲在」天空停留之景，又有懶散「遲」緩之意。二者相融，情在景中，超然閒適、懶散遲緩之情寄寓於悠悠從容的流水和天空停雲的景象之中。「片雲天共遠，永夜月同孤」也是如此。前句之「遠」，既是雲與天之「遠」，也是詩人感嘆自己作為「江漢思歸客」漂泊離家之「遠」，既寫景，又寫情，二者是結合在一起的；同樣，後句之「孤」，既是天空之月在長夜裡的孤獨，也是詩人離家漂泊途中的孤獨。這兩句中的「遠」和「孤」，可謂「詩眼」，是實現情景互融的關鍵字眼。

就「景」的方面而言，「景在情中」，「景」不應該是孤立的、脫離主體的東西，而是被主體情感所浸染的，所以景物的描寫應該做到「以情穿景」。比如他評杜甫《上巳日徐司錄林園宴集》頸聯「薄衣臨積水，吹面受和風」兩句云：「五、六一聯，皆是以情穿景。」又如杜甫《江漢》中「落日心猶壯，秋風病欲蘇」兩句，方回評道：「『落日』『秋風』皆景也，以情貫之。」所謂「以情穿景」，就是用感情貫穿景物描寫，以情染景。上面所舉詩例中，「落日」本是景色，「心猶壯」是雄邁之情，聯而成句，就使落日之景充滿豪放之氣；「秋風」也是景色，與「病欲蘇」的欣喜之情相合，就使「秋風」不再蕭瑟，而令人感到溫暖了。「薄衣臨積水，吹面受和風」兩句，既是寫景，又包含有詩人的活動和感受，透露著在春天裡詩人受到朋友徐司錄的熱情宴請

27　方回：《瀛奎律髓》卷二十三，《瀛奎律髓匯評》，頁938。

而倍感溫暖之情。這溫暖，使詩人雖然穿著單薄的衣服站在早春的池水邊而不感到寒冷，吹面的春風當然就更加和熙了。所以「景在情中」，也就是以情染景，用情思貫穿景物，如方回所說：「若四句皆言景物，則必有情思貫其間。」（評杜甫《旅夜書懷》）

就「情」的方面而言，「情在景中」，就是情感不可淺露直說出來，而要景中有情，寓情於景，情感通過景物描寫而得到表現。如賈島《僻居無可上人相訪》：

> 自從居此地，少有事相關。
> 積雨荒鄰圃，秋池照遠山。
> 硯中枯葉落，枕上斷雲閒。
> 野客將禪子，依依偏往還。

方回評曰：「中四句極其工，而皆不離乎景，情亦寓於景中。」[28]這是一首很嚴整的五律，中間四句（頷聯與頸聯）對偶工整，雖然都是寫景，但情寓其中。作者僻居山村，自稱「野客」，超脫人世，只與禪師往還。中間四句，前兩句寫所居之幽，後兩句寫所居之閒，體現出一種離世脫俗的幽閒情趣。又如杜甫七律《登樓》：

> 花近高樓傷客心，萬方多難此登臨。
> 錦江春色來天地，玉壘浮雲變古今。
> 北極朝廷終不改，西山寇盜莫相侵。
> 可憐後主還祠廟，日暮聊為梁甫吟。

28　方回：《瀛奎律髓》卷二十三，《瀛奎律髓匯評》，頁943。

方回評曰：「『錦江』、『玉壘』一聯，景中寓情。」[29]杜甫此詩作於「安史之亂」平定後，吐蕃入侵被擊敗不久，此時他客居蜀中已經五年，春日登樓，感慨萬千，感情十分複雜，既有對「萬方多難」、國事衰微的憂傷，又有對擊敗吐蕃、恢復朝廷的喜悅，還有對世事變遷、好景不長的感慨和對當時的最高統治者唐代宗昏庸無能的怨憤。「錦江春色來天地」，就登樓所見開拓視野，寫錦江流水挾著蓬勃的春色從天地相接的遠處迎面而來，在對祖國山河之美的讚頌中透露出平定戰亂的喜悅之情；「玉壘浮雲變古今」，就時間的古今跨度馳騁遐想。眼前玉壘山頂的浮雲古往今來不知有過多少變幻，從中寄託著對國運盛衰、世事變遷的無限感慨。所以方回評此聯為「景中寓情」是十分正確的。

方回雖然把詩句分為「景語」和「情語」，著重論述的是全詩之中「景語」與「情語」如何搭配的問題，但他已經注意到「情」與「景」可以交融在一句詩之中。也就是說，有的詩句既不是單純的情語，也不是單純的景語，而是情景交融的詩句。他舉出的句例如「水流心不競，雲在意俱遲」（杜甫《江亭》），「片雲天共遠，永夜月同孤。落日心猶壯，秋風病欲蘇」（杜甫《江漢》）等等。這些詩句，如前文所分析的那樣，其中每一句都是既有情，又有景，二者達到了互融的境地。方回稱之為「以情貫景」、「景在情中」、「情在景中」。而且他指出，即使是「四句皆言景物」，也「必有情思貫其間」（《瀛奎律髓》卷十五））。這就是說，詩句中與景物交融的情感並不一定是明顯的、強烈的，它也可以是十分隱蔽的、含蓄的。這就接近於王國維所說的「一切景語皆情語也」（《人間詞話》）的意思了，它說明一切景物描寫都

是為了表達某種感情的。方回的上述觀點，為後來「情景交融」理論的發展，打下了重要的基礎。

當然，這種「情景互融」的思想並不是從方回開始的，齊梁時的劉勰和鍾嶸已有此認識。劉勰説，「情以物興」、「物以情觀」（《文心雕龍》〈詮賦〉，寫詩要達到「物色盡而情有餘」（《文心雕龍》〈物色〉）；鍾嶸説，「指事造形，窮情寫物」（〈詩品序〉）等等，都是強調「情」與「景」的結合，只是更多地用「情」與「物」的關係來表述罷了。《文心雕龍》〈隱秀〉說的「情在詞外曰隱，狀溢目前曰秀」，論述的便是「情景交融」的問題。所謂「隱」，就是情感要隱含在對景物的描寫之中；所謂「秀」，就是含情之景要形象生動。劉勰之後，宋代的范晞文在《對床夜語》中正式提出了「情景相融」的理論：

「水流心不競，雲在意俱遲」，景中之情也；「捲簾唯白水，隱几亦青山」，情中之景也；「感時花濺淚，恨別鳥驚心」，情景相融而莫分也。……固知景無情不發，情無景不生。

范晞文的理論貢獻主要在兩個方面：一是結合詩歌創作實例，提出了「情景互融」的三種模式，即「景中之情」、「情中之景」和「情景相融而莫分」；二是論述了在詩歌創作過程中，「情」與「景」互相生發的道理。這裡的「景」，是指作品的藝術圖景、藝術形象；這裡的「情」，是指作者的審美感情。「景無情不發」。是說沒有創作主體的審美感情的滲入，就不可能產生成功的藝術形象。「情無景不生」，是說離開了藝術景象，審美情感便無法生成、存在。在「情」與「景」沒有相融的時候，「景」只是外界的一種客觀存在，並非藝術之「景」，而「情」也只是主體內心的一種抽象存在，並非表現於作品的審美感

情。外界之「景」不一定是美的，比如荒涼無邊的沙漠，但是經過詩人戍邊衛國的豪邁情感的滲入，可以變得很美，成為成功的藝術形象，如「大漠孤煙直，長河落日圓」（王維《使至塞上》），「大漠沙如雪，燕山月似鉤」（李賀《馬詩》）等等。此時，原存於心中的抽象之情由於融入景中而得到具體的表現，成為能夠感動人的審美之情。

　　方回之後，對「情景交融」理論最有貢獻的當推明代的謝榛和王夫之。謝榛最早指出，「情」與「景」為詩之二要素，但二者不可分離，必互相交融。「情景交融」是詩歌創作的根本，但「情景」之中，「情」的因素尤為重要。「情」是核心，是詩歌生成的「胚胎」，是內在的；而「景」是外在的，是具體而成功地傳達情感的媒介。二者結合，方能產生真正的好詩，所以好詩並非炫人以佳詞麗藻，徒有其表，而是達到情景交融。他說：

　　作詩本乎情景，孤不自成，兩不相背。……夫情景有同異，模寫有難易，詩有二要，莫切於斯者。觀則同於外，感則異於內，當自用其力，使內外如一，出入此心而無間也。景乃詩之媒，情乃詩之胚，合而為詩，以數言而統萬形，元氣渾成其浩無涯矣。同而不流於俗，異而不失其正，豈徒麗藻炫人而已。[30]

　　謝榛的這段話，其中心雖然是強調「情」、「景」結合方有詩歌，但實際上這段話可以分為前後兩部分，兩部分論述的問題既有連繫，又有不同。其不同的關鍵是前後兩部分所說的「景」有兩種含義。前

30　謝榛：《四溟詩話》卷三，《四溟詩話・姜齋詩話》，人民文學出版社1962年版，頁69。

半部分自開頭至「出入此心而無間也」，其中「作詩本乎情景」、「情景有同異」的「景」，是指客觀存在的外界景物。這部分論述的中心是創作主體內在的「情」，如何與外在的客體之「景」互相溝通、融合的問題。謝榛認為，孤立的主體之「情」，或孤立的客體之「景」，是不可能產生詩歌的，即所謂「孤不自成」。只有情景諧合，「兩不相背」，才是作詩之「本」。他指出，主體之「情」與客體之「景」，二者構成的是一種「觀」與「感」的關係。「觀」，是主體通過眼睛觀看外物，也就是外物通過人的視覺作用於人；「感」，則是主體對外物作用的感覺、反應。由於主體是具有一定感情的人，既有之「情」就會影響到主體對外物的感受，所以即使看到的是同一景物，不同的人所產生的感受和反應是各不相同的，這就是所謂「情景有同異」。「觀則同於外，感則異於內」。謝榛在這裡所說的，實際便是「情」與「景」、「心」與「物」、主體與客體之間相互作用的一種感應關係。正是通過主客體之間的感應溝通，「自用其力」——在主體心力的作用下，「情」與「景」達到「內外如一，出入此心而無間」的相融相合的境地的。謝榛這段話的後半部分，論述的是詩歌中情感與景象合而構成情景交融的意象的問題。其中「景乃詩之媒」的「景」，是指詩中具體的景象描寫。這句話是說，在詩歌創作中，「景」是觸發和傳達情感的媒介；而「情乃詩之胚」——情感是孕成詩歌生命的胚胎。謝榛在《四溟詩話》卷四中說：「詩乃模寫情景之具，情融乎內而深且長，景耀乎外而遠且大。」其中與「情」相對的「景」，也是指生動而有光彩的景象描寫。情景結合，「合而為詩」，也就有了詩的意象。這段話前後兩部分的論述重點雖然各有側重，但卻密切相關。主體之「情」與客體之「景」的感應溝通，也就是「心物感應」，這是生成「情景交融」的藝術意象的基礎。謝榛說：「情景相觸而成詩。」（《四溟詩話》卷四）所謂「相觸」，

就是感應溝通。沒有「心物感應」、情景諧合，就不可能有「情景交融」的藝術意象。這一點，在謝榛之後的王夫之那裡，得到了更加明確的強調。

王夫之可以說是「情」、「景」關係理論之集大成者。在王夫之之前，除范晞文、方回、謝榛之外，對情景互融作出論述的尚不乏其人。就明代而言，如都穆云：「作詩必情與景會，景與情合，始可與言詩矣。」（《南濠詩話》下卷）王嗣奭云：「蓋詩所自來，不外情景，或觸景生情，或緣情寫景。」（《管天筆記外編》卷下《文學》）譚浚云：「景適性情之內，情融景物之中，則情景兩得。」（《說詩》卷中）以及「情中之景，景中之情」（戴君恩《讀風臆評》），「情中有景，景外含情」（陸時雍《詩鏡總論》）等等。但這些論述大多片言隻語，隨手點到，不成系統。王夫之的「情景」論則在前人的基礎上，不但深化，而且系統化了。

王夫之認為，詩的藝術境界是由「情」與「景」的互相滲透合一所構成的，所以在詩歌作品中「情」與「景」的關係是同一而不可分的。他多次強調這種同一性、互融性：

情景合一，自得妙語。撐開說景者必無景也。（《明詩評選》卷五）

情景相入，涯際不分。（《古詩評選》卷五）

情景互出，更不分疆界。（《明詩評選》卷四）

所謂「撐開說景者必無景也」，也就是離開了情而孤立地寫景，則必然寫不出好的景句。這樣寫出的景句便是「死景」。方東樹說：「景中皆有情，景亦活矣，非同死寫景。」（《昭昧詹言》卷七）王夫之則

説：「取景從人取之，自然生動。」（《古詩評選》卷六）他把以情寫景、景中有情的景句，稱之為「活景」：

語有全不及情而情自無限者，心目為政，不恃外物故也。「天際識歸舟，雲間辨江樹」，隱然一含情凝眺之人呼之慾出，從此寫景，乃為活景。[31]

「天際識歸舟，雲間辨江樹」是謝朓《之宣城郡出新林浦向板橋》一詩中的兩句。此詩作於謝朓乘船赴任宣城太守途中。他此時為能離開南齊政權的京城金陵這一是非之地，外赴風景優美的宣城（今安徽宣城縣）就任而感到欣慰。上述所引詩句雖然是寫景，但在景物描寫之中隱含著人的活動，人的感情。「天際歸舟」、「雲間江樹」的景色，加上「識」字、「辨」字，隱含著詩人站立船頭極目遠眺的景象，深藏著詩人渴望早日結束孤獨的旅程、到達任所的心情。所以王夫之評這兩句詩是「全不及情而情自無限」、「隱然一含情凝眺之人呼之慾出」。

就詩中的情感而言，情也不能離開景，而要使景物入情，情融於景。離開藝術形象，赤裸裸的情感抒發，王夫之是反對的。他在《明詩評選》卷五中批評杜甫「世人皆欲殺，吾意獨憐才」、孟浩然「不才明主棄，多病故人疏」這樣的詩句是「沖喉直撞，如裡役應縣令者哉」，就像差役應答縣太爺的命令時直著喉嚨唱「喏」一樣。他認為，「工於言情」就要「縈紆曲盡」，用景入情：「雜用景物入情，總不使所思者一見端緒，故知其思深也。」（《明詩評選》卷一）正如清代田詞之所説：「深於情者，正在善於寫景。」（《西圃詞説》）

31　王夫之：《古詩評選》卷五，評謝朓《之宣城郡出新林浦向板橋》。

　　所以在王夫之那裡，沒有孤立的、絕對的「景語」與「情語」。它們都是「情景交融」之語，只是由於側重點不同，對此作出相對的區分而已。他說：

　　不能作景語，又何能作情語耶？古人絕唱多景語，如「高台多悲風」，「蝴蝶飛南園」，「池塘生春草」，「亭皋木葉下」，「芙蓉露下落」，皆是也，而情寓其中矣。以寫景之心理言情，則身心中獨喻之微，輕安拈出。[32]

　　善於言情者，是「以寫景之心理言情」，情寓景中。所以不能作「景語」，也就不能作「情語」。寫景即抒情，抒情必寫景，「情景一合，自得妙語」。且看王夫之所舉「古人絕唱」之詩例：曹植《雜詩》之「高台多悲風」句，寫景之中包含著對孤獨遠遊之友的離思愁情。「悲」字既是寫秋風，又是寫心情，是心中有悲因而感到秋風「悲」。張協《雜詩》之「蝴蝶飛南園」句，是詩人到邊城去時，在春天季節裡引起的美好回憶。蝴蝶在花園裡的忽忽翩飛，傳達著一種輕快之情。謝靈運《登池上樓》之「池塘生春草」句，在充滿勃勃生機的景象之中，隱含著對春天降臨人間的喜悅。柳惲《搗衣詩》之「亭皋木葉下」句，下接「隴首秋雲飛」。「亭皋」為水邊，是婦女洗衣砧搗之處。「隴首」即邊疆隴頭，是婦人之夫遠戍之地，秋景中蘊含著思夫之情。蕭愨《秋思》之「芙蓉露下落」句，下接「楊柳月中疏」。夏夜寧靜幽雅的景色，透露著詩人悠然閒適的心情。所以，王夫之評這些詩

32　王夫之：《薑齋詩話》卷二，《四溟詩話‧薑齋詩話》，人民文學出版社1961年版，頁154。

句是「情寓其中矣」。王國維《人間詞話》云：「昔人論詞，有景語、情語之別，不知一切景語皆情語也。」說的也是這個道理。

王國維在《文學小言》中把「情」與「景」稱為文學的兩種「原質」，認為「景」是對於自然界及人生的各種事實的描繪，「情」是人們對於此種事實的精神和態度，所以「景」是客觀的，「情」是主觀的。「情景交融」實際上就是主客觀之間的互相滲透，「景」因為有「情」的滲透而心靈化了，「情」因為有「景」的滲透而感性化、具象化了。這正如黑格爾在《美學》第一卷中所說：「通過滲透到作品全體而且灌注生氣於作品的情感，藝術家使他的材料及形狀的構成體現他的自我，體現他作為主體的內在的特性」，於是，「感性的東西心靈化了，而心靈的東西也借感性化而顯現出來」。所以，「情景交融」的結果，便是藝術美的產生。

綜上所述，王夫之對作品的「情」、「景」關係的認識，可以用他自己的兩段話來概括。一段話是：「情不虛情，情皆可景；景非滯景，景總含情。」（《古詩評選》卷五）詩中的感情不能是「虛情」，這有兩層含義，既要真誠，不可虛假，又要落到實處，不可抽象。要能夠用具體的景象表現出來，做到「情皆可景」。同時，詩中的景象不可無情，否則便是「滯景」、「死景」，所以要做到「景總含情」。另一段話是：「景者情之景，情者景之情。」（《唐詩評選》卷四）從「景」的方面來說，它是含情之景；從「情」的方面來說，它是入景之情。總之是情景相融，情景同一，不可分離，否則，情便是「虛情」，景便是「滯景」。清代沈雄《古今詞話》云：「情以景幽，卓情則露；景以情妍，獨景則滯。」與王夫之的說法相似。王夫之「情景合一」的思想，在清代詩論家那裡明確概括為「情景交煉」或「情景交融」：「詞之訣，曰情景交煉。」（張德瀛《詞徵》卷一）「情景交融，如在目前，使人

津詠不止，乃妙。」（方東樹《昭昧詹言》卷十四）朱庭珍則對「情景交融」、「情景同一」作了如下的具體描述：「又或不必言情而情更深，不必寫景而景畢現，相生相融，化成一片。情即是景，景即是情，如鏡花水月，空明掩映，活潑玲瓏。」[33]

但是，「情景交融」在王夫之那裡是分為兩個層次的。上述所云，屬於作品表現層次的情景交融。而要使作品表現層次能夠達到情景交融，關鍵是「心」與「物」、主客體觀照層次的情景交融。王夫之十分強調審美觀照中「情」與「景」、「心」與「物」的適意相會、自然拍合。如云：

景以情合，情以景生，初不相離，唯意所適。（《姜齋詩話》卷二）

「池塘生春草」、「蝴蝶飛南園」、「明月照積雪」，皆心中目中與相融浹，一出語時，即得珠玉圓潤；要亦各視其所懷來，而與景相迎者也。（《姜齋詩話》卷二）

只於心目相取處得景得句，乃為朝氣，乃為神筆。（《唐詩評選》卷三）

所謂「心目相取」、「所懷」之情「與景相迎」、「景以情合，情以景生」，都是指在審美過程中主體與客體之間相互選擇，相互作用，從而達到統一。王夫之之前，宋代葛立方《韻語陽秋》也曾論述了審美觀照中的情景交融：「天地間景物非有厚薄於人，唯人當適意時則情與

33　朱庭珍：《筱園詩話》卷一，《清詩話續編》第四冊，上海古籍出版社1983年版，頁2337。

景會，而物之美若為我設。一有不懨，則景物與我漠不相干。」有的人能夠發現景物之美，有的人面對同一景物卻漠然視之，關鍵在於主客體之間是否溝通，溝通的關鍵在是否「適意」。所謂「適意」，就是審美客體適合主體的審美意趣。不適意，「一有不懨，則景物與我漠不相干」，自然無美可言。「當適意時，則情與景會」，在觀照層次上達到了情景交融，也就能夠發現事物之美。對此，王夫之進一步作了論述：

> 興在有意無意之間，比亦不容雕刻。關情者景，自與情相為珀芥也。情景雖有在心在物之分，而景生情，情生景，哀樂之觸，榮悴之迎，互藏其宅。[34]

在主客體之間的審美觀照中，「景」是主體觀照的對象，是外在的客觀事物，而「情」是主體的一種精神因素，所以「情景有在心在物之分」。審美觀照中的「情」、「景」關係，也就是一種「心」、「物」關係，王夫之認為二者之間是互相作用、互相滲透、互相融合的。比如春秋季節，或「榮」或「悴」的外界景物「迎」人而來，作用於人，成為人的觀照對象。但是人的內心並不是消極空白的，已有的「哀樂」之情在審美觀照中就會去接「觸」外在的景物。此時，審美者眼中看到的「景」，已不是純客觀的孤立之「景」，其中已經滲透著觀照者的一定之「情」；而在審美觀照中由對象引起的審美感情，它是不能脫離外在之「景」而存在的，它總是對於景物的某種具體的形象感受，此時「景」已經進入到「情」之中。這就是王夫之所說的「互藏其宅」，

34　王夫之：《姜齋詩話》卷一，《四溟詩話・姜齋詩話》，人民文學出版社1961年版，頁144。

是審美觀照過程中的情景交融。

這裡要說到「珀芥」的問題。王夫之認為在審美觀照中「情」與「景」是密切關聯在一起，不能互相分開的；「關情者景，自與情相為珀芥也。」、「情」、「景」關係是一種「珀」、「芥」關係。什麼是「珀」、「芥」關係？就是琥珀和芥子互相吸引的關係，這是生活中存在物質感應的一種表現。宋代張邦彥說：「磁石吸針，琥珀拾芥，物類相感然也。」（《墨莊漫錄》）王夫之借琥珀與芥子之間存在的物質感應，來說明審美觀照中「情」與「景」之間存在著精神感應。這種情景感應，實即心物感應。也就是說，「情」與「景」的心物感應，是實現審美觀照中「情景交融」的必由之途。

縱觀中國古典美學，有關「情景」、「意象」、「意境」、「境界」等學說，都強調主體與客體、「心」與「物」的交融是其構成之核心。為什麼呢？因為中國古典哲學強調事物相反的兩極的對立和感應，中國古典美學強調心物感應，「感應」學說貫穿於中國古典美學的整個發展過程，形成了一個悠久的傳統，因而滲透到藝術理論的多個方面。王夫之之所以能夠成為「情景」論之集大成者，對「情景交融」的認識由表現層次而深入到觀照層次，這與王夫之在哲學上是一位「感應」論者不無關係。他從對《易經》的認識出發，認為「陰陽感應」乃萬物產生的基本原則：「感者，交相感。陰感於陽而形乃成，陽感於陰而像乃著。」（王夫之《張子〈正蒙〉注‧太和篇》）然而，萬物「既有形又各成其陰陽剛柔之體」，這就使萬物存在著性質上相反相異的差別。但不管陰或陽，都是由氣構成的，所以差異之中又存在著同一性，因而事物之間能夠感應，能夠合一：「故一而異，唯其本一，故能合；唯其異，故必相須以成而有合。犁然則感而合者，所以化物之異而適於太和者也。」（王夫之《張子〈正蒙〉注‧可狀篇》）感應強調

相反事物的合二而一，「情」與「景」，一為主觀，一為客觀，它們的交融，正是相反事物感應合一的結果。所以，深入研究「情景交融」問題，就必然要轉入對感應問題的探討。

王夫之的「情景」論，在審美觀照層次上還提出了「景生情，情生景」的理論，清代黃圖珌《看山閣集閒筆》把它概括為「情景相生」論：「情生於景，景生於情，情景相生，自成聲律。」王夫之在作品表現層次上還提出了「情中景，景中情」的交融方式論：「情景名為二，而實不可離。神於詩者，妙合無垠。巧者則有情中景，景中情。」、「情景相生」論與「情景交融」方式論，因其與「感應」學說密切相關，故而放到下文中再作具體論述。

第三章

「感應」的內涵與不同層次

第一節　「感應」的含義

「感應」或稱「應感」，最早是中國古典哲學說明不同物質的相反相成、交互作用、辯證運動過程的一個哲學範疇。中國古典哲學認為，「氣」是構成物質世界的最小的物質單位，而「氣」分為陰、陽，陰氣與陽氣的交互作用，這就是「感應」。陰陽之氣通過交互作用而千變萬化，於是就有了宇宙萬物。所以「感應」最早是用來說明物質運動變化的一個概念。

最早使用「感應」這一範疇的是《周易》。《周易》六十四卦中有一個「咸」卦，「咸」卦的圖像是☶☴，它是由八卦中的「兌」卦（☱）和「艮」卦（☶）組成的。在八卦中，「兌」為陰卦，「艮」為陽卦。「咸」卦上兌下艮，也就是陰在上，陽在下。本來陽應在上，如天；陰

應在下，如地，而「咸」卦卻倒了過來。這象徵著陰氣與陽氣的流轉變化，交相運動。所以《周易》中的象辭對「咸」卦作了這樣的解釋：

咸，感也。柔上而剛下，二氣感應以相與，……天地感而萬物化生，聖人感人心而天下和平。觀其所感，而天地萬物之情可見矣。

「既景乃岡，相其陰陽。」據《說文解字》，「陰」的本義為雲覆日，這裡既講了自然界的物質感應，也講了社會的精神感應。《周易》〈繫辭〉說：「乾，陽物也；坤，陰物也。」、「夫乾，天下之至健也。」、「夫坤，天下之至順也。」、「乾剛坤柔。」由此可見，象辭所說的「柔上」也就是陰上，「剛下」也就是陽下。陰陽「二氣」交相感應就產生了天地萬物。所以《周易》〈繫辭〉又說：「天地氤氳，萬物化醇；男女構精，萬物化生。」與此同時，《周易》由物質感應論推廣到了精神感應論，所謂「聖人感人心而天下和平」，即聖人的精神世界與百姓的精神世界互相溝通，交互作用，最終因聖人的精神教化而達到「天下和平」。

「陰陽二氣」作為哲學概念的提出，是從「陰」、「陽」二字的本義發展而來的。甲骨文中已有「陽」字，金文中已有「陰」、「陽」連用者，直到《易經》、《詩經》，所用「陰陽」二字，皆為該字之本義。如《易經》〈中孚〉云：「鳴鶴在陰，其子和之。」《詩經》〈大雅〉〈公劉〉云：「陽」的本義為日出而開明。由此引申為冷暖、南北等。西週末年的伯陽父（史伯）以「天地之氣」失序來闡述地震的原因，以「陰（地）陽（天）二氣」的變化來說明自然界發生巨變的內在根據，正式把「陰陽二氣」抬上了哲學殿堂。周幽王三年，西週三川皆震，伯陽父曰：「周將亡矣！夫天地之氣，不失其序；若過其序，民亂之也。陽

伏而不能出，陰迫而不能蒸，於是有地震。」（《國語》〈周語（上）〉）
伯陽父已不把地震解釋為天神的震怒、警告和懲罰，而歸之於「陰陽
二氣」的失序。至此，「陰陽」尤其本義而開始「氣」化。到春秋末期
至戰國時代，「陰陽」概念又被一些思想家用來指稱一對創造宇宙萬物
的矛盾力量，而使「陰陽」概念抽象化、哲學化的首推老子：

　　道生一，一生二，二生三，三生萬物。萬物負陰而抱陽，沖氣以
為和。（《老子》〈四十二章〉）

　　「道」產生混沌的「氣」（「一」），「氣」又分為陰、陽，陰陽二
氣互相交融而形成一種和合之氣，氣的三種狀態──陰、陽、和的運
動變化就構成了天地萬物。莊子筆下的大公調在解答「萬物之所生惡
起」這一問題時，認為「萬物之生」乃是「陰陽相照，相蓋相治，四
時相代，相生相殺，……雌雄片合，於是庸有。」（《莊子》〈則陽〉）
亦即肯定萬物為陰陽（雌雄）這一對矛盾力量交互作用的產物。荀子
則提出「天地合而萬物生，陰陽接而變化起」（《荀子》〈禮論〉），斷
定萬物的生成和變化是陰陽（天地）矛盾兩方面互相作用的結果。自
戰國至秦漢的思想史文獻中，陰陽已用來指稱世界上一切事物變化相
反相成的兩個矛盾方面，並進而把動、明、剛、健等歸屬於陽性，把
靜、暗、柔、順等歸屬於陰性。這樣，「陰」、「陽」已從具體事物之中
剝離出來，經過抽象，成為一對表示事物相反屬性的哲學範疇。所以
《周易》實質上是從不同物質的相反相成、交互作用的角度，來給「感
應」定位的。
　　不過，「感應」學說從《周易》開始，其實包括著同質感應與異質
感應兩個方面。《周易》〈乾卦〉〈文言〉論述的是同質感應問題：

　　九五曰：「飛龍在天，利見大人。」何謂也？子曰：「同聲相應，同氣相求。水流濕，火就燥；雲從龍，風從虎。聖人作而萬物睹，本乎天者親上，本乎地者親下，則各從其類也。」

　　《周易》在這裡提出同質感應的兩種基本方式，一是「同聲相應」，二是「同氣相求」。所謂「同聲相應」，是指由於事物運動的節律相同而發生的感應，比如聲音之間，「試調琴瑟而錯之，鼓其宮則他宮應之，鼓其商則他商應之。五音比而自鳴，非有神，其數然也。」（董仲舒《春秋繁露》〈同類相動〉）董仲舒這裡所說的「數」，就是聲音振動的頻率。他指出，由於聲音振動的頻率相同，此宮可以感應他宮，此商可以感應他商，暖寒暑，都是氣的表現，只是前者在人，後者在物，形態不同而已。上述「聲比則應」，「五宮相比而自鳴」。其他事物之間也如此，由於運動節律相同，可以產生感應。所以這種感應方式是以相同的運動節律作為感應的中介的。第二種感應方式是「同氣相求」，這種感應方式是以氣作為感應的中介。由於萬物皆是由陰陽五行構成的，萬物皆以氣為本，氣與氣之間可以溝通，所以物與物之間能夠產生感應。唐代的孔穎達在解釋《周易》〈乾卦〉〈文言〉「同氣相求」時便說：「天地之間共相感應，各從其氣類。」（《周易正義》〈乾卦〉〈文言〉）董仲舒則稱之為「氣同則會」。比如人與天地自然之間，「天有陰陽，人亦有陰陽。天地之陰氣起，而人之陰氣應之而起；人之陰氣起，而天地之陰氣亦宜應之而起，其道一也。」（董仲舒《春秋繁露》〈同類相動〉）他認為，春夏秋冬四季之所以能夠引起人們喜怒哀樂之情，是因為「喜怒哀樂之發，與清暖寒暑，其實一貫也。喜氣為暖而當春，怒氣為清而當秋，樂氣為太陽而當夏，哀氣為太陰而當冬。」（《春秋繁露》〈陰陽尊卑〉）在他看來，「喜怒哀樂」與清「同聲相應」、

「同氣相求」的感應方式，自《周易》提出之後，《呂氏春秋》與《春秋繁露》皆承此說。《春秋繁露》已見前敘，《呂氏春秋》〈應同〉則云：「類同則召，氣同則會，聲比則應。」這裡對感應方式強調的都是「同」。從上述《周易》所謂「各從其類」，到《呂氏春秋》所謂「類同則召」，到《春秋繁露》所謂百物「從其所與同」，強調的都是同質感應。

其實，《周易》也論及了異質感應。《周易》〈咸卦〉彖辭所說「柔上而剛下，二氣感應以相與」，其中的「二氣」，即陰氣與陽氣。這是剛與柔、男與女、天與地等等性質完全相反，甚至對立的兩種物質。《周易》認為，這異質的「二氣」可以互相「相與」，互相滲透，互相結合，發生感應。到唐宋時期，對異質感應的認識就更加自覺，明確指出不但同類事物之間可以發生感應，而且異質的事物之間也存在著感應。孔穎達《周易正義》云：「其造化之性，陶甄之器，非唯同類相感，亦有異類相感者。若磁石引針，琥珀拾芥，……其類繁多，難一一言也。」張載在《橫渠易說》中也提出事物有「以異而應」者，「如男女是也，二女同居則無感」。

中國古典哲學用來探討物質運動的「感應」論有兩個特點，一是強調事物甲乙兩極或甲乙雙方的雙向交流，雙向運動，而非單向的由甲到乙，或由乙到甲。唐代經學家孔穎達《周易正義》云：「感者，動也；應者，報也，皆先者為感，後者為應。」這就是說，「感」是甲作用（「動」）於乙，「應」是乙反作用（「報」）於甲，「感應」就是兩件事物之間的互相作用。不論是物質感應或精神感應，同類感應或異類感應，感應都是指事物兩極或雙方的雙向作用，雙向交流，雙向運動，而非單向的由甲到乙，或由乙到甲。

二是強調事物甲乙兩極或甲乙雙方的互相滲透，互相融合。《周

易》說的陰陽「二氣感應以相與」，所謂「相與」便是互相給予的意思，也就是陽氣滲透到陰氣之中，陰氣滲透到陽氣之中。荀子提出「精合感應」（《荀子》〈正名〉）指的是人的精神與外界事物的交感融合。王夫之則說：「感者，交相感。」是對立事物的交互作用。陰陽二氣或甲乙二事物，在雙向運動中產生撞擊、滲透和融合，這時產生的是非甲非乙的第三種事物，它既非陰氣，也非陽氣，可是又包含有陰、陽之氣；它非甲非乙，但其中卻有甲有乙。比如父與母的結合生子，氫與氧的化合成水，馬與驢交配而生騾等等。這就是老子所說的「萬物負陰而抱陽，沖氣以為和」。

「氣」一元論者既強調一分為二，又強調合二為一。北宋哲學家張載提出「一物兩體」的命題。他認為「氣」之所以運動變化，主要是由於「氣」本身所包含的虛與實、動與靜、陰與陽、聚與散等兩個對立面之「相感」。「一」中有「兩」，「氣」這個統一體中包含有對立的兩部分；「兩」統一於「一」，即合矛盾的兩方面而為一體（《正蒙》〈太和〉篇）。明、清之間的思想家方以智則把「合二為一」用「交」的概念來表示：「交也者，合二而一也。」（《東西均》〈三征〉）所謂「交」，也就是相反的事物或事物矛盾兩方面的交相感應，滲透融合：「虛實也，動靜也，陰陽也，形氣也，道器也，晝夜也，幽明也，生死也，盡天地古今皆二也。兩間無不交，則無不二而一者，相反相因，因二以濟，而實無二無一也。」（《東西均》〈三征〉）事物之間相反相成，通過交相感應而達到融和統一。由此可見，「感應」論來自中國古典哲學中的「氣」一元論，它所強調的正是「氣」一元論關於物質運動變化中的「合二為一」的理論。「合二為一」與「一分為二」一樣，是宇宙物質運動變化的普遍規律的表現。所以，感應現象是宇宙間存在的普遍現象，它是事物之間相互作用與變化的一種方式。它在總體規律

上是從「感」（向內）到「應」（向外），再到「合」（非內非外，亦內亦外）。「感應」論所強調的，正是「合二為一」的普遍規律。

宇宙間存在的萬事萬物在構成上是具有層次性的，感應活動也因事物的構成不同，而分為物質感應、精神感應、審美感應三個層次。物質感應屬自然科學領域，精神感應屬社會科學領域，審美感應屬文學藝術領域。其中物質感應是最基本的感應形式，精神感應、審美感應則建構在物質感應的基礎之上。精神感應是人對世界本質的把握方式，而審美感應則是人對世界存在的審美體驗方式，它們共同構成人與世界的意識形態關係。

第二節　物質感應

物質感應，是指物質與物質之間所形成的感應關係，也可以稱作自然感應。同類事物之間存在感應的自然現象，我國先秦時期的人們就已經注意到了，所謂「同類相從」（《莊子》〈漁父〉），「同聲相應，同氣相求」（《周易》〈乾卦〉〈文言〉），「類同相召，氣召則合，聲比則應」（《呂氏春秋》〈召類〉）等等。這裡，「相從」、「相應」、「相求」、「相召」，都是指事物之間的感應現象。到唐宋時期隨著科學認識活動的深入，人們注意到異類事物之間也存在感應現象：「異類相感者，若磁石引針，琥珀拾芥」（孔穎達《周易正義》），「以異而應」者，「如男女是也」（張載《橫渠易說》）等。宋明理學家進而把「感應」提到了普遍性的哲學高度，認為自然界的各種事物之間普遍地存在著感應關係。如張載認為：「天地生萬物，所受雖不同，皆無須臾之不感。」（《正蒙》〈參兩〉篇）程頤說：「天地間只有一個感應而已，更有甚事？」明代羅欽順也強調：「天地無適而非感應。」它把千差萬別的事

物都納入到「感應」的模式之中，未免有些絕對化，但物質之間感應現象的存在，卻是不可置疑的事實。

比如聲音共振，這是日常生活中最常見的物質感應現象。人們利用這一原理製作樂器以產生共鳴。《莊子》〈徐無鬼〉云：「於是，為之調瑟，廢於一堂，廢於一室，鼓宮宮動，鼓角角動，音律同也。」莊子認為造成聲音共振的原因，是事物與事物之間有「同類相感」、「同聲相應」的關係，董仲舒也認為聲音共振並不是什麼神祕的現象，而是有其固有的規律或必然性（即「數」）：「氣同則會，聲比則應，其驗皦然也。試調琴瑟而錯之，鼓其宮則他宮應之；鼓其商則他商應之；五音比而自鳴，非有神，其數然也。」（《春秋繁露》〈同類相動〉）所謂「數」，實際就是聲音振動的頻率。頻率相同，可以引起聲音的共鳴。據劉餗《隋唐嘉話》記載：「洛陽有僧，房中磬子夜輒自鳴，僧以為怪，懼而成疾。求術士百方禁之，終不能已。曹紹夔……出懷中錯，鑢磬數處而去，其聲遂絕。僧苦問其所以，紹夔曰：此磬與鐘律合，故擊彼應此。」江湖術士因不懂同聲相應之理，雖施百計終不能止磬之鳴，曹氏因知曉同聲相應之理，很輕易地破解了這一怪象。

電磁相吸也是生活中比較常見的物質感應現象之一，在《呂氏春秋》、《淮南子》、《春秋繁露》等古代文獻中就有關於電磁吸引現象的記載，但它們無法理解或解釋產生這一現象的原因。《呂氏春秋》〈精通〉云：「磁石召鐵，或引之也。」《春秋繁露》〈郊語〉：「磁石取鐵……奇而可怪非息於朏朒，輪迴輻次，周而復始。」（《海潮輯說》）「朏魄」是指農曆人所意也。」東漢王充開始以「感應」解釋這一現象：「頓牟（玳瑁）掇芥，磁石引針，皆以其真是，不假他類。他類肖似，不能掇取者，何也？氣性異殊，不能相感動也。」（《論衡》〈亂龍〉）玳瑁與草芥，磁石與鐵針，形質不同，卻屬同類，同類則氣通，氣通則相

應，這在後來也成為人們理解電磁現象的基本理論。如晉代郭璞説：
「磁石吸鐵，玳瑁取芥，氣有潛通，數亦冥會，物之相感，出乎意外。」
（《山海經圖贊》〈北山經第一〉）宋代張邦彥也説：「磁石吸針，琥珀
拾芥，物類相感然也。」（《墨莊漫錄》）

　　潮汐起落與月相變化的相關是日常生活中又一比較常見的自然感
應現象，潮水受月球引力的作用隨月相的變化而起落，每月朔望時潮
汐最大，上下弦時最小，在朔與上弦之間和望與下弦之間潮汐逐漸變
小，在上弦與望之間和下弦與朔之間潮汐逐漸變大。唐代竇叔蒙説：
「濤之潮汐，並月而生，日異月同，蓋有常數矣。盈於朔望，消於且朏
魄，虛於上下弦，初二、三的月光，表示新月初見之貌；「朓朒」分別
表示農曆月底、月初時，月見於東西方之象。它清晰地描述了潮汐隨
月相週期性變化而變化的過程。在古人看來，潮汐是月與海水相感應
的結果。唐代封演説：「雖月有大小，魄有盈虧，而潮常應之，無毫釐
之失。月，陰精也；水，陰氣也。潛向感致，體於盈縮也。」（《物理
論》）隨著人類認識的向前推進，人們不僅認識到潮汐與月球有關，而
且還發現潮汐是日月共同作用的結果。宋代張載説：「海水潮汐……間
有大小之差，則系日月朔望，其精相應。」（《正蒙》〈乾稱〉篇）

　　在總結物質感應認識的基礎上，我國古代科學哲學還提出了有關
解釋物質感應現象的「陰陽五行」學説。「陰陽」觀念最早形成於南
方，「五行」思想則發源於北方，到春秋戰國之際形成合流之勢，它是
楚文化與中原文化交流融合的產物。今天能看到的有關「陰陽」哲學
思想的最早文字記載是《老子》，《老子》〈四十二章〉云：「萬物負陰
而抱陽，沖氣以為和。」它傳入中原地區後為儒家學派所傳述與發揮，
人們經常引用的是《周易》〈繫辭〉所云：「一陰一陽之謂道，繼之者
善也，成之者性也。」又云：「《易》有太極，是生兩儀，兩儀生四象，

四象生八卦。」從它描述的宇宙萬物的過程看，「太極→兩儀（陰陽）
→四象（少陽、老陽、少陰、老陰）→八卦」的構成模式，完全繼承
了老子關於宇宙生成由「道」而生萬物的思想。與「感應」有關的另
一種思想是「五行」學說。「陰陽二氣」說所揭示的只是宇宙萬物的產
生發展，而與之相伴的「五行」說卻揭示了宇宙萬物的具體構成。約
成書於春秋時期的《尚書》〈洪範〉云：「五行：一曰水，二曰火，三
曰木，四曰金，五曰土。水曰潤下，火曰炎上，木曰曲直，金曰從
革，土曰稼穡。」五行之水、火、木、金、土不僅表示構成世界的五種
物質元素，而且指明五元素所具有的五種功能屬性：「潤下」（水濕潤
而向下），「炎上」（火燃燒而向上），「曲直」（木可曲可直），「從革」（金
鋒利而可改變他物），「稼穡」（土可耕種收穫莊稼）。人們認為金、木、
水、火、土五種物類「雜以成百物」，這種「雜」不是雜亂無章而是相
間以和，「雜以成百物」的本質內涵是「和實生物」。西週末年史伯說：
「夫和實生物，同則不繼。以他平他謂之和，故能平長而物歸之；若以
同裨同，盡乃棄矣。故先王以土與金木水火雜，以成百物。」（《國語》
〈鄭語〉）「五行」不但相和而成百物，而且還存在相生相勝的關係，「五
行」相勝是水→火→金→木→土→水，表示這五種質屬的相互排斥性
和制約性；五行相生是水→木→火→土→金→水，表示五種質屬之間
相互促進與滋生的關係。人們沒有僅僅停留在金、木、水、火、土五
種物類及其關係上，而是力求以「五行」思維來觀照各種各樣的事物，
把各種不同的物類納入到「五行」的模式中。如：〔五行〕木、火、
土、金、水，〔五化〕生、長、化、收、藏，〔五方〕東、南、中、西、
北，〔五氣〕風、暑、濕、燥、寒，〔五色〕青、紅、黃、白、黑，〔五
音〕角、徵、宮、商、羽……這些物類之間都是相互對應的，相同物
類之間形成同類相應的關係，這成為人們解釋世界物質性及各種事

的，人與人之間、人與物之間、物與物之間具有同質同構性，因而萬物之物連繫變化的基本原理。古人認為由此而產生物質之間的感應現象。「陰陽」說和「五行」說都旨在從整體上把握世界，當各自發展到一定階段，相互結合便勢在必行。如《管子》〈四時〉云：「東方曰星，其時曰春，其氣曰風，風生木與骨」；「南方曰日，其時曰夏，其氣曰陽，陽生火與氣」；「中央曰土，土德實輔，四時出入」；「西方曰辰，其時曰秋，其氣曰陰，陰生金與甲」；「北方曰月，其時曰冬，其氣曰寒，寒生水與血」。在這裡，「陰陽」、「四時」、「五方」、「五行」已納入一個總的理論體系中，「陰陽五行」說的基本框架已呈現於世。至秦漢，「陰陽五行」便融成一體，董仲舒的《春秋繁露》可謂集其大成。「陰陽五行」是有關宇宙產生、構成、連繫和發展的一種思想學說，它成為人們解釋世界物質性及各種事物連繫變化的基本原理，其發展過程使哲學「感應」論得以產生，並成為「感應」思想的理論基礎。

由於包括人在內的世界萬物都是由「氣」和「五行」物質元素構成間可以產生同質感應；又由於「氣」分陰陽，陰氣和陽氣是兩種性質截然相反的物質因素，但相反相成，「二氣感應以相與」，可以產生感應，所以相反的事物之間可以產生異質感應。中國古代的先哲們雖然不可能對種種物質感應作出完全科學的解釋，但他們指出自然界存在大量的物質感應現象，並且試圖從事物的相反（陰陽）與相同（五行）來探究物質感應的基本原因，卻是十分深刻的。相反相成是一分為二與合二為一的統一，由此而形成的物質感應現像是十分普遍的，如化學中不同化學元素的化合作用，生物學中的雜交與嫁接產生新品種，物理學中陰極與陽極的溝通而形成電流，天文學中恆星的吸引力與行星的飛行力合成行星的軌道，冷空氣與熱空氣相遇而成雨等等。

而事物之間因相似或相同，可以溝通，形成感應，這在生活中也是常見的現象。如運動節律上的共鳴共振，指南針磁極與地球磁場始終合一，膠與漆相洽，水與乳交融，燈蛾因趨亮性而撲火，人們隨音樂節奏而舞蹈等等。

第三節　精神感應

精神感應是指作為自在主體的人在精神上、心理上與對象形成的感應交流關係，又稱「心靈感應」。精神感應與物質感應在《周易》中是同時提出的。《周易》〈咸卦〉彖辭在論及「二氣感應以相與」、「天地感而萬物化生」的物質感應時，還說道：「聖人感人心而天下和平。」聖人的道德教化能夠與百姓在精神上發生感應，使百姓聽從聖人的教誨而安分守己，從而達到天下太平，這是人與人之間的精神感應。當然，人與人的感應不限於聖人與百姓之間，而廣泛存在於人間。同志同情，如「海內存知己，天涯若比鄰」、「同是天涯淪落人，相逢何必曾相識」；相親相愛，如「投我以木瓜，報之以瓊琚」、「身無綵鳳雙飛翼，心有靈犀一點通」。人們之間的思想交流和情感共鳴，無不存在著精神感應。

精神感應不限於人與人之間的感應，《周易》還提出了人與神之間的感應。《易經》本是周朝人的占卜之書，它是溝通神、人關係的一種工具。《周易》〈繫辭〉云：「《易》無思也，無為也。寂然不動，感而遂通天下之故。非天下之至神，其孰能與於此？」這段話的意思是說，《易經》中的卦象本是無思無為、寂然不動的，經過人的占卜，神遂借《易經》的卦爻圖像與文辭顯示其意志，而人則通過它來窺測天意，人與神「感而遂通」。人按照神的意志去行事，就能明白並正確處

理天下所有的事情。如果人不是與天下的最高之神相感應溝通，怎麼能達到這個境地呢？《易經》通過卜問而達到的人神感應，是原始宗教神學觀念的表現，由此而發展為漢代董仲舒神學唯心主義的「天人感應」理論，「天」在這裡是意志「神」的體現。古今社會各種宗教所宣揚的心靈感應，都是這種人與神溝通的精神感應的不同表現形態。雖然它是唯心的，但人類這種精神心理現象，確實存在。

在中國古代，「天」既可以指神，也可以指自然存在。所以「天人感應」除了人與神之間的精神感應外，還包括人與自然之物之間的精神感對自然之物的認識。只不過體驗中的感應是情感的，認識中的感應是理智應。隨著社會生產力的不斷發展和提高，神的絕對權威開始喪失，「天」的觀念逐漸發生變化，它擺脫了宗教神學的束縛，指的是天地自然萬物。人的自我意識開始覺醒，人取得了獨立的地位，人的力量受到重視，人與「天」（自然）發展成為一種處於並列地位的溝通關係。「天」（自然）不但影響人，人也影響「天」（自然），這時的「天人感應」是人對自然之物的一種精神感應。如「天」在莊子那裡，指的是無為而無不為的天地自然。莊子的「天人合一」，是自然的人化與人的自然化的統一。他所說的「以天合天」（《莊子》〈達生〉）就是要使人的本性回歸自然，達到人與自然的同化。莊周夢蝶，不知是莊周化為蝴蝶，還是蝴蝶化為莊周（《莊子》〈齊物論〉），便是這種「物」、「我」精神感應的產物。所以「天人感應」在莊子那裡，表現為精神上的「物我同一」，他稱之為「物化」。

「物」、「我」之間的精神感應不僅是一種體驗，大而言之，也包括人的。人對外物的認識其實並不是單向的、直接的S（外物刺激）→R（認識反應）的過程，皮亞傑在《發生認識論原理》中認為外物的刺激（S）與認識反應（R）之間的關係是雙向的，而且這種雙向交流

是通過中間環節，也即認識主體已有的認知結構來實現的。主體已有的認知結構使主體在認識過程中具有選擇性和能動性，形成對認識對象——外物的反作用。外物進入人的認識必須經過主體已有的認知結構的過濾，或者說主體已有認知結構對於外物的選擇。如果外物的信息刺激與主體已有的認知結構一致，主體就能把外物的信息刺激改變和吸收，這叫作「同化」（用A表示）；如果主體原有的認知結構與外物的信息刺激發生矛盾，這時原有的認知結構就要隨外物的新信息而作出調整，這叫作「順應」（用T表示）。比如以某一事物為對象進行的科學研究，在獲得正確的結論以前，往往先要作出假設。這假設，便是科學家已有認知結構的體現。實驗的結果與假設一致，主體對該事物的認識加強了原有的認知結構，產生「同化」；相反，作出的假設在實驗中不能實現，主體便要調整或修改假設，這就使原有的認知結構隨外物的實驗而發生變化，這時就有了「順應」。所以主體對於外物的認識關係是以主體認知結構為中介的雙向交流關係，也即：S↔A T↔R。主體認知結構與外物的「同化」或「順應」關係，就是「心」、「物」之間的感應關係，只是「同化」是物趨於心的感應，而「順應」是心趨於物的感應。在認識過程中，不管是哪一種感應，都離不開人的認知，所以認識感應是一種理智感應。因此，精神感應既存在於理智認識之中，也存在於情感體驗之中。

精神感應不只存在於意識之中，有時也出現在潛意識或無意識之中。西方的催眠術，中國古代文獻關於夢境的大量記述與解釋，都屬於此類心靈感應現象。催眠是類似於睡眠但對外來刺激尚保持多種行為反應的心理狀態。被催眠者似乎只與催眠者保持連繫，自動地、不假思索地按照催眠者的暗示來感知，發出相應的行為。但施行催眠術有一個前提，即被催眠者對催眠者須有信任感和期待心理，從而使被

催眠者在睡眠狀態能接受催眠者的暗示，在無意識中對催眠者發出的外來刺激產生精神感應。

在中國古代，人們無法解釋夢與現實有時發生對應這種特殊的生活現象，因而常常將它視為超越於人的意識之外的神祕力量的作用，其實它是人在生理上或心理上無意識感應的自然流露。如《左傳》〈成公十年〉記載，晉侯夢見厲鬼破門，召來巫師為其占夢，巫師預測他活不到新麥收割的季節，後來的事實果然應驗了巫師的斷語。巫師何以僅憑晉侯一夢就能斷定他活不到新麥以後呢？根據現代心理學的分析，人在白天或覺醒時，受到外界大量信號的刺激，使大腦無暇顧及一個疾病初起時的微弱信息。而當人在睡眠狀態下，外界的信息輸入大大地減少，大腦許多細胞處於休息狀態。於是，這類潛伏性病變的異常刺激信號傳入大腦後，便可使大腦相應的細胞活躍起來，一旦興奮波及擴散到皮層視覺中樞，這裡的腦細胞就激活起來，從而出現各種相應的夢境。[1]

在大量的占夢活動基礎上，古代形成了以「心靈感應」觀念解釋夢境的占夢哲學。在早期占夢者看來，人在睡眠時精神離身體而行，或與某人相遇，或與某物接觸，於是睡者便夢見某人某物。當然，這種淺陋的解釋是建立在形神可以分離的哲學基礎之上的。或者認為，夢是內在精神實體與外在精神實體之間感應交流的結果。這種外在於人的精神實體，即人格化了的「天」神，於是把夢境歸之於宗教神學的「天人感應」，通過夢中的「天人感應」而顯示吉凶。如王昭禹《周禮詳解》云：「夢者，精神之運也。人之精神往來，常與天地流通。而禍福吉凶皆運於天地，應於物類，則尤其夢以占之，固無逃矣。」

1　妙摩、慧度：《中國夢文化》，中國文聯出版公司1996年版，頁7。

在人們的日常生活中，的確存在著夢與現實生活之間的精神感應的現象，但它不是由超越於人的人格神所操縱，也不是脫離人的形體而獨往獨來的精神實體的作用。它是主體在作用於客體的認識活動過程中，通過某種特殊方式在瞬間獲得對客體本質的把握。根據弗洛伊德的精神分析心理學，認識主體的心理結構是由意識和無意識兩部分組成的，意識是與人的直接感知有關的心理部分，無意識則是指主體沒有意識到的心理過程、心理活動和心理狀態，包括個人的原始衝動和各種本能，以及人出生後和本能有關的慾望。精神感應既體現於有意識活動之中，也表現於無意識活動之中。常常被古人神祕化的夢境，實際上就是人在無意識狀態下的精神感應。弗洛伊德認為人的無意識活動，在日常生活中被壓抑或排擠到意識閾之下，但它並沒有完全泯滅，而是往往在特殊的情境下藉助某種方式表現出來，這種特殊的情境就是休息睡眠狀態，這種特殊的方式就是夢。夢中的無意識活動與醒時的意識活動的潛在一致性，使夢境在現實中得到應驗成為可能，當然這種可能是為偶然性所支配的。

第四節　審美感應

「感應」論其內涵是多方面的，它包括物質感應和精神感應。精神感應又包括天人感應和人與人的感應。天人感應又分為神與人的感應和自然萬物與人的感應。而審美感應正是從「天人感應」中自然萬物與人的感應發展而來的。用圖式表示便是：

　　審美感應是指審美活動過程中「心」與「物」、主體與客體的感應關係。傑出的英國科學家李約瑟在《中國科技史》一書中曾說：「有機體論貫穿中國文化，心物之間不是因為機械力所推動，而是『感應』，即同一性質的物體互相激盪，因而心物能共振而打成一片。」當「心」與「物」的感應進入到審美關係中時，這種感應就不再是一般的精神感應，而是構成審美關係的雙方——審美主體與審美客體之間的感應，於是就形成了審美感應。

　　中國的「審美感應」理論首先產生於音樂欣賞之中。最早從審美角度提出「感應」理論的是荀子。荀子在〈樂論〉中指出，音樂作品與接受者之間存在著一種感應關係，這種感應是以「氣」為中介而發生的，所謂「奸聲感人而逆氣應之」，「正聲感人而順氣應之」。《禮記》〈樂記〉則由音樂欣賞感應論走向藝術創造感應論，指出在音樂創作中人的喜怒哀樂之情是由外物引起的，是「心」與「物」感應的產物：「夫民有血氣心知之性，而無哀樂喜怒之常，應感起物而動，然而心術形焉。」、「感於物而動，故形於聲。」之後，劉勰《文心雕龍》〈明詩〉云：「人稟七情，應物斯感，感物吟志，莫非自然。」這裡的「物」不是普通意義上的「物」，而是進入了人的視野之中，與人形成審美關係，被審美主體感知到的「物」。

　　審美感應中的主客體關係不僅表現為「物」→「心」，同時還表現為「心」→「物」，它是雙向交流、雙向運動、雙向選擇的感應關係。《禮記》〈樂記〉指出，在音樂創作中不但物作用於心，而且心作用於物。創作者是用心中已有的喜怒哀樂之情去感應外物的：「樂者，音之所由生也，其本在人心之感於物也。是故其哀心感者，其聲噍以殺；其樂心感者，其聲嘽以緩；其喜心感者，其聲發以散；其怒心感者，其聲粗以厲；其敬心感者，其聲直以廉；其愛心感者，其聲和以柔。」

心中不同之情與外物感應，便會產生不同的音樂。之後，劉勰、宗炳從不同角度繼續論述了審美主客體的雙向交流關係。劉勰《文心雕龍》〈詮賦〉云：「情以物興」、「物以情觀」。詩人的情感是外物引起的，外物是詩人帶著情感去觀察的。《文心雕龍》〈物色〉云：「山沓水匝，樹雜雲合。目既往還，心亦吐納。」這裡的「往還」與「吐納」都是指「心」與「物」之間的雙向運動。外物觸目而感動人心，人又將其感情移置於外物。在心物感應中，無生命的外物便成為生氣貫注的生命體。宗炳《畫山水序》云：「夫以應目會心為理者，類之成巧，則目亦同應，心亦俱會。應會感神，神超理得。雖復虛求幽岩，何以加焉。又神本亡端，棲形感類，理入影跡，誠能妙寫，亦誠盡矣。」、「應目」→「會心」→「神超理得」，外在的生命與內在的主體之間形成雙向感應交流的關係。蕭繹將這一審美主客體的感應活動稱為「內外相感」：「搗衣清而徹，有悲人哉。此是秋士悲於心，搗衣感受於外。內外相感，愁情結悲，然後哀怨生焉。苟無感，何嗟何怨也。」（《金樓子》〈立言〉）水邊洗衣時發出的搗衣聲，本身本無什麼情感可言，但為何在秋天裡能引起人的悲怨之情呢？原因就在「秋士」心中本來就有悲怨之情，當他聽到搗衣聲時心中的愁思怨緒便被引發出來，所以感到「清而徹」的「搗衣」聲特別悲涼。對「搗衣」聲的這種感受，是「內外相感」的結果。

　　總之，審美主客體的感應關係是一種雙向運動、雙向交流的關係。亦即物→心→物→心，或是心→物→心→物的循環感應。它們在前一輪感應的基礎上又進行新一輪的感應。比如一個離鄉的遊子，當他充滿思鄉之情時，外界的一切事物經他情緒的感染，在他的眼中都有帶有某種鄉愁的悲哀色彩，而詩人眼中這類帶有情緒色彩的事物，又可以反過來加深詩人已有的情緒，這樣就形成了由「物」生「情」，

由「情」而「物」，再由「物」增「情」的物我之間往復循環的過程。清人方以智把這種主客體的交互感應作用稱之為「心物交格」，審美意識就是在這種主客體的交互感應中產生的。

審美感應辯證地解決了審美過程中主體與客體的關係問題，認為包括藝術在內的一切美，都是人與自然、心與物、主觀與客觀交互感應、融合統一的產物。《管子》〈五行〉曾說：「人與天調，然後天地之美生。」這裡的「天」，是指客觀存在的自然之物。這句話是說，天地人間所有的美，是作為主體的人與作為客體的自然萬物，互相溝通調和、合而為一所生成的。柳宗元則說：「美不自美，因人而彰。」（《邕州柳中丞作馬退山茅亭記》）他認為「美」不能離開人而存在，離開人的孤立存在不可能自己成為「美」，「美」是因為有了人而顯示出來（「彰」）的。自然山水雖然客觀地存在著可審美屬性，但當它作為孤立的存在物，沒有與人發生關係的時候，它不成其為「美」。「美」一方面離不開物，另一方面離不開人，是二者的統一。至於作為美的最高形態的藝術，更是在主客體交互感應的過程中產生的。蘇洵在《仲兄字文甫說》中提出「風」與「水」相遭（主客體交互感應）而生波紋（文章）；蘇軾的《琴詩》以手指與琴相觸而生音的原理，說明離開主客體感應的任何一方，都不可能產生藝術。清代的石濤在《畫語錄》中提出「一畫」論，用「一」來統一繪畫中的對立雙方，如「生活」（客體對象）與「蒙養」（主體修養）、「識」（辨析能力）與「受」（直覺感受）、「古」與「今」、「法」與「無法」等等，而其核心是主體（畫家）與客體（山川）的感應統一，所謂「山川脫胎於予也，予脫胎於山川也，……山川與予神遇而跡化也。」[2]他說的「神遇」，就是主體之神與

2　石濤：《苦瓜和尚畫語錄》〈一畫章第一〉。

客體之山川相遇，二者在審美過程中的互相滲透和融合，即「山川脫胎於予，予脫胎於山川」；他說的「跡化」，就是山川原有之形跡因主體之神的作用而發生變化，產生主客體融合為一的山水畫形象，創造出藝術之美。美與藝術生成於主客體感應的思想，在中國古典美學中是大量存在的。

那麼，在審美過程中主客體之間的審美感應有什麼特點呢？

首先，審美感應是主客體之間的一種雙向選擇。審美主體要選擇與其審美趣味相合的審美客體，審美客體要選擇能夠接納其審美屬性的審美主體。比如交響樂與懂得並喜愛交響樂的耳朵之間，抽象畫與懂得並喜愛抽象畫的眼睛之間，五星紅旗與熱愛中華人民共和國的人之間，都存在著一種雙向的選擇關係。雙向選擇成功，「感應」才可能發生，美也才能產生。否則，不懂交響樂的耳朵絕不會認為交響樂是美的，不懂抽象畫的眼睛絕不會認為抽象畫是美的，不愛中華人民共和國的人，也不會認為五星紅旗是美的，因為其主體與客體之間沒有發生「感應」。

其次，審美感應是主客體之間的一種雙向作用。雙向選擇成功以後，主客體之間就會互相作用於對方，發生如皮亞傑所說的「S ↔ A T ↔ R」那樣的過程。「同化」和「順應」在審美感應中不是單獨發生的，而是雙向同時發生，交叉反覆的，如劉勰所說：「情以物興」，「物以情觀。」（《文心雕龍》〈詮賦〉）比如人們面對春天的景象，眼前的客觀存在自然而然地引起人們的歡愉之情，這是客體經過「順應」的心理過程而作用於主體，即劉勰說的「情以物興」；與此同時，主體又以已有之情來看客體，把欣欣向榮、充滿生命力的情感賦予眼前的春草，「野火燒不盡，春風吹又生。」這是主體經過「同化」的心理過程而作用於客體，即劉勰說的「物以情觀」。如果在春天的背景裡發生一

對戀人離別的事，那麼這一客觀存在就會「順應」地給戀人帶來悲傷怨恨之情，而離別的戀人又用這種怨別之情來看眼前的春草，就會以這種感情「同化」客體：「離恨恰似春草，更行更遠還生。」

最後，審美感應是主客體互相滲透，達到合二而一，即物中有我，我中有物，主體與客體共感同化，渾然一氣。比如當我們躺臥在草地上，仰觀宇宙，心游太空，見白雲飄悠，卷舒自如。此時神與雲合，心隨雲去，頓感無比舒暢自由。不知我之為白雲乎，白雲之為我乎？如李白所雲：「當其得意時，心與天壤俱。閒雲隨舒捲，安識身有無。」（《贈丹陽橫山周處士惟長》）又如聽音樂，音樂皆有節奏、旋律，聽音樂者與音樂發生節律感應，隨著音樂的節律手舞足蹈，跳起舞來。這舞蹈之中既有作為客體的樂曲的節律，又有聽音樂者的情感起伏變化，是聽音樂者與樂曲之間感應滲透、合二而一的產物。

審美感應是一種特殊的感應。它與其他感應相比，既有共同性，又有特殊性。其共同性表現為相互作用、相互溝通，最終導致「合二為一」，產生第三種事物；其特殊性表現為：一是審美感應的過程是情景交融的過程，「情」是審美感應必不可少的主體因素，而「景」（指具體的物與物像）是審美感應不可缺少的客體因素，否則就不是審美。無審美關係，也就無審美感應，因為審美感應是在審美關係中的主客體感應。「情」與「景」作為審美感應的兩要素，貫穿感應的全過程，最終達到交融合一。二是審美感應「合二為一」所產生的第三種事物，是非物質性的，又非抽象性的；也就是說，既是精神性的，又是具象性的。物質感應產生的第三種事物是物質性的，作為精神感應之一的審美感應產生的第三種事物是精神性的，不過這種精神性又不同於其他精神感應的精神性，而有著具象性。其他精神感應，不論是天人感應、認知感應，或人與人之間的感應，其精神性總是抽象的，

只有審美感應，其情景交融的結果，產生具體的審美意象。在審美過程中主體一開始就將情感滲入物像之中，使直覺感知取得的物的表象浸染著濃郁的情感色彩和理想成分，所以審美意象既非單純地來源於客觀外物，也非單純地來源於主觀情志，而是來源於心與物的感應溝通。它是審美情感、審美理想對審美表象改造的結果。

中國審美感應理論發展的歷史十分悠久，它經歷了萌芽期、形成期、發展期和成熟期四個階段。

一、萌芽期

最早從審美角度提出「感應」理論的是荀子。荀子把其「精合感應」的哲學理論運用到音樂審美之中，提出樂聲與人是以「氣」相感的：

> 凡奸聲感人而逆氣應之，逆氣成象而亂生焉；正聲感人而順氣應之，順氣成象而治生焉。唱和有應，善惡相象，故君子慎其所去就也。（《荀子》〈樂論〉）

荀子指出，音樂作品與接受者之間發生一種感應關係，「奸聲」與人之「逆氣」相感應，「正聲」與人之「順氣」相感應。如果不好的音樂在社會上任意氾濫，人們心中的「逆氣」就會表現為具體的行動而發生騷亂；相反，則能有利於社會的治安。所以荀子十分重視音樂的社會作用。荀子認為，這種社會作用是基於藝術欣賞中，藝術文本（「聲」）與欣賞主體（「人」）之間的審美感應而產生的。由此可知，荀子的「審美感應」論正是哲學上以「氣」為中介的「同氣相求」的哲學「感應」論滲透到藝術欣賞過程的產物。

晚於〈樂論〉的《禮記》〈樂記〉完全接受了荀子的「審美感應」

學說。但是〈樂記〉所說的「樂」，並不等於我們今天所說的音樂，而是包含音樂在內的詩、歌、舞的統一體，實際上是一種綜合藝術。「比音而樂之，及干戚羽旄，謂之樂」，就是指配著樂器，又唱又舞，手裡揮動著舞蹈用的道具「干戚羽旄」之類。荀子〈樂論〉把感應引入音樂，而〈樂記〉則進一步把「感應」引入整個藝術領域。

　　〈樂記〉在審美感應理論上的另一貢獻是，由〈樂論〉的音樂欣賞感應論走向藝術創造感應論，把審美感應引入到藝術創造的「心」、「物」關係之中：

> 　　凡音之起，由人心生也。人心之動，物使之然也。感於物而動，故形於聲。……樂者，音之所由生也，其本在人心之感於物也。是故其哀心感者，其聲噍以殺；其樂心感者，其聲嘽以緩；其喜心感者，其聲發以散；其怒心感者，其聲粗以厲；其敬心感者，其聲直以廉；其愛心感者，其聲和以柔。六者非性也，感於物而後動。（《樂記》〈樂本〉）

　　〈樂記〉認為，藝術作品（「樂」）從根本上來說，產生於「心」與「物」的感應（「其本在人心之感於物」）。但是在審美創造過程中，「心」與「物」的感應關係存在著兩個方面：一方面是物動心，「物」處於主導地位，客觀事物引起人們相應的思想感情，所謂「人心之動，物使之然也」；另一方面是心感物，「心」處於主導地位，心中已有的思想感情與物相接，從而發生感應。以不同的思想感情與客觀事物發生感應（或「哀心感者」，或「喜心感者」，或「怒心感者」，或「敬心感者」，或「愛心感者」等），就會產生聲音格調各不相同的藝術作品（或「其聲噍以殺」，或「其聲發以散」，或「其聲粗以厲」等等）。〈樂

記〉已經開始注意到，在藝術創造的審美感應過程中，「心」與「物」
的運動是雙向的。

中國的審美感應理論在萌芽期走過了這樣一條軌跡：由「陰陽五
行」的宇宙構成論產生了感應哲學，而把感應哲學引入審美領域，首
先是從音樂藝術開始的。「審美感應」的理論最早出現在音樂的欣賞與
接受之中，然後走向音樂藝術的創造。而《禮記》〈樂記〉第一次把
「心」、「物」關係確立為審美感應的核心，並把哲學上的雙向感應理論
運用到審美創造的「心」、「物」關係之中。從此，生活審美、藝術創
造與藝術欣賞過程中「心」與「物」、主體與客體的關係，始終成為以
後各個時期審美感應理論探討的核心問題，形成中國審美感應理論發
展的一道彩色的軌跡。

二、形成期

魏晉時期是審美感應理論的形成期，其代表人物是陸機、劉勰和
謝赫。陸機生當西晉，深受道家思想的影響。因此，《文賦》一開始便
說：「佇中區以玄覽，頤情志於典墳；遵四時以嘆逝，瞻萬物而思紛；
悲落葉於勁秋，喜柔條於芳春。」四時更迭交替，引發人們對歲月流
逝、光陰無情的慨嘆；萬物紛紜，觸發人們種種思緒。秋風落葉使人
悲哀；春風吹暖大地，萬物萌生，使人喜悅。很顯然，這和〈樂記〉
中所說的「物之感人也無窮」同一機杼。陸機繼承了自〈樂記〉以來
「物感心動」的審美感應理論，同時進一步提出由外物引起的詩人的某
種感情，在創作過程中可以起到感染外物的作用。比如一個離鄉的遊
子，當他充滿思鄉之情時，外界的一切事物經他情緒感染，在他的眼
中都帶有某種鄉戀的悲哀色彩：「余去家漸久，懷土彌篤。方思之殷，
何物不感？……水泉草木，咸足悲焉。」（《懷土賦序》）而詩人眼中這
類帶情緒色彩的事物，又可以反過來加深詩人已有的情緒，使之更強

烈:「伊我思之沉鬱,愴感物而增深。」(《思歸賦》)「矧餘情之含瘁,恆睹物而增酸。」(《感時賦》)這就形成了由「物」生「情」,由「情」而「物」,再由「物」增「情」這種物我之間往復循環的過程。這樣就把物我之間的雙向感應統一於審美創造之中,建立了「物→心→物→心」或「心→物→心→物」的循環感應理論。

顧愷之在繪畫理論方面提出了「傳神寫照」(《世說新語》〈巧藝〉)與「遷想妙得」(《魏晉勝流畫贊》),這兩者都是針對人物畫而言的。「傳神寫照」是建立在「遷想妙得」的基礎之上的。當創作主體被創作客體的神情容貌特徵所感動時,開始集中其審美視知覺,去應感客觀對象的內部特徵,即「遷想」。「妙得」,是指在主客之神相互交融之中,創作主體對審美客體的內在氣韻和精神內涵的實質性把握,從而在「形似」的基礎上達到「神似」,實現「傳神寫照」的創作原則。由此可見,顧愷之的繪畫感應理論基本上是「物→心→物」的循環感應論。與陸機不同的是,顧愷之旨在通過客觀對象外形的肖似求其內在精神的「酷似」,從而在「心」、「物」關係中更多地側向於對客體的真實描繪。

宗炳、王微的山水畫論與顧愷之不同,他們開始更多地關注主體的情感因素。他們認為在審美主客體的交融感應之中,主體的情感因素占據著主導地位。因此,在「心」、「物」關係上宗炳主張「暢神」(《畫山水序》),王微則主張大膽地敞開胸襟,投入到自然的懷抱:「望秋雲,神飛揚,臨春風,思浩蕩,雖有金石之樂,珪璋之琛,豈能彷彿之哉!」(《敘畫》)。到齊梁時期,謝赫的《古畫品錄》和劉勰的《文心雕龍》兩部著作的相繼問世,標誌著審美感應論的正式確立。

謝赫在《古畫品錄序》中提出「六法」:

　　六法者何？一氣韻生動是也；二骨法用筆是也；三應物像形是也；四隨類賦彩是也；五經營位置是也；六傳移模寫是也。

　　對於「六法」的理解，歷代眾說紛紜，在此不予列舉。但我認為，「六法」包含著主客感應的創作理論。「六法」之中，一、三兩法是對審美主客體關係的重要論述。謝赫把「氣韻生動」放在第一位，是具有綱領性意義的。也就是說，這是作畫與論畫的最重要、最基本的要求。唐代張彥遠在《歷代名畫記》「論畫六法」一節中說：「今之畫，縱得形似，而氣韻不生。」這就是說，作畫如果只求形象逼真，未必氣韻能夠生動。「以氣韻求其畫，則形似在其間矣！」有了「氣韻生動」，形象的逼真也就容易達到了。謝赫是重視形似的，「六法」中的「應物像形」、「隨類賦彩」、「傳移模寫」都包含有形象逼真的要求，但這些要求是以服從戴逵）中年畫行像甚精妙。庾道季看之，語戴云：神明太俗，由卿世情「氣韻生動」為前提的。顧愷之強調「傳神」，謝赫強調「氣韻」，二人主張可說有同有不同。同者，二人都是人物畫家，他們的主張都是就人物畫而言的，都強調對人物的描繪不能停留於外在形體，而要傳達出人物的內在生命與氣質特性。謝赫所說的「氣韻」本屬於人物之「神」的範疇。所異者，顧愷之的「傳神」強調的是人的器官，特別是器官中的眼睛，所謂「傳神寫照都在阿堵中」；而謝赫強調的「氣韻生動」，是把「神」的所在擴大到人的全體，強調人的身段動作所體現的風致，要求從生命的總體上來把握對象的內在精神與氣質特性。但是，如何來做到這一點呢？現在的一般研究者都把「氣韻生動」僅僅理解為對繪畫對象，即對客體的要求，其實這是不全面的。「氣韻」既是客體的，也是主體的。客體「氣韻」要求畫家用自己的「氣韻」、自己的心靈去體會與把握，因此「氣韻生動」實際上要求

畫家把自我融化在對象裡，傳達出為主體所感受和發現的對象的精神氣質特性。《世說新語》〈巧藝〉載：「戴安道（引者按：即未盡。」）可見當時人們認為，繪畫對象的「神明」，也即氣韻精神，與畫家自己的精神狀態是溝通的。所以，「氣韻」或「神韻」是藝術作品中經過藝術家主觀情思熔鑄和再造了的對象的生命活力特徵。這也就是清代畫家丁皋所說的「以己之神，取人之神」，「用吾之氣韻，取人之氣韻」（《寫真秘訣》）。這就是說，在「氣韻」或「神明」的問題上，主客體之間有一個互相選擇拍合的過程，客體之神有待相應的主體之神去發現，主體之神須通過相應的客體之神而得到表現。而且，客體事物的特質（「神」）也是多方面的，在繪畫中體現並突出其哪一方面的特質，須由藝術家之氣質和所要表現的主體情意而定，所以此時作品所表現的對象的神韻已經融入藝術家的主體因素，成為主客觀統一的藝術創造物了。宋代畫論家郭若虛在評論謝赫「六法」的「氣韻生動」時曾說過這樣一段話：

　　嘗試論之，竊觀自古奇蹟，多是軒冕才賢，岩穴上士，依仁游藝，探賾鉤深，高雅之情一寄於畫。人品既已高矣，氣韻不得不高；氣韻既已高矣，生動不得不至，所謂神之又神而能精矣。（《圖畫見聞志》〈敘論〉）

　　這段話很好地說明了畫家的「人品」氣質與作品「氣韻」的關係。作品所體現的對象的氣韻，也是藝術家自己的氣質的表現。有了「氣韻」，形象也就自然生動，因為它不只是形似，而是寓神韻於形似之中了。這就牽涉到「六法」中的第三條「應物像形」的問題。
　　「應物像形」與「氣韻生動」是緊密連繫在一起的，所以這裡的

「應」不可作「對應」、「符合」講，不能將「應物像形」理解為與事物完全相合地作形貌的刻板描繪。「應物」是指人對事物的感應，即感物而動，動而生情，最終歸於人的情感與物像間的一種連繫和反映。「象形」絕非「物之自相」，而是審美主體在與審美客體感應交融中體會、感受到的物之美性落實到畫面中的形象。這個形象既不完全屬於主體，也不完全屬於客體，而是主客體「化合」的一種結晶之「形」。由此可見，「氣韻生動」、「應物像形」道出了審美感應論之精神實質，指出了主體在「應感」中的主動性。在觀察、體悟中創造，在創造中深化體悟與觀察。總之，「應物像形」指出了審美感應創作論的四個階段：物的存在，到人的感應，到象的復合，到形的創造，即「物→心→象→形」的過程，由此而達到「氣韻生動」的境地。

劉勰與謝赫同時代，在《文心雕龍》這部「體大思精」、「深得文理」的理論巨著中，審美感應理論作為創作論的靈魂而貫徹其始終。劉勰根據古人的宇宙變化論，演繹出他的「感物」論。在〈物色〉中他這樣描述道：「蓋陽氣萌而玄駒步，陰律凝而丹鳥羞；微蟲猶或入感，四時之動物深矣。」陰陽相交，處於不斷的變化之中，於是在天表現為四季推移；四季相推移，而萬物「入感」，產生反應。在這一系列的有規律的連鎖反應中，人也自然要發生相應的變化：「春秋代序，陰陽慘舒；物色之動，心亦搖焉。」後來鍾嶸在〈詩品序〉中也是以相同的方式思考這一理論的：「氣之動物，物之感人，故蕩性情，形諸舞詠。」在與物的感應中，劉勰並未止步於物感心動的層次，而是充分肯定了人在自然中的主導地位。因此，劉勰一方面認識到「情以物興」（《文心雕龍》〈詮賦〉），人產生被動的反應；另一方面，是「物以情觀」（《文心雕龍》〈詮賦〉），所謂「登山則情滿於山，觀海則意溢於海」（《文心雕龍》〈神思〉）人進行主動的情感反射。前者，人從屬於物，

以物→我的作用方向展開；後者，物反過來從屬於人，呈我→物的作用方向。兩者同時展開，即形成了物我雙方相互從屬、雙向作用的關係。《文心雕龍》〈神思〉進一步論述，在創作過程中這種主客觀的交互感應表現為「神與物游」，達到「心」與「物」統一，最終產生「意象」。「意象」一方面來自「物以貌求」的客觀因素，另一方面來自「心以理應」的主觀因素，它是二者融合的結果。

劉勰對於審美感應論的另一突出貢獻是提出了雙重感應理論，即「內外感應」說，我們將在後面作專門的論述。

三、發展期

唐、宋是感應理論的發展期，繼劉勰之後進一步深化對審美感應內部規律的探討。主要代表人物是王昌齡、司空圖和嚴羽。

王昌齡《詩格》提出「詩有三境：一曰物境，欲為山水詩，則張泉石雲峰之境，極麗絕秀者，神之於心，處身於境，視境於心，瑩然掌中，然後用思，了然境象，故得形似。二曰情境，娛樂愁怨，皆張於意，而處於身，然後馳思，深得其情。三曰意境，亦張之於意，而思之於心，則得其真矣。」、「物境」是心物交感產生的偏重於客體的審美意象，旨在寄情於山水美景之中，傳達出詩中有畫的審美效果。「情境」是審美主體與審美客體感應後產生出強烈的情感，即「娛、樂、愁、怨」等情感體驗，在詩中鮮明地傳達出來的審美意象。「意境」是主客體感應中偏重於深刻思想的表達的一種藝術境界。「三境」說的提出，標誌著對創作思維中主客關係的認識有了新的發展。

司空圖在前人論述的基礎上，進一步指出了「思與境偕」（《與王駕評詩書》）在創作中塑造形象、開拓意境的重要作用。「思與境偕」的過程實際上就是進行審美活動、創造意境的過程。「思」即「意思」，說的是作者的主觀動機、思想感情；「境」即客觀實境，包括作者直接

接觸和間接瞭解的自然與社會中的萬物。「思與境偕」就是主觀與客觀的統一，情思與物像的統一。如果我們詳加分析，就可發現司空圖「思與境偕」的理論內涵是十分豐富深厚的。在《二十四詩品》中他集中探討了審美主客體感應的三種情況：

第一種情況是「思」因「境」發，觸景生情。在〈纖穠〉一品中他描繪了「采采流水，蓬蓬遠春；窈窕幽谷，時見美人；碧桃滿樹，風日水濱；柳蔭路曲，流鶯比鄰」這種朝氣蓬勃、春意盎然的美麗景色，它激發起詩人心中對美好生活無限熱愛的情感，因而「乘之愈往」，即追隨著春天的腳步愈走愈深，就能越來越深刻而真實地認識春天景色的美好本質，亦即「識之愈真」。這種審美感應方式，是主體的情感順應客體的審美內涵，在主客統一中側重於對客體本真狀態的體認，更多地傾向客體的真實性。

第二種情況是更多地傾向於主體的真實性，採取的是因情會景，因意取象的方式。〈雄渾〉一品中司空圖強調了主體的審美情感在創作中的主導地位：「大用外腓，真體內充；返虛入渾，積健為雄；具備萬物，橫絕太空；荒荒油雲，寥寥長風；超以象外，得其環中；持之匪強，來之無窮。」前四句是要求詩人必須充實內體，加強自身精神修養，然後方可得到雄強之氣。有了主體的雄強之氣，與外物相遇，筆下的「萬物」也就「具備」了這股雄渾的氣勢，猶如「荒荒油雲，寥寥長風」。這是指主體在內在情感的鼓蕩之下，與客體發生感應時，直接把自身的強烈情感灌注於客體，從而主客體達到統一，塑造出充分表達主觀情感的藝術形象。再如〈曠達〉一品云：「生者百歲，相去幾何？歡樂苦短，憂愁實多；何如樽酒，日往煙蘿；花復茆簷，疏雨相過；倒酒既盡，杖藜行歌；孰有不古？南山峨峨。」本來煙蘿、茆簷、疏雨這些景色可以引發觀賞者不同的情感，但是在這裡，卻被詩人「曠

達」的思想所浸染而改變了固有的色彩。因此，在這種感應模式中，客體是服務於主體的。所創造的審美境界是客體順應主體，依據自我的理想、願望去表現人生與自然。

第三種情況是在「思與境偕」的過程中，主客體處於平衡狀態，物我兩忘，化合為一，〈沖淡〉一品最集中地體現了這種審美理想境界：「素處以默，妙機其微；飲之太和，獨鶴與飛；猶之蕙風，荏苒在衣；閱音修篁，美曰載歸；遇之匪深，即之愈稀；脫有形似，握手已違。」司空圖深受道家思想影響，以老莊的「自然之道」貫穿《二十四詩品》，而〈沖淡〉一品作為眾美之綱而置於〈雄渾〉之後諸品之前，因此這一品的主旨就是要求創作主體拋棄一切塵世雜念，達到所謂「物累都去」、「心齋」、「坐忘」狀態。然後以「本真自我」去洞察審美客體的自然精微之處，「妙機其微」，從而在這種無為無不為的審美心境下，與客體怦然感應，物我渾化為一，亦即莊周所說的「不知周之夢為蝴蝶與，蝴蝶之夢為周與？」司空圖指出，如果刻意追求表面的真實（「脫有形似」），那麼，自以為捕捉到了事物的內在精髓，其實是面目全非（「握手已違」）。可以説，這種審美感應方式是司空圖所追求的理想境界。但是難能可貴的是，他超越了道家思想的影響，對「思與境偕」中其他兩種物我感應方式也有很清醒的認識。

南宋嚴羽是在審美感應理論方面做出重要貢獻的另一位詩論家。他在《滄浪詩話》中以禪喻詩，提出「妙悟」說與「興趣」說。「妙語」說探討的是創作過程中主體與客體感應的思維方式問題，「興趣」說論述的則是主客體感應的藝術意象的構成問題。嚴羽説：「大抵禪道在妙悟，詩道亦妙悟。」又説：「孟襄陽學力下韓退之遠甚，而其詩獨出退之之上者，一味妙悟而已。唯悟乃為當行，乃為本色。」這就是説，「妙悟」是詩歌藝術特有的一種思維方式。所謂「當行」，就是「當」

詩之「行」，是詩這一「行」所特有的；所謂「本色」，就是詩歌藝術的根本特色之所在。嚴羽認為，孟浩然的知識學問雖然遠不如韓愈，但他的詩卻寫得比韓愈好，這是因為孟浩然是運用「當行」的「妙悟」思維方式來進行藝術創作的。

嚴羽《滄浪詩話》的特點是以禪喻詩，他提出的「妙悟」，便是借用禪宗「頓悟」之說而來的。禪宗主張，人可以不脫離現實世界而立地成佛，一旦成佛，便可從塵世的痛苦煩惱之中獲得自由解脫，過著無掛無礙的生活。如何成佛呢？通過參禪而達到「悟」。禪宗從印度佛教吸取了「萬法唯心」的觀念，認為心是世間萬物的本源，世間的一切都是心所生的幻象。同時提出，人皆有「自性」，「自性本自清淨」。這個「自性」就是使人有可能成佛的「佛性」。只要通過參禪而恍然大悟，使「自性」歸於「清淨」，明白世間一切，萬法皆空，都是心所幻生的，因而能夠超越於是非、有無、生滅、得失之上，擺脫一切束縛，達到來去自由的境地，這就是「頓悟」，也就進入了成佛的境界。

禪宗的這一理論，當然是虛幻的主觀唯心主義，但它在追求精神自由解脫方面，卻高揚了人的主體力量。這成佛的「頓悟」之道，不是靠理智的思考，而是通過自己的內省體驗和直覺在剎那間領悟的，它是排斥一切文字概念和推理活動的。因為一有文字概念和理智的思考出現，就會執著於有無、得失、生死、是非的區分，不能進入超越於此的自由境界。這種直覺頓悟的思維方式，禪宗又稱為「觀照」：「用智慧觀照，於一切法，不取不捨，即見性成佛道。」（《五燈會元》卷四十八。）

禪宗所強調的「頓悟」與「觀照」，如果別除其宗教的含義，它與審美觀照和審美體驗中的思維方式可說是一致的。在藝術創作的審美觀照中，主體對審美對象從感知到整體把握，往往是剎那間完成的，

其間沒有明顯的邏輯思維過程。這種思維方式，王夫之稱之為「現量」：「現量，『現』者，有『現在』義，有『現成』義，有『顯現真實』義。『現在』，不緣過去作影；『現成』，一觸即覺，不假思量計較；『顯現真實』，乃彼之體性本自如此，顯現無疑，不參虛妄。」(《相宗絡索》〈三量〉)其中主體的審美體驗僅僅是一種感受，它不能用概念加以說明，僅憑直覺而有所體悟。也就是說，這是一種以感性為主的思維方式，其思維運動有兩大要素，一是生理層次上的訴諸感官的事物表象，二是心理層次上的情感意緒，二者結合而構成直覺體悟的思維方式。嚴羽認為，這是詩歌創作所必須運用的一種思維方式，所以他反對「以文字為詩，以才學為詩，以議論為詩」，認為「所謂不涉理路，不落言筌者，上也」。但是藝術的直覺體悟思維方式並不與理性矛盾。在藝術創造過程中，心對物的審美直覺往往是瞬間完成的，它沒有自覺的實用、功利、道德的追求，也並不進行邏輯的分析、推理和思考，而直接地從整體上領悟、把握審美對象的特質。這種審美直覺是以早已積累的與審美對象有關的感性經驗與理性認識為前提的，所以它能在面對審美對象的瞬間作出審美判斷。因此藝術創造中的審美直覺與理性認識並非絕對互相排斥，只是理性的因素隱藏在直覺之後，或溶解在直覺之中而已。嚴羽是認識到這一點的，所以他在強調「唯悟乃為當行，乃為本色」之後，又說：「然非多讀書，多窮理，不能極其至。」指出唐詩之佳，在於「唐人尚意興而理在其中」。這又是藝術中的「妙悟」與佛理中的「頓悟」的根本不同之處。

　　嚴羽在標舉「妙悟」的同時，又標舉「興趣」。「興趣」說與「妙悟」說是緊密連繫在一起的。「興趣」說探討的是主客體通過審美直覺(「妙悟」)產生感應之後，如何構成藝術意象的問題。上面談到，以感性為主的直覺思維，是在心理層次的情感與生理層次的知覺表像兩

個要素的交融中運動的。這兩大要素在直覺思維中交融的結果，便是藝術意象的生成。嚴羽說：

> 詩者，吟詠情性也。盛唐諸公唯在興趣：羚羊掛角，無跡可求。故其妙處透徹玲瓏，不可湊泊，如空中之音，相中之色，水中之月，鏡中之象，言有盡而意無窮。（《滄浪詩話》〈詩辨〉）

這段話集中闡釋了「興趣」說的內涵。嚴羽所說的「興趣」，就是通過意象而表現藝術情趣，其核心是創造情景交融的藝術意象。「興趣」說首先強調詩歌是「吟詠情性」的。「興」之中本來就包含著情。按照朱熹的解釋，「興」是「感發意志」（《四書集注》）；按照宋代另一位詩論家李仲蒙的解釋：「觸物以起情謂之興，物動情者也。」[3]但是，「情動於中而形於言」這個傳統的說法並不是嚴羽的全部主張。「興趣」包含著感情在內，但並不是思想感情的直接表現。朱熹在《詩傳綱領》中釋「興」為「托物興辭」。遍照金剛《文鏡秘府論》〈六義〉云：「興者，立象於前。」這說明「興」包含有具體描繪事物形象的要求，「興」本身便是情感與物像的統一。有了情感與物像的統一，構成了藝術意象，也就有了「趣」。所謂「趣」，即嚴羽所說的「言有盡而意無窮」，包含著無窮的趣味。所以「趣」離不開「興」，有了「興」也就有了「趣」，這一點齊梁時代的鍾嶸早就指出來了：「文已盡而意有餘，興也。」（〈詩品序〉）「興趣」說主張詩歌所表現的情感，必須溶解在具體的形象描繪之中，使人無法把它分離出來，好比溶化在水中的鹽，你可以品嚐到，體驗到，卻無法把它捕捉到。嚴羽打比方

3　轉引自宋胡寅《斐然集》卷十八《與李叔易書》。

説，猶如「羚羊掛角，無跡可求」。據説羚羊睡覺時是用角掛在樹上的，獵人當然就無法找到它的蹤跡了。作品的語言所描繪的景象，猶如「空」、「相」、「水」、「鏡」，而詩所表達的情意猶如流轉於空中的聲音、面容中的顏色、水中的月亮、鏡中的物像一般，可望而不可即，完全與形象描繪結合起來了。它與羚羊睡覺一樣，是不露痕跡的，需要讀者透過藝術形象去辨味，不同的體悟所得又不同，因而其味無窮，這便有了「趣」。所以「趣」與「興」是緊密連繫在一起的。

四、成熟期

明清時期是審美感應理論發展的成熟期，其代表人物是王夫之、石濤、劉熙載、王國維。王夫之的審美感應理論大量地體現在「情」、「景」關係的論述之中，如情景相生、情景合一、情景「珀芥」等。他在哲學上持「氣」一元論的「陰陽感應」説，筆者在前文和他處都作了專門論述，這裡從略。

石濤的審美感應思想集中地體現在他《畫語錄》的「神遇」、「跡化」論之中。所謂「神遇」、「跡化」，實即繪畫創作中主體（畫家）與客體（表現對象）的統一和融合：

> 我有是一畫，能貫山川之形神。……山川使予代山川而言也，山川脱胎於予也，予脱胎於山川也。搜盡奇峰打草稿也。山川與予神遇而跡化也。（《苦瓜和尚畫語錄》〈山川章第八〉）

「神遇」是主體之神與客體之山川相遇，指的是審美過程中的主客體感應；「跡化」是山川原有之形跡因主體之神的作用而發生變化，指的是主客體感應的山水畫形象創造。石濤的「神遇」論強調「山川脱胎於予也，予脱胎於山川也」，即主客體在審美過程中的相互滲透和融

合，猶如莊子「不知周之夢為蝴蝶與，蝴蝶之夢為周與」。顯然受到莊子「天地與我並生，萬物與我為一」（《莊子》〈齊物論〉）的「物我合一」論的影響，但是莊子的「物我合一」論更為強調的是「物化」，是人之順應自然，與自然同化：「莊周夢為蝴蝶，栩栩然蝴蝶也」。而石濤的「神遇」論卻是人與自然之間的一種平衡感應。一方面他強調自然山川的客觀存在，強調客體有其自身的形態（「態」）與內在特徵（「理」），正確地認識和把握客觀事物，這是「一畫」論的一個基本要求：「山川人物之秀錯，鳥獸草木之性情，池榭樓台之矩度，未能深入其理，曲盡其態，終未得一畫之洪規也。」（〈一畫章第一〉）。畫家對於繪畫對象應當「深入其理，曲盡其態」，這就需要豐富的生活實踐，具體地觀察山川，熟悉山川，「搜盡奇峰打草稿」，從而做到「山川使予代山川而言也」，「予脫胎於山川也」。但是，如果僅至於此，那就不是繪畫創作，而是繪山川地形圖了。所以石濤同時又強調另一方面，即主體精神對於客體的重塑。他在《畫語錄》中多次說道：「夫畫，從於心者也。」、「畫不違心之用。」、「畫從心而障自遠矣。」繪畫從根本上說來是抒發自己的性情感受，展示自己的精神境界，「借筆墨以寫天地萬物，而淘詠乎我也」（〈變化章第三〉）。石濤認為，繪畫是「形」與「心」的統一，「形」離不開天地萬物，「心」離不開主觀精神，但是繪畫中的「形」最終要落實在「心」上。為什麼呢？他說：「夫畫者，形天地萬物者也。舍筆墨其何以形之哉？墨受於天，濃淡枯潤，隨之筆，操於人，勾皴烘染隨之。」（〈了法章第二〉）「夫一畫含萬物於中。畫受墨，墨受筆，筆受腕，腕受心。」（〈尊受章第四〉）這就是說，繪畫中的「形」是要靠筆墨勾皴烘染來構成的，而筆墨是受人操縱的，操之於手腕而成之於人心的。所以筆墨勾皴烘染描畫的「形」是經過「心」對自然山川的感應而重塑的「形」，是「寫生揣意，運情摹景」

的結果。經過「心」中之情的作用，畫中之景已不是自然山川之景，自然山川原有的形跡發生了變化，這就是石濤所謂的「跡化」。「跡化」是審美過程中心與自然山川感應——「神遇」的一種審美創造。石濤畫山川景物，在藝術形象的創造上強調「不似之似似之」，藝術作品中的「形」與生活原形介乎似與不似之間：「名山許游不許畫，畫必似之山必怪。變幻神奇懵懂問，不似似之當下拜。」（《大滌子題畫詩跋》〈題畫山水〉，見《美術叢書》）他反對「畫必似之」，主張「變幻神奇」，既有「似之」的一面，又有「不似」的一面。「似之」是因為繪畫中的「形」來自客觀，畫家應當「深入其理，曲盡其態」，即石濤所謂「予脫胎於山川也」；「不似」是因為繪畫中的「形」是心與物「神遇」感應而「跡化」的結果，是主體精神對於物的重塑和改造，即石濤所謂「山川脫胎於予也」。由此可見，「不似似之」正是強調主客體滲透、融合、統一的「一畫」論對藝術形象創造的必然要求。總之，石濤的繪畫美學思想以「一畫」論為中心，而「一畫」論又以主客體的「神遇」、「跡化」感應論為其精核。

　　劉熙載的審美感應思想，表現在他關於主客體「相摩相蕩」關係的論述之中。他的《藝概》分別論述了詩、文、賦、詞、曲、書法等藝術門類的作品和創作理論。貫穿其中的有一條基本理論線索，即認為文學藝術是主客體相互作用、溝通融合的產物。他認為藝術家在創作之前，在觀察事物的時候，應該盡量做到「無我」。所謂「無我」，也就是虛空自我，吸納萬物，「以萬物為我」。他說：「張長史於歌舞戰鬥，悉取其意與法以為草書。其密要則在於無我，而以萬物為我也。」（《藝概》〈文概〉）張長史即唐代著名書法家張旭，他的草書與李白詩歌、裴旻劍舞被時人稱為「三絕」。他的草書筆法常常從觀察生活中得到啟迪。唐李肇《國史補》載張旭自言：「始聞公主與擔夫爭道而得筆

法，後觀公孫大娘劍舞而入妙。」詩賦創作也須觀察生活中的萬物，他說：「賦取窮物之變。如山川草木，雖各具本等意態，而隨時異觀，則存乎陰陽晦明風雨也。」強調觀察事物要細，不但要熟悉事物的常態（「本等意態」），而且要在不同情況下觀察它的不同姿態（「隨時異觀」），這樣才能做到窮盡事物的變化（「窮物之變」）。所以，強調「無我」是就對生活的觀察而言的。相反，在藝術創作中，劉熙載認為必須「有我」：「昔人詞詠古詠物，隱然只是詠懷，蓋其中有我在也。」（《藝概》〈詞曲概〉）不管何種藝術，主體的情、志、意、識和人品，是其不可或缺的基本要素。他說：

> 古人一生之志，往往於賦寓之。（《藝概》〈賦概〉）
> 詞家先要辯得情字。……所貴於情者，為得其正也。（《藝概》〈詞曲概〉）
> 文以識為主。認題立意，非識之高卓精審，無以中要。才、學、識三長，識為尤要。（《藝概》〈文概〉）
> 筆性墨情，皆以其人之性情為本。是則理性情者，書之首務也。（《藝概》〈書概〉）
> 詩品出於人品。（《藝概》〈詩概〉）
> 書，如也，如其學，如其才，如其志，總之曰：如其人而已。（《藝概》〈書概〉）

所以，藝術創作除了「觀物」──觀察事物、熟悉生活之外，還要「觀我」──審視自我，提高品德修養：「學書者有二觀：曰觀物，曰觀我。觀物以類情，觀我以通德。如是則書之前後莫非書也，而書之時可知矣。」也就是說，書法藝術是「觀物」與「觀我」、物我二者

交融的產物。詩賦創作也如此：

　　在外者物色，在我者生意，二者相摩相蕩而賦出焉。若與自家生
意無相入處，則物色只成閒事，志士遑問及乎？（《藝概》〈賦概〉）

　　客觀存在的自然萬物和景色（「物色」），如果不進入審美關係之
中，不被審美主體所感知，它只是與詩人無關的「閒事」。它必須與詩
人的「自家生意」──生氣灌注的主體意識，「相摩相蕩」才能產生詩
賦等藝術作品。所謂「相摩相蕩」，就是主客體之間相互作用，相互滲
透（物色「與自家生意相入」），發生感應。通過主客體的「相摩相
蕩」，達到「物我無間」、「我亦具物之情也」、「物亦具我之情也」。所
以劉熙載說：「詩為天人之合。」（以上引文皆見《藝概》〈詩概〉）詩
歌是客體之自然與主體之詩人融合為一的感應的產物。正由於此，即
便是同一事物，它與不同的審美主體發生感應，產生的作品就不一
樣。同一題材，因人而異。劉熙載以寫「雲」為例說道：「賦因人異。
如荀卿《雲賦》言雲者如彼，而屈子《雲中君》亦雲也，乃至宋玉《高
唐賦》亦雲也；晉楊義、陸機俱有《雲賦》，其旨又各不同。」（《藝概》
〈賦概〉）所寫的同是雲，但由於各人的思想情感傾向不同，各人對雲
的感應所得旨趣不同，所以筆下的「雲」也就各不相同了。
　　王國維「境界」說的主客體融合論主要體現在他的「境界」說之
中。王國維的「境界」說以「意境」論為其核心。「意境」作為藝術境
界，是主客體渾然融合的一個整體，但它的構成卻可以分為「意」與
「境」兩個方面。「意」屬於「我」，指的是主體方面；「境」屬於
「物」，指的是客體方面。這從王國維的如下論述可以看出來：

文學之事，其內足以攄己，而外足以感人者，意與境二者而已。上焉者意與境渾，其次或以境勝，或以意勝。苟缺其一，不足以言文學。原夫文學之所以有意境者，以其能觀也。出於觀我者，意余於境。而出於觀物者，境多於意。[4]

「出於觀我者，意餘於境」，可見「意」是「觀我」的結果；「出於觀物者，境多於意」，可見「境」是「觀物」的結果。所以「意境」是「我」與「物」兩方面的統一。「我」與「物」的融合，也就是主體與客體的融合，王國維把它分成三種類型：第一種是「以境勝」，即以「物」為主，「我」服從於「物」，主體服從於客體；第二種是「以意勝」，即以「我」為主，「物」服從於「我」，客體服從於主體；第三種是「意與境渾」，即主客體平衡，「我」與「物」渾融中和，也就是王國維在下文所說的「意境兩忘，物我一體」。這主客體融合的三種類型的劃分，是王國維對審美感應理論的重要貢獻。它與司空圖論及的「思與境偕」和三種融合方式有著內在的連繫，但卻大大前進了一步，上升到了明確的、自覺的理論高度。

在主客體融合的三種類型中，王國維在《人間詞話》中具體地、著重地論述的是「以意勝」與「以境勝」兩個基本類型：

有有我之境，有無我之境。「淚眼問花花不語，亂紅飛過鞦韆去。」、「可堪孤館閉春寒，杜鵑聲裡斜陽暮。」有我之境也。「采菊東籬下，悠然見南山。」、「寒波澹澹起，白鳥悠悠下。」無我之境也。

4　《人間詞話》徐調孚注本，人民文學出版社1982年版，頁256。

「有我之境」即前述「以意勝」之境。這種藝術境界充滿強烈的主體情感色彩，比如王國維所舉五代南唐馮延巳《鵲踏枝》中「淚眼問花花不語，亂紅飛過鞦韆去」兩句，詩人因為在「雨橫風狂三月暮」的季節裡，春將逝去，花將凋落，「無計留春住」而悲傷落淚。他「淚眼」面對遲暮的春花，問它為何要隨春而去，可是春花並不回答，而在一陣春風中化作片片亂紅，飛過鞦韆而去。其中的「春花」，猶如遲暮的美人，低首「不語」，倏然飄飛。這裡所描繪的客體事物，經過主體情意的改造，染上了主體的情感色彩，服從於主體傳情達意的需要。「無我之境」即前述「以境勝」之境。這種境界雖曰「無我」，但並非真無「我」。王國維說過，「意」與「境」二者，「苟缺其一，不足以言文學」。只是在這種境界裡，主體順從客體，對客觀事物的真實描繪占據著主導地位，「我」的感情十分淡然、隱蔽，溶解在客觀而真實的藝術形象之中，如元好問《潁亭留別》中的詩句「寒波澹澹起，白鳥悠悠下」，以描繪自然物色的客觀景象為主；陶淵明《飲酒》第五首中的詩句「采菊東籬下，悠然見南山」，展現的是詩人真實而自然的山野隱居生活。

由於「有我之境」以我為主，所構之境服從於傳達包括理想在內的主體情意的需要，所以這種境界往往是生活中並不真實存在的，而是詩人以生活材料為基礎，憑藉想像或幻想創造出來的，所以在構境的方法上，王國維稱之為「造境」；而「無我之境」以物為主，主體順應客體，真實地描繪生活中客觀存在的事物，所以在構境的方法上，王國維稱之為「寫境」：

有造境，有寫境，此理想與寫實二派之所由分。然二者頗難分別，因大詩人所造之境必合乎自然，所寫之境亦必鄰於理想故

也。……自然中之物互相關係，互相限制。然其寫之於文學及美術中也，必遺其關係限制之處，故雖寫實家亦理想家也。又雖如何虛構之境，其材料必求之於自然，而其構造亦必從自然之法律，故雖理想家亦寫實家也。(《人間詞話》)

「造境」屬於「理想」一派，是根據表現主體審美理想的需要而虛構的；「寫境」屬於「寫實」一派，是對客觀存在的如實描繪。但王國維深刻地指出，這兩種境界並非互相排斥，截然對立，而是相互溝通，相互補充的。因為「理想」一派所造之境，不管它是「如何虛構之境」，其所用材料必然取自生活，而且合乎自然規律，所以其中必有「寫實」的成分；而「寫實」一派所寫之境，雖然是對生活的真實描寫，但總是要對生活中各種事物的關係和互相的限製作必要的改變，這就包含著「理想」的成分。所以他得出結論：「雖理想家亦寫實家也」，「雖寫實家亦理想家也」。「理想」的「造境」偏於「我」，「寫實」的「寫境」偏於「物」，這兩種境界的互相滲透和融合，說明在審美創造中主體與客體之間必然構成一種相互作用、相互溝通的感應關係。這種感應雖有偏於主體之心或偏於客體之物的差異，但主客體之間互相進入對方之中卻是共同的。

王國維又把「寫境」的「寫實家」稱之為「客觀之詩人」；把「造境」的「理想家」稱之為「主觀之詩人」。他說：「客觀之詩人不可不多閱世，閱世愈深則材料愈豐富，愈變化，《水滸傳》、《紅樓夢》之作者是也。主觀之詩人不必多閱世，閱世愈淺則性情愈真，李後主是也。」(《人間詞話》)「客觀之詩人」主要是「寫實」，比如創作《水滸傳》、《紅樓夢》這樣的作品，需要對生活有深入的瞭解，積累的生活知識和材料愈豐富愈好，所以閱世要深，這是完全正確的。「主觀之

詩人」主要是通過「造境」來抒發情感和理想，王國維強調其性情要真，這也是完全正確的。但是王國維把「性情」之「真」與「閱世」之「深」完全對立起來，卻是一種偏見。這無疑是受了李贄《童心說》的影響。李贄標舉「童心」：「童心者，絕假純真，最初一念之本心也。」他認為社會的「道理聞見」與人的生而有之的真摯本心是對立的；「有聞見從耳目而入，而以為主於其內而童心失。其長也，有道理從聞見而入，而以為主於其內而童心失。」（《童心說》）李贄反對「道理聞見」扼殺人的「童心」，是為了批判宋明理學扼殺人的本性，因為當時的所謂「道理聞見皆自多讀書、識義理而來」，理學思想充斥於「道理聞見」之中，李贄的這種見解自然是具有進步意義的。但在任何情況下都把詩人的真性情與「閱世」（「道理聞見」）對立起來就不能說是正確的了。李煜如果不經歷亡國之痛的「閱歷」、「聞見」，他的詞風不會發生改變，也不會寫出那些淒涼悲切、動人肺腑的絕妙好詞來的。

從上面所論，可以看出王國維關於「境界」的這樣一條理論線索：主觀之詩人——理想家——造境——有我之境——意餘於境——以意勝；客觀之詩人——寫實家——寫境——無我之境——境多於意——以境勝。

王國維進一步探討了造成這兩類詩人、兩種境界差異的原因所在。他認為這是由於主體與客體之間感應方式的不同造成的。他說：

有我之境，以我觀物，故物皆著我之色彩。無我之境，以物觀物，故不知何者為我，何者為物。（《人間詞話》）

「以我觀物」與「以物觀物」這兩種「物」、「我」之間的感應方式最早是由宋代的理學家邵雍提出的。邵雍從理學家的立場出發，主

張「以物觀物」而反對「以我觀物」。王國維對此進行了改造，他肯定了「以我唯美之物，不與吾人之利害相關係；而吾人觀美時，亦不知有一觀物」，把它與「以物觀物」並列，成為「物」、「我」感應的兩種基本模式。所謂「以我觀物」，就是在「物我感應」中以「我」為主，以「我」為本，主體驅使客體，客體服從主體。如王國維在《人間詞話》的另一處所說：「詩人必有輕視外物之意，故能以奴僕命風月。」這種感應方式，使主體的情感外射，「物皆著我之色彩」，故而成為「主觀之詩人」，構成「有我之境」。

所謂「以物觀物」，就是在「物我感應」中以「物」為主，以「物」為本，主體服從客體，客體同化主體。主體超然無慾，物我無間，以物之自身觀物。如王國維在另一處所解釋，詩人「又必有重視外物之意，故能與花鳥共憂樂」。王國維與邵雍雖然都肯定「以物觀物」，但其內涵是有差異的。在王國維那裡，「以物觀物」就是「以非特別之我」觀「非特別之物」。王國維說道：

> 己之利害。何則？美之對象，非特別之物，而此物之種類之形式，又觀之之我，非特別之我，而純粹無慾之我也。[5]

「非特別之物」是指客觀事物在此時不顯示它對人的生存是否有利有害，而只是以其「種類」之「形式」引起審美主體的心目愉悅；「非特別之我」亦即超越任何功利觀念，只將審美注意力集中於物之形式美的主體。在「以物觀物」的審美觀照方式中，主體是以一種「虛靜」

5　《叔本華之哲學及其教育學說》，《王國維文集》，北京燕山出版社1997年版，頁296。

的心態去把握審美客體的。但這種「虛靜」與邵雍在哲學上提出的「情景都忘去」，從而達到「以物觀物」的方式不同。邵雍旨在通過「虛靜」，「由知識而冥想」，從而達到對事物的理性徹悟之目的。王國維旨在說明詩人通過這種「虛靜」狀態，獲得一種「純粹無慾」的審美情感。這種觀照方式並非要否定主體的存在，更非要排除主體的一切情感，而是排除主體的「情感之欲」，具有一種與世無爭的悠閒情致。這樣，在審美感應過程中，「我」向客體靠攏而不執意移情於「物」，主體以「物」之自身觀「物」，以花鳥之憂樂為憂樂，「我」融於「物」，如莊子所謂「物化」，故而成為「客觀之詩人」，構成「無我之境」。

總之，由於所採取的「物我感應」方式的不同，造成了不同的詩人和不同的「境界」。

王國維在以上的論述中明確區分了「以我觀物」和「以物觀物」兩種感應方式，在此基礎上實際還存在著第三種感應方式，雖然王國維在理論上並未予以展開，但卻提出來了。這第三種感應方式便是他所說的「意境兩忘，物我一體」。「意」與「境」兩忘，實即「我」與「物」兩忘，也就是在「物我感應」中既非「以我觀物」，也非「以物觀物」；既非「我」勝「物」，亦非「物」勝「我」，而是在「兩忘」中互相接近、融合，主客一體，達到一種平衡狀態。這種感應方式的結果，便產生「以意勝」和「以境勝」之外的第三種境界，即「意與境渾」。

明清時期審美感應理論的成熟，不僅表現在這一理論的自覺、豐富和深刻，而且表現在這一理論已經從文藝創作論進入到文藝鑑賞論之中。這一時期的美學思想家把藝術作品與讀者之間的關係，也看作是一種「物」、「我」之間的感應關係，強調讀者的審美主體性在鑑賞中的主導作用。不同的鑑賞主體對作品有不同的愛好，如劉熙載所說：

「尚禮法者好《左氏》，尚天機者好《莊子》，尚性情者好《離騷》，尚智計者好《國策》，尚意氣者好《史記》。好各因人，書之本量初不以此加損焉。」（《藝概》〈文概〉）他認為，雖然「好各因人」，各人所喜愛的作品可以互不相同，然而各種作品自身的價值並不因此而有所損益。讀者喜好某一作品，是因為讀者的主體因素與作品的客體因素之間存在著共同之處，因而能夠產生感應，如「尚性情」的讀者之所以喜好《離騷》，是因為《離騷》充滿著強烈而真摯的感情，二者產生感應；「尚天機」的讀者之所以喜好《莊子》，是因為《莊子》提倡自然之本性，二者產生感應；「尚意氣」的讀者之所以喜好《史記》，是因為《史記》中的「本紀」、「世家」、「列傳」等所寫的人物言行事蹟激人意氣，發人感慨，愛激動的讀者自然與之發生感應了。但是，劉熙載又深刻地指出，作品自身的價值並不由某一類讀者的愛好來決定。某一類讀者不喜好的作品，其自身的價值不一定低，只是由於某一類讀者的主體因素與該作品的客觀因素之間缺乏共同點，因而未能產生感應而已。

即使是鑑賞同一作品，由於不同的鑑賞者具有不同的主體因素，可以與同一作品中的多種客體因素發生相應的選擇性的感應，因而就會產生對該作品的不同理解和不同感受。如清代詩論家趙翼《書懷》所云：「人心亦如畫，意匠戞獨造。同閱一卷書，各自領其奧。」陳廷焯《白雨齋詩話》卷六云：「《風詩》三首，用意各有所在，仁者見之謂之仁，智者見之謂之智，故能感發人之性情。」王夫之更從作者的立意與讀者的接受之關係進行論述。他在解釋孔子「詩可以興，可以觀，可以群，可以怨」之語時說：「可以云者，隨所以而皆可也。」、「作者用一致之思，讀者各以其情而自得。」（《薑齋詩話》卷一）進而言之，讀者的欣賞甚至可以不受作者思想意圖的束縛，而進行自己的審美鑑

賞中的創造活動。如清代詞論家譚獻在《復堂詞話》中所說:「作者之
用心不必然,讀者之用心何必不然。」王夫之在評袁宏道《柳枝》一詩
時說:「謂之有托,佳;謂之無托,尤佳。無托者,正可令人有托也。」
(《明詩評選》卷八)讀者可以在欣賞對象中加入自己的寄託,而這類
寄託並不一定符合作者的原意。所謂「詩無達詁」,強調的正是欣賞感
應中存在的欣賞者的主體性。

第四章

審美感應是情景交融的基礎

第一節　內外感應

　　中國古典美學從《禮記》〈樂記〉開始就把「心」、「物」關係確立為審美感應的核心。「心」屬於審美主體，「物」是審美客體。它所説的「物」，是指獨立於「人心」之外的客觀事物實體：「凡音之起，由人心生也。人心之動，物使之然也。」、「樂者，音之所由生也，其本在人心之感於物也。」不僅是《禮記》〈樂記〉，甚至直到今天的美學界在談到作為審美客體的「物」的時候，也認為它只能是指存在於人的頭腦之外的客觀事物實體。這就是説，「物」作為審美對象只能存在於人的頭腦之外，而不能存在於人的頭腦之內。其實這種看法是不全面的。任何事物都是由質和形兩方面統一組成的，事物的內在本質屬性只能存在於客觀事物的實體之中，所以我們稱之為「物質」；但是作

為內在本質屬性體現的事物外在形態，即事物的形式、狀貌卻可以如實地存在於人的頭腦之中，這就是所謂「物像」。存在於人的頭腦意識中的東西並非只能是主觀的而不可能具有客觀性，相反，人的頭腦具有運用記憶在意識中複製事物的功能，構成事物的映像，也就是「物像」。「物像」如實地來自物的實體，所以它與「物質」一樣，具有客觀性。因此，主客體之間的審美活動不僅存在於人與外物之間，而且可以存在於人的頭腦之中。作為審美活動核心的審美感應，也不僅存在於人與外物之間，而且也存在於人的頭腦之中。我們把人與外物之間存在的主客體感應稱之為「外感應」，把存在於人的頭腦之中的主客體感應稱之為「內感應」。所以審美感應可以分為兩類：外感應與內感應。外感應與內感應是根據審美客體在主體的頭腦之外或之內來區分的。外感應與內感應構成了審美感應的全過程。

「物」有存在於心外與心內之分，最早作這樣區分的是劉勰。劉勰的《文心雕龍》其理論貢獻是多方面的，就審美感應而言，他強調這是一種雙向運動，一方面是「情以物興」，物作用於人，情從屬於物；另一方面是「物以情觀」，人作用於物，物從屬於情（見《文心雕龍》〈詮賦〉）。兩者同時展開，形成「物」、「我」雙方互相從屬、雙向作用的關係。但是他對審美感應理論的最大貢獻還不在於此，而在於提出心物感應可以在兩種不同情況下存在，另一種是在心與外物之間存在，一種是在頭腦中的「神」與「物像」之間存在。劉勰在論述「心」、「物」關係時，他所說的「物」在不同場合，其含義是有區別的。在較多情況下，他所說的「物」是指獨立於主體之外的外界客觀存在，是「物」的實體，如上述的「情以物興」、「物以情觀」；還有如《文心雕龍》〈物色〉中所說的「歲有其物，物有其容，情以物遷，辭以情發」等等。但是在某些場合下，比如在《文心雕龍》〈神思〉中，他所說的

「物」是指存在於人的頭腦中的物像，是「物」的表象。比如他說：「故思理為妙，神與物游。」這裡的「物」是指存在於想像之中的事物的表象，而非外境之實物。為什麼這樣說呢？因為劉勰強調這裡所說的「神與物游」是在「思理」之中進行的。所謂「思理」就是〈神思〉篇開頭所描述的那種「寂然凝慮，思接千載；悄焉動容，視通萬里」的構思想像活動，他讚歎這種自由的想像活動為「其思理之致乎」，意思是奇妙到了極點。而這種奇妙的想像活動的核心是作家的主體精神與存在於頭腦中的「物」之間的感應交融活動，這就是所謂「思理為妙，神與物游」。存在於「思理」即構思過程中的「物」，當然只能是物像，而不可能是物的實體。又如他在《文心雕龍》〈物色〉中說到，作家在創作時「流連萬象之際，沉吟視聽之區」，其中所說的「萬象」也是指存在於作家頭腦中眾多事物的表象。如果理解為外在的實體之物，這句話就不通了，大千世界豐富的外界萬物是不可能在頃刻之間去重新經歷、「流連」一番的。

　　根據劉勰的論述，我們可以將審美感應中的主客體關係分為兩種：一種是主體與物之實體，另一種是主體與物之表象。實體獨立於主體之「外」，而表象貯存於主體的大腦皮層中。在主客體未融為一體之前，表象具有相對獨立性，所以也可以說表象相對地獨立於主體之「內」。簡單地說，主客體的感應關係據此可以分為「外」與「內」兩種。我們將前者稱之為「外感應」，將後者稱之為「內感應」。

　　外感應是面對審美對象的主客體感應，它是一種審美的社會實踐，是多數人在生活中經常發生的，但常常是不自覺的，比如流連山水景色，欣賞草木蟲魚，觀看時裝表演，參觀文物古蹟，傾心人體之美，品味音樂繪畫，愛好尋幽探奇，留戀故鄉童年，置身社會，熱愛生活，為之感動，為之痛苦等等。內感應主要發生在文藝家的頭腦之

中，它把文藝家的情志和頭腦中來自客體的物像，感應融合為一。它以創造藝術品為目的，因而它是一種自覺的、純粹的審美創造心理活動。感應所包括的全部審美活動就是由外感應進入到內感應，在內感應中達到心與物的統一，完成心物交融。所謂審美感應，就是心與物，主體與客體，由外而內，從分離到融合的運動過程。融合的結晶，便是意象的生成。

劉勰雖然並沒有明確使用「外感應」與「內感應」的概念，但他結合創作實際，其實已經論述了這兩種感應。他在《文心雕龍》的〈物色〉與〈詮賦〉篇中主要論述的是外感應問題。所謂「物色」，就是客觀存在的自然景色。〈詮賦〉篇所說的「情以物興」、「物以情觀」這種雙向感應活動，就是指文藝家的情志與外界自然景色實體之間發生的外感應。他在《文心雕龍》〈神思〉中主要論述的是內感應問題。所謂「神思」就是藝術刻的印象。俄國作家岡察洛夫曾說：「我只能寫我體驗過的東西，我思考想像與構思。他在此篇中所說的「神與物游」、「物以貌求，心以理應」就是在想像和構思活動中所進行的心物內感應，還首次提出了「意象」這一美學範疇：「獨照之匠，窺意象而運斤。」並進而論述了「意象」在此基礎上的創造過程。

外感應與內感應雖然有這樣的區分，但二者絕不是對立的，它們是緊密連繫在一起的。外感應離不開內感應，外感應中有內感應參與；內感應中有外感應的積澱，同時又受到新的外感應的影響。總的說來，二者的關係可以用兩句話來概括：外感應是內感應的基礎，內感應是外感應的深化。

為什麼這樣說呢？上文論及，內感應是在人的頭腦中存在的情志與物像之間進行的主客體雙向交流融合的過程，而頭腦中的物像，即事物的表象，只有通過人與外界事物的接觸才能獲得。在外感應中強

烈地打動文藝家的事物，被文藝家真切體驗過的生活，就能在文藝家的腦海中留下深過和感覺過的東西，我愛過的東西，我清楚地看見過和知道的東西。」[1]沒有外感應給文藝家提供的豐富的生活表象，就不可能進行意象的創造，就不可能有內感應，所以外感應是內感應的基礎。正基於此，中國古典美學十分強調生活實踐對於文藝家的重要性。劉勰論述了客觀存在對於審美主體情感的制約作用：「春秋代序，陰陽慘舒，物色之動，心亦搖焉。」、「情以物遷，辭以情發。」（〈物色〉）認為創作離不開「江山之助」，作家應該「博觀」、「博見」，擴大社會生活面。明清之際的王夫之也強調，「身之所歷，目之所見」是作家創作不可踰越的「鐵門限」（《薑齋詩話》）等等。但是對於文藝家來說，外感應只是審美感應的一個階段，還有待於發展，轉向內感應。通過內感應，文藝家才能把從外感應中獲得的生活印象與自己的情志融合起來，創造出藝術意象。所以，內感應是外感應的深化。

　　當然，從外感應轉化為內感應，直到形成意象，產生文藝作品，其過程或快或慢，其時間或短或長，這一方面受制於作品體制規模的大小，另方面取決於作家的才性和構思的遲速。比如據《世說新語》記載，曹丕稱帝后，欲加害其弟曹植，令其七步成詩，否則行大法。曹植於七步內應聲而賦詩，這便是有名的《七步詩》：「煮豆持作羹，漉豉以為汁。其向釜下燃，豆在釜中泣。本是同根生，相煎何太急。」曹植遭遇到兄加害於弟的事，心中自然是很悲感的。這生活中的外感應，憑著他敏捷的才思，竟在七步之內，很快轉入並完成了內感應，創造出同根而生的豆萁煮豆子、而豆子在釜中哭訴的藝術意象，據說

1　《遲做比不做好》，轉引自《西方古典作家談文藝創作》，春風文藝出版社1980年版，頁472。

曹丕聽了面有慚色。相反，法國作家羅曼·羅蘭一八九○年在羅馬郊外的霞尼古勒山，他從對生活的感受中獲得了創作《約翰·克里斯朵夫》的靈感，由此開始了艱苦的構思、醞釀，進入創造審美意象的內感應，直到十年後的一九○一年八月一個風雨大作的夜晚，他的心靈受到巨大震盪，作品中克里斯朵夫這個人物意象才真正孕育成熟。這以後，他又用了十年的時間，才把這部多卷本的長篇小說寫完。他從感應生活，到完成內感應的全部過程，整整用了二十年的時間。所以劉勰《文心雕龍》〈神思〉說道：「人之稟才，遲速異分；文之體制，大小殊功。」這兩方面的因素，是完成內感應時間長短的決定性原因。

外感應和內感應的心理過程，各自具有不同的特點。

首先，外感應作為審美感應的第一階段，它所面對的審美客體具有直接性與直覺性。因為處在外感應中的審美對象是具體的、物質的實體，審美主體直接接觸客體，需要通過視覺、聽覺、嗅覺、味覺、觸覺等五官的感知力，去把握審美對象，產生直覺體驗。比如面對一朵花，我們就能看到它的形狀和色彩，聞到它的芳香，觸摸到它柔嫩的枝葉，感受到它整體的生命活力。而在審美感應的第二階段——內感應中，作為審美對象的事物表象存在於文藝家的記憶和想像之中，此時的審美客體是非物質性的，區別的。後者是經由視網膜向大腦皮層的直接傳導而獲得，前者則是由大審美感知具有虛幻性和間接性。它不可能像面對的實體事物那樣切實、具體和固定，往往只留下事物最主要的特徵，在虛幻中飄忽、靈動，具有不確定性，並且隨著情感的介入而逐漸發生變化。主體在審美中產生的感知是間接性的，是一種內視、內聽、內嗅等的內感覺。比如法國作家福樓拜談到，他在創作《包法利夫人》過程中，當寫到女主人公服毒自殺時，他自己的嘴裡充滿了一股砒霜味。這當然是在想像中由味覺引起的一種內感覺。

我們常常談到審美知覺中的聯覺或通感，其實這是存在於審美內感應中的一種間接的感知。比如聽音樂，在樂聲的誘導下，聯覺會使人一會兒似乎聽到大海的波濤，一會兒似乎嗅到了海水的氣味，一會兒身體似乎感受到海浪的顛簸和衝擊。聽音樂當然是一種外感應，但是當主體產生審美聯覺，在審美聯覺中感應樂曲時，此時外感應已經轉入內感應，主體已經與樂曲融合起來，主體獲得的審美感覺是存在於想像中的一種內感覺。在音樂欣賞中，由聽覺激起的視覺意象，與視知覺直接獲得的景像是有很大腦聽覺區與視覺區的某種聯結、拍合所引起。而由聽覺引發的大腦視覺區的視覺意象，是過去的生活經驗在幻覺中的重現，因而具有間接性、虛幻性。

其次，外感應中的審美對象始終是貼近的，其感知覺始終是現時的，主體對實體之物進行直接觀照，其注意力集中於觀照對象，因而受到一定審美環境和對象的制約。主體之情由物所興，如劉勰所說：「物色相召，人誰獲安？」同時也為物所縛：「歲有其物，物有其容。」不同之物引起人們的不同感情，即所謂「情以物遷」（《文心雕龍》〈物色〉）。主體不能脫離眼前之物而天馬行空，始終被眼前的審美對象所吸引，雖然主體仍然是活躍的，主客體之間進行著交流，但這種交流不能離開眼前的觀照對象，因而其審美的自由度是有限的。內感應則不同。由於存在於頭腦中的審美表象不受現時環境所侷限，能夠自由地運動，主體相對地處於更自由的狀態。主體可以超越時間和空間，把遠在千里之外的事物調遣於眼前，或回到千年以前古人的世界：「故寂然凝慮，思接千載；悄焉動容，視通萬里。」主體可以根據其審美的情感要求，使腦海中的表象「聯類不窮」，讓文思縱橫馳騁於千載萬里的時空跨度之間，御風駕雲，摘星攬月，充分發揮其審美與想像的自由度，而不受身之所處、目之所見的束縛。

　　再次，外感應通過直接觀照外物產生審美感知，它以享受美，獲取審美愉悅為目的，具有眼前性、即時性，其過程是短暫的。審美感知是一種與普通知覺不同的直覺體驗活動，它已經完全擺脫了普通知覺中的功利傾向，不再把眼前的事物視為為完成某一目標而有用的東西，全神貫注於審美對象的形象與內涵，領悟到它的形式和意蘊之美，從而產生一種生理和精神上的愉悅感，獲得審美享受。當主體觀照審美對象，由生理快感上升到精神愉悅，感到極大的滿足時，外感應也就結束了，所以外感應的過程總是比較短暫的。內感應則不同。內感應的過程實際上就是文藝創作的過程，它以創造審美意象為指歸。審美意象的創造並非只為文藝家精神上的愉悅，它受到更高目的——審美理想的制約，其創造過程當然也有歡樂和愉悅，但常常伴隨著痛苦和艱辛，猶如孕婦的十月懷胎。巴金在《談〈家〉》一文中說：「我寫《家》的時候，我彷彿在跟一些人一同受苦，一同在魔爪下面掙扎。我陪著那些可愛的年輕生命歡笑，也陪著他們哀哭。」作品的意象孕育的過程是十分艱苦的，托爾斯泰僅為確定《復活》中瑪絲洛娃的外貌，就曾反覆多次，數易其稿。有時，為創造一個意象，內感應的過程可以持續很長的時間，幾年，十幾年，甚至幾十年。托爾斯泰在小說中塑造的安娜·卡列尼娜，其外形便是根據他年輕時見過的普希金的女兒瑪麗亞·普希金娜創造出來的，其間足足隔了三十多年時間。安娜的精神風貌和性格魅力，是記憶表象中的普希金娜所沒有的，而是托爾斯泰在長期的內感應的過程中賦予的。安娜意象的創造經歷了如此漫長的時間，其艱辛非同一般。

　　最後一點不同是，內感應不但創造意象，而且必須把意象物化，二者思》指出，在「神與物游」的內感應過程中，「物沿耳目，而辭令管其樞是同時進行的。內感應以生產文藝作品為目的，文藝作品的意

象必須有一定的物質載體。比如音樂意象離不開聲音、節奏、旋律，造型意象離不開形體、色彩、線條，文學意象離不開語言等等。一般認為，文藝家須在心中形成一個完整的意象之後，才進一步運用物質載體，使意象物化。拿文學意象來說，別林斯基就認為，意象的物化（意象語符化）是在意象形成之後開始的，猶如施工之前先有藍圖一樣。他認為創作先產生形象，「然後詩人再把一切人都能看見並瞭解的形式賦予創作」[2]進入意象的語符化階段。但實際上，意象的物化不是在意象完全形成之後才開始的，而是在意象孕育成形的內感應之中就已經介入了所需的物質載體。正如黑格爾在《美學》中指出的那樣：「按藝術的概念，這兩個方面——心裡的構思與作品的完成（或傳達）是攜手並進的。」也就是說，音樂家是用聲音、節奏、旋律來孕育意象的，畫家是用色彩、線條來孕育意象的，而文學家是用語言來孕育意象的。對這一點，劉勰有很深刻的認識。《文心雕龍》〈神機〉。辭令（語言）是經過視覺和聽覺器官而獲取的物像與心感應交接的關鍵（「樞機」），是把主體之情意與客體之物像融為意象的中介。比如劉勰認為，意象的生成有時就離不開語言的「誇飾」：「至如氣貌山海，體勢宮殿，嵯峨揭業、熠耀焜煌之狀，光彩煒煒而欲然，聲貌岌岌其將動矣：莫不因誇以成狀，沿飾而得奇也。」（《文心雕龍》〈誇飾〉）也就是說，只有通過一定的語言與修辭，意與象才能溝通融合，意也才能得到充分的表達；如果缺乏適當的語言中介，主客體在內感應中的溝通與交合便受到阻礙，意與象之間「思隔山河」，所謂「關鍵將塞，則神有遁心」（《文心雕龍》〈神思〉），當然意象也就無法產生。所以，

2　《論俄國中篇小說和果戈理君的中篇小說》，《別林斯基選集》第一卷，上海譯文出版社1979年版，頁178。

在內感應中，審美主客體共同運動的軌跡是由內而外，從隱到顯，變虛為實，即以內在物質載體為中介形成意象，到以外在物質載體為手段使意象物化。意象的最後完成之際，也就是意象物化結束之時。

相反，外感應不以創造意象、產生文藝作品為目的，而追求短暫的精神上的愉悅和滿足，獲得審美的快樂和享受。它雖有物我交流的過程，卻沒有意象語符化的過程。它可以用語言說出審美感受，但並不創造意象。所以在外感應中，主客體的共同運動軌跡是由外而內，從顯到隱，變實為虛，也就是外在審美對象經由主體的感應而轉化為內在的精神上的審美快感和愉悅。這種精神上的愉悅和滿足是無須也無法用語言完全表達出來的，因此外感應只憑形象直覺而不必依賴語言。它既無須創造意象，也無須使意象物化。

上述四方面的差異表明，內感應的種種特點都與藝術創作的審美活動有關，而外感應的種種特點都與現實生活的審美活動有關。就情景交融而言，審美觀照層次的情景交融發生在外感應之中，因為作為觀照對象的「景」存在於審美主體的頭腦之外，主客體之間的情景交融是在現實的審美活動中進行的；創作表現層次的情景交融發生於內感應之中，因為此時外在的景物已經內化為主體頭腦中的物像，主客體之間的情景交融是在頭腦之內的想像之中進行的，最終形成情景交融的審美意象。審美意象與審美情感、審美想像一起，是審美意識的主幹部分，而審美意識正是審美感應的產物。

第二節　審美意識

不論是在審美觀照或藝術表現中，情景交融都是在人的精神世界中進行的。情景交融的結果，體現為一定的藝術形象和境界，這是一

種審美意識。那麼，文藝創作中作家具體的審美意識又是怎樣具體產生的呢？現在流行的看法認為：根據唯物主義的基本原理，意識是存在的反映，而審美意識屬於意識的一種，所以審美意識是存在的反映。這個看法不能說是錯與「是事是物」互相「適然」感應中產生的。作為審美意識專有的表現形的，但也不能說是準確的。因為它只是把審美意識歸類到一般意識之中，它說明的只是審美意識的一般本質，而沒有說明審美意識作為意識中的個別的特殊本質。

人類的審美意識不是與生俱有的，而是隨著生產力的發展、人的審美能力形成而產生的。它是從一般意識演變而來的。沒有一般意識作為「基因」，審美意識就不可能產生。從審美意識的前身是一般意識這個角度而言，自然可以說它是存在的反映；但是，就審美意識的具體產生過程而言，卻不能這樣說。因為一般意識只有進入審美關係之中，與審美對象產生審美感應，才能形成具體的審美意識。這就是說，審美意識產生於主體與客體之間雙向運動、雙向交流、雙向滲透的審美感應，是主體與客體「合二為一」的產物。宋代詩人楊萬里說：「我初無意於作是詩，而是物是事適然觸乎我，我之意亦適然感乎是物是事，觸先焉，感隨焉，而是詩出焉。我何與哉，天也。」[3]作為審美意識表現物的詩歌，是「我之意」態的各種藝術，都是在主客體交互感應的過程中產生的，中國古代的一些文藝家和理論家打了許多比方來說明這個問題。如韋應物《聽嘉陵江聲》云：「水性自云靜，石中本無聲，如何兩相激，雷轉空山鳴。」以水、石相激來比喻主客體的交互感應，由此而產生雷鳴之聲（藝術）；蘇洵在《仲兄字文甫說》中提出「風」與「水」相遭（主客體交互感應）而生波紋（文章）；蘇軾的《琴

3　《答建康府大軍庫監門徐達書》，《誠齋集》卷六十七。

詩》則云：「若言琴上有琴聲，放在匣中何不鳴？若言聲在指頭上，何不於君指上聽？」主客體之感應，猶如手指之觸琴；聲音來自手指之觸琴，猶如藝術來自主客體之感應。蘇軾以手指與琴相觸而生音的原理，說明離開主客體感應的任何一方，就不可能產生藝術。對此作出理論闡釋的，最早是《管子》〈五行〉：「人與天調，然後天地之美生。」之後，唐代畫家張璪認為，繪畫是「外師造化，中得心源」（見張彥遠《歷代名畫記》引）的產物；清代劉熙載則說：「在外者物色，在我者生意，二者相摩相蕩而賦出焉。」（《藝概》〈賦概〉）這些論述認為，包括文學藝術在內的一切美（審美意識），都是人與自然、心與物、主觀與客觀交互感應、融合統一的產物。

審美意識是一種審美心理的精神結構體，它是由審美情感、審美體驗、審美想像、審美理想、審美意象、審美趣味、審美判斷等諸要素統一形成的。其中審美情感在審美意識中占有核心的地位，它貫穿於審美意識諸要素之中，成為展開其他審美心理活動的驅動力。審美情感與審美理想結合在一起，推動著審美想像，最終創造出審美意象。所以對於文藝創作來說，審美情感、審美想像、審美意象是構成具體審美意識的最主要部分。

現在我們就從上述審美意識的三個主要部分著手，對其具體的生成試作分析。

一、審美感情

我們常常把生活情感等同於審美情感，其實這是一種誤解。審美情感以生活感情作為它生成的「基因」，又有別於生活感情。自然萬物和不同的社會生活，引起人們喜、怒、哀、樂、愛、懼、恨等各種感情，這是生活感情。生活感情人皆有之，它並不能產生藝術作品，因為它還沒有轉化為審美感情。文藝作品所體現的，是由生活感情轉化

而來的審美感情。生活感情能否轉化為審美情感有兩點很重要：一是能否以審美的態度對待自己的感情；二是能否找到一定情感體驗的對應物，與之發生感應。

　　一個人，即使是文藝家，當他被生活中發生的某一事件所激動，生活感情完全控制著他，比如極度憤怒或極度悲傷之時，是不能寫出作品來的。法國的思想家狄德羅說：「你是否趁你的朋友或愛人剛死的時候就做詩哀悼呢？不，誰趁這種時候去發揮詩才，誰就會倒楣！只有等到激烈的哀痛已過去，……當事人才想到幸福遭到折損，才能估計損失，記憶才和想像結合起來，去回味和放大已經感到的悲痛。……如果眼睛還在流淚，筆就會從手中落下，當事人就會受情感驅遣，寫不下去了。」[4]魯迅也說過：「我以為感情正烈的時候，不宜做詩，否則鋒芒太露，能將『詩美』殺掉。」[5]因為此時的強烈感情是一種生活感情，還不是審美感情。

　　生活感情轉化為審美情感首先需要感情的沉積。感情沉積是一個凝聚、厚積、深化的過程，它與生活感情之間，既有一種時間距離，又有一種心理距離。審美情感是對生活感情的再度體驗，也就是說，主體已與產生某種生活感情的生活場景形成了時間距離；主體已經從引發生活感情的當時利害關係中超脫出來，此時在回憶中重新體驗。這時，主體對自己的這種感情能夠採取一種審視、玩味的審美態度，與自己的生活感情形成了一種心理距離。這重新體驗的感情，因為經過了時間和心理的沉積，所以更加深厚內斂；同時因為以審美的態度對待之，才能考慮如何藝術地表現這種感情。但是，這種沉積的感情

4　轉引自朱光潛：《西方美學史》上卷，人民文學出版社1963年版，頁263。

5　魯迅：《兩地書・三二》，《魯迅全集》第9卷，人民文學出版社1958年版，頁79。

或情感體驗，如果找不到它的外界對應物，不能與之發生審美感應，生活感情仍未最終轉化為審美情感。只有當沉積的內心體驗與外在的對應物倏然相遇，情景交融，主體與客體感應溝通，形成特定的審美意識，才能產生創作衝動。這裡試以陸游的創作為例。

陸游年輕時與表妹唐琬結婚，感情甚篤，但陸游的母親不喜歡唐琬，於婚後三年逼其離異。唐琬後來改嫁趙士程，陸游也另娶妻王氏。過了七八年，陸游三十一歲時遊玩紹興的沈氏花園，偶爾與唐琬夫婦相遇。唐琬派僕人送酒菜給陸游後便離去了。陸游深有感觸，內心久藏的對唐琬的愛和對離異的悔恨之情，這種主體的感情沉積此時與外界的對應物倏然相遇，主客體發生感應，形成了勃發的審美意識，產生了創作衝動，於是便寫下了膾炙人口的一闋《釵頭鳳》：

紅酥手，黃縢酒。滿城春色宮牆柳。東風惡，歡情薄。一懷愁緒，幾年離索。錯！錯！錯！

春如舊，人空瘦。淚痕紅浥鮫綃透。桃花落，閒池閣。山盟雖在，錦書難托。莫！莫！莫！

陸游與唐琬離婚是被迫的，離婚後他對唐琬的愛和對離異的悔恨之情是早已存在的。他的這種感情已經沉積了很久，為什麼在此之前他沒有把這種感情寫成作品呢？這是因為這種生活感情雖然經過沉積，成為回憶中的情感體驗，但它還沒有在生活中找到與這種情感體驗可以感應、溝通的對應物。直到七八年之後他與唐琬在沈園偶然相遇，唐琬在無言中對他依然是一片深情。此時此情遇到了此景，主體與客體發生感應，情景交融，生活感情在多年沉積之後又遇到了外界的對應物，於是昇華為審美情感，才寫出了這首《釵頭鳳》。這種情況

在陸游的創作中還在繼續。唐琬與陸游在沈園相遇後，心情抑鬱寡歡，不久便抱恨懷病而死。陸游得知，自然是悲痛萬分，但陸游並沒有很快把這種沉積的悲痛的情感體驗寫成對唐琬的悼亡詩，其原因仍然是沉積之情未能與外物感應而始終只是一種生活感情。四十多年後，陸游已是七十五歲的老翁。他重遊沈園，回憶起前次與唐琬在此相遇，觸景生情，沉積多年的情感體驗，此時與眼前的景物交會感應，成為一種強烈的審美感情，於是創作衝動勃然而生，寫下了對記憶中的唐琬的悼亡詩《沈園二首》：

城上斜陽畫角哀，沈園非復舊池台。
傷心橋下春波綠，曾是驚鴻照影來。

夢斷香消四十年，沈園柳老不吹綿。
此身行作稽山土，猶吊遺蹤一泫然。

詩中對唐琬的悲痛思念之情，是已經進入到審美關係中的感情。這裡的審美關係有兩個層次：一是現時的創作主體對過去沉積的感情的審美，現時的創作主體是審美主體，而過去沉積的感情是審美客體。通過主體對客體的審美，主體把作為審美客體的悲痛、相思之情藝術化了。悲痛化為一位行將入土的老態龍鍾、涕泗橫流、憑弔遺蹤的白髮老翁；相思把記憶中的唐琬凝成「翩若驚鴻」的「綠波」、「照影」的仙子和「夢斷香消」的痛苦。二是凝聚著悲痛之情的主體與沈園景物這一客體之間所構成的審美關係。審美客體激發並深化主體的悲痛之情，而審美主體又將悲痛之情融入客體之景。於是在詩人的眼中，「斜陽」含悲，「畫角」聲「哀」，「橋」是離別見證的「傷心橋」，

「柳」是無力「吹綿」的垂死柳。審美主體與審美客體在雙向交流與互滲之中，形成「情景交融」、「合二為一」的審美意識。

二、審美意象

審美意象是文藝家審美創造的產物，是文藝家審美意識的結晶，當它通過物質手段表現於作品就成為藝術形象。

審美意象是怎樣產生的呢？在西方，最早認為它是主體模仿客體的產物，也就是外物在藝術家頭腦中的映像。比如達・芬奇在古希臘「模仿說」基礎上提出「鏡子說」，他說：「畫家的心應當像什麼？畫家的心應當像一面鏡子，將自己轉化為對象的顏色，並如實攝進擺在面前所有物體的形象。應該曉得，假設你不是一個能夠用藝術再現自然一切形態的多才多藝的能手，也就不是一位高明的畫家。」[6]這類見解強調對審美意象起決定作用的是外在的客體。但是從康德開始，對審美意象的看法卻倒了過來，強調主體對審美意象的決定作用。康德說：「至於審美意象，我所指的是由想像力所形成的一種形象顯現。在這種形象的顯現裡面，可以使人想起許多思想，然而，又沒有任何明確的思想或概念，與之完全相適應。因此，語言就永遠找不到恰當的詞來表達它，使之變得完全明白易懂。」康德認為審美意象是主體的想像力所創造的感性的、個別的、具體的藝術形象，它是無比豐富的，因而不是抽象的思想和語言概念所能夠完整表達的。他認為審美意象的創造離不開感性經驗，「它從實際自然所提供的材料中，創造出第二自然」，但是他並不認為作為「第二自然」的審美意象是客觀存在的第一自然的反映，相反，康德認為審美意象是「理性概念（即理智性的觀念）的形象顯現」，想像力是「根據理性中更高的原則」來「重新把經

6　戴勉編譯：《芬奇論繪畫》，人民美術出版社1979年版，頁41。

驗加以改造」的。客觀自然存在在這裡只具有為理性觀念的形象顯現
提供原始材料的意義，是為了「賦予這些概念以一種客觀現實的外
貌」[7]。康德所說的理性觀念包括超經驗界的如永恆、創世、神、自
由、靈魂不朽等，和經驗界的如死亡、罪惡、堅強、寧靜等，而審美
意象是對理性觀念的最完滿的感性形象體現，正如朱光潛所說：「康德
的『審美意象』說顯然已包含黑格爾的『美是理念的感性顯現』說的
萌芽。」[8]由此可見，康德的審美意象論是一種主體觀念決定論。

　　康德在審美判斷中強調情感，認為判斷對象是美或不美取決於主
體的快感或不快感，在審美意象中他卻強調理性觀念，這並非因為康
德在審美中割裂了情感與理性，相反，康德認為審美中的想像力與理
智上的知解力是互相作用的。正因為有知解力在暗中規範和指引著想
像力的活動，所以由想像力所創造的審美意象能夠顯現理性觀念，從
而使審美意象成為超越客觀存在的「第二自然」，具有高度的概括性和
暗示性。

　　西方從康德開始的這種審美意象主體決定論，到克羅齊便向強調
主體的感性情感發展。克羅齊攻擊德國古典美學家康德、黑格爾等關
於審美意象是感性與理念統一的觀點，他說：

　　據說在藝術的意象裡可以見出感性與理性的統一，這種意象表現
出一個理念。但是「理性」、「理念」這些詞只能指概念。……所以這
個藝術定義實在是把想像歸到邏輯而把藝術歸到哲學。[9]

7　以上引文皆見康德《判斷力批判》，轉引自伍蠡甫主編：《西方文論選》上冊，上海
　　譯文出版社1979年版，頁563-564。

8　朱光潛：《西方美學史》下卷，人民文學出版社1964年版，頁53。

9　克羅齊：《美學綱要》，轉引自朱光潛：《西方美學史》下卷，人民文學出版社1964年

　　他認為直覺產生個別意象，而直覺的來源並非外在的「物自體」，而是主體的情感。主體的情感也不是由物質世界所引起因而反映著客觀，而是獨立的精神世界的一種心靈活動，如快感、痛感、慾念、情緒等。他在哲學上把精神世界等同於物質世界，所以在美學上他把審美對象看作是主體情感的對象化。主體情感在未經直覺之前是無形式的。經過審美直覺，情感獲得形式，於是「一種活潑的情感變成一種鮮明的意象」。所以直覺作為一種「心靈綜合作用」不但表現了情感，而且同時創造了表現情感的意象，而意象即客觀世界的存在。朱光潛曾以「紅太陽的意象」為例說：

　　我們說心中的紅太陽的意象是現實世界紅太陽的反映，而克羅齊卻說，這紅太陽的意象就是紅太陽的存在，是由直覺創造出來表現人的主觀情感的。[10]

　　克羅齊關於意象是情感的表現的思想，經過科林伍德一直到蘇珊‧朗格，發展成為意象是情感的符號形式的理論。蘇珊‧朗格認為人類活動的符號形式分為兩種，一種是純粹的語言符號，可以分解為各種有確定意義的詞彙，它的內涵是概括的，推理的；另一種是藝術符號，也就是意象符號，它是非推理性的、不可用語言分解的、完整的情感表現形式。她說：「一件藝術品就是一件表現性的形式，這種創造出來的形式是供我們的感官去知覺或供我們想像的，而它所表現的東西就是人類的感情。」[11]藝術作品作為一個整體來說，就是情感的意

版，頁302。

10　朱光潛：《西方美學史》下卷，人民文學出版社1964年版，頁288。

11　蘇珊‧朗格：《藝術問題》，中國社會科學出版社1983年版，頁13。

象。這種表現情感的意象，蘇珊・朗格稱之為藝術符號：「藝術符號卻是一種終極的意象——一種非理性的和不可用言語表達的意象，一種訴諸於直接的知覺的意象，一種充滿了情感、生命和富有個性的意象，一種訴諸於感覺的活的東西。」[12]蘇珊・朗格在意象問題上雖然繼承了克羅齊的情感表現說，但有兩點與克羅齊不同，一是她把新康德主義哲學家卡西爾的符號論引入審美意象，把藝術視為人類情感符號的自覺的、有意識的創造。蘇珊・朗格強調意象符號的創造和對其中「意味」的把握所依靠的是直覺，但這不是克羅齊所說的無意識的直覺，而是包含著情感、想像和理解的直接洞察力。二是蘇珊・朗格並不認為情感意象排斥理性和思想，而是具有認識價值和作用的，因此他同意貝爾在《藝術》中所說的藝術的本質是「有意味的形式」這一觀點，從而使她在意象問題上把克羅齊與康德調和起來，建立了她的有關藝術的符號論美學。

上述康德、克羅齊和蘇珊・朗格有關審美意象的理論雖然各有不同，但他們都強調審美意象與審美主體的關係，而沒有正確解決審美意象與審美客體的關係；也就是說，他們只看到「意象」中「意」的作用，而沒有正確解決「意象」中「象」的地位和「象」與客觀存在的關係問題。無論是克羅齊、蘇珊・朗格還是阿恩海姆，他們沒有把視知覺、直覺所獲得的審美表象與審美意象區分開來，而把直覺表象等同於意象，蘇珊・朗格也把作為藝術符號的意象稱為「表象符號」。審美意象離不開審美表象，它以審美表象為基礎，但不等於審美表象。審美表像是主體「復現的想像力」所造成的，它主要根據對經驗的記憶，是外物對記憶的投射，具有客理、思、志等因素；「象」指物

---

12 蘇珊・朗格：《藝術問題》，頁134。

像，也就是審美表象。表象來自外物，是觀性。審美意象是主體「創
造的想像力」所造成的，它是審美情感、審美理想對審美表象改造的
結果。在審美過程中主體一開始就將情感滲入表象之中，使直覺感知
取得的物的表象浸染著濃郁的情感色彩和理想成分，這就構成了
「心」、「物」交融合一的審美意象。所以審美意象既非單純地來源於客
觀外物，也非單純地來源於主觀情志，而是來源於「心」與「物」的
感應溝通。

　　中國古典美學以哲學感應論為基礎建立了審美感應論，並且用審
美感應論正確地解決了審美意象的構成問題。最早提出審美意象問題
的是劉勰：「獨照之匠，窺意象而運斤。」意象的生成是「神與物游」
（《文心雕龍》〈神思〉）的結果。之後，司空圖在《二十四詩品》中也
說：「意象欲出，造化已奇。」（〈縝密〉）而意象是「思與境偕」（《與
王駕評詩書》）的創造所成。所謂「神與物游」、「思與境偕」都是指
主體情思與客觀外物的和諧溝通。意象包含著「意」與「象」。「意」
指主體的情、對客觀存在的反映，《周易》〈繫辭〉所謂「擬諸形容，
像其物宜，故謂之象」。所以意象從客觀方面而言來自外物，從主觀方
面而言來自內心，如明人王世貞所云：「外足於象，內足於意。」（〈於
大夫詩集序〉）內與外、主體與客體之間感應的結果便產生意象：
「意、象應曰合，意、象乖曰離，是故乾坤之卦，體天地之撰，意象盡
矣。」[13]所以意象是主體與客體、「意」與「象」二者交融統一的結果，
所謂「心物交應，構而成象」（姚華《曲海一勺》〈述志第一〉）。合成
後的「意象」雖然可以或偏於「意」，或偏於「象」，但它已不是合成

13　何景明：《與李空同論詩書》，《中國歷代文論選》第三冊，上海古籍出版社1980年
　　版，頁37。

前的「意」，也不是合成前的「象」，而是二者感應化合的產物了。

清代大畫家鄭燮在《板橋題畫竹》中所說「其實胸中之竹，並不是眼中之竹也」、「手中之竹又不是胸中之竹也」，就很好地把審美表象、審美意象和作品藝術形像三者既連繫又區別開來。「眼中之竹」是直覺到的審美表象，它源自外界的竹，受制於客觀存在；「胸中之竹」以來自生活的「眼中之竹」為源泉，是經過畫家的情意對「眼中之竹」這一審美表象進行改造、加工、變形而重新創造的結果，它是體現著藝術家審美情感、審美理想、審美趣味的審美意象。所以作為審美意象的竹，它是審美主體與審美客體融合為一的產物。蘇軾在評論宋代畫家文與可畫竹時說：「其身與竹化，無窮出清新。」說的便是這個道理。例如鄭燮在《予告歸里畫竹，別濰縣紳士民》中所畫的竹，便體現著畫家清高不濁、清廉不污的精神品格：「烏紗擲去不為官，囊橐蕭蕭兩袖寒。寫取一枝清瘦竹，秋風江上作漁竿。」、「胸中之竹」通過物質手段加以物化，經過藝術創作的傳達階段，表現於作品之中，這就成了「手中之竹」。由於藝術傳達受到技術與工具的制約，加上傳達過程中審美意識的某些變化，所以「手中之竹」與「胸中之竹」又有所差異，如鄭燮所說：「磨墨展紙，落筆倏作變相。」（《板橋題畫竹》）鄭燮的上述看法無疑要比克羅齊的「藝術即直覺，直覺即表現」之說正確而深刻。它很好地說明了繪畫藝術「外師造化，中得心源」、「心物融合」的創作過程。

不論是感情色彩比較明顯的藝術形象，即王國維所說的「有我之境」，還是嚴格地忠實於生活的藝術形象，即王國維所說的「無我之境」，其中的意象都是「我」與「物」、主體與客體感應而成。「無我之境」並非真的「無我」，王國維說過「一切景語皆情語也」（《人間詞話》），其中仍然隱含著感情。只是意象在生成的過程中，由於「心」

與「物」各自在不同情況下所占的比重不同，可以有心本意象與物本意象的差別。但即使是嚴格地忠實於生活的物本意象，它仍然是主體因素與客體因素相互作用的感應的結果，只是主體色彩比較隱蔽，有時難以察覺罷了。比如宋代詩人林逋的詠梅名句「疏影橫斜水清淺，暗香浮動月黃昏」（《山園早梅》），寫寒冬早梅臨水而開，因其早而花朵稀少，因其無葉漸構成作品整體的意象群。當然，這裡的想像是指創造性的想像。所以審而枝條疏朗，故而倒影於水，只見「疏影橫斜」；梅花散發的本是幽香，加之花朵疏落，其香氣更是淡雅，似有若無，只覺「暗香浮動」；又因是在月色朦朧之中通過水中倒影來寫它的體態，故而更有一種朦朧之美，其寫早梅可謂體物入微。早梅臨水自照，幽香暗放，寂寞淒清，孤芳自賞，這既是為梅花傳神，又是詩人自己的抒懷寫照。它既是梅，又是人，是遺世獨立、節操自守、清高脫俗、精神自足的詩人自己。林逋長年隱居西湖孤山，終生不娶，其居處養鶴植梅，有「梅妻鶴子」之稱。他之愛梅，是因為梅之高潔與他的品格相通相合。作品的審美意象正是作者的品格、情懷與生活中的寒冬早梅感應生成的結果。

三、審美想像

審美意象的構成，有賴於審美的聯想和想像。由於審美情感和審美理想的推動，審美意象不斷滋生、發展、變形、聯結，在聯想與想像之中逐美想像是審美意識活動中把審美感情與審美對象融合起來構成意象，又使眾多的單個意象連接起來構成意象群的具體途徑。

審美想像同樣離不開審美感應，這是因為一方面想像要以單個的意象為基礎，而單個意象本身便是主客體感應溝通的產物；另一方面，促使單個意象滋生、變形、聯結、發展的推動力即想像力，它是主觀情感邏輯與客觀生活邏輯統一的結果。這就是說，想像力的展

開，一方面受制於情感邏輯，另一方面又受制於生活邏輯。所謂情感邏輯，就是符合主體情感傾向及其發展意願的意象組合的內在必然性；所謂生活邏輯，就是社會生活自身發展變化的客觀規律性。情感邏輯導向審美理想，生活邏輯導向社會現實。所以審美想像從根本上來說，是審美理想與社會現實的統一，是主觀傾向性與客觀現實性的統一。

　　但是，在不同類型的意象群中，情感邏輯與生活邏輯互相統一的方式是不一樣的。意象群可以分為四大類：抒情性意象群，敘事性意象群，幻想性意象群，寫實性意象群。其中抒情性意象群與敘事性意象群是就意象群的總體性質而言的，幻想性意象群與寫實性意象群是就意象群的構成形態而言的。在抒情性意象群與幻想性意象群中，情感邏輯居於主導地位，生活邏輯往往服從情感邏輯。比如屈原的《離騷》，它主要是抒情性意象群與幻想性意象群的結合。作家想像力的展開，意象的變化和聯結，主要是由情感邏輯推動的。詩人的情感變化十分曲折複雜，但大致經過如下主要歷程：對自身才德的讚美和對理想的追求→對黑暗環境的憎恨和理想不能實現的痛苦→在痛苦中上下求索尋找出路而不得→堅持還是放棄理想的矛盾心情→離開家鄉、人民、祖國而又徘徊不能→決心以死表明自己不向黑暗勢力屈服。全詩意象的滋生、演變隨著情感邏輯的推進而展開，忽而香草、美人，忽而堯舜、桀紂，忽而奔走先後，忽而反顧流涕，忽而以秋菊為餐，忽而以芙蓉為裳；騎龍乘風，遨遊天宮，命太陽神趕車，風神在後面追隨，求仙女為伴，讓天神打開天門，在太陽洗澡的天池裡飲馬，與不在人間的舜帝對話……這些意象的組合都不符合生活的邏輯，而是情感邏輯推動想像力的產物。但是，是否其中完全沒有體現生活邏輯呢？否。首先，情感邏輯自身便是生活邏輯的一種折射。屈原《離騷》

中的這種情感歷程，是屈原的政治生活遭遇的反映；他的遭遇和結局，體現著一個在強大黑暗勢力重壓下堅持崇高理想、孤立無援而決不屈服者的生活發展的邏輯必然性。其次，上述種種幻想性意象群是屈原在苦悶中上下求索的生活歷程的體現。所以《離騷》意象群的組合雖然以情感邏輯為主，但仍然包含有生活的邏輯。構成抒情性意象群與幻想性意象群的審美想像，是把生活邏輯融合在情感邏輯之中的。

敘事性意象群與寫實性意象群則不同，其審美想像中的情感邏輯與生活邏輯的統一，表現為生活邏輯居於主導地位，情感邏輯往往服從於生活邏輯，比如巴爾扎克和托爾斯泰的小說。巴爾扎克尤其政治態度所決定的情感發展邏輯趨勢，無疑願意他筆下的貴族有好的命運和結局，但由於組成其小說的敘事性意象群與寫實性意象群的想像力是按照生活邏輯展開體處理情感邏輯與生活邏輯的關係而定。但不管怎樣處理，審美想像總是的，而在當時法國的社會生活中，貴族階級正在被資產階級打敗而無可挽回地沒落下去，巴爾扎克不得不使自己的情感邏輯服從於生活邏輯的發展趨勢，而寫出他筆下的貴族們不配有更好的命運。當然他對貴族道德的贊美和對貴族生活方式衰落的惋惜，仍然體現在按照生活邏輯而展開的意象群之中。托爾斯泰談到，有人認為他對《安娜‧卡列尼娜》中的女主人公太殘酷，逼她臥軌自殺，他回答說：「我小說中人物所做的，完全是現實生活中所應該做和現實生活中所存在，而不是我希望有的事。」[14]儘管托爾斯泰在感情上並不願意安娜有這樣的結局，但按照生活中安娜的性格邏輯，他必須這樣寫。消解於生活邏輯之中的情感邏輯，轉化為一種情感傾向，往往在不得不給予的主人公的悲劇結局中，又傾注著作者的同情。

14　《西方古典作家談文藝創作》，春風文藝出版社1980年版，頁549。

　　上述四類意象群之間的結合方式並不是固定的，還可以有其他的變化。如果抒情性意象群與寫實性意象群結合，或敘事性意象群與幻想性意象群結合，出現的情況就比較複雜，要看作家在想像力的運用中如何具主觀情感邏輯與客觀生活邏輯的統一。比如奧地利作家卡夫卡的小説《變形記》中的意象群是敘事性與幻想性的結合，作家的想像力既遵循情感邏輯，又遵循生活邏輯，達到二者平衡統一的狀態。作品的中心意象是幻想性的，主人公格里高爾・薩姆沙一天早上醒來，發現自己身上長了許多只腳，變成了一隻大甲蟲，由此展開對他的不幸遭遇的敘述和描寫。這種人變蟲的幻想性意象按照生活邏輯是不可能發生的，但按照情感邏輯的需要，作家卻可以這樣想像。卡夫卡讓主人公變成甲蟲，寫出他在家中的不幸遭遇，是出於對建立在各人利害關係基礎之上的資本主義商業社會人際關係的痛恨。格里高爾從家庭的長子變成甲蟲後，因失去工作而失去對家庭的經濟利益關係，失去了曾經有過的長子的尊嚴和溫情脈脈的親情，而且由於其醜陋和給家庭帶來的負擔而最終遭到家庭所有成員的厭棄，終於在眾人的冷漠中痛苦地死去。家庭關係是人間最親密的關係，卡夫卡正是從最親密的人際關係著手來揭示普遍存在於資本主義商業社會的人間私利關係。所以寫「甲蟲」與他的家庭成員關係的變化，既是作者上述情感邏輯發展的需要，同時在本質上也符合那個社會人間的生活邏輯。

　　同樣是敘事性意象群與幻想性意象群的結合，《西遊記》與《變形記》又不同。在《變形記》中，幻想性意象與寫實性意象同時存在，一方面是「甲蟲」，另一方面是父母、妹妹、鄰居、公司秘書等等，二者之間體現的情感邏輯與生活邏輯是同時展開而融合在一起的。在《西遊記》中，意象的現實性包容於意象的幻想性，現實的生活邏輯溶解於幻想的情感邏輯。孫悟空大鬧天宮的描寫，是遵循著作者對敢於向

強大統治勢力挑戰的勇士的讚美，以及對其勝利的喜悅和失敗的惋惜之情而展開的，情感邏輯推動著想像力組成了一系列幻想性意象。對一系列幻想性意象所構成的故事的敘述和描寫，直至孫悟空因經驗不足上了如來佛的當而被壓在五指山下，其中包含著生活中不屈的弱者向強大者挑戰直至失敗的邏輯過程。而途中力克群魔、西天取經的勝利，則顯現著正義者與勇敢者為美好的理想而奮鬥終獲勝利的生活邏輯。

如果是抒情性意象群與寫實性意象群的結合，其情感邏輯與生活邏輯的關係也存在著種種複雜的情況。比如在寫實的抒情詩中，有的作品二者趨於平衡統一，有的以情感邏輯為主，有的以生活邏輯為主。但不管怎樣，審美想像總是在情感邏輯與生活邏輯融合的過程中，在主體與客體感應溝通的啟示下，創造著種種審美意象並聯結為完整的意象群。離開了審美主體的情感、理想，離開了社會生活提供的客觀物像，離開了情景交融的感應溝通，審美想像就不可能存在。

綜上所述，以審美感情、審美想像和審美意象為主幹的審美意識，是主體與客體審美感應的產物。無論是在社會個人或民族群體，審美意識一旦產生，便會形成歷史的積澱，在以後的審美感應活動中發揮著潛在的作用，影響著審美感應的模式，產生新的審美意識。新的審美意識可能與原現的。這就使我們在探討主客體之間特定的審美關係模式時，先要瞭解主有的審美意識同向同質同構而加深其積澱，也可能與原有的審美意識異向異質異構而形成新的積澱。如此往復循環，不斷豐富，不斷推進，形成人類的開放的審美意識發展系統，創造出人類與日俱新、萬紫千紅的文化藝術。

第三節　感應模式

我們曾經闡明，審美感應是心物之間相互交流、相互作用的整體運動過程。但是僅僅瞭解這一點，對於深透地把握審美感應的基本特性是遠遠不夠的。作為一種整體運動，審美感應在心物之間的運動取向如何，直接決定了感應方式的不同，從而影響到審美表現方式上的差異。

審美感應是主體在審美中調動多種心理功能而產生的高級心理現象。它所展開的主客體之間的複雜關係，是經由主體心理結構的中介作用而實體審美心理結構的機能作用。

審美心理結構是人在審美創造時溝通、聯結審美主客體的中間環節，它具有感知對象、定向選擇、情感轉移、想像創造、制導和調節生理——心理運動的綜合功能。它生成於人的相應的生理——心理結構運動之中，是在生理機制（如大腦皮質系統、神經系統等）與心理因素（如感知、直覺、情感、想像、理解等）相互作用的基礎上，昇華而成的特定的整體系統。在這個整體系統中，既包括審美觀念、審美理想、審美傾向、審美趣味等意識內容，又包括審美感知、審美直覺、審美情感、審美想像以及審美潛意識等基本的審美心理活動。其各層次之間的相互滲透、交融和轉換，形成審美心理結構的基本活動方式。審美心理結構一經形成，便擁有了一定的穩定性，從而使主體按照固著於自己審美心理活動中的意識傾向，深入地觀照和開掘對象的審美意蘊，創造出美的事物。

但審美心理結構又不是恆常不變的，在特定的環境條件與人自身的實踐條件發展、變化之中，在主體內在心理接受與創造的相互作用的運動過程中，主體審美心理結構也會隨之不斷地發生改組或重構，

趨於完善，獲得審美能力的提高。所以，審美心理結構不是靜態的，而是能自行組織、整合的動態整體系統，是相對穩定與永恆運動的辯證統一。

本世紀以來，西方心理學中的格式塔學派和日內瓦學派，對審美過程中的心理活動進行了深入的探索，為審美心理結構提供了新的具體知識，因而對審美心理學的研究和發展產生了重大影響。

「格式塔（Gestalt）」一詞在德文中有「形式」或「形狀」的意思，但更確切的含義應該是「完形」，所以這個學派又稱「完形心理學」。它於一九一二年誕生在德國，後來在美國得到進一步發展。

格式塔心理學反對把人的心理結構看成是各種感覺元素的復合，認為大腦是一個具有高度組織能力的動力系統，這個系統是採用直接而統一的方式，把事物知覺為統一的整體，而不是知覺為一群個別的感覺元素。如果事物的各個部分或元素之間存在鄰近性、類似性、連續性、封閉性等特徵，就很容易被作為一個整體性的單元而感知，在知覺中構成一個格式塔或完形；如果事物的圖形不完滿或者有缺口，知覺還具有一種使其完滿的趨向，即填補缺口，儘可能地完善對象圖形。格式塔心理學還從現代物理學中引入「力場」的概念，來說明知覺之所以能生成整體化、完善化的「形」，是因為外物的物理結構與人的生理——心理結構都是一種可以發生擴散效應的「場」，都是「力」的作用模式。一旦這兩個領域「力」的作用達到一致，心理過程與物理過程在結構形式上就會產生「同形同構」或「異質同構」的關係，從而知覺到一個抽象的完形。這就是著名的「同形」理論。這個理論後來被魯道夫‧阿恩海姆系統地運用於藝術，尤其是藝術與視知覺關係的分析，成為探討美感經驗發生的重要依據。

阿恩海姆已經意識到審美活動中存在著感應現象，他在《藝術與

視知覺》一書中多處明確地使用了「感應」一詞。他談到這樣一種視知覺現象：在正方形框框中有一個黑色圓點，這個圓點不在正方形的中心而略有偏離。我們一看就感覺到了這種偏離，而且產生一種黑色圓點似乎要離開原定位置向正方形中心運動的趨勢，中心點似乎對它產生著一種吸引力。這個正方形的中心點不是通過精確的測量判斷出來的，也不是想像出來的，而是眼睛感知到的，是與觀看同時發生的，他稱之為「感應」：

　　我們不妨把這個中心點看作是「感應」出來的（就像感應生電一樣）。因此，在視野之內所存在的事物，並不僅僅是那些落到視網膜上的事物。類似這種「感應生成圖樣」的事例是不勝枚舉的。[15]

　　所謂「感應生成圖樣」，就是格式塔（完形）圖樣。這種完形心理現象並非基於理智的認知活動，而是一種感性的直覺，它廣泛存在於審美活動之中：

　　在一部樂曲中，我們也可以單憑「感應」而「聽」到某一音節偏離了規則的節拍，就像我們看見黑色圓面偏離了正方形中心一樣。必須再次強調指出，這種感應現象決不是理智的活動，所得到的結果也不是基於預先積累的知識推斷出來的，而是直接感知到的整體事物中的一個不可分割的部分。[16]

15　阿恩海姆：《藝術與視知覺》，中國社會科學出版社1984年版，頁3。
16　阿恩海姆：《藝術與視知覺》，頁4。

阿恩海姆認為「異質」而「同構」的事物之間存在一種「對應」關係。他所説的審美心理中的「感應」，就是事物的「物理場」的「力」與人的「心理場」的「力」之間的一種「異質同構對應」。格式塔心理學派認為，人與客觀事物之間雖然「質」不相同，是「異質」，但其結構形式可以相同，這就是「同構」或「同形同構」。「同構」的基本形式是力的基調相同：「我們必須認識到，那推動我們自己的情感活動起來的力，與那些作用於整個宇宙的普遍性的力，實際上是同一種力。」[17]這種相同的力的基調，使「異質」而「同構」的事物可以互相對應，相感相通。所以阿恩海姆所説的「感應」是一種「同構感應」，強調形式結構的相同。這與中國古典哲學強調的「同氣感應」相接近又有所不同。接近的是都強調有「同」才能感應；不同的是，阿恩海姆強調形式結構的相同而質不同，所以是一種「異質同構感應」，而中國古典哲學強調的是一種「同質同構感應」：互相感應的事物之間，不但結構形式相同（萬物皆為金木水火土「五行」結構），而且質也相同（萬物的本質都是「氣」）。

日內瓦學派是與「發生認識論」學説連繫在一起的，它的創始人是瑞士心理學家皮亞傑（1896-1980）。這一學派最初可追溯至皮亞傑一九二一年所從事的兒童智慧研究，目的在於由此建立發生認識論的體系。一九五五年，皮亞傑又在日內瓦大學內創建了「發生認識論國際研究中心」，召集了一批志同道合者，在數十年間積累了大量有關兒童心理學的實驗研究資料，出版了不少理論著作和專題報告。皮亞傑的發生認識論，是在機能主義心理學的基礎上，博採生物學、符號邏輯學、控制論、信息論的觀點和某些心理學派的觀點，綜合而成的跨學

17　阿恩海姆：《藝術與視知覺》，頁625。

科體系。其理論核心就是認識結構的「建構」說。

所謂「建構」即指人的認識格局（又稱「圖式」，是一種動態可變的認識功能結構或組織）的建造，它體現為一個發生與發展的過程，發生的起點和發展的基礎則是主客體的相互作用：在認識的起點（即兒童的反射活動），主體所具有的第一個格局，是遺傳獲得的本能動作格局；以此為依據，兒童不斷與外界事物發生相互作用，在這種相互作用中，非遺傳的後天格局逐漸從低級階段向高級階段發展，即在反射格局基礎上，向感知運動格局、具體運演格局和形式運演格局發展。這也就是認識格局的建構過程，皮亞傑稱之為主體的建構。在他看來，客體是否能被主體認識並被認識到何種程度，完全取決於主體具有什麼樣的認識格局。但另一方面，隨著主體認識格局的發展，對客體的認識也會不斷深化，客體的性質和結構才得以確立，這又表現為一種客體的建構過程。所以皮亞傑認為，認識的發展實際上就是主客體在相互作用中的雙重建構：主體由兒童到成人的認識建構是在客體的不斷作用下形成的，而事物客體性質的建構又受制於人的主體認識格局的發展和變化。

皮亞傑使用了「同化」和「順應」這對範疇來表明主客體的相互作用。「同化」和「順應」是人在生長過程中，從認識的生物水平直到理性水平不斷起著作用的相輔相成的兩種主體內在機能。「同化」就是主體利用自己現有的格局，將外部刺激進行過濾改造，使它變成機體組織能夠吸收的形式，體現出客體作用於主體而主體改造客體的結果。與此相對應，「順應」則是主體原有的格局在與客體不相適應，甚至產生對立的情況下，調整和改變主體格局，使之適應客體，表明在客體的作用下主體得到改造的過程。當「同化」和「順應」發生作用、進行雙重建構時，主體格局就處在改組、重建、發展的連續變化中。

這裡，皮亞傑又引入一個重要範疇——「平衡」。「平衡」顯示著「同化」和「順應」的相互服從，顯示著一種新格局的誕生。它是通過主體的自我調節系統來實現的。自我調節被皮亞傑視作反映了生命組織的最一般特徵，它利用正、負反饋隨時都在對「同化」和「順應」發揮強化或抑制的功能，以保證兩者能夠達到平衡。但獲得平衡只是相對的，暫時的，人的無終止的活動和反覆接受的刺激，使「同化」和「順應」周而復始地進行運動，平衡不斷地被打破，也不斷地被建立，原有的較低級格局也就不斷地向較高級格局演進。所以人的整個認識發展過程，就在「心」與「物」之間不斷的「順應」、「同化」、「平衡」的循環往復之中向前推進。

格式塔心理學和皮亞傑發生認識論在有關主體心理活動的研究上，都還存在著忽視實踐經驗和社會因素的決定性作用的侷限。儘管如此，他們以心理結構或格局為中介，建構起來的主客體關係，卻給予我們極大的啟發。審美感應是處於審美關係中的主客體之間的一種雙向建構，也是主體審美心理結構對客體對象的一種整體化、完善化的心理活動。在這一過程中，審美主客體同樣呈現著互滲互動的關係。具體說來就是：主體客體化的順應關係，客體主體化的同化關係，主客體協調交融的平衡關係，以及主客體結構形式的同形關係等。

審美意識活動和藝術的創造過程，就是在上述主客體統一的不同方式中展開的。對此，中國美學家曾經有過與皮亞傑相接近的論述。王國維便談到，詩歌創作中存在著三種主客體關係：

> 文學之事，其內足以攄己，而外足以感人者，意與境二者而已。上焉者意與境渾，其次或以境勝，或以意勝。苟缺其一，不足以言文學。原夫文學之所以有意境者，以其能觀也。出於觀我者，意餘於境；

而出於觀物者，境多於意。[18]

　　王國維在這裡論及構成詩歌的兩種不可缺少的要素，即「意」與「境」。「意」屬於主體因素，「境」屬於客體因素。這從他下文的論述可以看出：「出於觀我者，意餘於境；而出於觀物者，境多於意。」、「意」與「我」連繫在一起，「境」與「物」連繫在一起。王國維認為藝術創造中的主客體統一存在三種情況：第一種是「意與境渾」，也就是主客體均勻交合，渾然一體，接近於皮亞傑所說的「平衡」；第二種是「以境勝」、「境多於意」，這是「觀物」的結果，也就是以「物」為主，「意」從屬於「物」，它接近於皮亞傑所說的「順應」；第三種是「以意勝」、「意餘於境」，這是「觀我」的結果，也就是以「意」為主，「物」從屬於「意」，它接近於皮亞傑所說的「同化」。

　　錢鍾書更明確地把藝術創造中的主客體關係歸結為「心」、「物」關係，而且與王國維一樣把它分為三類：

　　夫藝也者，執心物兩端而用厥中。興象意境，心之事也；所資以驅遣而抒寫興象意境者，物之事也。物各有性：順其性而恰有當於吾心，違其性而強以就吾心，其性有必不可逆，乃折吾心以應物。一藝之成，而三者具焉。[19]

　　文章強調藝術是「執心物兩端而用厥中」的結果。這裡所說的「中」，也就是「心物兩端」──主體與客體兩極的互相融合交匯。所

18　王國維：〈人間詞乙稿序〉，《人間詞話》，人民文學出版社1960年版，頁256。
19　錢鍾書：《談藝錄》，中華書局1984年版，頁210。

以，他說的實際就是藝術創造中的「心物感應」問題。「心物感應」的方式有三種：一是「順其性而恰有當於吾心」，既順從於「物」，又符合「吾心」，「心」與「物」完全對應、對稱，相當於皮亞傑所說的「平衡」；二是「違其性而強以就吾心」，即以「心」為本，使「物」服從於「心」，相當於皮亞傑所說的「同化」；三是「折吾心以應物」，即以「物」為本，使「心」服從於「物」，相當於皮亞傑所說的「順應」。

由此可見，在人類的認識活動或審美活動的「心」、「物」關係上存有的上述基本模式，已是中外科學家和美學家的共識。由於這些不同模式的存在，審美主體在感應過程中就會產生不同的審美心理趨向，繼而顯現審美意識活動及藝術表現的多樣特性。根據上述審美主客體互滲互動的三種基本模式，我把主體服從客體的「順應」模式稱之為「物本感應」，把客體服從主體的「同化」模式稱之為「心本感應」，把主客體對應交融的「平衡」模式稱之為「平衡感應」，借此描述審美意識活動和藝術創造的不同心理結構，和所表現的不同審美方式、審美傾向。當然，感應模式的劃分不是將人類生生不息的審美創造類型化，更不是將審美主客體的相互運動過程單向化，我們不能對其作形而上學的理解和運用。事實上，人類的審美實踐並非單一的感應模式所能涵蓋，而藝術創造在整體與局部上也不表現為純粹一致的模式。一部藝術作品，它所顯現的整體審美意識可以源自一種感應模式，但並不排斥它的局部構成或細節設計運用到其他感應模式。

第五章

寓情於景與物本審美意識

第一節　物本感應

　　物本感應是審美過程中主體以「物」為本的感應方式。以「物」為本，就是經過主客體的雙向作用，「心」、「物」的交互滲透，最終返歸於「物」。如宋代理學家邵雍所說：「以我徇物，則我亦物也。」（《漁樵答問》）主體努力向客體靠攏，服從於客體，以至客體化。此時，「心」、「物」之間表現為一種順應的關係。「順應」在皮亞傑發生認識論中，除了指調整和改變主體內部格局，以適應現實，表明在客體的作用下主體得到改造的過程之外，它還是主體產生模仿行為的基本動因，而「這種模仿能產生表象，因而從任何外部動作中分離出來，有利於保持動作的內部輪廓，成為日後形成思維的準備」[1]。這裡，主體

1　皮亞傑：《兒童心理學》，商務印書館1980年版，頁44-45。

對客體的順應，就意味著模仿表象的生成和運動，從而構成物本感應的思維結構的基礎。

在物本感應中，當對象的屬性激起主體的審美注意時，主體的心理因素（如情感、想像和意志等）便被調動起來，與「物」之客觀屬性相契合；同時，主體在一定的社會歷史前提下形成的內在本性，也滲入到感應客體的活動之中，不斷獲得豐富和完善，從而能夠更積極地適合客體，體驗到對象事物發展的客觀本質意義。所以，主體對客體的順應，實際上也就是審美主體在客觀現實的感召和制約下，通過自我的心理調節而進入客體，實現對客體的審美認同。明代畫家唐志契說：「凡畫山水，最要得山水性情。……山性即我性，水情即我情。」[2]由此產生的是物本感應下的寫實藝術。

物本感應模式有如下主要特徵：

一是感應的物向性。物向性是指審美主體在物本感應中的心理指向，即最終指向於物。物本感應的運動方向是由「物」而「心」、又歸於「物」（即「物」──「心」──「物」），感應的起點和終點都是「物」。這種指向，既是主體對客體信息的不斷接納，也是主體自我中心狀態的逐漸解除，它促成主體心理機能能夠盡量遵從或貼近客體固有的形態和運動規律。中國明代的理學家王陽明，雖然在總體上是位宣揚主體精神的「心學」家，但他也指出在認識過程中存在著以「物」為本的感應傾向：「目無體，以萬物之色為體；耳無體，以萬物之聲為體；鼻無體，以萬物之臭為體；口無體，以萬物之味為體；心無體，以天地萬物感應之是非為體。」[3]

2　唐志契：《繪事微言‧山水（下）》，《畫論叢刊》，人民美術出版社1986年版，頁738。

3　《王文成公全集》卷三，《語錄》〈傳習錄（下）〉。

由感應中主體能力和客體性質所決定，作為物本感應一般特點的
「物向性」，在主體心理具體指向客體的不同層面時，又體現為不同的
指向類型。存在於對象世界中的現實事物，本身就含有內外不同的層
面，如外觀形態層面，內在本質意蘊層面和按照自身規律發展的必然
趨勢層面。所以，我們把對應這三個層面的指向，分別稱為「形態指
向」、「本質指向」和「趨勢指向」。「形態指向」只關注對象事物的外
在形態，忠實於現實生活的本來面目；而「本質指向」和「趨勢指向」
則比較相近，它們更注重對象事物內部的本質屬性和邏輯連繫，遵循
事物發展的必然規律。但兩者也存在區別，一個指向現實中已經存在
的事物，一個指向現實中未必存在、但按發展的必然規律可能存在的
事物。因此，物本感應最完美的心理指向要求，就是能由外而內地進
入對象事物的三個層面，達到三種指向的統一，逼真地、本質地再現
事物的整體面貌和發展趨勢。在上述引文中，王陽明也要求物本感應
應該從五官對「聲」、「色」、「臭」、「味」等的形態指向，進入以「心」
判斷萬物是非的本質指向。遍照金剛《文鏡秘府論》〈論文意〉云：「夫
置意作詩，即須凝心，目擊其物，便以心擊之，深穿其境。如登高山
頂，下臨萬象，如在掌中。以此見象，心中了見，當此即用。……猶
如水中見月，文章是景，物色是本，照之須了見其象也。」它一方面強
調物向性中的形態指向，文章應以客觀之「物色」為本，如「水中見
月」，鏡中照影，「了見其象」；另一方面它又指出，對事物的觀照不能
僅僅停留在眼睛的感覺器官上，還須「凝心」，「以心擊之」，達到對事
物深層內涵的把握——「深穿其境」。這就由形態指向而深入到本質指
向了。在審美實踐中，由於主體心理指向層面上的差別，從而造成審
美意識表現和藝術認識上的歧義，如自然主義更多地指向形態層面，
批判現實主義則由形態層面進入到本質層面，而革命現實主義進而要

求透視到趨勢層面。但真正做到三個指向層面的完美統一，卻是件十分困難的事。或因停留於形態層面而缺乏深度，或因偏重本質層面而導致概念化，或因對事物發展趨勢感受的偏差而損害現實主義真實性，種種偏差在創作中並不少見。

二是感應的客觀性。物本感應要求主體順應客體，客體成為主體感知覺審美活動的中心，這就決定了這一感應的客觀性特徵。對此，可以從兩方面來理解。

一方面，這種客觀性是主體感應到的「內容」的客觀性，它為客體對象自身的性質和狀態所規定。作為審美客體的任何一種客觀事物，都有其存在的結構形式和內外連繫的方式及由此決定的該事物的屬性、本質、規律等，這就是一種事物之所以是它自身的原因和規範。因為它是在事物運動發展的自然過程中形成和表現出來的，是不以人的意志為轉移的，所以它是客觀的。我們可以把它稱做事物的「客觀尺度」。當審美主體能夠遵循這一尺度去感應對象事物的整體全貌（即客觀性存在）時，他所感應到的內容就必定具有客觀性的內容。劉熙載談到，唐代草書之聖張旭從生活裡的歌舞、戰鬥動作之中，「悉取其意與法以為草書，其秘要則在於無我，而以萬物為我也」（《藝概》〈文概〉）。張旭能夠排除主觀因素對自己的束縛，悉心體驗客觀事物，從中獲得感悟，把舞蹈、戰鬥的動作和力量化入草書之中。所謂「無我」，並非絕對排斥自我，而是使自己遵從外物，「以萬物為我」。另一方面，人在長期的審美實踐中形成的主體能力，也會被運用到外部對象上去，即人按自己的內在尺度重新規劃、選擇、整合對象的自然屬性或社會屬性，使主觀因素不斷對象化，創造出符合人自己本性和審美需要的「第二自然」。但是在物本感應中的主體能力，追求的是內在尺度與客觀尺度的統一，主觀心理態勢與客觀生活邏輯的統一，因而

自覺地服從於對象的客觀尺度與生活的客觀邏輯，讓自我的情感、想像等主觀因素，能夠依據對象固有的形態和規律進行運動，從而使感應的客觀性特徵在形態層面、本質層面和趨勢層面上體現出來。

這種以「物」為主、偏於客觀的心理過程，決定了物本感應模式所生成的審美意識，只能是物本審美意識。物本審美意識在藝術創造和思辨活動中，又外化為一系列帶有「物本」色彩的表現方式和理論傾向，有著自己特定的美學和藝術範疇，形成客觀性的審美表現傾向。由此產生創作潮流上的自然主義、現實主義、古典主義，美學理論上的「模仿」說、「再現」論、「反映」論，藝術門類上的工筆畫、寫實小說、報告文學等等。

物本感應有其特定的審美觀照方式——「以物觀物」，特定的形象構成方式——「以形傳神」，特定的情感表現方式——「寓情於景」。後二者屬於審美表現方式，它與審美觀照方式密切相關。特定的審美觀照方式制約著相應的審美表現方式。

第二節　以物觀物

「觀物」本是在認知活動中，主體對客體的一種觀照。把「觀物」與審美活動連繫起來，使認知性的觀照變成審美觀照，當自王國維始。王國維從美學意義上提出了「觀物」理論，《人間詞話》列「觀物」方式為「以我觀物」和「以物觀物」兩種，即「以我觀物，故物皆著我之色彩」、「以物觀物，故不知何者為我，何者為物」。

對審美觀照方式作出這種區分，是王國維接受並融通中西學術思想的結果，直接淵源有二：

其一是叔本華的唯意志論哲學。叔本華在《作為意志與表象的世

界》一書中，論述意志客體化過程級別的時候，提出了「欲求的主體」和「純粹的主體」這兩個概念。他認為，意志無處不在，有機物、無機物皆有意志。人的意志的任何一個活動，都立即體現為他的身體的活動。身體的活動就是客體化了的意志的活動。「因此，身體的各部分必須完全和意志所由宣洩的各主要慾望相契合，必須是慾望的可見的表出：牙齒、食道、腸的輸送就是客體化了的飢餓；生殖器就是客體化了的性慾；至於攫取物的手和跑得快的腿所契合的已經是意志的比較間接的要求了，手和腳就是這些要求的表出。」[4]不只是人，自然界的萬事萬物都是這樣。但意志的可見性或客體化的程度卻有大小之分，有無窮的級別。意志客體化的較低一級是認識作用本身。不管是理性認識還是直觀認識，都是從意志中產生的，是意志的一種工具或器械，命定要為意志服務，達成意志的欲求目的。「所以說如果我們的意識還是為我們的意志所充滿；如果我們還是聽從願望的擺佈，加上願望中不斷的期待和恐懼；如果我們還是欲求的主體；那麼，我們就永遠得不到持久的幸福，也得不到安寧。」[5]所以，意志客體化較低一級的主體是「欲求的主體」。意志客體化級別越低，欲求就越強烈，甚至陷入盲目的衝動之中。

在意志客體化最高一級上的主體是「純粹的主體」，無慾的主體。此時，主體對事物的考察不再追求按根據律組成的事物的相互關係，不再讓抽象思維、理性概念盤踞意識，而是沉浸於直觀，使全部意識為靜觀眼前的自然對象所充滿。這時，人已自失於對象之中了，忘記了他的個體與意志，他也僅僅是作為純粹的主體，作為客體的鏡子而

4　叔本華：《作為意志與表象的世界》，商務印書館1982年版，頁163。

5　叔本華：《作為意志與表象的世界》，商務印書館1982年版，頁273。

存在。叔本華説：

　　客體如果是以這種方式走出了它對自身以外任何事物的一切關係，主體也擺脱了對意志的一切關係，那麼，這所認識的就不再是如此這般的個別事物，而是理念，是永恆的形式，是意志在這一級別上的直接客體性。並且正是由於這一點，置身於這一直觀中的人同時也不再是個體的人了，因為個體的人已自失於這種直觀之中了，他已是認識的主體，純粹的、無意志的、無痛苦、無時間的主體。[6]

　　也就是説，主體擺脱一切束縛，達到無慾，才是意志最恰如其分、最圓滿的客體化。

　　王國維接受並發揮了叔本華的這一思想，把觀照主體分為「純粹無慾之我」[7]和「欲之我」[8]。「以物觀物」就是以「純粹無慾之我」觀物，產生的是偏於客觀的「無我之境」；「以我觀物」就是以「欲之我」觀物，產生的是偏於主觀的「有我之境」。

　　其二是來自宋代邵雍的哲學「觀物」論。邵雍的「觀物」論與它的象數學説緊密相關。他從《周易》中推演出一個象數學體系，認為宇宙自然和社會人生中的一切事物都是按照象數的規定所構成並發生變化。而「象也者，盡物之形也；數也者，盡物之體也」[9]。從「象」

6　叔本華：《作為意志與表象的世界》，頁250。

7　見王國維《叔本華之哲學及其教育學説》一文。

8　見王國維《紅樓夢評論》一文。

9　邵雍：《皇極經世書》〈觀物內篇四〉，《文淵閣四庫全書》子部術數類，卷八〇三。

上看，天地生於動靜，天分陰陽，地分柔剛，陰陽柔剛，是為「四象」。陰陽中又分為太陽、太陰、少陽、少陰，這就是日月星辰——天之「四象」；柔剛中又分為太柔、太剛、少柔、少剛，這就是水火土石——地之「四象」。天之「四象」日月星辰與地之「四象」水火土石的錯綜變化，產生了天下的萬事萬物。但是從「數」上看，這種變化歸根到底還是一種數的變化：萬事萬物本於八，八本於四，四本於二，二本於一，也就是《易傳》〈繫辭上〉中的「易有太極，是分兩儀，兩儀生四象，四象生八卦」。所以，「數」才是宇宙萬物的生化之本。而要把握這神祕的「數」的變化，就必須考察天地入象的成倍運演，就必須「觀物」。這樣，「觀物」便作為取象定數的基礎貫穿在邵雍的學説中。

邵雍進而把「觀物」方式分為兩種，即「以物觀物」和「以我觀物」。他説：「所以謂之反觀者，不以我觀物也；不以我觀物者，以物觀物之謂也。」所謂「以物觀物」，就是「以我徇物」；所謂「以我觀物」就是「以物徇我」。他解釋説：「以我徇物，則我亦物也；以物徇我，則物亦我也。」[10]「徇」是順從之意，所以「以物觀物」是「我」順從於「物」，主體客體化；「以我觀物」是「物」順從於「我」，客體主體化。然而，在這兩種觀物方式之中，他卻排斥「以我觀物」。《皇極經世書》〈觀物外篇八〉比較這兩者時説：「以物觀物，性也。以我觀物，情也。性公而明，情偏而暗。」認為將個人的情感因素加於事物之上，就會發生觀照的偏差，即「任我則情，情則蔽，蔽則昏矣」；而「以物觀物」就不同了，「以物觀物」是「因物則性，性則神，神則明矣」。何謂「性」？「性」是與「理」和「命」相連繫的概念。邵雍引入《易

10　上引皆見邵雍《漁樵對問》，《説郛三種》卷三〇八，上海古籍出版社1988年10月版。

傳》〈說卦〉中「窮理盡性以致於命」的命題，加以延伸，就是「所以謂之理者，物之理也；所以謂之性者，天之性也；所以謂之命者，處理、性者也。所以能處理、性者，非道而何？是知道為天地之本，天地為萬物之本」。[11]這樣，「理」、「性」、「命」就在「道」中統一起來了。「以物觀物」就是對事物本根的觀照，所以它「非以目觀之也，非觀之以目而觀之以心也，非觀之以心而觀之以理也」[12]，亦即順乎萬物之「理」，順乎天地之「性」，而後知天地萬物之「命」以達於「道」，從而體現出一種公正、神明性。這就是邵雍「觀物」論的基本內涵。

邵雍的「以物觀物」，與叔本華「純粹的主體」有共同之處。「以物觀物」中的後一個「物」字，是指所觀照的客體；而前一個「物」字，是指觀照活動中的主體。觀照中的主體要排斥自己的主體性，像叔本華所說的「純粹的主體」那樣，做到無意志、無慾求、無感情，也就是無「我」，「我」眼從於「物」，「我」化為「物」：「既能以物觀物，又安有我於其間哉？是知我亦人也，人亦我也，我與人皆物也。」[13]所以「以物觀物」中的前一個「物」字，指的是主體的物化。邵雍的「以我觀物」中的「我」，與叔本華的「欲求的主體」，都是指觀照中有情有欲的主體。邵雍予以排斥，叔本華則貶低為意志客體化中的低級主體。王國維吸收了邵雍與叔本華上述學說中的合理成分，經過改造，將「以我觀物」置於和「以物觀物」不分高低、同樣重要的地位，並把這兩種觀照方式直接納入審美領域，論述了兩種審美觀照方式及其審美創造的特徵：「有我之境，以我觀物，故物皆著我之色彩。無我之境，以物觀物，故不知何者為我，何者為物。」（《人間詞話》）

11　邵雍：《皇極經世書》〈觀物內篇三〉，《文淵閣四庫全書》子部術數類，卷八○三。

12　邵雍：《皇極經世書》〈觀物內篇十二〉。

13　邵雍：《皇極經世書》〈觀物內篇十二〉。

物本感應所要求的是哪種審美觀照方式呢？當然是「以物觀物」了。在這種觀照方式中，「物」既是指審美主體的觀照對象，又是指物化了的觀照主體本身，這就必須使主體做到「無慾」、「忘我」和「喪我」，能夠擺脫一切束縛，「以物喜物，以物悲物」[14]。由此應追溯到莊子的「物化」說。《莊子》一書多處提到主體泯滅慾望、情感和有為，化「我」為「物」，達到「物」、「我」無界的觀點，其意義就在於要超越自我，超越個體生命形式的有限性，超越一切現實的功利關係，而獲得生命的自由與永恆的形式。《莊子》〈齊物論〉云：「昔者莊周夢為蝴蝶，栩栩然蝴蝶也，自喻適志，不知周也。」這「不知周也」說明了問題的關鍵，觀照主體只有因「忘我」、「喪我」而隨物而化，才能「自喻適志」，成為自由、永恆的生命存在，進而能超越物我，直觀到客體的本質所在。叔本華在談到作為「觀照者」的「純粹主體」時說：「他在這個客體中喪失了自由，就是說，甚至忘掉了他的個人存在，他的意志，而僅僅作為純粹的主體，作為客體的鏡子而繼續存在。」這種觀照「是純粹的觀審，是在直觀中浸沉，是在客體中自失，是一切個體性的忘懷，是遵循根據律的和只把握關係的那種認識方式之取消。」[15]哲學的觀照如此，藝術的審美觀照更是如此。十九世紀法國著名女作家喬治·桑在《印象和回憶》中說：「我有時逃開自我，儼然變成一棵植物，我覺得自己是草，是飛鳥，是樹頂，是雲，是流水，是天地相接的那一條橫線，覺得自己是這種顏色或是那種形體，瞬息萬變，去來無礙。」[16]中國宋代畫家郭熙認為，要畫出「真山水之川谷」、「真山

14　邵雍：《皇極經世書》〈觀物內篇八〉。

15　叔本華：《作為意志與表象的世界》，商務印書館1982年版，頁274。

16　轉引自朱光潛：《文藝心理學》，《朱光潛美學文學論文選集》，湖南人民出版社1980年版，頁79。

水之云氣」、「真山水之煙嵐」，就應當在面對山水進行觀照時，化自身為山水：「蓋身即山川而取之，則山川之意度見矣。」（《林泉高致》）可見，藝術家在「以物觀物」中已喪失了自我，忘卻了個體的存在，渾化為自然，於是以自然觀自然，則自然之物無所隱遁。所以王國維強調要「以自然之眼觀物，以自然之舌言情」[17]。叔本華也指出，在「純粹主體」對客體的觀照中，二者是「合而為一」的，主體是被客體占有的：「就像那個客體單獨存在在那兒，而沒有任何人去覺察它，於是他不再能從觀照中分出觀照者來，而兩者已經合而為一，因為全部意識是被一種單一的感性的圖畫所充滿所占據了。」（《作為意志與表象的世界》）

　　要使主體進入「以物觀物」的觀照狀態，達到物化，主體必須擺脫主觀情慾的紛擾，呈現心靈的空明寧靜，這就是叔本華所説的「靜觀的審美方式」（《作為意志與表象的世界》），王國維所説的「無我之境，人唯於靜中得之」（《人間詞話》），這便是心境的虛靜。《老子》〈十六章〉首言及此：「致虛極，守靜篤，萬物並作，吾以觀其復。」《莊子》〈天道〉也説：「夫虛靜恬淡寂寞無為者，萬物之本也。」《荀子》〈解蔽〉指出，「虛壹而靜」是觀物知「道」的必要條件。這些都是強調主體在觀照、認知客體時，必須具備空廓明靜之心境。魏晉南北朝時期，哲學範疇的「虛靜」開始被引入藝術創作領域。劉勰《文心雕龍》〈神思〉説：「陶鈞文思，貴在虛靜。」認為藝術家只有「疏瀹五臟，澡雪精神」，造就一個虛靜凝寂的心境，才能展開對「物」的觀照，進行審美的創作。因此，「虛靜」是審美觀照和藝術構思必不可少的前提。「虛」即是空，主體無欲、無我，「虛己以應物，必究千變之

17　王國維：《人間詞話》，人民文學出版社1960年版，頁217。

容」[18]，使心物自由而無阻隔地相接，讓心靈接納天地萬物，感應大千世界；「靜」則是止，停止外界對主體的干擾，凝聚全部智慧，冷靜、真切地體驗觀照對象，直逼客體的本質。若用一句話來概括，那就是：「靜故了群動，空故納萬境。」[19]這說明審美觀照中的「虛靜」，不是純然的虛無靜止，而是以虛含實，以靜逐動，是虛與實、靜與動的辯證統一。但虛是實的前提，主體擺脫利害好惡的成見，心靈空廓清明，方能接納萬物，使萬物潛伏於心靈深處，呈現虛中含實的狀態；靜是動的基礎，主體不受外因的干擾，凝神一志，方能展開想像活動，所謂「罄澄心以凝慮」（陸機《文賦》），「寂然凝慮，思接千載」（劉勰《文心雕龍》〈神思〉），便是這個意思。

「以物觀物」強調觀照的客觀性。主體在致虛守靜的狀態下，應當達到公正、神明，成為客體對象的一面清晰的鏡子，客觀地再現審美對象世界，即莊子所說的「聖人之心靜乎，天地之鑒也，萬物之鏡也」（《莊子》〈天道〉）。要做到這一點，觀照主體必須對客體有一個深入瞭解的過程，必須盡量克服自身的偏見，像邵雍所強調的那樣，對客體對象作「窮理」、「盡性」、「至命」的細緻深切的考究。只有這樣，觀照主體才能準確把握事物的內在本質特徵，獲得對客體的「真知」，才有可能成為一面清晰的鏡子。邵雍說：

天下之物莫不有理焉，莫不有性焉，莫不有命焉。所以謂之理者，窮之而後可知也；所以謂之性者，盡之而後可知也；所以謂之命者，至之而後可知也。此三知者，天下之真知也，雖聖人無以過之

18　陸機：《演連珠》第三十五。

19　蘇軾：《送參寥師》，《蘇東坡集》前集卷十。

也，而過之者非所謂之聖人也。夫鑑之所以能為明者，謂其能不隱萬物之形也。雖然，鑑之能不隱萬物之形，未若水之能一萬物之形也。雖然，水之能一萬物之形，又未若聖人能一萬物之情也。聖人之所以能一萬物之情者，謂其聖人之能反觀也。所以謂之反觀者，不以我觀物也。不以我觀物者，以物觀物之謂也。既能以物觀物，又安有我於其間哉？[20]

　　「以物觀物」不能僅僅停留於「不隱萬物之形」的照鏡式反映，還要由「形」深入到「情」。「情」在這裡指的是事物的「理」、「性」、「命」等內在本質。再進一步，「以物觀物」還不能止於對個別事物的由「形」到「情」的把握，觀照主體還須從「萬物之形」、「萬物之情」中發現能夠把它們統一起來的普遍規律和真理，這就是邵雍所説的「一」。他用水打比方，認為鏡子不如水。鏡子雖然能「不隱萬物之形」，但鏡子中的萬物之形，它們都是孤立的、凝滯的。水則不同，由於水是波動的，所以萬物在水中之形也是變動的，可以渾融合一的。但水只能做到「一萬物之形」，不如聖人能夠「一萬物之情」，達到對統率萬物內在本質的普遍真理的認識。在審美觀照中，也存在著對主體「觀照昇華」的要求。藝術家應該從個別事物或經驗出發去領悟整個生活和人生的真諦，從具體中顯示普遍，把個別提升到一般，創造出個別性和普遍性統一的藝術形象來。劉勰説：「觀夫興之托諭，婉而成章，稱名也小，取類也大。」（《文心雕龍》）

　　但「觀照昇華」可以分為兩種：一是將個別事物上升到同類事物的普遍性，由個體的個別性體驗上升到個體的普遍性體驗，從個別事

20　邵雍：《皇極經世書》〈觀物內篇十二〉。

物的特徵描寫中顯示出該類事物之普遍存在的共同本質，如別林斯基說的那樣：「即使在描寫挑水人的時候，也不要只描寫某一個挑水人，而是要借一個人寫出一切挑水的人。」[21]二是將個別事物的個體性上升到超越種類的普遍性，由個體性體驗上升到整體人類的共同體驗。叔本華認為：「人由於理性而超過動物的地方，就是他能對整個生活有全面的概覽。」（《意志與表象的世界》）王國維則說：「夫美術之所寫者，非個人之性質，而人類全體之性質也。」又說：「善於觀物者能就個人的事實而發現人類全體之性質。」[22]在上述的「觀照昇華」中，後一種屬於更高的昇華。但不管哪一種，主體在審美觀照中的昇華表現在創作上，都離不開藝術的典型化、概括化。

第三節　以形寫神

　　「形神」問題是中國古代哲學和美學都十分關注的問題。它最初是關於人的物質形體與精神相互關係的哲學探討，魏晉玄學開始用「形神」觀念來品評人物，繼而由品評人物進入到品評人物畫和其他藝術繪畫，最後發展到以「形神」觀念來品評敘事文學體裁中的人物形象。「形神」問題自魏晉被引入藝術領域後，從唐至清就一直存在重「形似」、重「神似」與「離形得似」的分歧。在藝術觀念上，有「形似」派與「神似」派之分，而在具體的創作途徑和方法上，「神似」派中又有「以形寫神」派與「離形得似」派之爭，而且各自的理論觀點和原則都有大量的藝術實踐作為基礎。

21　杜書瀛編：《古典作家論典型》，廣西人民出版社1988年版，頁255。

22　王國維：《紅樓夢評論》，《王國維文集》，北京燕山出版社1997年版，頁224-225。

　　物本感應以「物」為本，使主體遵從和貼近客體，以顯示客體的真實面目，因而在藝術形象的創造上強調對客觀對象本來面目的勾勒與再現，主張「以形寫神」。明確而自覺地提出「以形寫神」原則的，是東晉畫家顧愷之。他在《魏晉勝流畫贊》中說：

　　人有長短，今既定遠近以矚其對，則不可改易闊促，錯置高下也。凡生人亡有手揖眼視而前亡所對者，以形寫神而空其實對，荃生之用乖，傳神之趨失矣。空其實對則大失，對而不正則小失，不可不察也。一像之明昧，不若悟對之通神也。[23]

　　《魏晉勝流畫贊》是一篇既談人物畫的臨摹，也談人物畫創作的畫論。這裡論及的是，畫人物應當注意人物之間的關係、比例，以及人物形象的作揖、注目等動作神情。顧愷之提出「以形寫神」的原則，在方法上強調「傳神寫照」（劉義慶《世說新語》〈巧藝〉）。所謂「寫照」，就是在外貌上忠實於描寫對象，真實地表現對象的細節，在此基礎上達到「傳神」。而在人物形貌細節的真實上，顧愷之最重視的是人的眼睛。據載，他「畫人或數年不點目精，人問其故，顧曰：四體妍蚩本無關於妙處。傳神寫照，正在阿堵中」（《世說新語》〈巧藝〉）。「阿堵」為當時口語，意為「那個東西」，此處指的是眼睛。顧愷之在上述引文中論述的，正是如何「點睛」的原則和方法。他認為，人的動作、表情、目光、眼神，總是由他所面對的別的人或物引起的。要畫出傳神之目，就不能「空其實對」。所謂「實對」，就是目之所「對」的外在「實」體。即使畫面沒有畫出來，但畫家心意的構圖中要有為此目

23　見張彥遠：《歷代名畫記》卷五。

所視的外物存在。「實對」使人物的內心活動與表現此內心活動的眼睛視角、光度變化有了客觀依據。「悟對」之後，關鍵就在如何用筆墨來表現「通神」的眼睛。所以他在該文中又說道：「點睛之節，上下、大小、薄，有一毫小失，則神氣與之俱變矣。」如果違背了「悟對」的原則，就不能達到「點睛」、「傳神」的目的。

顧愷之如此重視「點睛」，這與該時期通過「形鑑」來達到「神鑑」的品評人物的風氣有關。如劉劭認為，人的內在才性可以從其「色」、「容」、「言」等九種外部表現予以鑑定，眼睛又是外部形體中最能體現精神的部分，即：「夫色見於貌，所謂徵神。徵神見貌，則情發於目。」（《人物誌》〈九征〉）通過人的外貌行色，可以檢驗一個人的內在精神，而眼睛與人的內在精神連繫最為直接，內心有什麼樣的感情和精神狀態，都會在眼睛中表現出來，所以眼睛是心靈的窗戶。另一位與劉劭同時代的蔣濟，幾乎同時提出了「觀其眸子，足以知人」（見《三國志》〈魏志〉〈鍾會傳〉）的論斷。這種品評人物的「神鑑」原則，深刻地影響到顧愷之的人物畫理論。他提出畫中的人物要眼有所「對」，不但要「實對」，而且要「對正」，正確地、逼真地描繪人物的眼光、表情、容貌等形體細節，從而表現出對象的內在精神。顧愷之成為「以形寫神」派的創始人。

「以形寫神」作為物本感應的形象塑造原則，其基本含義有二：

第一，「以形寫神」是以「形似」為基礎的。審美創造務求「形似」，是早期藝術的基本傾向。從上古經春秋戰國到漢魏六朝，中國繪畫以寫生畫和寫真畫為代表，追求的就是逼真。運用筆法技巧，準確地表現對象的外部形態，追求高度的「形似」，這是寫生和寫真畫的基本要求。這與最早融解在藝術中的中國人的實用觀念有關。原始的動物寫生不但包含著作為一個狩獵者對勞動生活的喜悅，而且有著幫助

辨認獵物，傳授狩獵知識的實際作用。人物寫真畫的興起，並迅速受到歷代統治者的重視，更是與當權者的實用功利觀念有關。這些作品或描繪歷代帝王圖像，以宣揚德威；或供王公貴族享樂生活之所需；或圖寫功臣烈士，表彰功德，起到鞏固統治、有益教化的作用。中國早期繪畫對於「形似」的追求，正是這種寫生畫、寫真畫發達的結果。所以明代李日華說：「魏晉以前畫家，惟貴象形，用為寫圖，以資考核，故無取煙雲變滅之妙。擅其技者，止於筆法見意。」（《竹懶論畫》）

寫真畫的高度成熟，反映在繪畫理論上，便產生有關「形似」的理論。晉代陸機提出「宣物莫大於言，存形莫善於畫」[24]，認為畫的意義在於「存形」，作畫自然離不開「形似」。謝赫的《古畫品錄》提出的「六法」中，把「應物像形」和「隨類賦彩」列為不可缺少的繪畫基本方法。所謂「應物像形」，就是藝術形像要逼似事物的原貌；所謂「隨類賦彩」，即繪畫要根據所繪不同種類事物自身固有的顏色而賦彩布色。這也就是宗炳《畫山水序》所說的「以形寫形，以色貌色」。「以形寫形」中，前一個「形」指形似的藝術形象，後一個「形」是指事物原有的形狀；「以色貌色」中，前一個「色」指的是作品中的色彩，後一個「色」是指事物原有的顏色。所以北齊劉畫在《劉子》〈言苑〉中提出「畫以摹形」，後來白居易也說：「畫無常工，以似為工。」（《畫記》）也就是模仿事物的外在形貌，達到形似逼肖的境地。

最早出現在繪畫美學中的重「形似」的藝術思想，逐漸影響到文學理論。從漢代賦體比較重視對客觀事物的形狀描寫開始，到魏晉南北朝時期巧妙逼真地描寫外物的詠物小賦和山水詩大量興起，文學創

---

24 張彥遠《歷代名畫記》卷一引。

作追求「形似」也就成為一種社會風尚。沈約稱讚「（司馬）相如巧為形似之言」（《宋書》〈謝靈運傳論〉）。劉勰也說：「自近代以來，文貴形似。窺情風景之上，鑽貌草木之中。……體物之妙，功在密附。故巧言切狀，如印之印泥，不加雕削，而曲寫毫芥。故能瞻言而見貌，即字而知時也。」（《文心雕龍》〈物色〉）在這種風氣下，即使如鍾嶸這樣的傑出美學家和批評家，對「形似」之作也大加讚賞。如他評張協「巧構形似之言」，評謝靈運「尚巧似」，這兩人都列入人數不多的「上品」之中。他稱讚「中品」中的顏延之是「尚巧似」，評鮑照「善制形狀寫物之詞」等等[25]。這種崇尚「形似」的風氣，至唐猶存。王昌齡《詩格》云：

> 詩有三境，一曰物境。欲為山水詩，則張泉石雲峰之境，極麗絕秀者，神之於心，處身於境，視境於心，瑩然掌中，然後用思，了然境象，故得形似。

唐代遍照金剛的《文鏡秘府論》則把「形似體」列為「十體」中的一體：

> 形似體者，謂貌其形而得其似。……詩曰：「風光無定影，露竹有余清。」又云：「映浦樹疑雲，入雲峰似減。」如此，即形似之體也。

綜觀而言，「形似」理論的美學特徵主要有以下兩個方面：一是主張對山水景物作逼真客觀的描繪，強調對外物的藝術模仿；二是重表

25　陳延傑：《詩品注》，人民文學出版社1962年版，捲上頁27、29，卷中頁43、47。

象與細節的真實。如劉勰所稱讚的：「體物之妙，功在密附」，「曲寫毫芥」，能夠做到「瞻言而見貌，即字而知時」。

「形似」理論影響到中國的小說創作，便是強調對生活中的人物和具體事物，作形狀逼真的「摹寫」。這種細節、形體和性格上的形似，所謂「摹一人，肖一人」，是小說創造典型的基礎。脂硯齋評《紅樓夢》說：「摹一人，一人必到紙上活現。」（庚辰本第十五回批語）梁啟超認為寫實派小說是把「所經閱之境界」，「摹寫其狀」，「和盤托出，徹底而發露之」（《論小說與群治之關係》）。

總之，「形似」理論作為塑造藝術形象的基礎而全部保留於「以形寫神」論之中。

第二，「以形寫神」是以「傳神」為目的。它並非讓藝術形象的真實性僅止於事物的表層，它反對把「形似」作為藝術的終極目標，主張形神並重，以「形似」為基礎，把求得事物內在的神氣特徵作為最高的藝術目的。事實上，自顧愷之提出「傳神」論之後，從先秦至魏晉繪畫唯重「形似」的傳統開始動搖，「神似」漸被重視起來。可以說，南北朝至隋唐是形神並重的時期。到了宋代，由於宮廷院畫的影響，重「形似」之風再度盛行。直到文人畫的興起，「形似」論才受到一致的批評而漸成末流，以「神似」為藝術目標和評畫標準才得以確立，成為宋元時期及以後繪畫藝術所崇尚的審美傾向。所以，「以形寫神」雖由務求形似入手，但其目的卻在於傳神。

如何「以形寫神」呢？在顧愷之看來，並不是對象的任何形體狀態都能表達它的內在神氣，而是要抓住最能表現其精神的形體部位，這就是人物的眼睛。他曾感嘆道：「畫手揮五弦易，目送歸鴻難。」（劉義慶《世說新語》〈巧藝〉引）描繪一個人彈奏樂曲的動作姿態是很容易的事，可是要畫出一個人目送飛鴻的眼神來表現他的思緒卻要難得

多。謝赫的《古畫品錄》把「氣韻生動」列於「六法」之首，也是以充分表現人的內在精神為其旨歸的。所謂「氣韻」，正是人的才情、智慧、氣質等精神性的美在個體生命中的表現。但謝赫認為，這種「氣韻」不能脫離對人物形體動作、姿態的生動描寫，「氣韻生動」的前提條件便是「應物像形」、「隨物賦彩」、「經營位置」和「傳移模寫」。他把「傳神」的部位從顧愷之強調的眼睛，擴大到了人的整個形體、姿態。他評論前人的作品，多依此立言。如評陸綏「體韻遒舉，風采飄然」，評劉瑱「觀察詳審，甚得姿態」。而他自己的畫作，更是「寫貌人物，不俟對看，所須一覽，便工操筆。點刷研精，意在切似，目想毫髮，皆無遺失」（姚最《續畫品》）。這雖有只重「形似」之嫌，但連繫他的理論觀點來看，他是著力於生動逼真地描繪人物的形態來求其「氣韻」的。

謝赫的「氣韻生動」，把較為抽象的「神」落實在具體感性的生命中，讓人物生動的形體姿態去展示他的神情風韻，因而謝赫對後世「以形寫神」派產生了重大影響。宋代晁補之說：「畫寫物外形，要物形不改。詩傳畫外意，貴有畫中態。」[26]元代劉因說：「夫畫，形似可以力求，而意思與天者，必至於形似之極，而後可以心會焉。非形似之外，又有所謂意思與天者也。」[27]明代董其昌說：「傳神者必以形，形與心、手相湊而相忘，神之所托也。」[28]清代鄒一桂說：「畫以象形，取之造物。……譬如畫人，耳目口鼻鬚眉，一一俱肖，則神氣自出，未有形缺而神全者也。」[29]他們都主張從對象的外形著手，舉體皆似，

---

26 晁補之：《雞肋集》卷八《和蘇翰林題李甲畫雁》。

27 劉因：《靜修先生文集》卷二《田景延寫真詩序》。

28 董其昌：《畫禪室隨筆》卷二《畫訣》。

29 鄒一桂：《小山畫譜》卷上。

物形不改；首先求得外在的形似，然後以「形似」為基礎去探求表現
對象的內在精神，甚而主張「形似」之極也就有了「神似」。這樣一
來，他們就把藝術形象的創造分成了兩個層次，即由外而內，由形而
神。這正是物本感應、以物觀物所要求的真實，是這種感應模式從現
象到本質都忠於客觀對象所要求的形象構成方式。

　　「以形寫神」理論在明清時期成為中國小說美學的重要組成部分。
明清小說批評家認識到，塑造人物形象雖然要講藝術概括，使小說中
的人物具有代表性和普遍意義，但首先要從體會、把握和表現人物的
獨特個性入手，要重視「傳神」。所以明代題名李卓吾評點的《水滸傳》
袁無涯刊本和容與堂刊本，都比較具體地運用「傳神」論來分析小說
人物，常用「傳神」、「摹神」、「情狀逼真」、「傳真」等術語讚美《水
滸傳》的人物刻畫。容與堂刊本第三回總評說：「描畫魯智深千古若
活，真是傳神寫照妙手。且《水滸傳》文字妙絕千古，全在同而不同
處有辨。」這裡，將「傳神」的條件規定為「同而不同處有辨」。因為
在評點者看來，既有類屬共性，又有獨特個性，特別是在「同」的基
礎上寫出人物性格的「不同」，才能創造栩栩如生、逼真動人的藝術形
象。張竹坡評介《金瓶梅》說：「入世最深，方能為眾角色傳神。」（《第
一奇書〈金瓶梅〉讀法》）指出《金瓶梅》所寫的「眾角色」達到了「傳
神」的境地，而對生活的熟悉和深刻瞭解，是藝術上達到「傳神」的
必要條件。

　　由於「以形寫神」理論的滲透，中國小說美學一開始就是以「性
格」論為核心的。金聖歎則是這方面的代表人物。他不僅首次把「性
格」作為基本概念運用於小說批評，而且還對「性格」的內涵以及作
品中如何塑造人物性格作了細緻、系統的闡述。金聖歎認為，成功地
塑造人物性格，是小說創作的首要任務和取得藝術成就的根本標誌，

《水滸傳》之所以能使人百看不厭，就因為它塑造了各種類型的人物形象，成功地寫出了各人的不同性格。而性格就是個別性。強調個別性，是他「性格」論的重點。這就把性格與某種心理特徵區別開來，與人物的類型化區別開來。他說：「《水滸傳》寫一百八個人性格，真是一百八樣。若別一部書，任他寫一千個人，也只是一樣；便只寫兩個人，也只是一樣。」[30]寫出「一百八樣」性格，正是要表現各各有別的特殊性，揭示人物形象的內在本質特徵。最重要的，是要寫出同一類型人物性格的不同。關於這一點，他在《讀第五才子書法》一文中有更深入的分析：

> 《水滸傳》只是寫人粗鹵處，便有許多寫法。如魯達粗鹵是性急，史進粗鹵是少年任氣，李逵粗鹵是蠻，武松粗鹵是豪傑不受羈靮，阮小七粗鹵是悲憤無說處，焦挺粗鹵是氣質不好。

同是「粗鹵」，卻分別有各自不同的個性特色，所以這些人物才會長久地活在讀者心中。

那麼，如何表現人物的個別性呢？金聖歎認為，表現人物性格的主要途徑，不外乎兩條：一條是通過揭示人物內在精神特徵來表現性格，著重於人物的「性情」、「氣質」、「胸襟」和「心地」的刻畫；另一條是展現人物外部的形態特點，通過描繪人物的「形狀」、「聲口」、「裝束」來表現性格。金聖歎尤其重視後一條途徑。這是因為在中國的小說創作中，直接描寫人物內心世界的並不多，人物的內心活動往往是通過外在的行動、對話、表情來顯示的，即由外而內，由形而神。

---

30 金聖歎評點《水滸傳》之《讀第五才子書法》。

所以金聖歎對《水滸傳》人物性格的分析，也主要是圍繞人物外貌服飾、行為語言特徵，去點出他們的性情、氣質、胸襟和心地的。他所遵循的正是以人物的「形」來表現人物的「神」的原則。

金聖歎還強調，對人物「形」的描寫，又須注意細節的真實，這是性格塑造的基礎。沒有細節的真實，就沒有人物的個性性格。對細節真實的重視和強調，正是「以形寫神」所包含的「形似」理論的基本要求。張竹坡把細節描寫稱之為「白描」，因為中國畫講究線條的細膩與準確，小說人物的刻畫應當如繪畫那樣作細節的白描。金聖歎則把細節描寫稱為「文」，因為細節描寫具有形象性，就像萬物具有「文」采一樣。他與歷史著作比較，強調小說、戲曲必須要有形象生動的細節描寫。他說，歷史著作只是「敘事」、記事，而小說、戲曲不但「敘事」，而且要有「文」。他所說的「事」，是指作品記載或敘述的中心事件。歷史著作只要記錄歷史事件，所以文筆可以十分簡單。小說、戲曲作品就不行，它要圍繞中心事件，對許多細節作真實而具體的刻畫。比如《水滸傳》第二十九回「施恩重霸孟州道，武松醉打蔣門神」，金聖歎評道：「此篇，武松為打蔣門神，其事也；武松飲酒，其文也。」他認為，小說中的這一回如果讓歷史學家來寫，可以寫作「施恩領卻武鬆去打蔣門神，一路上吃了三十五六碗酒」，一行字就寫完了，而施耐庵卻不但對武松醉打蔣門神作了具體描寫，而且對武松打蔣門神之前一路多次飲酒的過程作了生動的細節刻畫，「凡若此者，是皆此篇之文也」[31]。所以，金聖歎認為，小說和戲曲作家應當注意日常生活中種種微小的細節，才能使作品寫出來有「文」：「夫人婦勃谿之一聲，必有文也；書途之人一揖遂別，必有文也。何也？其間皆有極

---

31 以上皆見貫華堂本《水滸傳》第二十八回金聖歎批語。

微，他人以粗處之，則無如何，因遂廢然以擱筆耳！」[32]婦人吵架，朋友在路途上相互告別等等這樣的瑣事，其中都是有許多生活細節的。別的人粗心不留意，當然寫不出來。作家應當細心觀察生活，才能進行生動的細節描寫。

　　總之，由物本感應所確立的「以形寫神」的形象構成原則，滲透到中國古代的繪畫、詩歌、小說創作與理論之中，其影響是十分深遠的。

第四節　寓情於景

　　物本感應有其特定的情感表現方式——寓情於景。所謂「寓情於景」，就是情感的表現十分隱蔽，寓藏在具體的景象描寫之中，使人不易覺察。或者說，主體的情感色彩比較淡薄，儘可能把景象的客觀性顯示於讀者的眼前。

　　藝術最本質、最內在的特徵就是情感性，任何藝術都要表達創作主體內心的情感體驗。中國古典美學在情感表達方式上，不主張情感的純粹宣洩，往往要通過一定的形象、景物來表達，因而特別重視「情」與「景」的關係。「情」與「景」作為中國古典美學的一對重要範疇，被王國維視為構成藝術本體的兩種「原質」。他說：「文學中有二原質焉，曰景，曰情。前者以描寫自然及人生之事實為主，後者則吾人對此種事實之精神的態度也。」（《文學小言》）

　　「情景」問題同「形神」問題一樣，在不同的審美感應方式中，也體現為不同的關係。物本感應要求主體遵從客體，在情感表達方式上

32　《西廂記》〈酬韻〉金聖歎批語。

自然是以「景」為中心，「情」由「景」而發，「情」借「景」而存，我們可以用「寓情於景」來總括。但是，作為美學概念的「景」，卻具有雙重的審美含義：「景」的第一重含義是指客觀存在的自然景物，也泛指一切自然和社會的客觀存在物；「景」的第二重含義是指存在於作品中的藝術圖景或形象，它包括自然景物的描寫（有的詩論家稱之為「景語」），也包括一切社會人事的具體描繪，或稱之為廣義的「景象」。這在本書開頭已經論及。

　　創作活動中的「情」、「景」關係，由於「景」的不同含義，產生兩種不同的具體表現。當「景」的含義是指客觀存在的外在事物時，「情」、「景」關係就是創作過程的主客體關係，亦即「心」、「物」關係。在物本感應中，「景」是第一性的，「情」是第二性的，情感的本源是外在的「物」。王夫之由此提出「景生情」的命題：

　　情景雖有在心在物之分，而景生情，情生景，哀樂之觸，榮悴之迎，互藏其宅。[33]

　　「景生情」，有的詩論家也稱之為「即景生情」、「觸景生情」，它強調的是「物」的興發感動作用，先有「景」，後有「情」，主體因感於事物的榮枯盛衰變化而起喜怒哀樂之情。「情」觸「景」而發，隨「景」而遷，這是藝術創造中樸素的唯物主義觀點。其淵源所自，始於《禮記》〈樂記〉：「凡音之起，由人心生也。人心之動，物使之然也。感於物而動，故形於聲。」六朝文學家也普遍注意到四季景色和社會生

33　王夫之：《薑齋詩話》卷一，《薑齋詩話》〈四溟詩話〉，人民文學出版社1961年版，頁144。

活的變化，可以引起人的不同情感。陸機《文賦》說：「遵四時以嘆逝，瞻萬物而思紛；悲落葉於勁秋，喜柔條於芳春。」劉勰《文心雕龍》在這方面作了更充分的發揮，把創作中情感的衝動看成是客觀事物感召的結果。在〈明詩〉篇中他說：「人稟七情，應物斯感，感物吟志，莫非自然。」在〈詮賦〉篇中他說：「原夫登高之旨，蓋睹物興情。情以物興，故義必明雅；物以情觀，故詞必巧麗。」在〈物色〉篇中他則進一步說明自然界不同景物的不同變化，會引起人們情感的變遷：「歲有其物，物有其容；情以物遷，辭以情發。一葉且或迎意，蟲聲有足引心；況清風與明月同夜，白日與春林共朝哉！」劉勰之後，鍾嶸不僅繼承了前人的觀點，如仍將四時景觀作為觸動詩情的重要方面，而且，尤為關注社會現實矛盾「感蕩心靈」的作用。他在〈詩品序〉中說：「嘉會寄詩以親，離群托詩以怨。至於楚臣去境，漢妾辭官。或骨橫朔野，魂逐飛蓬。或負戈外戍，殺氣雄邊。塞客衣單，孀閨淚盡。或士有解佩出朝，一去忘返。女有揚蛾入寵，再盼傾國。凡斯種種，感蕩心靈，非陳詩何以展其義，非長歌何以騁其情？」這是對物感心動所作的最為詳切的論證，也是「景生情」這一命題賴以確立的美學基礎。所以，「景生情」的含義有二：一是「情」生於「景」，意識來源於存在；二是「情」隨「物」遷，「景」制約著「情」，不同之「景」引起不同之「情」，存在決定意識。劉勰在《文心雕龍》〈物色〉談到春夏秋冬景色不同，引起的感情也就不同：

獻歲發春，悅豫之情暢；滔滔孟夏，郁陶之心凝；天高氣清，陰沉之志遠；霰雪無垠，矜肅之慮深。

不啻如此，綜觀以上各家的論述，可知「景生情」還關涉到一個

「興」的問題。「興」屬於中國詩學最古老的理論之一，且歷來解説紛紜。《爾雅》〈釋言〉、《説文解字》皆訓「興」為「起也」。「因物起情」、「情由物興」則是所有詩論家共同承認的。宋人李仲蒙解釋説：「觸物以起情，謂之興，物動情者也。」（胡寅《斐然集》卷十八《致李叔易》引）説明「興」是一種由外物觸發詩人情感的心理過程。王夫之把「興」引入「情」、「景」關係中，強調客體對象的「景」對主體情感的誘發作用。如他在評李白《烏夜啼》詩時云：「只於烏啼上生情，更不復於情上佈景，興賦乃以不亂。」（王夫之《唐詩評選》卷一）所以，「景生情」不是把主觀情感強加於自然外物，並使之變形，而是要充分遵從「物理」，使「心目之所及，文情赴之，貌其本榮，如所存而顯之」（王夫之《古詩評選》卷五）。這種抒情方式就是「興」，就是「物化」，正所謂「善用其情者，不斂天物之榮凋，以益己之悲愉而已矣」（王夫之《詩廣傳》卷三）。

　　但是，「景生情」中的審美主體並不是消極的、無所作為的，並不是對於客體的一種機械反應，其中仍然包含著主體的某種能動性。因為「景生情」存在於審美關係之中，它與「情生景」不是割裂或對立的，它們都是「情景相生」中的一個方面，只是「情」和「景」各自所起的主導作用不同，各自的側重不同罷了。而且，「景生情」中的「情」並不是外來的，是主體心中原本自有的，只是由於外在景物的作用而引發出來，與「景」結合而變成一種審美感情。所以當某種審美感情產生之時，眼前之景就是某種審美感情眼中之「景」了。比如杜牧《山行》：「遠上寒山石徑斜，白雲生處有人家。停車坐愛楓林晚，霜葉紅於二月花。」秋天的楓林景色引起詩人的欣喜之情；與此同時，在欣喜者眼中的楓葉又變成是二月的春花了。

　　現在再來看「景」的第二重含義。當「景」的含義是指作品中的

藝術圖景或形象時，「情」、「景」關係便成為作品的情感內容與藝術形象圖景的關係。王夫之稱此為「景中情」：

> 情景名為二，而實不可離。神於詩者，妙合無垠。巧者則有情中景，景中情。[34]

清代李重華《貞一齋詩說》云：「詩有情有景，……更要識景中情，情中景。二者循環相生，即變化無窮。」、「情中景」與「景中情」，是以「情」、「景」二要素構成藝術形象的兩種主要方式，二者之間又不是互不相關、截然分離的，而是緊密連繫，「循環相生」的。

「景中情」的內涵有三：

第一，詩中的情感不能抽象、直露地表現，而要包含在形象之中，即所謂「借景言情」、「情在景中」。清代蔣兆蘭《詞說》云：「詞宜融情入景，或即景抒情，方有韻味。若舍景言情，正恐粗淺直白，了無蘊藉，索然意盡耳。」況周頤《蕙風詞話》云：「善言情者，但寫景而情在其中。」王夫之說：「以寫景之心理言情，則身心中獨喻之微，輕安拈出。」（《姜齋詩話》卷二）懂得用描寫景物的形象來傳達感情，那麼內心只要有自己能體驗到的微妙之情，就可以輕而易舉地表現出來。他舉《詩經》〈采薇〉之「昔我往矣，楊柳依依。今我來思，雨雪霏霏」為例，說明其「達情之妙」。戰士出征時與家鄉、親人難分難捨，但這種感情不是直說出來，而是通過對春風中柔條飄拂的「依依」、「楊柳」的景象描寫來傳達，戰士出征久戰，歸來途中，由於想

---

34 王夫之：《姜齋詩話》卷二，《姜齋詩話》〈四溟詩話〉，人民文學出版社1961年版，頁150。

到常年征戰不能回家,心中充滿悲苦之情,這種感情借陰沉的天空下著「霏霏」、「雨雪」的景象描寫來表現。所以「景中情」的第一層含義,就是寓抽象於形象之中。

第二,情感隱蔽、含蓄,所謂「景中藏情」(王夫之《唐詩評選》),不露痕跡;「情在言外」(朱庭珍《筱園詩話》),餘意不盡。明代詩論家謝榛曾比較三句詩的優劣:

> 韋蘇州曰:「窗裡人將老,門前樹已秋。」白樂天曰:「樹初黃葉日,人欲白頭時。」司空曙曰:「雨中黃葉樹,燈下白頭人。」三詩同一機杼,司空為優:善狀目前之景,無限淒感,見乎言表。[35]

韋應物、白居易、司空曙三人抒發的都是人到老年的淒涼之感,在構思上也都採用人老白頭、秋樹、黃葉的意象,所以謝榛說「三詩同一機杼」。但為什麼司空曙的詩句最好呢?原因有二:一是就景物描寫而言,韋、白二人皆不如司空曙。白詩僅由兩個意象構成:「樹黃葉」與「人白頭」;韋詩意象雖較白詩為多,但色彩不夠鮮明,「秋」與「老」都是比較抽象的概括之詞;司空曙的詩句由四個意象組成,雨、黃葉樹、燈、白頭人,兩句詩構成兩幅色彩鮮明的圖畫,遠勝前者,謝榛評價它是「善狀目前之景」。二是司空曙雖寫老年的淒涼,但全不用如韋詩的「老」、「秋」等直白或含意較露的字眼。「黃葉樹」與「白頭人」都暗藏著「老」;一棵黃葉樹立於雨中,似乎在哭泣,一個白頭人燈下孤影,自然是孤獨,可是全無一字道出,情在景外,如謝

---

35 謝榛:《四溟詩話》卷一,《四溟詩話・姜齋詩話》,人民文學出版社1961年版,頁12。

榛所評：「無限淒感，見乎言表。」

　　第三，「景中情」要求作品客觀、真實地描寫外在景物，景中含情，景顯意微。王夫之云：「景中情者，如『長安一片月』，自然是孤棲憶遠之情。」（《姜齋詩話》卷二）李白《子夜吳歌》中開頭兩句「長安一片月，萬戶擣衣聲」，是對婦女月下水邊洗衣景象的真實描繪。對月思團圓，洗衣懷徵人，妻子對遠行在外的丈夫的思念之情和詩人對此的無限感懷，都隱隱寓於這一景象之中，實乃「景中情」的典型寫照。王國維把王夫之提出的「景中情」發展為「無我之境」的美學範疇。「無我之境」雖就全詩的境界而言，但其隱蔽主體情感色彩，力求客觀地描寫外界事物的美學傾向卻是共同的。王國維說：「『采菊東籬下，悠然見南山。』『寒波澹澹起，白鳥悠悠下。』無我之境也。」[36]他認為「無我之境」是「以物觀物」的結果，亦即在描寫外在事物的過程中，擯棄主觀的情感傾向，把「物」當作純粹自在之客體來觀察、來表現。因此，「無我之境，人惟於靜中得之」[37]。主體只是把直覺到的景色，訴諸筆端，看似與己無關，淡然映照而已，實則是化「我」為物，讓主體完全沉浸於無利害衝突之「物」中，渾然忘卻自己的存在，與客體對象合而為一。在「無我之境」中，景物的狀態是平靜自然的，心情的表現形態也是平靜自然的，故而這於「靜」中所得之「境」，就往往是「優美」的。王國維說：「苟一物焉，與吾人無利害之關係，而吾人之觀之也，不觀其關係，而但觀其物；或吾人之心中，無絲毫生活之慾存，而其觀物也，不視為與我有關係之物，而但視為外物，則今之所觀者，非昔之所觀者也。此時吾心寧靜之狀態，名之

36　王國維：《人間詞話》，人民文學出版社1960年版，頁191。

37　王國維：《人間詞話》，人民文學出版社1960年版，頁192。

曰優美之情，而謂此物曰優美。」[38]但「無我之境」不是説要排斥主觀情感。王氏認為「一切景語皆情語也」[39]，不存在無主體情感意蘊的純粹的「景語」，只不過主體已將情感隱於景中，化虛為實，將主觀的無形的心理活動用客觀的有形的藝術圖景來表現罷了。

王國維在談到文學的兩種「原質」，即「景」與「情」之時，稱「景」為「描寫自然及人生之事實」，是「客觀的」；稱「情」為「吾人對此種事實之精神的態度」，是「主觀的」（《文學小言》）。「景中情」、「寓情於景」，就是強調要對生活作客觀的、真實的描寫，而主觀的傾向性則愈隱蔽愈好，這成為敘事文學中現實主義小説和戲劇的一種創作原則。恩格斯説：「傾嚮應當從場面和情節中自然而然地流露出來，而不應當特別把它指點出來。」（《致敏》〈考茨基〉）梁啟超則説：「小説之描寫人物，當如鏡中取影，妍媸好醜，令觀者自知。最忌摻入作者論斷。」何謂「鏡」？他解釋道：「夫鏡，無我者也。」作者排斥主觀先入之見，以「虛靜」的心態映照外界事物，嚴格地忠實於生活。他稱讚「《儒林外史》之寫社會中種種人物，並不下一前提語，而其人之性質，身分、若優若劣，雖婦孺亦能辨之，真如對鏡者之無遁形也。」（以上引語均見《小説小話》）

從這種鏡子式的「無我」的心態出發，要達到嚴格地忠實於生活，在創作心理上就要做到化「情」入「景」，化「我」為「物」，與「物」同體。賀裳《皺水軒詞筌》云：「稗史稱韓幹畫馬，人入其齋，見幹身作馬形。凝思之極，理或然也。作詩文亦必如此始工。」繪畫、詩文如此，小説尤其如此。作家在想像活動的一定階段，猶如演員進入角色

38　王國維：《紅樓夢評論》，《王國維文集》，北京燕山出版社1997年版，頁206。

39　王國維：《人間詞話》，人民文學出版社1960年版，頁225。

一般，以致與描寫對象完全融合為一。金聖歎在評論《水滸傳》時曾經說過，在沒有進入創作的想像活動之前，作者施耐庵與筆下所要描寫的小偷、淫婦不是同一的：「謂耐庵非淫婦、非偷兒者，此自是未臨文之耐庵耳。」但是當作家提筆創作之時，就要把自己想像成筆下的人物：「唯耐庵於三寸之筆，一幅紙之間，實親動心為淫婦，親動心為偷兒。既已動心，則均矣。」[40]所謂「動心」，就是啟動內心之想像力，其結果是達到「均」的狀態。「均」是均一、等同之意，也就是與所體驗之對象合而為一了。清代戲劇理論家李漁將此概括為「設身處地」。他說：「欲代此一人立言，先宜代此一人立心；若非夢往神遊，何謂設身處地？無論立心端正者，我當設身處地，代生端正之想；即遇立心邪辟者，我亦當舍經從權，暫為邪辟之思。」[41]

　　總之，「景」中之「情」，寓「情」於「景」，它包含著客觀、真實地描寫外界事物，使情感傾向溶解在對事物的描寫之中的要求。

40　《第五才子書水滸傳》第五十五回金聖歎批語，中華書局1975年版。

41　李漁：《閒情偶寄》卷三，《中國古典戲曲論著集成》第7冊，中國戲劇出版社1959年版，頁54。

第六章

緣情寫景與心本審美意識

第一節　心本感應

　　與物本感應相對應的另一種審美感應方式是心本感應。物本感應以「物」為本，「物」是感應的中心；心本感應以「心」為本，「心」是感應的中心。在物本感應中，主客體之間相互運動和滲透的過程表現為一種主體趨向客體的順應關係，及至主體客體化；在心本感應中，主客體之間相互運動和滲透的過程表現為一種客體趨向主體的同化關係，及至客體主體化。

　　同化關係的心理學意義，是建立在皮亞傑「修改行為主義」的著名公式「刺激──反應」（S→R）這一基礎之上的。皮亞傑認為S→R公式最大的缺陷就在於它忽略了主體重新組合的內在能力和自我調節的主動能力。他指出，「一個刺激要引起某一特定反應，主體及其機體就

必須有反應刺激的能力。」[1]也就是說，當刺激作用於機體，機體並不是消極地接受這一刺激，而是首先利用自己現有的格局將它進行過濾改造，使之變為機體所能吸收的形式。因此，皮亞傑明確提出：「這個公式不應當寫作S→R而應當寫作S↔R，說得更確切一些，應寫作S（A）R，其中A是刺激向某個反應格局的同化，而同化才是引起反應的根源。」[2]這樣，客體被機體所「同化」便意味著被機體所改造，改造得越充分、越深入、越豐富，主體的能動性也隨之變得越大、越強。所以皮亞傑修改這個公式，正如他自己所說的：「絕不只是出於單純追求準確性，也不是為了理論上的概念化；這個修改提出了依我們看來是認識發展的中心問題。」[3]

審美過程同樣存在著「同化」問題。主體對客體的審美同化，也就是主體對客體屬性的審美加工和改造，改變後的客體被融合、包孕於主體審美心理結構之中，成為主體生命一體化不可或離的組成部分，從而使主體在本質力量對象化活動中能夠反觀其自身，這正是心本感應方式的核心內容。

心本感應的特性主要表現在兩個方面：

一是感應的「我向性」。與物本感應始於物、歸於物的運動方向相反，心本感應的運動方向是由「心」而「物」，後歸於「心」（即「心」──「物」──「心」），感應的起點和終點都是「心」。所以處在感應運動中的主體，在心理趨向上就必然會產生「我向性」特徵。所謂「我向性」，即指主體一切感應的心理指向皆以自我為中心，從自我情感和欲望的角度來衡量或掌握客體的屬性。因此，感應的「我向

1　皮亞傑：《發生認識論原理》，商務印書館1981年版，頁60-61。

2　皮亞傑：《發生認識論原理》，頁60-61。

3　皮亞傑：《發生認識論原理》，頁60-61。

性」也是主體在同化客體的過程中所確立的一種自我中心狀態。如清代廖燕所說，在心本感應中，「物非物也，一我之性情變幻而成者也」（《二十七松堂集》）。這時，外物趨向於「我」，進入帶有情感色彩的主體內部，化為由主體意願所控引的一種感知。明代理學中的心學家王陽明，有一次游南鎮，他的一位朋友指著山岩上的花樹問道：「天下無心外之物，如此花樹，在深山中自開自落，於我心亦何相關？」先生曰：「你未看此花時，此花與汝心同歸於寂；你來看此花時，則此花顏色一時明白起來，便知此花不在你的心外。」[4]王陽明的「心學」，實際是哲學上的心本感應，就認識論而言，當然是不正確的。但是如果運用到審美感知上來，卻恰好說明了心本感應的特質。當主體未看此花時，二者雖各自存在，但沒有構成審美關係，故而漠不相關，「花與汝心同歸於寂」；主體觀花時，二者建立了審美關係，此時的花是有情主體眼中的花，客體融入主體之中，故而「不在你的心外」。當主體的能力對客體的屬性不斷施加改造，自我中心狀態也就不斷得到強化。這主體的能力，就是包括情感、智慧、意志、性格等因素構成的創造力。在審美活動中，主體需要一個由他創造並服從於他的意願的對象世界，故而他不是去順應現實，而是按照自己的能力去同化、創造現實。黑格爾說：「人有一種衝動，要在直接呈現於他面前的外在事物之中實現他自己，而且就在這實踐過程中認識他自己。人通過改變外在事物來達到這個目的，在這些外在事物上面刻下他自己內心生活的烙印，而且發現他自己的性格在這些外在事物中復現了。……例如一個小男孩把石頭拋在河水裡，以驚奇的神色去看水中所現的圓圈，覺得這是一個作品，在這作品中他看出他自己活動的結果。這種需要貫串

4　《王文成公全集》卷三，《語錄》〈傳習錄（下）〉。

在各種各樣的現象裡，一直到藝術作品裡的那種樣式的在外在事物中進行自我創造（或創造自己）。」[5]

心本感應的過程，也是一種人為了實現他自己，使自己的本質力量對象化的審美實踐過程。人在這種實踐活動中，一方面將自己的本質力量外化在對象中，改造外在事物的基本屬性，將「自在之物」轉化為「為我之物」；另一方面，人的本質力量也在對象化中獲得豐富，逐漸消除了人與外在世界的疏遠距離，獲得觀照自身、反思自身的新高度。正如馬克思所指出的，隨著對象性的現實在社會中對人說來到處成為人的本質力量的現實，「一切對象對他說來也就成為他自身的對象化，成為確證和實現他的個性的對象，成為他的對象，而這就是說，對象成了他自身」[6]。在心本感應的實踐過程中，被改造或創造的對象體現著主體的「個性」、意志和力量，這對象也就成為主體的自身。

二是感應的主觀性。心本感應是在主客體相互作用中，主體移情於物，同化客體，借客體表現自我，以達到審美宣洩的一種感應模式。由於主體原有的審美格局對客體對象的過濾、改造作用，對象的性質已發生了變化，成為精神化的對象。所以心本感應的內容，是充盈著主體精神的物我混融，是主體對客體的心靈投射和包容。

主體憑藉想像和情感，消除與客體的距離，將客體包容，賦予對象以主體的生命形態。這種感知、想像與情感的統一活動，是原始神話思維的基本特徵。因為原始初民還不具備足夠的理智力區分自我與非我，去認識心靈與客觀世界的關係，去理解事物的本質及其屬性，

5　黑格爾：《美學》第一卷，商務印書館1979年版，頁39。

6　馬克思：《一八四四年經濟學——哲學手稿》，人民出版社1985年版，頁82。

所以為了消除與完全異己的自然力的根本對立，達到人與自然的和諧同一，原始人便「在無知中就把他自己當作權衡世間一切事物的標準」[7]，才用以己度物的方式去創造外在事物，以主體的希望與恐懼去構擬種種令人膜拜、畏懼和親和的偶像，並且專注於把自我與被感知的事物融為一體時所引起的情感上的滿足。

然而，審美感應中的心靈投射和包容，卻是審美主體自覺自為的活動，它取決於主體內在審美格局的發展和成熟。審美主體施加於客體的想像和情感運動所產生的生命一體化，不僅使主體在激動的體驗中心醉神迷，而且在生命的幻象中體現出一種藝術創造的自由精神，使主體感受到超越有限的無盡愉悅。

因此，從心本感應出發，現實生活中同樣的「景」，由於人們的心情不同，獲得的感受是完全不同的。王夫之說：

當知「倬彼雲漢」，頌作人者增其輝光，憂旱甚者益其炎赫，無適而無不適也。[8]

對天上廣闊的「雲漢」（銀河），一個要歌頌別人功德的人，就會加倍地讚美它的光亮；可是擔心乾旱的人，就會因它今夜的光亮而想到明天會有更加「炎赫」的太陽而憂愁。在不同心情、不同感受的人的眼中，同一景物也會變得不同起來。這就是金聖歎所說的：「人異其心，因而物異其致。」（《杜詩解》）葉燮則歸結為「境一而觸境之心不一」（《黃葉村莊詩序》）。比如秋天的霜葉，在欣喜的人看來，是「霜

7　維柯：《新科學》，人民文學出版社1986年版，頁181。

8　王夫之：《姜齋詩話》卷一，《四溟詩話·姜齋詩話》，人民文學出版社1961年版，頁144頁

葉紅於二月花」（杜牧《山行》），而在充滿離恨別緒的人看來，則是「曉來誰染霜林醉，總是離人淚」（《西廂記》）。

心本感應的主觀性在藝術作品的欣賞中表現得特別明顯。當藝術家完成某一作品之後，作品成為客觀存在也就成了一種「物」，讀者與作品之間的關係也就是一種「物」、「我」關係。如果二者之間存在共同點，就能發生感應，形成溝通和理解。但是，讀者可以從各人不同的經歷、修養，不同的愛好、需要和當時的特定心情出發，去感知作品，得到的體驗和感受可以各不相同。這就是王夫之所說的：「作者用一致之思，讀者各以其情而自得。」（《姜齋詩話》卷一）進而言之，讀者的欣賞甚至可以不受作者思想意圖的束縛，而進行自己的審美鑑賞中的創造活動。如清代詞論家譚獻在《復堂詞話》中所說：「作者不必然，讀者何必不然。」

心本感應以「心」為主、偏於主觀的心理過程，決定了它所生成的審美意識是一種心本審美意識。心本審美意識在藝術創造和思辨活動中，又外化為一系列帶有「心本」色彩的表現方式和理論傾向，有著自己特定的美學和藝術範疇，形成主觀性的審美表現傾向。由此產生創作潮流上的浪漫主義、超現實主義、現代主義；美學理論上的「言志」說、「緣情」論、「性靈」說和西方表現主義理論；藝術門類上的寫意畫、抒情詩、神話、志怪小說等等。

心本感應有其特定的審美觀照方式——「以我觀物」，特定的形象構成方式——「離形得似」，特定的情感表現方式——「緣情寫景」。

第二節　以我觀物

「以我觀物」是與「以物觀物」相對應的審美觀照方式。「以我觀

物」中的觀照主體不是一個冷靜的旁觀者，並非靜氣凝神，而是一任
自我，情感放蕩，意氣風發，「登山則情滿於山，觀海則意溢於海」（劉
勰《文心雕龍》〈神思〉）。它用主體的眼光、主體的精神去觀照客體，
讓客體受到主體強烈情緒的感染。劉勰所謂「物以情觀」（《文心雕龍》
〈詮賦〉），邵雍所謂「以我觀物，情也」（《皇極經世緒言》），王國維
所謂「以我觀物，故物皆著我之色彩」（《人間詞話》），說的都是其放
射情感、以情染物的特點。同時，無生命的客體由於獲得了觀照主體
貫注的生氣，因而隨著主體情感的變化而改變自身。比如《琵琶記》
中丞相之女牛小姐與新科狀元蔡伯喈新婚賞月，兩人心情不同，月亮
也被賦予不同「色彩」：在滿心喜悅的牛小姐眼中，月亮似成笑臉；而
在被迫招贅，與家中妻子父母音訊不通的蔡伯喈看來，月亮也有愁
容。所以李漁評論道：「同一月也，牛氏有牛氏之月，伯喈有伯喈之
月。所言者月，所寓者心。」（《閒情偶寄》卷一《詞曲部上》〈戒浮泛〉）
再如宋代俞成評杜詩「丈人屋上烏，人好烏亦好」和「君看牆頭桃樹
花，正是行人眼中血」等句說：「夫烏鳥本是可惡之物，而反喜之；桃
花本是可喜之物，而反惡之，是何也？蓋由人情所感而然耳。」（《螢
雪叢說》卷二）所以「以我觀物」是主體用自己的獨特眼光和情感去
觀照客體，使客體成為主體生命一體化的重要組成部分。

　　「以物觀物」要求觀照主體的心態趨於「虛靜」，「以我觀物」則
相反，不是要求「虛靜」，而是強調「迷醉」，讓自我沉浸在整個情緒
系統的激動亢奮狀態之中。「迷醉」本是尼采美學的一個概念。尼采早
期從古希臘酒神祭和日神宗教慶典活動中，總結出一個存在於自然本
身的酒神和日神二元衝動的原理，並以此作為藝術本體論意義的根
源。他在《悲劇的誕生》中認為，在日常生活的層次上，自然本身的
二元衝動實際上表現為兩種基本的審美狀態：日神衝動表現為夢，酒

神衝動表現為醉。夢是對美麗外表的靜觀，它美化人們的生活，是人為了在自然面前肯定個體生命而產生的一種主觀幻覺；醉則是人的一種情感放縱，它屬於個體生命的「神秘自棄」，是主觀在完全的自我忘卻中逐漸消失。藝術就是憑藉這兩種狀態表現在人身上，支配著他，或者把他驅向幻覺，產生造型藝術和史詩；或者把他驅向放縱，產生音樂和抒情詩。這兩種藝術之間，既彼此對立又相輔相成，它們的結合就產生希臘悲劇。但是，尼采對這兩種藝術並不是等量齊觀的，他強調酒神衝動是比日神衝動更根本、更有力的藝術衝動。特別是他在後來用「權力意志」說改造了叔本華的「生命意志」哲學，把宇宙看成是旺盛生命力的擴張和充盈時，他更加傾向於用醉來概括全部的審美狀態，而相對的日神和酒神概念，不過是作為醉的兩種類別而被把握。他說：

為了藝術得以存在，為了任何一種審美行為或審美直觀得以存在，一種心理前提不可或缺：醉。醉須首先提高整個機體的敏感性，在此之前不會有藝術。醉的如此形形色色的具體種類都擁有這方面的力量：首先是性衝動的醉，醉的這最古老最原始的形式；同時還有一切巨大慾望、一切強烈情緒所造成的醉；節慶、競賽、絕技、凱旋和一切激烈運動的醉；酷虐的醉；破壞的醉；某種天氣影響所造成的醉，例如春天的醉；或者因麻醉劑的作用而造成的醉；最後，意志的醉，一種積聚的、高漲的意志的醉。——醉的本質是力的提高和充溢之感。出自這種感覺，人施惠於萬物，強迫萬物向己索取，強姦萬物，——這個過程被稱為理想化。[9]

---

9   尼采：《偶像的黃昏》，《悲劇的誕生——尼采美學文選》，三聯書店1986年版，頁319。

　　所以審美行為中的「醉」，是主體精神亢奮、主體情感充溢、主體想像活躍、主體力量高揚的心理狀態。由於這種心理狀態常常與酒後的心理狀態相似，所以審美的迷醉也往往與飲酒之醉連繫在一起，中國古典文論常有論及此者。劉熙載說：「文所不能言之意，詩或能言之。大抵文善醒，詩善醉，醉中語亦有醒時道不到者。」文章或敘事或析理，需要有清醒的頭腦，抒情詩則不然，在迷醉的心態下往往能寫出醒時寫不出的好詩佳句來。「天子呼來不上船，自稱臣是酒中仙」的李白，其膾炙人口的詠楊貴妃與牡丹花之美的《清平調詞三首》，據李濬《松窗雜錄》記載，便是李白酒醉後所作。唐開元年間，宮中初植牡丹，得紅、紫、淺紅、全白四種，唐玄宗命移植於興慶池東的沉香亭前。正值牡丹盛開，玄宗與楊貴妃乘月賞花，李龜年率梨園弟子欲歌唱助興，玄宗道：「賞名花，對妃子，焉用舊樂詞為？」於是「命李龜年持金花箋，宣賜翰林學士李白，進《清平調》詞三章」。當李龜年找到李白時，李白正「宿酲未解」，酒醉未醒，起來帶醉奉詔，援筆而賦成。李龜年馬上進獻於玄宗，玄宗命梨園弟子奏樂曲，李龜年唱《清平調》新詞，楊貴妃斟葡萄美酒，自己吹玉笛以和曲。《清平調詞三首》云：

雲想衣裳花想容，春風拂檻露華濃。若非群玉山頭見，會向瑤台月下逢。（其一）
一枝紅豔露凝香，雲雨巫山枉斷腸。借問漢宮誰得似？可憐飛燕倚新妝。（其二）
名花傾國兩相歡，長得君王帶笑看。解釋春風無限恨，沉香亭北倚欄杆。（其三）

　　此詩不但人花相融，想像奇特，意象瑰麗，而且把唐玄宗心愛的楊貴妃比作出身卑賤而受漢帝寵愛的趙飛燕，用楚王與神女曾巫山相會而不可期的「巫山雲雨」典故來暗示楊貴妃曾為唐玄宗之子壽王妃[10]，若非酒醉驅使，毫無拘束，任我而行，豈能如此大膽？幸虧唐玄宗和楊貴妃當時沒有察覺，李白因此詩還頗受玄宗優遇。但終究還是因高力士捅破而受到楊貴妃的嫉恨，樂史《李翰林別集序》云：「高力士終以脫靴為恥。異日，太真妃重吟前辭（引者按：即《清平調詞三首》），力士曰：始以妃子怨李白深入骨髓，何翻拳拳如是耶！太真妃因驚曰：何翰林學士能辱人如斯！力士曰：以飛燕指妃子，賤之甚矣。太真妃頗深然之。上嘗三欲命李白官，卒為宮中所捍而止。」

　　「醉」能使主體解脫一切束縛，狂放任性，氣貫天地，駕馭萬物，神思勃發，所謂「酒酣文思湧，強弩機發箭」（楊基《眉庵集》〈贈別龔行義〉），「李白門酒詩百篇」。不但寫詩如此，書畫亦然。宋代葛立方《韻語陽秋》云：「醉拈枯筆墨淋浪，勢若山崩不停手是也。大抵書畫貴胸中無滯，小有所拘，則所謂神氣者逝矣。」、「張長史以醉故，草書入神。許道寧以醉故，畫入神。」

　　迷醉心態為情感的真率與想像的自由提供了前提。弗洛伊德的心理學認為，藝術深深植根於非理性的「本我」，而不是理性的「超我」。藝術家在迷醉中，會衝破「超我」的限制而逼近「本我」，衝破理性的樊籬而進入感性王國，袒露出虛偽的面紗，袒露出真實的情懷，表現赤子般純真的「童心」，使觀照對象也呈現出與「我」一致的天然純真，表現出主體同化客體而混融的風采神韻。對象的神氣來源於主體真情

10　《李太白全集》卷五，中華書局1977年版，頁305。《清平調詞三首》注引蕭士贇曰：「此云『枉斷腸』者，亦譏貴妃曾為壽王妃，使壽王而未能忘情，是『枉斷腸』矣。」

的灌注，隨著主體精神世界的發展、變化，審美對象受主體精神的支配而發生超越時間、空間的遷移，在一個實際上不真實的審美場中重新組合成一個新的、富於獨創性的審美境界，它儘管不符合生活真實，卻更符合主體精神的真實。王維《袁安臥雪圖》中的「雪中芭蕉」，雖然是違反自然之理的，歷來也頗多責難，因為漢代名士袁安臥雪是在洛陽，洛陽沒有芭蕉，更何況生於雪中，這種畫法顯然離開了生活原貌，但是，這是藝術家任「我」之情的需要，將不同季節的自然對象組合在一起，襯託人物的高潔品質和不凡氣概，在表現「我」的自由和樂觀的主觀情緒上卻是異常真實的。沈括評論說：「書畫之妙，當以神會，難可以形器求也。……予家所藏摩詰畫《袁安臥雪圖》，有雪中芭蕉。此乃得心應手，意到便成，故造理入神，迥得天意，此難可與俗人論也。」（《夢溪筆談》卷十七〈書畫〉）這就說明審美對象受觀照主體意志的支配，隨「我」之意志超時空地自由組合，是能夠「造理入神，迥得天意」的。藝術必須在自由的心靈中流出。藝術家因迷醉而趨於自由意志，引發感性的生命激情，導致創造力的勃發，這是符合藝術創造規律的。

因此，「以我觀物」往往使審美對象受主體意志的改造而變形。這種變形，實際上是觀照主體因激情而致幻的聯想。現代心理學提供的研究材料，已充分證明了情感與幻象的關係。人類初始期（或兒童）的意識狀態，存在著較大比重的情感和幻想因素，世界在主體的情感統一運動中展開，因而才會產生出種種離奇古怪的幻覺和經驗現實。「以我觀物」的審美觀照，也存在著這樣的情況：審美主體不受具體事物的束縛，以心靈的自由觀照客體對象，讓對象呈現出與心靈需求的一致。用莊子的語言來說，就是「物物而不物於物」，做到以「我」御物。其實，莊子的「物我合一」論既包含「忘我」、「喪我」的隨物而

化，同時更包含自由支配、駕馭對象的「乘物以游心」(《莊子》〈人間世〉)。所謂「游心」，即為主體精神的張揚和解放。此時，主體所有的感官似乎被擴充開來，進入一種高亢、敏銳的神祕狀態，產生一種包含萬物的崇高感、和諧感和迷醉感；而在激情的推動下，作為觀照對象的「物」已非原有的物，只是「我」的所受、所欲、所惡、所懼的直接或間接體現的生命幻象。清代沈復曾有一段記其童年觀察物像的趣文，生動地表達了「以我觀物」對客體的變形改造：

> 余憶童稚時，……見藐小微物，必細察其紋理，故時有物外之趣。夏蚊成雷，私擬作群鶴舞空，心之所向，則或千或百果然鶴也。昂首觀之，項為之強。又留蚊於素帳中，徐噴以煙，使其沖煙飛鳴，作青雲白鶴觀，果如鶴唳雲端，怡然稱快。於土牆凹凸處，花台小草叢雜處，常蹲其身，使與臺齊，定神細視，以草叢為林，以蟲蚊為獸，以土礫凸者為邱，凹者為壑，神遊其中，怡然自得。一日，見二蟲鬥草間，觀之正濃，忽有龐然大物，拔山倒樹而來，蓋一癩蛤蟆也。舌一吐，而二蟲盡為所吞。餘年幼方出神，不覺訝然驚恐。(《浮生六記》〈閑情記趣〉)

從中可以看到，觀照時對象的形態大小皆由「我」來決定，不必要對客觀現實進行照相式的反映。在審美活動中，主體可以憑藉其審美理想之「意」，來決定審美對象的大小及其形態，從而達到大小唯「意」、隨「我」變幻的效果，即如廖燕所說：「萬物在天地中，天地在我意中，即以意為造物，收煙雲、丘壑、樓臺、人物於一卷之內，皆

以一意為之而有餘。」[11]他又指出:「借彼物理,抒我心胸。即秋而物在,即物而我之性情俱在,然則物非物也,一我之性情變幻而成者也。性情散而為萬物,萬物復聚而為性情。」[12]這就揭示了「以我觀物」皆師心師情而不蹈跡的特點。但人心人情是千差萬別的,所謂「境一而觸境之人之心不一」[13],以不一之心改造客體對象,客體對象也就必然會各異其趣,即「人異其心,因而物異其致」(金聖歎《杜詩解》〈漫興九首〉),體現出審美觀照和創造的主觀豐富性。總之,「以我觀物」便是邵雍所說的「以物徇我」,以主體的情感與意志為中心,使審美對象成為主體精神的物化形態。

第三節　離形得似

　　心本感應以「心」為本,要求真實地表現主體對事物的感受和體驗,由此出發來重塑事物的形象。這重塑的形象可以在不同程度上離開事物原有的狀貌,因此其藝術形象的構成方式,就是允許對事物進行變形改造的「離形得似」。

　　莊子的美學思想是重「神」不重「形」,認為美在「神」而不在「形」。他認為「形」、「神」可以不一致,一個人肢體可以不全,形貌可以醜惡,但其「神」若與「道」相通,他就是美的。如《莊子》〈養生主〉中寫到的天生一隻腳的右師,形殘而精神飽滿,恬然自適;《莊子》〈德充符〉中寫到的哀駘它,形貌奇醜而受人愛戴,莊子借孔子之名說道:人們「非愛其形也,愛使其形者也」──愛其精神品格的完

11　廖燕:《意園圖序》,《二十七松堂集》卷四。

12　廖燕:《李謙三十九秋詩題詞》,《二十七松堂》卷八。

13　葉燮:《黃葉村莊詩序》,《已畦文集》卷八。

美高尚。晚清王先謙《莊子集解》稱此類為「形殘而神全」，這是符合莊子觀點的。莊子的這一思想與後來藝術「形神」論中重「神似」和強調「離形得似」派美學有著重大淵源關係。

到唐代，藝術「形神」論開始由畫論進入到詩論之中。而正式對詩的藝術形象提出「神似」要求的，則首推司空圖的《二十四詩品》。司空圖藉助道家、玄學的理論範疇和直觀方式，深入總結了晚唐以前抒情詩歌的美學品格，積極倡導一種「控物自富，與率為期」（《二十四詩品》〈疏野〉）的能動創造精神。因此，他反對詩歌一味追求「形似」，認為「脫有形似，握手已違」[14]。清代楊廷芝《二十四詩品淺解》釋此曰：「脫，猶若也。言若有形似，欲指其狀，即一握手間，已涉跡象」──反失去了對象事物的內在神韻。在此，司空圖和顧愷之、謝赫一樣，都以「傳神」來要求藝術，但在達到「神似」的途徑和方法上，卻提出了與「以形寫神」不同的理論，即強調「離形得似」。他說：

> 絕佇靈素，少回清真。如覓水影，如寫陽春。風雲變態，花草精神，海之波瀾，山之嶙峋。俱似大道，妙契同塵。離形得似，庶幾斯人。

《二十四詩品》的這一品題為「形容」，也就是寫景狀物如何描繪的問題。全品的論述分為三個層次。第一層次是開頭四句：「絕佇靈素」──「絕」，極也，用盡全力之意；「佇」，郭紹虞云：「佇，待也，望也，猶言凝也。」、「靈素」，人的心靈。這句的意思是：努力凝聚心

14　郭紹虞：《詩品集解》〈續詩品注〉，人民文學出版社1963年版，頁36。

靈。「少回清真」──「少」，頃刻之間；「回」，周旋，接觸；「清真」，孫聯奎《詩品臆説》云：「物之清真，即物之神理也。」[15]這句是説：在頃刻之間觸及事物之神理。「如覓水影，如寫陽春」──以水中覓影，畫中描繪陽春之溫煦，比喻物之神氣是虛空的，不易把握。總之，此品第一層次的意思是説：創作構思的核心在於凝神結想，把握事物的內在神氣，以己之神，求物之神；但物之神氣難於把握，猶如在水中覓影，在畫中表現陽春天氣之溫暖一般虛空難求。

　　第二層次是中間四句。這四句用意境描繪、形象比喻的手法，説明事物的形貌神態是多種多樣、各不相同的，有瞬息變化的（「風雲變態」），有隨季節而遷徙的（「花草精神」），有動而不止的（「海之波瀾」），有靜止不動的（「山之嶙峋」）。

　　第三層次是最後四句。「俱似大道，妙契同塵」──不管寫什麼，要達到與事物的神理妙合無間（「妙契同塵」），都要遵循自然之道（「俱似大道」）；最重要的是不求貌同，而求神合（「離形得似」），庶幾可謂善於「形容」之高手（「庶幾斯人」）。

　　司空圖在這裡提出，描繪圖景、形容物像的最高原則是「離形得似」。「離形得似」與「以形寫神」不同。「以形寫神」要求在外貌上忠實於描寫對象，真實地表現對象的細節，在此基礎上達到神似，具體地反映出事物的內在神氣特徵。「離形得似」則可以在某種程度上離開描寫對象的原貌和形態，甚至運用誇張或象徵的「形」，來具體地傳達出事物的內在精神和特徵。比如李白的詩句「燕山雪花大如席」（《北風行》），杜甫的詩句「黛色參天二千尺」（《古柏行》）。生活中的雪

15　孫聯奎：《詩品臆説》，《司空圖〈詩品〉解説二種》，山東人民出版社1962年版，頁40。

花絕沒有席片大，生活中的柏樹也絕長不到二千尺，對雪花和古柏的外形作這樣的改變，是為了更好地傳達出塞外大雪和千年古柏的神采。李白的《清平調詞三詩》描寫楊貴妃的美貌，但卻是離開了楊貴妃的原貌來進行描寫的。且看其中第一首：「雲想衣裳花想容，春風拂檻露華濃。若非群玉山頭見，會向瑤台月下逢。」全詩採用避實就虛的筆法，拋開對楊貴妃原貌的正面描寫，卻用雲朵、牡丹、春風、露珠、瑤台神境、月下仙女等楊貴妃身外之「形」，來傳達出楊貴妃特有的美貌和神采。第一句是說，見到天上的雲彩便想到了她的衣裳，見到嬌豔的鮮花便想到她的容貌；第二句進一步以帶著晶瑩露珠的牡丹花在春風中裊裊擺動，來比喻楊貴妃的豔麗動人和所受到的君王的恩澤，表現出楊貴妃美麗之中帶有華貴之氣，合乎楊貴妃的身分和體態，十分傳神。第三、四兩句，詩人的想像忽而上升到天上王母娘娘居住的群玉山和瑤臺，把楊貴妃比作天女下凡，以讚揚她的美貌非人間所有。詩中用「若非」、「會向」二詞，似乎帶有選擇性，實際卻使語氣更加肯定，強調是仙女下凡無疑。在第二句用掛著露珠的富貴之花──牡丹作比喻之後，這裡又用「群玉山」、「瑤臺」、「月下」等素淡潔白的色彩，來襯托出楊貴妃另一方面的美，使人聯想到她的潔白如玉的肌膚、高雅的風度和飄飄欲仙的霓裳羽衣舞。這樣的美，便沒有一絲俗氣了。全詩對楊貴妃的美貌所作的「形容」，並未具體描寫其原形，而是從神氣特徵著手，如司空圖所說，「如覓水影，如寫陽春」，達到了「離形得似」的境地。

顧愷之在繪畫理論和創作的總體傾向上雖然主張「以形寫神」，但他的作品有時實際上已經運用了「離形得似」的方法。比如《世說新語》〈巧藝〉記載：「顧長康畫裴叔則，頰上益三毛。人問其故，顧曰：『裴楷俊朗有識具，此正是其識具。看畫者尋之，定覺益三毛如有神

明，殊勝未安時。』」裴楷儀容英俊，肌膚白皙，人稱「玉人」。《世說新語》〈容止〉云：「裴令公有俊容儀，脫冠冕，粗服亂頭皆好。時人以為『玉人』。見者曰：『見裴叔則如玉山上行，光映照人。』」他臉頰上並無三根長長的毫毛，可是顧愷之為他畫像時，卻「頰上益三毛」，這是離開了原形的一種變形。顧愷之為什麼這樣畫呢？因為裴楷十分有見識和謀略，顧愷之認為「頰上益三毛」正是為了體現他的智謀，傳達出人物內在的「神明」，「殊勝未安時」——比忠於原貌更好。宋代黃伯恩《樂觀餘錄》云：

> 昔人深於畫者，得意忘象，具形模位置，有不可以常法規者，顧、陸、王、吳之跡，時有若此。如雪與蕉同景，桃李與芙蓉並秀，或手大如面，車闊於門，……故九方皋之相馬，略其玄黃，取其駔秀，唯真賞者獨知之。

此處所論繪畫之「得意忘象」，指畫家為了表達自己所「得」之「意」，可以忽略事物原有的狀貌，加以改變，即所謂「形模位置有不可以常法規者」。顧愷之、陸探微、王維、吳道子等人的畫，常有如此者，比如把南方的芭蕉畫在北方的雪地裡，春天的桃李花與夏天的荷花在畫面上同時開放，人的手畫得比臉還大，車畫得比門還寬（怎麼出門？）等等，這些都與事物原貌不符，與常理相背。但真正懂得繪畫藝術的人是能夠欣賞它、理解它的，因為畫家作畫猶如九方皋相馬那樣，「略其玄黃」——對千里馬的外在毛色是黑是黃常常忽略或錯位，而「取其駔秀」——只注意察取千里馬的內在精氣神秀，這就是所謂「離形得似」。

司空圖是「離形得似」論的創始人。他所提出的「離形得似」，是

對上述藝術形象塑造方式的一種理論概括。它與「以形寫神」論是相互並存、各具特色的不同審美表現方式，都擁有一批著名的藝術家和美學家，都創造了無數傑出的藝術品，各有其獨特的理論價值和藝術價值。

「離形得似」的形象構成方式可以從三方面加以分析：

第一，「離形得似」反對把「形似」作為「神似」的基礎，認為「形似」與「神似」之間沒有必然的連繫。繼司空圖之後，在理論上發揮「離形得似」觀點的是宋代歐陽修、蘇軾。歐陽修主張詩畫皆須傳神，應當把表現「意」和「心」擺在首位。他說：「古畫畫意不畫形，梅詩詠物無隱情，忘形得意知者寡，不若見詩如見畫。」[16]蘇軾也反對以「形似」論詩畫，認為：「論畫以形似，見與兒童鄰。賦詩必此詩，定非知詩人。」（《書鄢陵王主簿所畫折枝二首》之一）蘇軾和歐陽修的上述見解，實際上都是對「以形寫神」論的批評，因為以「形似」求「神似」，首先要求達到「形似」，而他們都反對追求「形似」。他們的觀點，直接影響了宋、元文人畫的發展，使得這一時期繪畫創作在觀念上尤為重神尚意。如元代倪瓚說：「僕之所謂畫者，不過逸筆草草，不求形似，聊以自娛耳。」[17]又說：「余之竹聊以寫胸中逸氣耳，豈復較其似與非，葉之繁與疏，枝之斜與直哉。」[18]都是強調以「神似」作為自己審美追求的主要目標。

「以形寫神」秉承哲學上「形神合一」的觀點，把「形似」視為達到「神似」的必由之路；而「離形得似」則秉承哲學上「形」、「神」可分的觀點，認為「神似」並不寓於「形似」之中。所以明代高濂曾

16　《歐陽文忠公文集》卷一百三十《鑑畫》，卷六《盤車圖》。

17　倪瓚：《論畫》，見沈子丞：《歷代論畫名著彙編》，文物出版社1982年版，頁205。

18　倪瓚：《論畫》，見沈子丞：《歷代論畫名著彙編》頁205。

提出「神在形似之外」，應當「求神似於形似之外」（《燕閒清賞箋》〈論畫〉）。金聖歎也明確地認為：「世人恆言傳神寫照，夫傳神、寫照乃二事也。」（《杜詩解》〈畫鷹〉）這就是説，「寫照」不一定「傳神」，而「傳神」也並非必須「寫照」。所謂「寫照」，即「形似」，它與「神似」沒有必然連繫，因為「形」並不能決定「神」。一個人的思想精神變了，「形」不一定變；而一個人的外形變了，「神」也不一定變。清代沈宗騫舉例説：「今有一人焉，前肥而後瘦，前白而後蒼，前無須而後多髯，乍見之，或不能相識，即而視之，必恍然曰：此即某某也。蓋形雖變而神不變也。」（《芥舟學畫編》）

第二，與「以形寫神」主張由外而內、由「形」而「神」的方法相反，「離形得似」主張由內而外、「以神寫形」，追求「不似似之」的變形效果。這就是説，藝術家在對人物的觀察體驗中，首先從總體上把握住人物與眾不同的內在精神氣韻，然後由此出發，從「傳神」的角度來掌握形體表現，突出或誇張地描寫最能體現對象氣韻的部分而削弱其他次要方面，使藝術的造形完全籠罩在人物的神氣之下。蘇軾對此曾有一段形象而深刻的論述，闡明了這種「以神寫形」的構形方法：

傳神之難在目。顧虎頭云：「傳神寫照，都在阿堵中。」其次在顴頰。吾嘗於燈下顧自見頰影，使人就壁模之，不作眉目，見者皆失笑，知其為吾也。目與顴頰似，余無不似者，眉與鼻口可以增減取似也。傳神與相一道，欲得其人之天，法當於眾中陰察之。今乃使人具衣冠坐，注視一物，彼方斂容自持，豈復見其天乎？凡人意思，各有所在，或在眉目，或在鼻口。虎頭云：「頰上加三毛，覺精采殊勝。」則此人意思蓋在須頰間也。優孟學孫叔敖抵掌談笑，致使人謂死者復

生，此豈舉體皆似，亦得其意思所在而已。[19]

　　各人內在的精神特徵——「神」不同，而各人「傳神」的形態特徵也不會相同，蘇軾稱之為「意思」：「凡人意思各有所在。」如果「以形寫神」，從「形似」出發，要求「舉體皆似」，反而會把這「意思」模糊、沖淡，結果並不能「傳神」。相反，由內而外，首先把握了他的內在之神，以神寫形，就會突出其傳神的「意思」所在。即使其他方面「離形」或無形，如壁上取燭影，並無眉目，也可令人「知其為吾也」。春秋時楚國宮廷伶人優孟模仿已故宰相孫叔敖，達到「死者復生」的傳神境地，並非他對孫叔敖作了「舉體皆似」的描摹，而是抓住了最能體現其神態的主要特徵的結果。這就是所謂「取形不如取神」（清代王又華《古今詞論》），而以「神」所寫之「形」，又非舉體皆似的酷似之形，它介乎似與不似之間。

　　元代劉將孫在《養吾齋集》卷十〈蕭達可文序〉中說：「神似雖形不酷似，猶似也。」清代大畫家石濤則提出「不似似之」的要求：「變幻神奇懵懂間，不似似之當下拜。」（《大滌子題畫詩跋》〈題畫山水〉）所謂「不似似之」，就是他在另一處所說的「以不似之似似之」（〈題青蓮草閣圖〉）。這「不似之似」即「意思」所在的形貌，「似之」則指達到「神似」的境地。顧炎武亦要求詩中的形像要達到「未嘗不似而未嘗似」（《日知錄》卷二十一〈詩體代降〉）。所以，「離形得似」不是完全拋棄「形」，而是在事物原形的基礎上加以變形；它也不是不要「似」，而是要「不似似之」。「不似」的是那些無關緊要的部分，「似」的是體現人物內在精神風韻的主要特徵。這種改變生活原形的做法，

19　《蘇東坡集》續集卷十二《傳神記》。

在中國藝術中是大量存在的。中國傳統的山水畫，不是採用符合生活常理的「定點視角」，而是採用游動不定的「散點視角」，可以把畫家從不同角度所見的景色畫在同一幅畫面上。中國傳統的戲曲表演更是如此，在舞台上以鞭代馬，以桌代牆，以程式化的虛擬動作對生活進行具有象徵意義的變形。所以中國藝術所追求的不是局部的、表面的真實，而是整體的、內在的真實，講究「神似」，表現人物的氣韻，如唐代張彥遠所說：「今之畫縱得形似而氣韻不生。以氣韻求其畫，則形似在其間矣。」（《歷代名畫記》）

上述離其形而得其似的創作原則，不但在繪畫中存在，也存在於詠物詩之中，清代詩論家朱庭珍稱之為「遺形取神」。他認為：「詠物詩最難見長，處處描寫物色，便是晚唐小家門徑，縱刻畫極工，形容極肖，終非上乘，以其不能超脫也。」他所批評的「形容極肖」就是一味追求「形似」，超脫之法乃在「遺形取神」：「宛轉相關，寄託無跡，不粘滯於景物，不著力於議論，遺形取神，超相入理，固別有道在矣。」（《筱園詩話》卷四）所謂「遺形」不是拋棄事物的形相，而是不拘泥於事物的原貌，可以超脫原貌，也就是他下文所說的「超相」；所謂「取神」，便是在「遺形」、「超相」的基礎上，深入事物內在的本質特徵而得其神，這就是他下文所說的「入理」。所以「遺形取神」之途，也就是「超相入理」。

第三，「離形得似」的形象構成方式趨向於「幻中求真」。所謂「幻中求真」，就是藝術家經過虛構，在對生活個別或總體原形進行變形、改造的基礎上，創造出與生活事實保持一定距離的藝術形象。「幻中求真」以「真」為核心，但這個「真」不是事物細節的逼真，也不僅僅是對象本身內在本質的真實，而是主體精神之「真」。藝術形象的創造側重於主體內在精神的對象化，以主體精神的「真」作為藝術追求的

目標，從而達到表現更高層次的「神似」。宋代郭若虛《圖畫見聞志》
〈敘論〉云：「高雅之情一寄於畫。人品既已高矣，氣韻不得不高；氣
韻既已高矣，生動不得不至，所謂神之又神而能精矣。」這是宋元以降
文人畫創作的基本特色之一。從倪瓚的「寫胸中逸氣」，到廖燕的「以
意為造物」，顯然都是把表現主體內在精神當作實現「神似」的根本要
求和途徑，也就是以「意」為「神」，藝術形象之「神」即創作主體之
「意」。「意」在創作中起著「君形」的作用。這樣，根據「意」的真實
性需要，就有了冬雪與綠蕉同景，桃李與芙蓉並秀的形象創造。自然
的規律、物種的差異，都在主體精神的涵蓋下發生變化。只要傳達得
真意出，一切皆可為「我」所用。

　　中國古代志怪、神魔小說創造人物形象的方法，多屬「離形得
似」、「幻中有真」之類。明代胡應麟對這一點有比較清醒的認識：「凡
變異之談，盛於六朝，然多是傳錄舛化，未必盡幻設語。至唐人乃作
意好奇，假小說以寄筆端。」（《少室山房筆叢》〈二酉綴遺〉）指出唐
人小說不但「幻設」、「作意」，開有意識虛構之始，而且作者是借小說
來寄寓自我的精神意氣。以《西遊記》為例，讀者都知道其中的人物
和故事都是荒誕奇幻、生活中不可能發生的，但作者「雖述變幻恍忽
之事，亦每雜解頤之言，使神魔皆有人情，精魅亦通世故，而玩世不
恭之意寓焉」[20]。孫悟空、豬八戒這類怪誕離奇的形象，若仔細捉摸他
們的「性情」、「動止」，除了會發現其中包含對生活裡某一類人思想性
格的真實概括外，更多的則是體認到作者所寄寓的生活理想和憤世求
解脫的精神追求。清代袁於伶（幔亭過客）在《西遊記題辭》中說：「是
知天下極幻之事，乃極真之事；極幻之理，乃極真之理。故言真不如

20　魯迅：《中國小說史略》，人民文學出版社1973年版，頁139。

言幻，言佛不如言魔。魔非他，即我也。我化為佛，未佛皆魔。⋯⋯
此《西遊》之所以作也。」所以《西遊記》之「真」，是「幻中之真」，
其形像是奇幻的，其故事是荒誕的，但其中所包含的世態人情和作者
的愛憎、理想卻是十分真實的。作品中佛、神、妖、魔等諸多形象，
都是作者不同感情色彩和理想追求的化身，是主體精神的對象化。「幻
中求真」在對事物的變形所創造的奇幻的藝術形象之中，更為關注主
體精神發抒的真實性，因而它是心本感應的結果。

第四節　緣情寫景

　　緣情寫景，就是從情感出發、根據抒情的需要來寫景，這是心本
感應的情感表達方式。心本感應要求主體「同化」客體，化「物」為
「我」，使所寫之「物」皆著「我」之色彩，十分強調自我情感的宣洩。
所以，在心本感應的「情」、「景」關係中，「情」是第一性的，起著決
定性的作用，「景」則由「情」而生，為情感的宣洩服務。明代謝榛
云：「景乃詩之媒，情乃詩之胚，合而為詩，以數言而統萬形，元氣渾
成，其浩無涯矣。」[21]清代吳喬云：「夫詩以情為主，景為賓。景物無
自生，惟情所化。」[22]李漁也說：「詞雖不出『情』『景』二字，然二字
亦分主客。情為主，景是客。說景即是情，非借物遣懷，即將人喻
物。」（《笠翁余集》〈窺詞管見〉）他們都強調情感是賦予景物描寫以
生命活力的主導因素，反映了明代中葉以來，在重「性情」的美學思
潮影響下，詩歌理論由「物感」論向「主情」論的轉化。也就是說，

21　《四溟詩話》卷三，《四溟詩話・姜齋詩話》，人民文學出版社1962年版，頁69。
22　《圍爐詩話》卷一，郭紹虞選《清詩話續編》第一冊，上海古籍出版社1983年版，頁
　　479。

在「情」與「景」的關係問題上，這個時期的詩論大多是從主體情感方面立論，不再像過去那樣特別強調物感心動、觸景生情。故王國維總結説：「詩歌之題目，皆以描寫自己之感情為主。其寫景物也，亦必以自己深邃之感情為之素地，而始得於特別之境遇中，用特別之眼觀之。」（《屈子文學之精神》）因而他才有「昔人論詩詞，有景語、情語之別，不知一切景語皆情語也」[23]的話。這是對心本感應中的「情」、「景」關係的精闢之論。

　　既然心本感應要以「情」為主，「情」支配「景」，那麼，在創作實踐中就會有著不同於物本感應的具體要求和規定，王夫之把它概括為「情生景」與「情中景」。

　　一、情生景

　　「情生景」在王夫之那裡是與「景生情」相對應的美學命題，但是由於「景」的具體含義不同，「情生景」的美學命題其意蘊也就有了差異。當「景」的含義是指客觀外在景物時，「情生景」就是劉勰《文心雕龍》所謂「物以情觀」，就是移情於景，使外在景物染上主體情感色彩，情喜物喜，情悲物悲，「物」的情趣皆隨「我」的情趣而定，所謂「雅人胸中勝概，天地山川無不自我而成其榮觀」（王夫之《古詩評選》卷四）。陸機在論及詩人的情感射染外物的作用時，曾以一離鄉遊子為例，説明當他充滿思鄉之情時，外界一切事物經他的情緒感染，似乎都帶有某種鄉愁的悲哀色彩：「余去家漸久，懷土彌篤。方思之殷，何物不感？……水泉草木，咸足悲焉。」[24]而詩人眼中這類帶有情緒色彩的事物，又可以反過來加深詩人已有的情緒，使之更為強烈：「矧餘情

23　王國維：《人間詞話》，人民文學出版社1960年版，頁225。

24　陸機：《懷土賦序》，《陸士衡文集》卷二。

之含瘁，恆睹物而增酸。」（《陸士衡文集》卷一《感時賦》。）從而形成由情到物，由物到情的往復循環，產生物以情現，景以情生的審美移情效果。當然，生活中的客觀景物本無所謂悲喜，但是面對景物的人是有情的。入目之景經過不同心情的浸潤，感受往往不同。比如同是春草，經過白居易堅韌不拔的情緒意志作用，它可以是「野火燒不盡，春風吹又生」（《賦得古原草送別》）；而經過李煜離愁別緒的情感染色，它卻又表現為「離恨卻如春草，更行更遠還生」（《清平樂》）。

當「景」的含義為作品中的藝術景象時，「情生景」指的是「以情造景」，即所謂「景無情不發」，化情感為藝術景象。在敘事文學中表現為理想派小說的創作，如清代俠人等在《小說叢話》中所說：「吾有如何之理想，則造如何之人物以發明之。」《西遊記》中的孫悟空、豬八戒，《聊齋誌異》中的狐精美女，都是作者情感與理想的化身。

清代畫家孔衍栻認為，繪畫是表現藝術家內在情思的，「不論大小幅，以情造景，頃刻可成」（《石村畫訣》〈造景〉）。藝術家有什麼樣的情感色彩，就應創造出與此相應的藝術景象。如清代黃崇惺說道：「必有一段蒼涼盤郁之氣，乃可畫山水；必有一段纏綿悱惻之情，乃可畫仕女。」（《草心樓讀畫集》）然而，審美創造伊始，主體之情生生不息，流動無止，這就需要藝術家於欲發未發，欲吐未吐之際，根據情感發展的邏輯，憑藉想像，會心於景，再造一番世界出來。就具體方法而言，「以情造景」在用筆上講究正筆，也就是「情」之哀樂與「景」之哀樂相一致的筆法。「情哀則景哀，情樂則景樂。」（吳喬《圍爐詩話》卷一）惜別時霜林總是離人淚，興到時青山亦覺欣點頭。如馬致遠《天淨沙》〈秋思〉曲：

枯藤老樹昏鴉，小橋流水人家，古道西風瘦馬。夕陽西下，斷腸

人在天涯。

對於淪落天涯、日夜思歸的作者來說，他的徬徨淒苦之情，只有通過日暮秋天的景象才能表達。

所以，他所選擇的便都是蕭瑟、蒼涼、孤寂的景色，尤其構成的藝術圖景，從正面有力地烘託了主體的情感，是「哀情出哀景」的典範之作。因為是融景入情的結果，所以這裡的景物與情感的關係是一種一致的正筆關係。如清代吳喬《圍爐詩話》所說：「景物無自生，性情所化。情哀則景哀，情樂則景樂。」

「情生景」的正筆，就是景物色調與情感相一致，用冷色調的景物表現悲苦之情，用熱色調的景物表現歡樂之情，用中性色調的景物表現沖和愉之情並非必用春天欣欣向榮的景色，表現悲哀之情亦並非必用秋天萬物之情。以樂景寫樂，如「春風得意馬蹄疾，一日看盡長安花」（孟郊《登科後》），孟郊科舉高中後，喜不自禁。詩句中春風拂面、蹄聲輕快、走馬看花的景象，與所要表現的得意歡愉之情是完全一致的。以哀景寫哀，如「風蕭蕭兮易水寒，壯士一去兮不復返」（荊軻《易水歌》），秋風蕭瑟、河水寒冷之景，與悲涼之情是協調一致的。又如「雲無心以出岫，鳥倦飛而知還」（陶淵明《歸去來辭》），山頂上白雲卷舒自如，鳥兒倦飛而歸林，此景與陶淵明所要表達的閒適舒緩之情相一致。總之，「情」與「景」的色調相同，景由情生，相輔相成。

「情生景」的另一種情況是構成反筆關係。所謂「反筆」，就是所描繪的景物色調與情感相反，用冷色調的景物表現歡樂之情，用熱色調的景物表現悲苦之情。這就是王夫之所說的：「以樂景寫哀，以哀景寫樂，一倍增其哀樂。」（《薑齋詩話》卷一）王夫之從辯證觀點來看

「情」、「景」關係，他認為「善用情者不斂天物之榮凋以益己之悲愉」，表現歡凋零的景色。「當吾之悲，有未嘗不可愉者焉；當吾之愉，有未嘗不可悲者焉。」、「情」與「景」可以相反，但與「情」相反的「景」，最終是為了突出與加強原有的情感色彩：「其悲也，不失物之可愉者焉，雖然，不失悲也；其愉也，不失物之可悲者焉，雖然，不失愉也。」（上引皆見王夫之《詩廣傳》卷三）「哀景寫樂」與「樂景寫哀」，是辯證處理情景相生的方法之一。這種方法不僅可以加強情感表現的程度，而且與常用的以「哀景寫哀」、「樂景寫樂」相比，使人產生一種強烈的新鮮感。

「樂景寫哀」——作者描繪出一種與所要表達的哀愁心境不相協調的事物景象，造成與憂思愁緒相矛盾的歡樂氣氛，藉以突出人物的悲哀心理。如溫庭筠《客愁詩》：「客愁看柳色，日日逐春風。蕩漾春風裡，誰知歷亂心。」柳色青青，和風蕩漾的春景，與歷經動亂的漂泊者的憂愁之心是矛盾的。這種愁思無人可以訴說。人們只知道欣賞春光，而春光的到來也似乎只為歡樂的人們而不理會漂泊者的心情，這就加深了漂泊者的孤獨感和悲哀心理。

「樂景寫哀」的情景反筆，是有實際生活感受為依據的。生活中的客觀景物本無所謂悲喜，而觀看景物的人是有情的。入目之景經過不同心情的熔鑄，感受往往不同。心情舒暢，面對美景固然可以感到其美。心情不佳，美景與主體心理無法溝通，此時不但不感到其美，反而會因外界與情緒色彩的逆反作用而使心情更加煩惱。如宋代葛立方《韻語陽秋》所說：「天地間景物非有厚薄於人，唯人當適意時則情與景會，而物之美若為我設。一有不慊，則景物與我漠不相干。」這時就會產生一種感到周圍環境與自我不協調的遺憾心情，因此加深內心的不快情緒。

「哀景寫樂」──用所描繪的悲涼之景造成與所要表達的歡愉之情的矛盾，形成反襯，從而使歡愉之情更加突出。如劉禹錫《秋詞》云：「自古逢秋悲寂寥，我言秋色勝春朝。晴空一鶴排雲上，便引詩情到碧霄。」秋天景色屬於冷色調，一般用來表現悲涼傷感之情，此處一反陳套，卻用來表現一種爽朗奮發、積極向上的豪情，猶如在深暗的背景上顯示的亮點，更顯其亮。在戲劇中，「哀景寫樂」往往可以收到一種逗人歡樂的喜劇效果。如《西廂記》〈鬧齋〉一場戲，描繪的場景是悲哀的：鶯鶯悼念亡父，寺院眾僧撞鐘唸佛，超度亡靈，氣氛莊嚴悲愴。此時熱戀著鶯鶯的張生也擠進祭典之中，但他的禱告卻與眾不同：「只願紅娘休劣，夫人休焦，犬兒休惡，佛羅！早成了幽期密約。」他進佛堂的目的，自言要把「鶯鶯看個十分飽」。而自命是超脫塵俗的和尚們也迷戀上了鶯鶯的美色，竟然到了神魂顛倒的境地：「大師年紀老，高座上也凝眺。舉名的班首正呆佬，將法聰頭做磬敲。老的少的，村的俏的，沒顛沒倒，勝似鬧元宵。」最妙的是身在祭禱亡父的鶯鶯，掛著淚珠還忘不了與情人眉來眼去，「怕人知道，看人將淚眼偷瞧，著小生心癢難撓」。用哀景作背景的這場戲，撕破禮法祭祀與宗教佛相的莊嚴，表達出渴求自由戀愛的青年男女的歡悅心情，收到了特殊的具有濃厚喜劇氣氛的藝術效果。

二、情中景

「情中景」在王夫之那裡是與「景中情」相對應的美學命題，它們指的是兩種不同的藝術形象的構成方式。「情中景」以情感為素地，融景入情，也即方回在《瀛奎律髓》中提出的「以情穿景」、「景在情中」，或王夫之所說的「於情中寫景」。它和「景中情」相比，其特點不是以景象的描摹為主，而是以抒情為主，作品的自我情感色彩比較強烈和明顯，景象的構成只是為抒情服務，起到點染情感的作用。正

因為此，所以王夫之認為「情中景尤難曲寫」（《姜齋詩話》卷二）。

「情中景」有四種情況：

一是情中寫景，使景物情緒化。王夫之說：「於情中寫景」，「景在情中」（《明詩評選》）。宋代范晞文云：「以實為虛，化景物為情思。」（《對床夜語》）景物是具體實在的，情思是虛空無形的，化實為虛，也就是化景為情。且看詩例：

「捲簾唯白水，隱几亦青山。」情中之景也。（范晞文《對床夜語》卷二）

「捲簾唯白水，隱几亦青山。」情中景也。（費經虞《雅論》）

這是杜甫《悶》詩中的兩句，一致認為是「情中景」之佳句。杜甫當時因戰亂被困在蜀，不得回歸，心中鬱悶。青山白水，在此被杜甫的煩悶之情所化，變得單調而令人厭煩了：捲簾開窗，所見只有「白水」；倚坐在几桌旁，看屋外還是青山。一「唯」一「亦」，使所寫景物情緒化了。二是以情染景，融景入情，景物為情感所化，詩中的景物描寫帶有強烈的情感色彩。劉勰所謂「物以情觀」（《文心雕龍》〈詮賦〉），「登山則情滿於山，觀海則意益於海」（《文心雕龍》〈神思〉）。清代吳喬云：「能融景入情，如少陵之『近淚無乾土，低空有斷雲』。」（《答萬季野詩問》）雲在高空，此處言其低，顯其沉重；人因悲而可斷腸，雲因之而為斷雲，悲情化物；土因淚而濕，近處竟無乾土，則淚如傾盆也。所寫景物，處處為情所染。又如明代曹學佺《皖口阻風》詩云：「風聲不定在河邊，起視長堤樹影偏。客恨不如風裡樹，枝枝葉落向南天。」全詩所寫之景，染上一種強烈的情感色彩，表達出客旅在外，急於返鄉而偏船受風阻，欲歸不能的焦急之情。

三是以情穿景，用情感來貫穿若干景物片段，使之構成一個完整的情中之景的藝術形象。「以情穿景」或「以情貫景」，都是方回提出來的。他評杜甫《上巳日徐司錄林園宴集》一詩中「薄衣臨積水，吹面受和風」兩句云：「五、六一聯，皆是以情穿景。」[25] 又如杜甫《江漢》詩：

江漢思歸客，乾坤一腐儒。片雲天共遠，永夜月同孤。落日心猶壯，秋風病欲蘇。古來存老馬，不必取長途。

方回評道：「中四句用『雲天』、『夜月』、『落日』、『秋風』，皆景也，以情貫之。」[26]

這四個寫景片段，是用一種老驥伏櫪的壯志與思歸之情貫穿起來的。用孤遠在外的思歸之情貫穿「雲天」、「夜月」，用病癒的欣慰和暮年的壯志貫穿「秋風」、「落日」，情景交融，境界優美。又如馬致遠的散曲《天淨沙》：「枯藤老樹昏鴉，小橋流水人家，古道西風瘦馬。夕陽西下，斷腸人在天涯。」一連串的景物片段，用「斷腸人」的悲涼之情來融貫，構成一幅流動的荒涼、蕭瑟的風景圖。

四是以人構景，景中見人，把情感體現在人的活動之中。王夫之說：「取景從人取之，自然生動。」（《古詩評選》卷八）他在《明詩評選》中稱此為「人中景」，如評明代沈明臣《過高郵作》的最後兩句說：「結語從他人寫，所謂人中景。」全詩如下：

25　方回：《瀛奎律髓匯評》卷二十六，上海古籍出版社1986年版，頁1129。
26　方回：《瀛奎律髓匯評》卷二十六，頁1259。

淮海路茫茫，扁舟出大荒。孤城三面水，寒日五湖霜。波漫官堤白，煙浮野樹黃。片帆何處客，千里傍他鄉。

前兩句寫船行淮海，中四句寫途經高郵所見景色，結語描繪人的活動：乘片帆，行千里，途中所泊皆是他鄉，思鄉之情可見。所以，「人中景」也就是「情中景」。其他如杜甫之「親朋無一字，老病有孤舟」（《登岳陽樓》），王維之「欲投人處宿，隔水問樵夫」（《終南山》），王夫之稱之為「情中景」。他又說：「情中景尤難曲寫，如『詩成珠玉在揮毫』，寫出才人翰墨淋漓、自心欣賞之景。」（《姜齋詩話》卷二）這些「情中景」，實即「人中景」。杜甫《奉和賈至舍人早朝大明宮》詩句「朝罷香菸攜滿袖，詩成珠玉在揮毫」，其中所描寫的人物題詩揮毫的景象，鮮明強烈地表現出詩人朝見皇帝歸來，情緒激盪，得意非凡的心情。

王國維把王夫之的「情中景」發展為「有我之境」的美學範疇。「有我之境」實質上就是傳達出主體濃烈情感的整體景象集成。王國維說：「『淚眼問花花不語，亂紅飛過鞦韆去。』『可堪孤館閉春寒，杜鵑聲裡斜陽暮。』有我之境也。」[27]這正是把主體情感投射於景，以情染物，融景入情的結果。因而「有我之境，於由動之靜時得之」[28]。「由動之靜」道出了「有我」的基本性質，即主體心靈並非處在「純粹無慾」的虛靜狀態，而是被不可抑止的激情所充盈，不把它傳遞、釋放到景物上去不足以得到安寧，於是由情而景，從動到靜，構成情感運動的趨勢和力場。而被這情感的趨勢和力場所捕捉、攝染的景物，亦

27　王國維：《人間詞話》，人民文學出版社1960年版，頁191-192。
28　王國維：《人間詞話》，頁191-192。

不再是平靜、自然之物，它已是處於與主體同悲、同喜的情感運動之
中，被賦予了擬人形態。清初畫家惲格以為，畫山水景物不在於表現
其本身，而在於能為之代言：「春山如笑，夏山如怒，秋山如妝，冬山
如睡。四山之意，山不能言，人能言之。秋令人悲，又能令人思，寫
秋者必得可悲可思之意，而後能為之。不然，不若聽寒蟬與蟋蟀鳴
也。」（《南田畫跋》）在作品中為「景」代言，就是要讓它呈現「我」
的情態。杜甫《春望》詩句云：「感時花濺淚，恨別鳥驚心。」若以此
聯情景來說明「有我之境」，最為恰當不過。吳喬說：「『感時花濺淚，
恨別鳥驚心』，花鳥樂事而『濺淚』『驚心』，景隨情化也。」（《圍爐
詩話》卷一）生活中的樂事、樂景，因為主體情感的渲染而可以具有
悲哀的色彩。樂景代言悲情，二者形成強烈的反差，使悲情更為強
烈。這便是前文所云情景相生中的反筆。

　　由於「有我之境」重在主觀情思的流露，所以，情感的真實性就
顯得至關重要。況周頤說：「真字是詞骨。情真、景真，所作必佳。」
（《蕙風詞話》卷一）王國維也說：「故能寫真景物、真感情者，謂之
有境界。」[29] 就「有我之境」而言，必先有真情實感，而後才寫得真景
物出來，景物有了生命活力，反過來更增添情感的真切動人。這便是
兩者間的有機連繫。要做到抒情描景的真切自然，藝術家就要不失「赤
子之心」，王國維稱此為「主觀之詩人」。認為「主觀之詩人，不必多
閱世。閱世愈淺，則性情愈真，李後主是也。」[30] 南唐後主李煜，生於
深宮之中，長於婦人之手，這是他為人君之所短處；但他閱世不深，
自有一顆純真「童心」在，又是他為詞人之所長處。故其詞作抒內在

29　王國維：《人間詞話》，人民文學出版社1960年版，頁193。

30　王國維：《人間詞話》，頁198。

之情，狀目前之景，常能表現出活潑動人的「真趣」。而在遭受身世巨變之後，更是憂情浩似江水，無限感恨化作句句淚血，一慟千古，皆可視為「有我之境」的代表作我之境：在明月下的一座小樓中，一位失去了國君地位也失去了自由的品。如其《虞美人》云：

　　春花秋月何時了？往事知多少。小樓昨夜又東風，故國不堪回首月明中。　　雕欄玉砌應猶在，只是朱顏改。問君能有幾多愁，恰如一江春水向東流。

　　這首詞是南唐滅亡，李煜入宋為俘虜後所作。此時他身居被拘禁的「小樓」，昨夜東風又起，當俘虜的生活又過了一年。身不由己，思想畢竟是自由的，不禁回憶起往昔「春花秋月」的美好生活，多少往事，無法在心中了卻。但作為囚徒來回憶逝去而不可再得的珍貴歲月，卻又是十分痛苦的，痛苦得「不堪回首」。因為故國「雕欄玉砌」的宮殿雖然「應猶在」，但物是人非，已經換了主人了。亡國的悲痛和哀愁，剎那間猶如滿江春水湧動於心頭。此詩可謂處處有我，句句含情，合成一個整體的「有詩人，面帶愁容，心懷哀傷，低首徘徊，沉浸於痛苦的回憶之中。李煜後期之作大凡如此，出自真情，充滿血淚，所以王國維說：「後主之詞，真所謂以血書者也。」(《人間詞話》)

第七章

情景合一與平衡審美意識

第一節　平衡感應

　　平衡感應是介乎物本感應與心本感應之間的一種感應。物本感應和心本感應是最基本、最主要的兩種審美感應方式，但從審美心理活動的全過程來看，人們所建構的審美關係，並不純然表現為單一的「順應」或者「同化」。這就是說，物本感應使主體順應客體時，包含著主體對客體的「同化」；反之亦然，心本感應使主體「同化」客體時，也包含著主體對客體的「順應」。「順應」與「同化」是相互依存、不可分割的，體現著主體與客體的相互作用。當「順應」關係大於「同化」關係時，審美心理活動屬於物本感應；反之，當「同化」關係大於「順應」關係時，審美心理活動則屬於心本感應。所以，這兩種基本感應方式是建立在「順應」或「同化」不均衡關係上的。而一旦「順應」

與「同化」趨於均衡，亦即在審美主客體相互作用中，「心」、「物」雙向選擇、雙向接近，最終融為一體時，審美主客體之間就表現為一種平衡關係。此時產生的感應，既不是建立在「順應」關係之上的物本感應，也不是建立在「同化」關係之上的心本感應，而是建立在均衡關係之上的平衡感應。

「平衡」是皮亞傑用來描述人類認識建構特徵的又一個重要概念。他認為生命有機體的一切行為，包括人類的心理活動，都不能不涉及機體與環境、主體與客體之間的平衡問題。他說：「發展的理論就必然要求助於平衡概念，因為一切行為都要在內在因素與外在因素之間保持平衡，或者比較一般地講，都要在同化與順應之間達到平衡。」[1]「順應」與「同化」之間的平衡，意味著「順應」作用必須服從於「同化」情境中主體現有的心理結構，也意味著「同化」作用必須服從於客體的性質規定或「順應」情境。這樣，主體就能較為客觀地再建客體，客體也能符合主體心理結構的狀態，從而構成一個相對穩定的系統；而該系統的不斷轉變，即「不平衡——平衡——打破平衡——再平衡」的發展變化，就是認識的發展過程。皮亞傑說：「我們可以把『發生』下一個定義，說它是一個相對穩定的轉變系統，它是一個歷史過程並繼續地從狀態A轉變為狀態B，狀態B比最初的狀態A較為穩定，而且是狀態A的引申。」[2]因此，皮亞傑反對把平衡僅僅當成一種狀態，它實際上還是一個過程，「平衡狀態只是平衡過程的一個結果，而過程本身則有較大的價值。」[3]這就說明「同化」與「順應」達到平衡之後，主體客體的相互作用並未停止，而是還在繼續；且兩者每獲得一次平衡，

1　皮亞傑：《兒童的心理發展》，山東教育出版社1982年版，頁128。

2　皮亞傑：《兒童的心理發展》，頁157。

3　皮亞傑：《兒童的心理發展》，頁126。

認識格局就會隨之更新，不斷地由低級向高級發展。

皮亞傑心理學意義上的「平衡」概念，同樣適應於審美感應過程，亦即在審美感應的主體和客體之間，平衡過程同樣發揮著類似於心理學規定的那種作用，產生平衡感應。平衡感應雖然也具有心理學意義的一般特徵，但審美心理活動畢竟不同於認識的心理活動，平衡感應還有其自身的特殊性。這種特殊性主要有兩點：

一是感應的雙向性。平衡感應的運動方向，既不是「物」——「心」——「物」的過程，也不是「心」——「物」——「心」的過程，而是「心」、「物」之間的相互滲透和交融，是主體客體化、客體主體化的相互轉化。宋代楊萬里《跋豐城府君劉滋十詠》云：「豐城府君愛山成癖，不知身之化為山歟，山之化為身歟？」在對山的審美活動中，主客同化，達到平衡。平衡感應中的主體客體化和客體主體化，不能簡單理解為主體向客體轉化和客體向主體轉化，它們是一個問題的兩個方面：主體客體化是指主體將自己的內在本性和本質力量滲透到客體的運動，客體主體化則是指客體性質滲透到主體生命結構的運動，兩種運動都不以轉化對方為目的，而是讓主客體在運動中產生平衡對接，合二為一。此時，主體與客體不再是對應的關係，而是融合的關係。平衡感應的一切審美創造即從這裡發生。

平衡感應與皮亞傑所說的平衡過程的差異還在於，皮亞傑的發生認識論屬於科學的理性的認識活動，它是在主客體不斷平衡的過程中向前發展的，平衡過程的最終目的還是要求主體對客體的認同和適應；而平衡感應並不設立這樣的目的，它旨在追求主客體之間的融合，由此實現一種新的審美創造，產生的既非物本審美意象，也非心本審美意象，而是主客同化、物我交融的平衡審美意象。因為平衡感應使心物交融，兩極中和，主客體在「順應」與「同化」作用中相化相生，

契合協調。一方面「物」同化於「我」，另一方面「我」順應於「物」，通過「物」、「我」兩化，達到超然「物」、「我」的境界，顯現出和諧的美來。這種和諧既區別於化「我」為「物」而形成的合一性，也區別於化「物」為「我」而形成的合一性。化「我」為「物」的合一性取消了「我」，化「物」為「我」的合一性取消了「物」，它們都是單向的合一性；而平衡感應則是雙向選擇、雙向接近所達到的和諧一致，不是「物」、「我」任何一方之取消。雙向選擇、雙向接近的過程，也就是雙向建構的過程。雙向建構的結果，是主體因「同化」了對象客體而獲具新質，對象客體也因貫注了主體的審美意識而不再屬於自然形態，從而體現出一種和諧的創造。劉熙載《藝概》〈詩概〉云：「陶詩『吾亦愛吾廬』，我亦具物之情也；『良苗亦懷新』，物亦具我之情也。」宋代詩人陳與義《襄邑道中》云：「臥看滿天雲不動，不知雲與我俱東。」皆是在審美欣賞中，物我交流、平衡融合所創造的詩句。

二是感應的主客觀統一性。平衡感應構成的審美關係雙方，彼此互相適應，互為依存。審美客體必須適應主體的審美需要，才能具備審美價值；而主體如不擁有相應的審美興趣和能力，客體也就不會成為其對象。所以主客體之間存在著一種雙向選擇關係。審美主體要選擇與其性情、趣味相合的審美客體，審美客體也要選擇能夠接納其特有屬性的審美主體。比如只有懂得交響樂的耳朵才會選擇交響樂，而交響樂也要選擇能夠欣賞交響樂的人，二者產生感應，交響樂才會顯示它的美，而聽者才能感覺到它的美。所以馬克思說：「只有音樂才能激起人的音樂感；對於沒有音樂感的耳朵說來，最美的音樂也毫無意義，不是對象，因為我的對象只能是我的一種本質力量的確證。」[4]這

4　馬克思：《一八四四年經濟學——哲學手稿》，人民出版社1985年版，頁82。

裡所說的「音樂」，就是審美關係中的對象，「音樂感的耳朵」即指審美主體的主觀條件。音樂對於主體來說之所以成為他的對象，這一方面取決於音樂本身所具有的客觀審美性質，另一方面也取決於與這種性質相適應的主體本質力量的獨特性。因此，平衡感應所建立的審美關係，是對象的客觀條件、性質與主體的主觀條件、性質的統一。在這種統一中，主體的主觀因素得以充分地展開，對象化為豐富的客觀存在；同時，對象自身的豐富複雜性也刺激主體主觀感覺能力的發展和提高，反過來促使對象性的現實成為人自己本質力量的現實。

所以，平衡感應所要求的審美對象，必須是與主觀心靈因素相契合的對象。歌德曾經指出，文學創作「對本身自在價值，也就是本來具有詩意的材料，也須契合主觀世界才被採用；如果它不契合主觀世界，那就用不著對它進行思考了」[5]。平衡感應產生在客觀的「本來具有詩意的材料」與「主觀世界」的「契合」之中。錢鍾書認為，山水作為審美對象是自有其性情的；山水詩的創作，一方面要表現詩人自己的心情，「以山水來就我之性情」；但另一方面還要「於山水中見其性情」，因為「山水境亦自有其心，待吾心為映發也」，此時產生的山水意象乃是客觀審美特性與主體審美心理的融合體。他進一步論述道：

> 要須流連光景，即物見我，如我寓物，體異性通。物我之相未泯，而物我之情已契。相未泯，故物仍在我身外，可對而賞觀；情已契，故物如同我衷懷，可與之融會。[6]

5　《歌德談話錄》，人民文學出版社1978年版，頁46。

6　此處與上引皆見錢鍾書《談藝錄》，中華書局1984年版，頁33。

他舉孟郊《杏殤》中「踏地恐土痛，損彼芳樹根。此誠天不知，剪棄我子孫」詩句為例。其中「踏地」是詩人的行為，而「土痛」既是泥土和杏樹根的感覺，加一「恐」字，表明這也是詩人感同身受的一種疼痛，這種感覺正是出於詩人對杏樹的鍾愛和憐惜之情。而對杏樹的摧殘，杏樹的傷痛感受應是與人受到摧殘時的感受一樣的。這就是錢鍾書所說的「體異性通」、「物我之情已契」，達到主客體的融會。平衡感應的藝術創造，在本質上就是要呈現這種主客體統一性，既顯示對象的客觀性，又展現自身的主觀心靈。如黑格爾所說：「在藝術裡，感性的東西是經過心靈化了，而心靈的東西也借感性化而呈現出來了。」[7]

平衡感應是「物本」和「心本」兩極感應的中和，決定了它所生成的是中和性的審美意識。中和性的審美意識在藝術創造和思辨活動中，又外化為一系列帶有中和色彩的表現方式和理論傾向，有著自己特定的美學和藝術範疇，形成中和性的審美表現傾向。由此產生創作潮流上的社會主義現實主義、魔幻現實主義；美學理論上的「中和」說、「同情」說、「美在關係」說；藝術門類上的印象派繪畫、抒情與敘事相結合的文體等等。

平衡感應有其特定的審美觀照方式——「物我兩忘」，特定的形象構成方式——「形神相親」，特定的情感表現方式——「情景合一」。

第二節　物我兩忘

物本感應偏重於物，其觀照方式是「以物觀物」；心本感應偏重於

7　黑格爾：《美學》第一卷，商務印書館1979年版，頁49。

「我」，其觀照方式是「以我觀物」；平衡感應是物我在均衡狀態下的雙向轉換與融合，主客體消解，因此其審美觀照，是一種「物我兩忘」的觀照。王國維稱之為「意境兩忘，物我一體」。王國維說過，「意」是「觀我」的結果，「境」是「觀物」的結果，所以「意」與「境」兩忘，實即「我」與「物」兩忘。這就是說，在審美觀照中既非「我」勝「物」，也非「物」勝「我」，而是在「兩忘」中互相接近、融合，「物我一體」，達到一種平衡渾融。由於觀照方式的不同，產生的藝術境界也就不同。「出於觀我者」（即「以我觀物」），產生的是「意餘於境」、「以意勝」的境界；「出於觀物者」（即「以物觀物」），產生的是「境多於意」、「以境勝」的藝術境界；「意境兩忘，物我一體」，產生的是「意與境渾」的境界。[8]王國維在託名樊志厚所作的《人間詞乙稿序》中認為，他的有些詞作便達到了後一種境界：

> 靜安之詞，大抵意深於歐（引者按：即歐陽修），而境次於秦（引者按：即秦觀）。至其合作，如《甲稿·浣溪沙》之「天末同雲」，《蝶戀花》之「昨夜夢中」，《乙稿·蝶戀花》之「百尺朱樓」等闋，皆意境兩忘，物我一體。[9]

且看其《人間詞乙稿》中的《蝶戀花》「百尺朱樓」一闋：

> 百尺朱樓臨大道。樓外輕雷，不問昏和曉。獨倚闌干人窈窕，閒中數盡行人小。　　一霎車塵生樹杪。陌上樓頭，都向塵中老。薄晚

8　以上引文皆見王國維《人間詞話》〈附錄〉，《蕙風詞話》〈人間詞話〉，人民文學出版社1960年版，頁256-257。

9　王國維：《蕙風詞話》〈人間詞話〉，人民文學出版社1960年版，頁257。

西風吹雨到，明朝又是傷流潦。

　　所謂「物我兩忘」，並非無「物」無「我」，而是超乎「物」、「我」，既不執著於「物」，也不執著於「我」，「物」、「我」一體，不知何者為「物」，何者為「我」。上引《蝶戀花》詞所寫的，是一位漂泊行程中的詩人，臨時寄宿在一座面臨大道的「百尺朱樓」中。他在樓上聽到大路上如雷的車馬聲從早到晚響個不停，「獨倚闌干」，數著樓下經過的小小的行人影子。霎時間，經過的車馬揚起的輕塵，把樓上憑欄的人和途中行路的人都籠罩在一起。他突然感悟到，樓內和樓外的人沒有什麼區別，都是為生活而羈旅漂泊的人。今晚的西風暮雨之後，明朝自己又要帶著流潦傷感的心情，重新踏上征程。「陌上樓頭，都向塵中老」，意思是陌上的人也就是樓頭的人，樓頭的人也就是陌上的人，大家都在生活的征塵中終老此生。此時的觀照，已是主客兩忘，「物」我同體，不分彼此的了。故而此詞之中，寫「景」便是寫「我」，寫「我」也是寫「景」，達到了「意境兩渾」的境界。

　　所以在平衡感應中，主體以全部心靈選擇與自己類似或相通的外部事物，作為觀照的對象，通過主體與客體深刻的契合去領悟生命轉換的意義。這種生命形式的相互轉換，也就是「物」、「我」的相融無間，它完整地顯示了在人化自然的活動中將自然精神化的過程。在這種轉換中，觀照主體往往覺得身外之物即心內之物，心內之物亦即身外之物，正所謂「才情者，人心之山水；山水者，天地之才情」[10]，由「物」、「我」無間達到「物」、「我」兩忘。朱光潛先生對此曾有一段透闢的論述，他說：

────────

10　李漁：《笠翁文集·梁冶湄明府西湖垂釣圖贊》。

　　物我兩忘的結果是物我同一。觀賞者在興高采烈之際，無暇區別物我，於是我的生命和物的生命往復交流，在無意之中我以我的性格灌輸到物，同時也把物的姿態吸收於我。比如觀賞一棵古松，玩味到聚精會神的時候，我們常不知不覺地把自己心中的清風亮節的氣概移注到松，同時又把松的蒼勁的姿態吸收於我，於是古松儼然變成一個人，人也儼然變成一個古松。總而言之，在美感經驗中，我和物的界線完全消滅，我沒入大自然，大自然也沒入我，我和自然打成一氣，在一塊生展，在一塊震顫。[11]

　　這是人的物化和物的人化之統一，是「同化」與「順應」兩種心理趨向之合力。為此，平衡感應的審美觀照，要求主體既要有心態的虛靜（聚精會神），又要有情感的迷醉（興高采烈）。無虛靜不能「納」，不能體味到對象的機心和獨特風韻；無迷醉不能「吐」，不能遷移自身的個性品格和情感意志。劉勰認為，在面對「山沓水匝，樹雜雲合」的自然對象時，主體發生「目既往還，心亦吐納」的審美觀照，心靈的外射和接受活動使心「隨物以宛轉」，物「與心而徘徊」，心物極盡流連之趣。（參見《文心雕龍》〈物色〉）這種「隨物宛轉，與心徘徊」的結果，是主體個性品格、情感意志融通客體對象的風采神韻而一同呈現。

　　中國古代的藝術家，在這方面是有著深切體驗的。他們的創作實踐能夠自覺地追求心與物化的理想，能夠以此作為評判藝術價值的標準。鄭板橋晨起觀竹，讓「眼中之竹」與「胸中之竹」往復循環交流，

11　朱光潛：《文藝心理學》，《朱光潛美學文學論文選集》，湖南人民出版社1981年版，頁53。

這是創作起點上心與物化的審美觀照；蘇東坡評文與可畫竹，強調「其身與竹化」[12]，把藝術家當作竹，竹當作藝術家，人竹已彼此不分，這又是創作終點上的心物同化。無論是在起點和終點，「物」、「我」雙方的形態、氣質都是由不斷交流達到相忘相融，從而化育出更新更美的意象，引起主體強烈的審美經驗。清代鄒一桂曾記道：「宋曾云巢無疑，工畫草蟲，年愈邁愈精。或問其何傳？無疑笑曰：『此豈有法可傳哉？某自少時，取草蟲籠而觀之，窮晝夜而不厭。又恐其神之不完也，復就草間觀之，於是始得其天。方其落筆之時，不知我之為草蟲耶，草蟲之為我耶。此與造化生物之機緘蓋無以異，豈有可傳之法哉！』」（《草蟲》，《小山畫譜》卷下）所謂「不知我之為草蟲耶，草蟲之為我耶」，指的就是審美觀照中的「物我兩忘」。所以平衡感應的審美觀照，是將審美主客體之間相互對立的矛盾運動合而為一，亦即在「隨物宛轉，與心徘徊」的過程中趨向「物」、「我」無間。

西方藝術家雖然也有人看到了這種對立的矛盾運動，如歌德說過：「藝術家對於自然有著雙重關係：他既是自然的主宰，又是自然的奴隸。」[13]但他卻未能進一步指出要超越這種雙重關係而達到合一。中國美學是最講求這種合一性的。錢鍾書先生在他的《談藝錄》裡，分析一切學、藝之術皆關涉人與天的三種不同關係，即：「人事之法天，人定之勝天，人心之通天。」[14]「人事之法天」即做自然的「奴隸」，對於藝術而言，也就是要遵從客觀世界的必然規律，把審美的目光集中在實際生活的基本特徵上，讓心靈按照自然的真實面目和固有邏輯進行運動。但「人事之法天」反映的只是主體服從客體的單向型關係，

12　蘇軾：《書晁補之所藏與可畫竹三首》，《蘇東坡集》前集卷十六。
13　《歌德談話錄》，人民文學出版社1978年版，頁137。
14　錢鍾書：《談藝錄》，中華書局1984年版，頁60。

在藝術審美活動中，它是必須的，卻不是深刻完滿的。與此相反，「人定之勝天」即做自然的「主宰」，這表現了在與自然的對立中，逐漸擴展起來的人的自豪感和進取精神。在藝術領域，那就是主體強烈的欲求，奔突的激情對一切客觀事物的超越，審美的目光更多地關注著人類崇高的精神境界，主體的願望和情操成為評價與改造客觀現實的首要標準。像「人事之法天」一樣，「人定之勝天」反映的也是審美主客體之間的單向型關係，只不過這種單向型是反向性的，它同樣屬於藝術審美活動的一種不完滿的必須。那麼，藝術家既師法自然，又戰勝自然，既做自然的奴隸，又做自然的主宰，是否就反映了主體與客體的深刻關係呢？其實並不盡然。在雙重單向型關係中存在著未能調和的矛盾對立，既然是「法天」，是做「奴隸」，嚴峻的客觀世界難免要造成主體心靈的被動和壓抑，從而使客觀世界在心靈面前益發顯示出它的至高無上；既然是「勝天」，是做「主宰」，無拘束的隨意性的主體心靈亦定會造成客觀世界的支離破碎，從而使客觀世界在心靈面前完全消隱。所以，「人事之法天」和「人定之勝天」的矛盾對立運動，其必然的歸結就是「人心之通天」。「通」的意義不在於對立雙方的相互侵凌和占有，而是兩相保全的契合和融合，只有「通」才是「法」與「勝」的對立統一，才是主客體高度的審美和諧。

平衡感應在「天人」、「物我」之間求「通」、求「和」，這是與中國哲學「天人合一」的思想一脈相承的。「天人合一」不是天與人的簡單相加或等同，而是兩者取消對峙，相互溝通所達到的整體和諧統一。中國文化向來以此作為生命發展的前提和終極目的，並將它歸結為美的極境。莊子說：「一上一下，以和為量，浮游乎萬物之祖。」（《莊子》〈山木〉）有左右必有中，有上下必有和，平衡感應便是主客、「物」、「我」矛盾雙方的中和統一。矛盾的統一，不必然是一方壓

倒另一方，一方同化另一方，也可以是矛盾雙方互相接近，互相滲透，互相消解，融為一體，這就是「合二而一」。這個「一」，就是矛盾雙方的消解融合，產生的是非甲非乙、非物非我，然而其中有甲有乙、有「物」有「我」的第三種事物，是超於「天人」、「物我」之上的「中和」審美意象。

第三節　形神相親

物本感應以「物」為本，在形象塑造方式上忠於客體，講求「以形寫神」。心本感應以「心」為本，在形象塑造方式上允許隨心變形，講求「離形得似」。平衡感應則不同，它強調「心」與「物」之間的一種運動均勢，從而達到交融協調，所以在藝術形象的創造方面既不是以物之形為主，也不是以心之神為主，而是強調「形」、「神」互存、「形」、「神」互制中的統一。二者互相依賴，互相接近，誰也離不開誰，這就是所謂「形神相親」。它是對「以形寫神」與「離形得似」兩種藝術「形神」論的重新綜合。這種綜合不應理解為上述兩派的觀點的調和，而應當理解為是在兩派觀點的基礎上所作的一種理論提升，反映出藝術「形神」論的發展和人們審美認識的深化，在「形」、「神」關係上體現出一種「中和」的審美意識。

「形神相親」之論，有其哲學淵源。古代「形神」論哲學大致可以分為「以形為本，形神一體」和「以神為本，形神相異」這樣兩派，其對立的思想觀點各自影響了「以形寫神」和「離形得似」兩種藝術「形神」論的形成和發展。然而，人類認識史上任何一個問題的發展線索，都不會是如此這般單純。「形神」問題當然也不例外。細心考辨起來，在哲學上的對立兩派之間，還存在一種觀點，是很難劃歸到哪一

邊的。這種觀點我們將它概括為「以神為本，形神一體」。其思想觀點與另外兩派既有連繫又有區別：首先，它不同於「形神相異」的二元論，在強調「形」、「神」的不可分和相互依存性方面，同「以形為本」的一元論相一致；其次，它在「形」、「神」一體的前提下又十分重視「神」的主導作用，這就使它區別於「以形為本」而接近於「以神為本」。因此，我們這裡不妨把它稱作「以神為本」的一元論，它是「形神相親」的哲學基礎。

「以神為本」的「形神一元」論以漢代劉安《淮南鴻烈》為代表。此書從道家養生的角度闡發了「形」、「神」統一問題。〈原道訓〉說：「夫形者，生之舍也；氣者，生之充也；神者，生之制也。一失位則三者傷矣。」作為有生命的人，是「形」、「氣」、「神」三者的統一，三者各處其位，各守其職，所以能使人產生肢體運動、感官感覺和思維情感，這就是「形神氣志，各居其宜，以隨天地之所為」；而只要有一者失其宜，就會破壞這種統一，給三者帶來損害，從而達不到養生的目的。故「此三者不可不慎守也」。〈俶真訓〉說：「志與心變，神與形化。」則更為直接地道出了「形」、「神」統一的觀點。在「形」、「神」統一的基礎上，《淮南鴻烈》進一步論述「形」、「神」關係是以「神」為主，「神」制約「形」。〈原道訓〉又說：「以神為主者，形從而利；以形為制者，神從而害。」〈詮言訓〉也說：「神貴於形也，故神制則形從，形勝則神窮。聰明雖用，必反諸神，謂之太沖。」所謂「太沖」，即道家所崇尚的虛靜和諧之境，認為人只要「神」制「形」從，就能進入這一境界。相反，如果「形」決定「神」，「以形為制」，「神」受到「形」的制約，則「神」必定受到損害。

嵇康繼承並發揮了《淮南鴻烈》的這種觀點。他著《養生論》，著重強調養生不僅在服食保身，更在於養「神」，最後達到形神相親，內

外和合，通乎自然，養生延年的境界。他說：

是以君子知形恃神以立，神須形以存，悟生理之易失，知一過之害生。故修性以保神，安心以全身，愛憎不棲於情，憂喜不留於意，泊然無感而體氣和平。又呼吸吐納，服食養身，使形神相親，表裡俱濟也。

他在「形」、「神」關係上，認為「神」是根本，「形恃神以立」，二者是相互依存、密不可分的關係。如果顛倒了「形」、「神」關係，過於服用藥石以求養身，反而會「害生」。因此更重要的是「修性以保神」，而為了精神的求「和」，就不能以愛憎、憂喜而傷生，應做到「無為自得，體妙心玄」。所以養「神」比養「形」更為重要，養好了「神」，才能得以全身。通過養生，達到養「神」；通過以「神」制「形」的形神相親，追求精神超脫和理想人格的實現，於是形成了當時士大夫的「魏晉風度」。

中國藝術「形神」論在此基礎上形成了「形」、「神」並重、內外結合的「形神相親」論，成為藝術形象創造的又一重要的美學方式和途徑。「形神相親」在「形」、「神」關係上沒有偏重，它必須是「形」、「神」相隨，即「形」是有神之「形」，「神」是有形之「神」，「形恃神以立，神須形以存」。唐代著名詩人白居易提出繪畫應該「形真而圓，神和而全」（《白氏文集》卷二十六《記畫》），將完美的形象塑造看成是逼真外形與和悅精神的有機統一。明代屠隆也說：「鉛與金熔，則鉛亦金矣，形與神熔，則形亦神矣。飛昇之仙，肉身俱上，夫清虛之表，豈渣滓之形可居哉。形神俱妙，無復渣滓故也。」（《鴻苞》卷三十五《形神》）當「形」、「神」相融之後，「形」就是「神」，「神」

就是「形」；但並非任何「形」都可與「清虛」之「神」相融，「形」、「神」相融是有條件的，就「形」而言，屠隆認為「渣滓之形」就不能與「清虛」之神相融。所以形神相親、相融的過程，也是雙方相互選擇的過程。選擇的結果相契相融，達到「形神俱妙」，因為此時互相選擇的「神」與「形」，都「無復渣滓故也」。

「形神相親」一方面要求要重視形似。但這種形似不同於「以形寫神」那樣「舉體皆似」和「物形不改」，而是有所選擇，抓住客體對象最富有特徵性的形體細節，精心刻畫其形貌。顧愷之在他的繪畫理論中，正是這樣來要求形似的。前面說過，顧愷之雖然提出了「以形寫神」的創作原則，但他對「形」的運用大大區別於以後的「以形寫神」派，他最為重視的是能夠有效傳達對象精神特徵的「形」，其他的「形」則被看作是「無關於妙處」，所以他畫人物才特別專注在點人目睛，或頰上加三毛上。這是一種經過精心選擇，能夠融「形」於「神」的形似。

另一方面，「形神相親」還要求「神」須附「形」，不能「離形得似」。形象的內在本質要通過富有特徵的形貌表現出來。《淮南鴻烈》〈說山訓〉云：「畫西施之面，美而不可說；規孟賁之目，大而不可畏，君形者亡焉。」《淮南鴻烈》〈說林訓〉又云：「使但吹竽，使氏厭竅，雖中節而不可聽，無其君形者也。」這裡所表達的含義有兩層。其一，描畫人物要融「神」於「形」，如果對象的精神不能主其形貌，即使抓住了人物形體的關鍵部位，如畫出了西施美麗的容貌，但「美而不可說」，不能使人產生審美愉悅；畫出了勇士孟賁睜得又圓又大的眼睛，但「大而不可畏」，並不令人感到害怕。其二，創作主體的內在精神，也必須貫注到藝術活動的外在形式中，即神於中而形於外，如吹竽者須把自己的內在感情融注到樂曲之中，然後才有動人的藝術創

造，否則「雖中節而不可聽」，因其缺乏「君形」之「神」。

形神相親之「神」，不但是對象之「神」，同時也是主體之「神」，是主體精神與對象精神的契合。宋代鄧椿説：「畫之為用大矣！盈天地之間者萬物，悉皆含毫運思，曲盡其態，而所以能曲盡者，止一法耳。一者何也？曰傳神而已矣。世徒知人之有神，而不知物之有神。」（《畫繼》〈雜説論遠〉）清代丁皋也説：「以已之神，取人之神。」（《寫真秘訣》）此處的「神」，既包含對象事物內在的本質屬性，同時也包含主體對對象事物的一種感受。這感受一方面來自客體，受客體對象獨特性的制約，另一方面它又發自主體內心，是主體生命力量的顯現。所以，「神似」、「神韻」中的「神」，不能理解為事物的本質規律等純客觀屬性，否則，同一事物的本質規律是一樣的，作為表現對象，它在藝術作品中就只能出現一次，不然就會重複。但在中國古典詩詞繪畫中，卻有寫不完、畫不完的松、竹、梅、菊等等，雖然表現的是同一客體，卻永遠不會重複。這是因為「神似」所表現的是主體對於對象的獨特感受。這感受一方面來自客體，受客體對象的制約，不能隨意而生，因此它包含有客體的屬性特徵；另一方面，它又是主體的獨特感受，不同於他人，是主體生命的顯現，因而這個「神」又離不開主體，所以在對同一客體的審美創造中，各人所得之「神」又可以各不相同；甚至同一主體，由於感受客體的具體條件、氛圍、境況的不同，所感受的同一客體之「神」也可以不同。所以「形神相親」之「神」，是主體與客體統一，是主體生命與客體存在碰撞的產物。

總之，「形神相親」的創造過程對「形」、「神」雙方都有其特殊的規定和要求。創作主體必須深入到對象之中，細心揣摩，體會其物形、氣韻，了然於心，以己之神與物融會，方能做到「形神妙合」。這樣的形象構成方式，用唐畫家張璪的一句名言來概括，就是：「外師造

化，中得心源。」（張彥遠《歷代名畫記》卷十引）在此之前，中國畫
壇關於形象創造一直存在「師心」和「師造化」之分。如謝赫評張則
的畫作：「意思橫逸，動筆新奇；師心獨見，鄙於綜采。」（《古畫品
錄》）姚最評湘東王蕭繹的畫作：「學窮性表，心師造化。」（《續畫品》）
「師心」即強調主觀精神的能動作用和獨創性，屬於心本感應的創作原
則；「師造化」則要求忠實於客觀自然事物，屬於物本感應的創作原
則。兩者的立足點不同，卻在審美實踐中並行不悖，在繪畫史上都留
下過大量優秀的作品。而「外師造化，中得心源」論則把兩個方面有
機結合起來，組成一個內容完善的新的美學命題，進一步深化了人們
對藝術形象創造規律的認識。所以，此論一出，就成為後世很多藝術
家的共同看法。清初著名畫家石濤說：

> 天有是權，能變山水之精靈；地有是衡，能運山川之氣脈；我有
> 是一畫，能貫山川之形神。此予五十年前，未脫胎於山川也；亦非糟
> 粕其山川而使山川自私也，山川使予代山川而言也。山川脫胎於予
> 也，予脫胎於山川也，搜盡奇峰打草稿也，山川與予神遇而跡化也，
> 所以終歸之於大滌也。（《苦瓜和尚畫語錄》〈山川章第八〉）

昇華，是演員在唱、念、做、打、表情等「形」的表演中所應遵
循的規藝術家未從山川中「脫胎」時，僅能揭示山川的「形神」，代山
川而言；當他與山川「神遇」時，自己之「神」就進入到山水之中，「造
化」與「心源」混融如一，於是「山川脫胎於予」，山川發生了「跡
化」，它已不是原來的自然形態，而是與「神」相親之後發生了變化的
形態。「形神相親」所力求而致的，正是這樣一種「神遇而跡化」的境
界。

　　不但是繪畫，中國古典戲曲的表演與小說的人物刻畫，都十分重視「形神相親」、「形神兼備」。中國古典小說是通過人物的個性化來達到人物描寫的「形」、「神」統一的。所謂個性化，其實就是人物外在的「形」與內在的「神」這兩個方面的獨特性的融合，是「形神相親」的結果。而戲曲是一門綜合藝術，其形象塑造主要依靠演員的表演來完成。在這方面，中國戲曲形成了一整套富有民族特色的表演體系，充分體現了形神兼備的美學效果：即通過程式化的虛擬動作，準確生動地傳神達意，使人物角色的形態美與神態美達到完善統一。程式動作來自對生活動作的提煉和則，但這些規則畢竟是死的。中國戲曲美學一貫強調，演員要根據對角色內在精神的深入分析、體驗，靈活自如地設計、運用「形」的表現動作，做到形生神活。明代李開先曾記有這樣一段故事：一演員名顏容，字可觀，「嘗與眾扮《趙氏孤兒》戲文，容為公孫杵臼，見聽者無感容，歸即左手捋鬚，右手打其兩頰盡赤，取一穿衣鏡，抱一木雕孤兒，説一番，唱一番，哭一番，其孤苦感愴，真有可憐之色，難已之情。異日復為此戲，千百人哭皆失聲。歸，又至鏡前，含笑深揖曰：『顏容，真可觀矣！』」（《詞謔》〈詞樂〉）顏容的成功，就在於他能在穿衣鏡前狠下苦功，終於揣摩、體驗到角色最理想的「形神」表現，完成了「形神相親」、二者兼備的舞台形象塑造。如前所述，正因為「形神相親」之「神」是主客觀統一之「神」，演員在形神兼備的表演之中，也融入了自己之「神」，有著自己對角色的獨特體會和感情，所以雖然是劇中的同一人物，但是經過不同優秀演員的舞台表演，就會顯示出不同的神韻和特色。

第四節　情景合一

　　「情景合一」是情景交融的一種平衡方式，它既不同於偏重於「景」的情景交融方式——「寓情於景」，也不同於偏重於情的情景交融方式——「緣情寫景」，而是「情」、「景」二者相對均勻的交融，合二為一，渾然一體。

　　「情景」論是王夫之詩歌美學的核心。據有的學者統計，「情」、「景」這對範疇在王夫之的詩論著作中共出現一〇五次[15]，可見王夫之對它們的重視程度。他賦予「情」與「景」的幾種審美關係，我們在物本感應和心本感應中已論及「景生情」、「景中情」和「情生景」、「情中景」，這裡將著重討論他的「情景合一」論。「情景合一」是王夫之「情景交融」理論的重要組成部分，分析起來，他的「情景合一」論應有兩層含義：

　　其一，情景互生。王夫之把藝術表現的「情」與「景」，視作「心」與「物」之間的往復交流，認為「情景雖有在心在物之分，而景生情，情生景，哀樂之觸，榮悴之迎，互藏其宅」（《姜齋詩話》卷一）。「心」、「物」互以對方為生存的條件，不是一方統攝、支配另一方，而是主體心靈與對象世界相觸相迎、湊泊默契，物的興發感動與人的內心情感外射相統一。所以他說：「形於吾身以外者化也，生於吾身以內者心也，相值而相取，一俯一仰之際，幾與為通，而淖然興矣。」（《詩廣傳》卷二）這樣，在藝術審美活動中，主體的主觀情感和感覺由於可以從外界尋找到與之相適應的客觀對象而生發得更為充實，客觀對象的審美特性也因主體不斷提高的審美能力的浸潤而呈現出更為豐富的光彩。王夫之強調，詩歌創作一定要表現情感，「情之所至，詩無不

15　見蕭馳：《中國詩歌美學》，北京大學出版社1986年版，頁65。

至，詩之所至，情以之至」(《古詩評選》卷四)，但又不能一味從「情」
上寫，而不入「景」；或者把主觀情感強加於景，顯得「霸氣逼人」而
不相融洽。他主張以真情入景，活景生情，情景縈紆曲盡。他說：

　　言情則於往來動止縹緲有無之中，得靈蠁而執之有象，取景則於
擊目經心絲分縷合之際，貌固有而言之不欺。而且情不虛情，情皆可
景；景非滯景，景總含情。(《古詩評選》卷五)

　　於心目相擊相取之時得情得景，於變化無窮的「心」、「物」交流
中會織靈通之象。在王夫之看來，詩歌創作唯有「內極才情，外周物
理」(《薑齋詩話》卷二)，方可謂之「大家」、「大手筆」。
　　其二，情景相融而不分。中國古代詩論家大多認為，「情景交融」
在藝術形象的構成上有三類：一是「景中情」，情景互融而側重於景；
二是「情中景」，情景互融而側重於情；三是「情景相融」，妙合為一。
這第三類，或稱「情景俱到」，或稱「情景勻稱」，或稱「情景相兼」，
總之是情景渾融在一起：
　　「水流心不競，雲在意俱遲。」景中之情也。「捲簾唯白水，隱幾
亦青山。」情中之景也。「感時花濺淚，恨別鳥驚心。」情景相觸而莫
分也。(范晞文《對床夜語》)
　　景中有情，如「柳塘春水漫，花塢夕陽遲」；情中有景，如「勳業
頻看鏡，行藏獨倚樓」；情景俱到，如「水流心不競，雲在意俱遲」。
(施補華《峴傭說詩》)
　　詩乃摹寫情景之具。情融乎內而深且長，景耀乎外而真且實。或
作情多，或作景多，皆有偏而不融之病，……唯杜公情景勻稱。(方東
樹《昭昧詹言》)

　　情景兼者為上，偏到者次之。兼者如杜甫「露從今夜白，月是故鄉明」是也。（費經虞《雅論》）

　　詞或前景後情，或前情後景，或情景齊到，相間相融，各有其妙。（劉熙載《藝概》）

　　上述引文所舉的「情景相融」的詩例中，「水流心不競，雲在意俱遲」（杜甫《江亭》）兩句，方回曾評為「景在情中，情在景中」，情景相融難分，分析已見第二章之第三節中，此處從略。「露從今夜白，月是故鄉明」（杜甫《月夜憶舍弟》），這兩句是從感覺和感情中寫景。露珠本來都是一樣晶瑩透明的，卻偏說從今夜開始露珠變白，這不但是為了強調今夜到了「白露」的節氣，更是為了強調自己對露珠的感覺，在感覺中寫景；天下之月色來自同一輪明月，本無差別，卻偏要說故鄉的月亮最明，這既是寫自己對月亮的感覺，又在這一感覺中突出對故鄉的思念之情，所以情景相融，很難分開。杜甫《春望》中的名句「感時花濺淚，恨別鳥驚心」，對此存在兩種理解：一種是擬人化的理解，解作「花因感時而濺淚，鳥因恨別而驚心」，以情染景，可作為「情生景」或「情中景」的詩例，這在前面已經談到。另一種理解是，「戰亂中的人因感時而濺淚於面對的鮮花，因看到孤鳥飛空想起親朋分離而驚心」，既有情，又有景，景中有情，情中有景，這就成為范晞文所說的「情景相觸而莫分」的詩例了。

　　王夫之要求創作過程中「情」與「景」須由相生而致妙合，相生是創作的必要條件，妙合則是創作的最佳結果。為此，他不贊成那種把「情」與「景」相互分離的創作傾向：「若一情一景，彼疆此界，則賓主雜遝，皆不知作者為誰，意外設景，景外起意，抑如贅疣上生眼鼻，怪而不恆矣。」（《唐詩評選》卷三）認為「情景一合，自得妙語」

（《明詩評選》卷五），故而他指出：「情景名為二，而實不可離。神於詩者，妙合無垠。巧者則有情中景，景中情。」（《姜齋詩話》卷二）明確把「情」、「景」妙合無垠看成是詩歌藝術的最高目標，其次才是偏於主觀的「情中景」和偏於客觀的「景中情」。這種分類，既充分肯定情景妙合無垠是詩作中的「神品」，同時也承認它們都各有其「巧」，各具審美價值。

王夫之「情」、「景」相生、相合的理論，深化和發展了中國傳統美學的「意境」內涵。正是因為王夫之等人的致力探索，明清之際的詩論家已普遍將「情」、「景」視為構成意境的基本因素，如清初畫家布顏圖就指出「情景者，境界也」（《畫學心法問答》），認為藝術作品有情便有意境。自此，「意境」即「情景交融」的觀點就為中國美學所接受並廣為流布。在藝術史上，最早使用「意境」一詞的是託名王昌齡的《詩格》。其中有曰：

詩有三境：一曰物境。欲為山水詩，則張泉石雲峰之境，極麗絕秀者，神之於心，處身於境，視境於心，瑩然掌中，然後用思，了然境象，故得形似。二曰情境。娛樂愁怨，皆張於意而處於身，然後馳思，深得其情。三曰意境。亦張之於意而思之於心，則得其真矣。

所謂「物境」，乃偏於客觀景物描寫的詩歌境界，以景寓情，景顯意微，即王夫之說的「景中情」和王國維說的「無我之境」。所謂「情境」，則是偏於主觀情感抒發的詩歌境界，情外化於景，由情生景，構成充滿主觀色彩的情感空間，即王夫之說的「情中景」和王國維說的「有我之境」。所謂「意境」，從其強調「思之於心」和「得其真」來看，這是一種把深刻的思想與真實的景象描寫融合為一的藝術境界，

強調一種深刻思想的表達。這裡所指，是一種狹義的意境。「情境」和「意境」都要求情景合一，物我一體，寫景而景非客觀之景，景中含意涵情；抒情立意在若有若無之際，與景俱化。分不出哪是景，哪是情，哪是意。唐代遍照金剛云：「意境兩忘，物我一體。」（《文鏡秘府論》南卷《論文意》）朱承爵云：「作詩之妙，全在意境融徹。」（《存餘堂詩話》）王國維亦標舉「意與境渾」、「意境兩渾」為最高境界。[16]所論都在於強調一種心物平衡、情景合一、渾然不分的藝術狀態。例如李白《獨坐敬亭山》詩：

> 眾鳥高飛盡，孤雲獨去閒，
> 相看兩不厭，只有敬亭山。

前兩句看似寫眼前之景，其實已經融入詩人的孤獨寂寞之情，「孤雲」的形象很難說不是詩人自己的影子；後兩句進一步深化這種孤寂之情，詩人以山為伴，不知是人化為山，還是山化為人，相看不厭，「物」、「我」同化，從整體上傳達出全詩情景俱妙的意境之美。又如李商隱詩句「春蠶到死絲方盡，蠟炬成灰淚始乾」（《無題》），物即是人，人即是物；姜夔詞「數峰清苦，商略黃昏雨」（《點絳唇》），山之擬人，人之物化，實難分清。再如陸游的《卜算子》〈詠梅〉：

> 驛外斷橋邊，寂寞開無主。已是黃昏獨自愁，更著風和雨。
> 無意苦爭春，一任群芳妒。零落成泥碾作塵，只有香如故。

16　見王國維：《人間詞乙稿序》，人民文學出版社1960年版，頁256-257。

　　處處是寫梅，又處處是寫人。人化為高潔、孤獨、寂寞的梅，梅
也是高潔、孤獨、寂寞的人。「物」、「我」相融、「情」、「景」合一，
其中梅的精神與品格實是詩人之性情與梅之性情相契相合的產物。

第八章

情景交融的途徑與走向

第一節　即景會心

　　綜上所述，「情景交融」包括情景組合與情景互融。「情景互融」
以「心物感應」為基礎，「心物感應」的不同模式表現在「情」、「景」
關係上有「景生情」、「情生景」、「情景互生」之分。「情景互融」的
表現方式有「寓情於景」、「緣情寫景」、「情景合一」之異。「情景互融」
在藝術形象的構成上有「景中情」、「情中景」、「情景渾融」之別。但
是，不管何種差異，要達到「情景交融」，就必須溝通「心」、「物」；
溝通「心」、「物」的徑路，便是王夫之所說的「即景會心」：

　　「僧敲月下門」，只是妄想揣摩，如說他人夢，縱令形容酷似，何
嘗毫髮關心？知然者，以其沉吟「推」、「敲」二字，就他作想也。若

即景會心，則或推或敲，必居其一，因景因情，自然靈妙，何勞擬議者？「長河落日圓」，初無定景；「隔水問樵夫」，初非想得：則禪家所謂現量也。[1]

王夫之對「推敲」的批評，初看似乎偏激，其實他並不否定詩歌的語言應力求精美。他在這裡只是強調，詩人的創作須從身之所處的現實境遇出發，做到「即景會心」，方能心物溝通，情景交融。他認為，賈島作「僧敲月下門」詩句時，對用「敲」還是用「推」把握不定，是因為他自己並未身臨其境，「只是妄想揣摩」，「就他（引者按：指僧人）作想」的緣故。如果是從自己「即景會心」的現實境遇出發，就會根據當時的情況，「或推或敲」，「自然靈妙」，用不著費那麼大的勁了。

他對「即景會心」有如下具體解釋：

「池塘生春草」，「蝴蝶飛南園」，「明月照積雪」，皆心中目中與相融浹，一出語時，即得珠圓玉潤，要亦各視其懷來而與景相遇也。[2]

「池塘生春草」是謝靈運《登池上樓》之句，「蝴蝶飛南園」是張協《雜詩》之句，「明月照積雪」是謝靈運《歲暮》之句。王夫之對上述詩句是十分讚賞的，他在《薑齋詩話》中曾多次多處予以高度評價，如云：「知『池塘生春草』『蝴蝶飛南園』之妙，……司空表聖所謂『規以象外，得之環中』者也。」又云：「古人絕唱多景語，如『高台多悲

---

1 王夫之：《薑齋詩話》卷二，《四溟詩話‧薑齋詩話》，人民文學出版社1961年版，頁147。

2 王夫之：《薑齋詩話》卷二，《四溟詩話‧薑齋詩話》，頁146。

風』，『蝴蝶飛南園』，『池塘生春草』……而情寓其中矣。」這些佳句都是「即景會心」之所得。所謂「即景會心」，就是面對景物的一種審美觀照。在審美觀照過程中，「心中目中與相融浹」；「心中」指「所懷來」之情，「目中」指目所見之「景」，二者「相遇」而「相融浹」。但是，主客體如何從「相遇」而臻於「相融浹」呢？謝榛、王夫之等詩論家提出了一個「適」字：

　　子美曰：「細雨荷鋤立，江猿吟翠屏。」此語宛然入畫，情景適會，與造物同其妙，非沉思苦索而得之也。（謝榛《四溟詩話》卷二）夫景以情合，情以景生，初不相離，唯意所適。（王夫之《姜齋詩話》卷二）
　　景適性情之內，情融景物之中，則情景兩得。（譚浚《說詩》卷中）

　　所謂「情景適會」，這個「適」字的含義是雙向的：一方面是客體適合於主體，景適於情，也即王夫之所謂「唯意所適」，譚浚所謂「景適性情」；另一方面是主體適合於客體，情適於景，「情以景生」、「情融景物」。「適」字的又一含義，是雙方自然而就，不帶絲毫勉強，「觸景以生情，而不迫情以就景」（李維楨《青蓮閣集序》）。主客體經過如此的雙向選擇，互相適合，從而達到主客溝通，「景與意會」，拍合無間。
　　「情景交融」要求創作態度不急功好利，而應在「即景會心」的審美觀照過程中有待「興」的到來，「興」起而作，「興」盡而止。王夫之說：「一用興會標舉成詩，自然情景俱到。」（《明詩評選》卷六）所謂「興」或「興會」是「情景適會」、「心」、「物」溝通，審美意象一

且形成而產生的一種強烈的創作衝動，它包含著互相關聯的兩方面意思：一是強調詩人身臨其境、應感觸發的直接體驗，所謂「情景相觸而成詩」（謝榛《四溟詩話》），「只於心目相取處得景得句，乃為朝氣，乃為神筆」（王夫之《唐詩評選》卷三）；二是憑藉靈感，抓住剎那間的情景變化和稍縱即逝的聯想：「當其觸物興懷，情來神會，機括躍如，如兔起鶻落，稍縱即逝，有先一刻後一刻不能之妙。」（王士禎《師友詩傳錄》）謝榛認為，詩中佳句往往興發偶得：「詩有天機，待時而發，觸物而成，雖幽尋苦索，不易得也。如戴石屏『春水渡傍渡，夕陽山外山』，屬對精確，工非一朝，所謂『盡日覓不得，有時還自來』。」（《四溟詩話》卷二）所以在「興會」的作用下，寫詩應當是輕鬆愉快、自然而成的事，所謂「興起意生，意盡言止」。因此，「興」與「情景適會」是緊密連繫在一起的，它與刻意求成、急功近利的心態是相反的：「興在有意無意之間」（王夫之《薑齋詩話》卷一），「入興貴閒」（《文心雕龍》〈物色〉），「如詩未成，待後有興成，卻必不得強傷神」（《文鏡秘府論》〈論文意〉）。

對「即景會心」的審美觀照，王夫之用「現量」一詞來概括其特點。他舉王維兩首詩的詩句為例，一首是《使至塞上》：

單車欲問邊，屬國過居延。
征蓬出漢塞，歸雁入胡天。
大漠孤煙直，長河落日圓。
蕭關逢候騎，都護在燕然。

這首詩是王維受唐玄宗之命，以監察御史的身分，出使邊疆時所作。當時河西節度使崔希逸戰勝吐蕃，王維受命前往慰問。雖然旅途

荒涼，行程孤寂，有征蓬出塞之感，但因戰事獲勝，身負重任，心中不免帶有一份喜悅和自豪。「大漠孤煙直，長河落日圓」，即是詩人身處沙漠即目所見，並非心中預先擬構的，所以王夫之說它「初無定景」；但這兩句由審美觀照所得之景，乃心有豪放之情的眼睛之所觀。「大漠孤煙」用一「直」字，既寫出烽火台燃燒狼煙的特點，又表現著一種堅毅、勁拔的情感力度。「長河落日圓」，既寫沙漠之寥廓，又抒發著一種闊大的胸襟；落日本易引起傷感之情，此處用一「圓」字，不但顯出夕陽之美，而且給人一種溫潤親切的氣息，其中包含著作者的一種積極的感情。所以「現量」之景，既是即目所見之景，又是內心表露之景，是「心」、「物」在瞬間的一種拍合。再看王夫之所舉之另一例，王維《終南山》：

太乙近天都，連山接海隅。
白雲回望合，青靄入看無。
分野中峰變，陰晴眾壑殊。
欲投人處宿，隔水問樵夫。

此詩是王維遊歷終南山，身處實境之所得。所歷時間是一日，所歷旅程是由遠而近、由外而內、由低登高。開首兩句寫遠眺所見，誇張地描寫終南山之高之遠。三、四兩句是由遠而近、進入山中之所見所感。身處山中，環看四周景色，皆被白雲包圍，可是走進去一看，美景在目，雲霧（「青靄」）又消失了。五、六兩句是登上「中峰」最高處所見：俯覽山勢變化，隨著日色推移，峰壑陰晴不同。收尾「欲投人處宿，隔水問樵夫」，流連景色，樂而忘返，忽然已是黃昏時節，才想到要找個人家投宿。情急之中，只見溪水對面走來一樵夫，便趕

緊向他發問。王夫之稱此兩句是「初非想得」，並非事先憑空構想所得，而是身處此境，「情」與「景」會之句。寫景之中隱含有「我」，「我」欲投宿，「我」問樵夫，而且表現著「我」在暮色之中的焦急之情。所以「隔水問樵夫」之句，既是即目寫景，又是內心情感的體現，王夫之稱此為「禪家所謂之現量也」。

「現量」本是佛教法相宗的一個哲學概念，王夫之精通佛理，借此概念以說明「即景會心」的審美觀照之心理特點。

「現量」屬法相宗「三量」之一。「三量」為「現量」、「比量」、「非量」，是禪家關於思維方式與認識過程的學說。王夫之為闡揚法相宗的學說，作《相宗絡索》一書，其中有「三量」條，解釋如下：

現量，現者有現在義，有現成義，有顯現真實義。現在不緣過去作影；現成一觸即覺，不假思量計較；顯現真實，乃彼之體性本自如此，顯現無疑，不參虛妄。前五根於塵境與根合時，即時如實覺知，是現在本等色法，不待忖度，更無疑妄，純是此量。

比量，比者以種種事比度種種理；以相似比同，如以牛比兔，同是獸類；或以不相似比異，如以牛有角比兔無角，遂得確信。此量於理無謬，而本等實相原不待比，此純以意計分別而生。

非量，情有理無之妄想，執為我所，堅自印持，遂覺有此一量，若可憑可證。

先說「比量」與「非量」。「比量」是通過比較、分析而把握事物的一般性或特殊性的理性思維，通過對事物的分解、抽象而達到對事物的合理認識，即所謂「以意計分別而生」、「以種種事比度種種理」而臻於「於理無謬」。「非量」是偏執於一己之情慾，為情所惑，於理

背悖之妄想，也就是說，是一種執迷不悟、完全錯誤的認識。「現量」
則不同，它是能夠直通佛性、認知「真如」（佛教真理）的一種思維。
王夫之《薑齋詩話》〈夕堂永日緒論內編〉說：「禪家有三量，唯現量
發光，為依佛性；比量稍有不慎，便入非量。」所謂「現量」，實際就
是一種感性直覺思維，禪家認為佛性真如是不可分解的，只有這種思
維才能從整體上頓悟宗教真諦，因為一用理智思考，就會執著於人間
的有無、得失、生死、是非等觀念，不能進入超越塵根的般若自由境
界。

這種「現量」，也就是禪家所謂的「智慧觀照」：「用智慧觀照，
於一切法，不取不捨，即見性成佛道。」（《五燈會元》卷四十八）根
據《相宗絡索》的解釋，「現量」的特點有三：

一是「現在義」。什麼是「現在義」呢？「現在，不緣過去作影。」
所謂「作影」，就是過去的經歷所留下的印象、影子。它強調現時現地
知覺的直觀性，不依賴於過去的經驗和知識。但是王夫之在借用法相
宗的「現量」術語來說明詩歌藝術思維的特點時，對其內涵是有所改
造的。因為詩歌創作不是禪家證悟，不可能割斷與過去生活經驗和印
象的連繫，也就是說，不可能沒有基於過去生活經歷基礎上的想像。
所以王夫之把「現量」用於藝術思維時，就「現在義」而言，是強調
一種當下、現場的直接感知，而並不排斥合理的想像。比如他就主張
寫詩要善於「取影」或「影中取影」。他引用王昌齡《青樓曲》一詩：
「白馬金鞍從武皇，旌旗十萬獵長楊。樓中少婦鳴箏坐，遙見飛塵入建
章。」王夫之認為詩的後兩句，乃是詩中少年自矜得意，想像自己隨從
皇帝打獵歸來，婦女擁樓觀看，直到他的馬騎煙塵隨著皇帝進了建章
宮。所以王夫之評道：「想見少婦遙望之情，以自矜得意，此善於取影
者也。」所謂「取影」，就是調動生活積累而進行藝術想像。他進而看

到了這種聯想、想像的曲折、複雜的過程，他稱之為「影中取影」。他引了《詩經》〈小雅〉〈出車〉中的一節：

> 春日遲遲，卉木萋萋；
> 倉庚喈喈，采蘩祁祁。
> 執訊獲醜，薄言還歸。
> 赫赫南仲，玁狁於夷。

王夫之評道：

> 征人歸矣，度其婦方采蘩，而聞歸師之凱旋。故遲遲之日，萋萋之草，鳥鳴之和，皆為助喜。而南仲之功，震於閨閣，室家之欣幸，遙想其然，而征人之意得可知矣。乃以此而稱南仲，又影中取影，曲盡人情之極至者也。[3]

所謂「影中取影」，也就是想像中的想像。詩中的主人公想像自己隨南仲打了勝仗歸去，自己的妻子正在路邊采蘩；又進一步想像妻子采蘩之時也在想像丈夫得勝歸去的盛況。詩人稱頌南仲武功之意，徵人的得意之情，通過對於想像之中妻子采蘩景況的描寫，曲折形象地表現出來了。二是「現成義」，即所謂「一觸即覺，不假思量計較」，是在與事物的接觸中剎那間獲得的感性直覺，其中沒有理性思維的參與，也就是下文所説「如實覺知」，「不待忖度」。上面説過，佛教的直

3　王夫之：《薑齋詩話》卷一，《四溟詩話·薑齋詩話》，人民文學出版社1961年版，頁141。

證參悟是絕對排斥理性思維的，而藝術創作中的審美觀照是把理性思維抑制在潛意識之中而不浮現，因此也是不待理性思維參與的。這種意境創造的直覺性，在形式上與佛教「現量」十分相似。王夫之說：「與物方接之時，即以當前之境，生其合時之宜，不預設成心以待之也。」（《莊子解》〈德充符〉卷五）強調親臨此境所獲得的鮮活的第一印象，排斥事先的觀念「成心」，「只於心目相取處得景得句，乃為朝氣，乃為神筆」（《唐詩評選》卷三）。所以王夫之在詩評中多次肯定「只寫現量」，描繪「當時現量情景」。他批評王籍的名句「蟬噪林逾靜，鳥鳴山更幽」（《入若耶溪》），也是因為用「逾」、「更」二字有抽象、比較的理性觀念在內，所謂「預設成心」，屬於「比量」，而非「現量」直覺：「『逾』、『更』二字，斧鑿露盡，未免拙工之巧。非、比二量語，所攝非現量也」（王夫之《古詩評選》卷六）。

三是「顯現真實義」。「顯現真實，乃彼之體性本自如此，顯現無疑，不參虛妄。」也就是如實地顯現事物的「彼之體性」，沒有一點虛假。法相宗認為，人的前「五識」，即眼、耳、鼻、舌、身五種感覺器官的感知覺是最可信的，所謂「見色果色，聞聲果聲，知味果味，覺觸果觸」（《相宗絡索》），因此通過五官感知顯現於前的事物的「自相」是最真實的。但佛學「真實」的含義並非到此為止，而是由感知的物「自相」通往「真如」之境（宗教最高精神境界），所以「現量」是「真如之現量」（《相宗絡索》），「現量」是把物「自相」連同「真如」之境一起顯示的，這是「現量」的「顯示真實義」之所在。然而佛學的「現量」不僅排斥主體理智的參與，而且排斥主體情感的參與，否則就成了「比量」或「非量」。但當王夫之把「現量」作為詩學範疇來使用的時候，情況就有了不同。一方面王夫之強調詩歌的「現量」原則是要寫「眼前光景」（《古詩評選》卷六），但另一方面又認為在事物實相

的顯示中應有詩人自己的情感融入，有「我」的存在。如云：

> 弔古詩必如此乃有我位，乃有當時現量情景。[4]
>
> 如此作（引者按：指杜甫《野望》）自是野望絕佳寫景詩，只詠得現量分明，則以之怡神，以之寄怨，無所不可，方是攝興觀群怨於一爐錘，為風雅之合調。[5]

「現量情景」之中應「有我位」，有主體的情感存在。比如杜甫的七律《野望》：

> 西山白雪三城戍，南浦清江萬里橋。
> 海內風塵諸弟隔，天涯涕淚一身遙。
> 唯將遲暮供多病，未有涓埃答聖朝。
> 跨馬出郊時極目，不堪人事日蕭條。

此詩為西元七六二年杜甫避亂梓州返回成都時所作。王夫之認為這是騎馬出郊、極目野望的「絕佳寫景詩」，特別是開頭兩句，首句寫騎在馬上抬頭望見岷山頂上的皚皚白雪，遙想蜀邊三城佈滿戍防的兵卒；次句寫騎馬野望，身經南浦、錦江、萬里橋等地，滿目是「不堪人事」的「蕭條」景象。但「詠得現量分明」的寫景在這裡並不是孤立的，而是「以之怡神，以之寄怨」，抒發著詩人孤身漂泊、暮年多病的悲痛，對相隔千里的兄弟的思念，和未能在戰亂中為國效力的遺

4　王夫之：《明詩評選》卷四，評皇甫涔《謁伍子胥廟》。

5　王夫之：《唐詩評選》卷三，評杜甫《野望》。

憾。這樣的詠眼前景，就絕不是純粹的法相宗的「現量」了。

所以，「現量」在王夫之的詩論中已經不是一個宗教概念，而是一個藝術美學範疇了；或者說，他把一個宗教範疇改造成為一個藝術範疇，以此來說明審美觀照和藝術創作中感性直覺思維的特點。這是王夫之的一個創舉。在此之前，嚴羽雖然認識到了「詩有別材，非關理也」，企圖用「妙悟」、「興趣」來說明藝術思維的特點，但畢竟空靈飄忽，語焉不詳，缺乏一種嚴密的、邏輯概念的論證。王夫之的「現量」說，則借用佛學因明學的理論成就，對作為藝術思維的主幹的感性直覺思維的特點，作了概念明晰的論述和內涵的界定，而且在具體的詩評中又作了某些修正和補充，這就使王夫之的審美「現量」說具備了比較科學的內涵：有「現在義」而不排斥想像，有「現成義」而不假借理性思維，有「顯現真實義」而不排斥主體情感。

藝術中的感性直覺思維，有著與王夫之「現量」藝術範疇相似的特點：它的直接性，不加推論；它的情感性，形象性；它的快速性，瞬間完成；它的自然性，隨意而成，而無艱苦努力過程。這種感性直覺思維雖然不依賴於理性，但它也能達到對事物本質層次上的真實把握。上面說過，佛教「現量」的「顯現真實義」並不止於物之「自相」，而且顯示著佛教「真如」的真實，也就是通過直覺而把握宗教真理。《相宗絡索》說，「顯現真實」是顯現事物的「彼之體性」。

事物的「體性」，包含著形象（「體」）與本質（「性」）在內，二者一起顯示，方為「真實」。如果剔除其中的宗教含義，恰好說明感性直覺思維不但是對眼前事物形象的直接觀照，而且可以實現對事物本質的感性把握。所以，作為藝術範疇的「現量」，不但包括對事物外在特徵的直接感受能力，而且也包括對事物內在本質的直接領悟能力。之所以如此，是因為感性直覺雖然沒有理性的直接參與，但它與理性

並不對立。理性以潛在的形式，壓縮並省略了思維的操作過程而消解在感性之中，因而有時同樣可以到達真理的彼岸。

應當說，中國傳統的抒情小詩，如五律、七律、絕句、小令詞等，其創作過程是可以只用感性直覺思維來完成的。但是在其他較為大型、復雜，尤其是敘事和戲劇等文體中，其創作思維雖然以感性直覺思維為主幹，但同時也交錯著理性的邏輯思維。王夫之提出的「即景會心」的審美觀照所採用的「現量」這種感性直覺思維，只能是就抒情小詩而言的。在「現量」直覺中，順寫現景，融入自我，從而走向「情景交融」。

第二節　交融之途

除「即景會心」之外，具體說來，達到「情景交融」的方法和途徑又有哪些呢？

達到「情景交融」，其基礎是情真、景真。清代況周頤說：「真是詞骨。情真、景真，所作必佳。」[6]王國維認為：「能寫真景物、真感情者，謂之有境界。」（《人間詞話》）無論是景是情，都要真實無偽，才有可能實現情景交融。真實的情感發自內心，真實的景象來自生活，這就離不開身之所歷，目之所見。如宋代周紫芝評杜甫詩句：

余頃年游蔣山，夜上寶公塔，時天已昏黑，而月猶未出，前臨大江，下視佛屋崢嶸，時聞風鈴，鏗然有聲，忽記杜少陵詩：「夜深殿突

6　況周頤：《蕙風詞話》卷一，《蕙風詞話》〈人間詞話〉，人民文學出版社1982年版，頁6。

兀，風動金琅璫。」恍然如己語也。又嘗獨行山谷間，古木夾道交陰，唯聞子規相應木間，乃知「兩邊山木合，終日子規啼」之為佳句也。又暑中瀨溪，與客納涼，時夕陽在山，蟬聲滿樹，觀二人洗馬於溪中，曰：此杜少陵所謂「晚涼看洗馬，森木亂鳴蟬」者也。此詩平日誦之，不見其工，唯當所見處，乃始知其為妙。作詩正要寫所見耳，不必過為奇險也。[7]

　　詩之景如此，畫之景也如此。畫家須多遊山水，廣采自然之景，方有生氣。清代畫論家盛大士云：「畫家唯眼前好景，不可錯過。蓋舊人稿本，皆是板法。唯自然之景，活潑潑地。故昔人登山臨水，每於皮袋中置描筆在內，或於好景處，見樹有怪異，便當模寫記之，分外有發生之意。登樓遠眺，於空闊處看雲彩，古人所謂天開圖畫是也。」（《谿山臥遊錄》）寫景狀物，貼近自然，方可妙奪造化。然而欲能如此，又必須傾注以真實之感情。正如王國維所說：「其寫景物也，亦必以自己深邃之感情為之素地，而始得於特別之境遇中，用特別之眼觀之。」（《屈子文學之精神》）總之，真實無偽的情和景，離不開當前的生活，離不開對生活的真實感受。然而情景不是凝固的，所遇而生，隨境而變，誠如清代黃子雲所說：「一日有一日之情，有一日之景，作詩者若能隨境興懷，因題著句，則固景無不真，情無不誠矣。」[8]這就要求所寫之景乃「現在」所見，所抒之情乃與景相關的「現在」之情。清代歸莊云：「情真景真，從而形之歌詠，其詞必工；如舍現在之情景，而別取目之所未嘗接，意之所不相關者，以為能脫本色，是相率

7　周紫芝：《竹坡詩話》，何文煥輯：《歷代詩話》（上）。中華書局1981年版，頁343。

8　黃子雲：《野鴻詩的》，《清詩話》（下），中華書局1963年版，頁857。

而為偽也。」（《眉照上人詩序》）李漁也強調真情實景要從「現在」出發：

> 作詞之料，不過情景二字，非對眼前寫景，即據心上說情。說得情出，寫得景明，即是好詞。情景都是現在事，現在不求，而求諸千里之外、百世之上，是舍易求難，路頭先左，安得復有好詞？[9]

但是，並不是所有真實之情、真實之景都可以成為「情景交融」的基礎。來自生活之情，取自生活之景都要經過選擇。袁宏道云：

> 夫情無所不寫，而亦有不必寫之情；景無所不收，而亦有不必收之景。知此，乃可以言詩矣。[10]

這就是說，詩中所寫的真實之情應該是美的感情，醜惡之情即使它很真實，也屬於「不必寫之情」，是不應進入詩歌的。王國維說：「詞乃抒情之作，故尤重內美。」（《人間詞話》）王夫之在反對以庸俗、名利之心入詩的同時，也批判「將身化作妖冶女子，備述衾禂中醜態」的卑俗景象描寫（《姜齋詩話》卷二）。

具體說來，實現「情景交融」的途徑有以下幾個方面：

一、情理與物理的溝通

「情景交融」從根本上來說，是主客體在審美過程中的合二而一。主客體合二而一在藝術上的表現，便是「情景交融」之意象的產生。

9　李漁：《窺詞管見》，唐圭璋編：《詞話叢編》（一），中華書局1986年版，頁554。
10　袁宏道：《蔡不瑕詩序》，《珂雪齋近集》卷三，上海書店1982年版，頁32。

所以在作為主體的「情」與作為客體的「景」之間，必須找到二者雙向交流中的交叉點與紐結點，主客體才能消失界限，豁然溝通，融而為一。這個交叉點和紐結點便是「理」。這個「理」並不是抽象化的概念或理念，而是包含在主體情意和客體事物之中的一種內在屬性，也就是要找到特定的主體情意與客體事物之間內在屬性的一致性、共同點。

所以，這個「理」對於主體的情感來說，就是「情理」；對於客體的事物來說，就是「物理」，「理」是情理與物理的統一。換句話說，對主體「情理」的描寫，要符合客體的「物理」；而對客體「物理」的描寫要能夠體現主體的「情理」。作為主客體內在的共同點、一致性，「理」就把主體之情意與客體之事物溝通起來，從而使主客體感應融合，構成「情景交融」的藝術形象。用劉勰的話來說，就是：「物以貌求，心以理應。」（《文心雕龍》〈神思〉）「心」與「物」、「情」與「景」，通過「理」而達到二者合一。比如《詩經》〈周南〉〈桃夭〉這首詩是描寫新嫁的少女的，全詩以「桃之夭夭，灼灼其華」為中心意象，反覆出現。這一意象，既符合長成不久的新桃的「物理」：「夭夭」是新桃柔軟稚嫩的樣子，嫩桃開花十分繁茂，桃樹一老，蟲蠹液凝，開花就少，所以「灼灼其華」也只能是嫩桃所開的花；又符合讚美新娘青春年少、豔如桃花的「情理」。既寫出桃花初放時如火欲燃的熱鬧景象，符合新桃開花的「物理」，又貼切地顯示出新嫁少女的火熱心情，符合新婚喜慶的內心「情理」。

又如《詩經》〈小雅〉〈采薇〉中「昔我往矣，楊柳依依」的意象，一方面符合初春嫩柳枝條柔軟、隨風擺動的「物理」，另一方面又真切地體現了出征戰士與家人依依不捨的「情理」。所以這「情理」與「物理」統一的「理」，正是「情景交融」的交叉點與紐結點。把握住特定

之「情」與特定之「景」的這一交叉點與紐結點，情景也就自然走向交融。杜甫《水檻遣心二首》中「細雨魚兒出，微風燕子斜」，宋代葉夢得《石林詩話》稱之為「緣情體物」、情景交融的名句。從「體物」而言，它深得「物理」，如葉夢得所說：「細雨著水為漚，魚常上浮而淰。若大雨，則伏而不出矣。」、「漚」為水泡，細雨著水起泡，魚兒以為有餌食浮於水面，故歡欣跳躍（「淰」）而上浮；如果下大雨，魚兒因驚嚇而伏於水底，哪肯出來？「燕體輕弱，風猛則不勝，唯微風乃受以為勢，故又有『輕燕受風斜』之句。」身體輕弱的燕子，只有迎著微風，才會有斜飛的姿態。如果刮著猛烈的大風，燕子體輕力弱，根本不能頂風而飛，哪來輕斜的姿態呢？所以這兩句詩對「物理」的把握十分準確、精微。但這種「物理」又是與杜甫此時的心理相通相融的。此詩作於杜甫在成都郊外築室初成之時，坐在草堂的水檻上臨水眺望。詩人經過長期顛沛流離，現在終於有了一個安身之處，心中浮起一股欣慰、閒適之情，因而與眼前的春風細雨、燕飛魚躍熙然相合，所以又是「緣情」之句。「緣情」和「體物」的結合，也就是「情」與「景」的交融溝通。

相反，如果違背了「情理」或「物理」，「情景交融」就會受到破壞。金代王若虛對黃庭堅的一首詞提出了如下批評：

山谷贈小鬟《蓬山溪詞》，世多稱賞。以予觀之……「婷婷裊裊，恰近十三餘。」夫「近」則未及，「餘」則已過。無乃相窒乎！「春未透，花枝瘦。」正謂其尚嫩，如「荳蔻梢頭二月初」之意耳，而云「正是愁時候」，不知「愁」字屬誰？以為彼愁邪，則未應識愁；以為己愁

邪，則何為而愁！……理皆不可通也。[11]

黃庭堅《驀山溪》〈贈衡陽妓陳湘〉全詞如下：

鴛鴦翡翠，小小思珍偶。眉黛斂秋波，盡湖南山明水秀。婷婷裊裊，恰近十三餘；春未透，花枝瘦，正是愁時候。尋芳載酒，肯落誰人後？只恐晚歸來，綠成蔭，青梅如豆。心期得處，每自不隨人；長亭柳，君知否？千里猶回首。

王若虛批評此詞的上半闋於「物理」、「情理」皆有背謬。寫妓女陳湘「婷婷裊裊，恰近十三餘」，在年齡上自相矛盾，「『近』則未及，『餘』則已過」，到底是過了十三歲，還是不到十三歲呢？黃庭堅此句，是襲用杜牧《贈別》詩之句而來：「娉娉裊裊十三余，荳蔻梢頭二月初。春風十里揚州路，捲上珠簾總不如。」杜牧此詩前兩句是「情理」與「物理」相融相洽的佳句，詩中所寫的妓女體態裊娜，體質嫩稚，年齡方過十三，正是弱齡少女，這與二月初春，枝頭含苞待放的紅色荳蔻花蕾恰好相似相通。但黃庭堅襲用之後，如王若虛所指出的那樣，不但在年齡上自相窒塞、矛盾，而且在情理上也不通。下文緊接著說「春未透，花枝瘦，正是愁時候」，是誰「愁」呢？按上下文，應是指妓女，可是妓女年方十三歲左右，正是少女不識愁滋味的時候，豈非於情理不通？所以王若虛認為，上半闋此句，無論於「物理」還是「情理」，「理皆不可通也」。

11　王若虛：《滹南詩話》卷下，《六一詩話·白石詩說·滹南詩話》，人民文學出版社1962年版，頁85。

二、物人雙擬

這是通過以人擬物，或以物擬人的手法，實現「情景交融」。宋代魏慶之《詩人玉屑》卷九說：「白樂天《女道士詩》云：『姑山半峰雪，瑤水一枝蓮。』此以花媲美婦人也。東坡《海棠》云：『朱唇得酒暈生臉，翠袖卷紗紅映肉。』此以美婦人比花也。」白居易的詩是詠女道士的，「姑山半峰雪」，是將女道士的皮膚比擬作仙山上的雪，晶瑩潔白；「瑤水一枝蓮」，是將女道士的身姿臉容比擬成仙境瑤池中的蓮花。這是以人擬物，把美婦人比作白雪和蓮花。蘇軾的詩是詠海棠的，說海棠花的顏色白裡透紅，猶如美女喝酒後臉上透出的紅暈，猶如薄紗翠袖下美女手臂的肉色。這是以物擬人，把花比作美婦人。上述情景交融的詩句，表達的都是詩人的一種讚美、愛憐之情。李漁《窺詞管見》則云：

> 詞雖不出情景二字，然二字亦分主客。情為主，景是客，說景即是說情，非借物遣懷，即將人喻物。有全篇不露秋毫情意而實句句是情、字字關情者。

在「情」、「景」關係之中，不管是「情」顯於「景」或「情」隱於「景」，「情」總是處於主導的地位，因為「說景即是說情」，寫景是離不開情意的表達的。但「情」、「景」結合的手法有「借物遣懷」與「將人擬物」的分別。所謂「借物遣懷」，往往是將物擬人化，也就是以物擬人，通過景物對人的比擬來表現情感，所以情感色彩比較明顯。比如杜甫《春望》中「感時花濺淚，恨別鳥驚心」，以花、鳥擬人，花鳥為亂世而感傷、怨恨。又如宋代兩位詞人的名句：「雲破月來花弄影」（張先《天仙子》），「紅杏枝頭春意鬧」（宋祁《玉樓春》），

花在月下搔首弄姿，紅杏因春天的到來而高興喧鬧，都是將物擬人化，前者傳達出一種自憐自愛的得意之情，後者流露出一種欣喜熱烈之情。前面曾列舉的陸游《卜算子》〈詠梅〉，通首以梅擬人，將梅花人格化了，說它「寂寞」，說它「獨自愁」，說它「無意爭春」，把梅花寫得像人一樣，具有人的感覺和情意。這裡的梅花，就是與世無爭、自甘寂寞、孤芳自賞、品格高潔的人。這都屬於「借物遣懷」，或以物擬人。

李漁所說的「將人喻物」則相反，這是以人擬物，把人比擬為相應的一種物，曲折含蓄地表現出人的某種思想感情。比如唐代駱賓王因上抒論事觸怒了武則天而下獄，在獄中聞蟬鳴，作《詠蟬》詩，將自己比作秋蟬，雖有高潔之心，深沉之唱，但「露重飛難進，風多響易沉」，猶如秋蟬因露水濃重打濕了翅膀而難以進飛，因秋風強勁而壓住了它的鳴聲，托物寄興，暗示自己受環境壓制，政治上不得志。又如張九齡作《歸燕詩》，有如下記載：

張九齡在相位，有謇諤匪躬之誠。明皇怠於政事，李林甫陰中傷之。方秋，明皇令高力士持白羽扇賜焉，九齡作《歸燕詩》貽林甫曰：「海燕雖微眇，乘春亦暫來。豈知泥滓賤，只見玉堂開。繡戶時雙入，華軒日幾回。無心與物競，鷹隼莫相猜。」林甫知其必退，恚怒稍解。[12]

張九齡以己擬燕，把自己身居相位，比作燕子乘春暫來，無意中飛入「玉堂」、「華軒」，不久即將離去。自己無意久居相位，沒有與他

12　阮閱：《詩話總龜》卷十七，人民文學出版社1987年版，頁194-195。

人一爭高低之心，故而「鷹隼」（暗指李林甫）無須猜忌。李林甫自然讀懂了這首詩，所以「恚怒稍解」。這樣的詩，含意十分曲折隱蔽，如李漁所説，「全篇不露秋毫情意，而實句句是情，字字關情者」。

三、景物情感化與情感的物化

景物情感化，也就是化景物為情思。景物為實，情思為虛，化景物為情思，也就是化實為虛。范晞文《對床夜語》説：

《四虛序》云：「不以虛為虛而以實為虛，化景物為情思，從首至尾，自然如行雲流水，此其難也。否則偏於枯瘠，流於輕俗，而不足采矣。」姑舉其所選一二云：「嶺猿同旦暮，江柳共風煙。」又：「猿聲知後夜，花發見流年。」若猿，若柳，若花，若旦暮，若風煙，若夜，若年，皆景物也，化而虛之者一字耳，此所以次於四實也。

「四實」、「四虛」之説，是宋代周弼在《三唐詩選》中提出來的。《四虛序》為周弼所作。景物為「實」，情感為「虛」。所謂「四虛」，就是律詩的中間四句皆為抒情之句。但周弼認為，如果單純地抒發感情，就情説情，也就是「以虛為虛」，就會「偏於枯瘠」——乾癟抽象，是不可取的；應當「化景物為情思」，讓景物化為情感的替代物，以景傳情，這就是「化實為虛」。

寫景也一樣，如果孤立地寫景，就景繪景，以實為實，就會顯得呆滯壅塞，死氣沉沉，如范晞文所説，「虛者枯，實者塞」（《對床夜語》卷二），因此必須虛實相濟，情景交融。范晞文對周弼提出的「化景物為情奇」式的景物連綴，景物也就化為某種形象生動的情思。如溫庭筠《商山思》，從語詞結構的方法予以解釋。他説，「化而虛之者一字耳」，這一個字，指動詞、謂語詞。也就是説，在景物描寫的詞組

中，插上恰當的動詞、謂語詞，就可以使景物帶上情感色彩，化實為虛。他舉周弼所選的唐代劉長卿《新年作》詩句為例：「嶺猿同旦暮，江柳共風煙」，其中「嶺猿」、「旦暮」、「江柳」、「風煙」都是景物，可是在「嶺猿」與「旦暮」之間插入謂詞「同」、在「江柳」與「風煙」之間插入謂詞「共」之後，景物就轉化為一種情思，感嘆生活的單調與寂寞，天天只與「嶺猿」、「江柳」做伴，共「風煙」，同「旦夕」。另外兩句也如此，用了動詞「知」、「見」之後，景物便化為歲月在寂寞中流逝的嘆息了。范晞文所說，可稱之為「化實為虛」的語詞結構法。

還有一種化實為虛，使景物轉化為情思的方法，可稱之為「蒙太奇」式景物連綴法。一連串的景物形象，互相跳躍式地連接，之間留有空隙。但它又如珠之連綴成串，中有暗線貫通，這便是情意。經過這樣的「蒙太早行》中的名句「雞聲茅店月，人跡板橋霜」，每句皆有三種景物，猶如三個鏡頭的跳躍搖接，聯貫成一幅幅畫面，而暗中傳達的卻是行旅之人的辛苦之情。兩句之中的六樣景物，便是由行旅之人的夙醒曉行的動作、感受來排列的：聞「雞聲」而起床，出門一看，「茅店」之上還高掛著「月」兒；走近小河「板橋」，橋上蒙「霜」，霜上留下了過橋的「人跡」足印。飲風餐露，辛苦之情可見。馬致遠的《天淨沙》：「枯藤老樹昏鴉，小橋流水人家，古道西風瘦馬，夕陽西下，斷腸人在天涯。」一連串的景物連綴，用漂泊天涯的斷腸人的情緒來貫穿，也是用景物「蒙太奇」式結構，達到「化景物為情思」的佳例。

化景物為情思是化實為虛，而情感的物化則是化虛為實。情感本來是看不見、摸不著的東西，如果以虛為虛，有情無景，情感的表現就會抽象化。「情景交融」就是要使情感凝聚在景物之中，化情為景，

使情感物化。比如「愁」這種情感，如果用「愁」字來表白，這只是一種抽象的概念，索然無味。如果將它物化，就變成具體的，可以生動地感受到的東西了。如宋代羅大經《鶴林玉露》卷七所說：

> 詩家有以山喻愁者，杜少陵云「憂端如山來，澒洞不可掇」，趙嘏云「夕陽樓上山重疊，未抵閒愁一倍多」是也。有以水喻愁者，李頎云「請量東海水，看取淺深愁」，李後主云「問君能有幾多愁，恰似一江春水向東流」，秦少游云「落紅萬點愁如海」是也。賀方回云「試問閒愁知幾許，一川菸草，滿城風絮，梅子黃時雨」，蓋以三者比愁之多也，尤為新奇。

寫人的感覺也一樣，如果把心理感受用抽象的語言訴之於人，必然枯燥無味，所以也須將它物化。比如寫一個失寵的、被打入冷宮的嬪妃，深夜寂寞，難以入睡，感到長夜無盡，時間過得特別慢，這種感受在唐代詩人李益的筆下就物化為「似將海水添宮漏，共滴長門一夜長」（《宮怨》）。古代宮廷晚上以滴漏計時，長夜難明的感覺在詩中變成如海水注入滴漏，永遠也滴不完。又如白居易《琵琶行》中，把對美妙音樂的聽覺感受作了種種的物化表達：「大弦嘈嘈如急雨，小弦切切如私語。嘈嘈切切錯雜彈，大珠小珠落玉盤。」接著又說，樂曲如黃鶯在花叢中流轉啼鳴，又如冰下的流泉在幽咽哭泣：「間關鶯語花底滑，幽咽流泉冰下難。」在經過暫時的「無聲」間歇之後，突然奏響的琵琶聲，恰似「銀瓶乍破水漿迸，鐵騎突出刀槍鳴」；曲終收撥一劃，尾聲又如「裂帛」。用種種物化手法，將對樂曲的聽覺感受的各種變化，生動形象地表現出來。

在情感的物化過程中，「情景交融」的詩句也就產生了。

四、賦比興

「賦」、「比」、「興」是詩歌語言的修辭方法。構成情景交融的詩歌藝術形象，主要採用「賦」、「比」、「興」之法。明代楊慎云：「比興，景也。」（《升庵合集》卷一百四十五）這裡的「景」，是「景象」、「圖景」之意。楊慎的這句話是説：「比興」的方法，是用來構造詩歌形象的。

「賦」是對物像作直接的具體描寫，鍾嶸所謂「直書其事，寓言寫物」（〈詩品序〉），劉勰所謂「鋪采摛文，體物寫志」（《文心雕龍》〈詮賦〉）。運用逼真的「狀物」的方法來言，是「賦」這種修辭方法的主要特點，所以《文鏡秘府論》説：「賦敘物像，故言資綺靡，而文極華豔。」（〈論體〉）對事物從聲、色、嗅、味、形等不同角度，作感性的、具體描繪，這就是「賦」。詩人的情感，總是融化在對事物的描寫、鋪敘之中，從而構成「情景交融」的藝術形象。

如《詩經》〈秦風〉〈蒹葭〉：「蒹葭蒼蒼，白露為霜。所謂伊人，在水一方。溯洄從之，道阻且長。溯游從之，宛在水中央。」宋代朱熹《詩集傳》評其修辭方法為：「賦也。……言秋水方盛之時，所謂彼人者，乃在水之一方，上下求之而皆不可得。」這位「伊人」，是詩人所追求的、可望而不可即的美人，或許就是孜孜以求、卻難得實現的美好的理想。通過「賦」的鋪敘描寫，不但在「蒹葭蒼蒼，白露為霜」、秋水繚繞的畫面上，出現了一位隱約其形、飄忽不定的美人身影，而且詩人鍥而不捨、苦苦追求之情也得到了充分的表現。

如果説「賦」是描寫性語言，那麼「比」就是比喻性語言，「興」就是啟發性語言。漢儒認為「比」是一種比喻，鄭眾説是「比方於物」，鄭玄説是「取比類以言之」（《周禮註疏》卷二十三），即用一種形象的比喻來達意。如王夫之指出：「〈小雅〉〈鶴鳴〉之詩，全用比

體，不道破一句，三百篇中創調也。」（《姜齋詩話》卷二）《詩經》〈小雅〉〈鶴鳴〉全詩兩節，第一節云：

> 鶴鳴於九皋，聲聞於野。
> 魚潛在淵，或在於渚。
> 樂彼之園，爰有樹檀，其下唯蘀（引者按：指落葉）。
> 它山之石，可以為錯。

朱熹《詩集傳》卷十評曰：「比也。……此詩之作，不可知其所由，然必陳善納誨之詞也。蓋鶴鳴於九皋而聲聞於野，言誠之不可揜也；魚潛在淵而或在於渚，言理之無定在也；園有樹檀而其下唯蘀，言愛當知其惡也；它山之石而可以為錯，言憎當知其善也。由是四者，引而申之，觸類而長之，天下之理其庶幾乎！」第二節云：

> 鶴鳴於九皋，聲聞於天。
> 魚在於渚，或潛在淵。
> 樂彼之園，爰有樹檀，其下唯谷（引者按：指穀子）。
> 它山之石，可以攻玉。

朱熹評道：「程子曰，玉之溫潤，天下之至美也；石之粗礪，天下之至惡也。然兩玉相磨，不可以成器；以石磨之，然後玉之為器得以成焉。猶君子之與小人處也，橫逆侵加，然後修省畏避，動心忍性，增益預防，而義理生焉，道德成焉。」朱熹認為，此詩每一節都有四個比喻，每個比喻都隱含著某種情意。總的意思是要真誠地待人，要從正反兩方面看人，即使對方不如自己，也應吸收、借鑑其有益之處，

這樣才能成就自己高尚的德行。「它山之石，可以攻玉」，也就成為含義深刻的一句美喻成語。

「興」，漢代孔安國釋為「引譬連類」（何晏《論語集解》引），鄭眾釋為「託事於物」（《周禮註疏》卷二十三）。它把某一事理寓於所描寫的事物之中，含有某種暗示或象徵的意義，其特點是富於形象的啟發性。如《詩經》〈周南〉〈關雎〉中「關關雎鳩，在河之洲」即是「興」，用「河邊叫著的雎鳩鳥」來暗示男女青年的愛情，並引起下文男子對女子的追求。據說雎鳩雄雌不混居，「摯而有別」，所以用來暗喻真摯相愛「皎日」指《詩經》〈王風〉〈大車〉中的詩句「謂予不信，有如皎日」，把的男女青年。唐代皎然《詩式》云：「取象曰比，取義曰興，義即象下之意。」、「比」是「取象」──取外在的物像打比方，所以「比」是明喻；「興」是取「象下之意」──通過物像所含的內在意義來暗示，所以「興」是暗喻。它是一種啟發性的聯想和領悟。劉勰《文心雕龍》〈比興〉云：「比顯而興隱」，「興則環譬以托諷」。一個是明顯的比喻，一個是隱約婉轉的暗喻。

劉勰進而論述了「比興」的「擬容取心」原則，既可以「擬容」，也就是通過描繪形貌來打比方，如《詩經》〈邶風〉〈柏舟〉之「我心匪石，不可轉也；我心匪席，不可卷也。」說自己意志堅定，有主見，不像石頭，可以由人轉動；不像蓆子，可以聽任捲曲，這是取石與席的形狀來打比方。劉勰認為，「比興」在「擬容」的同時，還可以「取心」。劉勰以《詩經》為例說，「皎日嘒星，一言窮理」（《文心雕龍》〈物色〉）。意為「皎日」、「嘒星」這兩句詩中的比喻，每一個比喻都說明了一個道理。自己內心的真誠，比作如太陽之光明；「嘒星」指《詩經》〈召南〉〈小星〉中的詩句「嘒彼小星，維參與昴」，以小星烘託大星，比喻人的地位尊卑不同。通過比喻來揭示事物內在的意蘊，這就是「取

心」。

因為「興」不是明顯的比喻，它在「能指」的外形上與「所指」沒有必然的連繫，所以它的另一種用法是借景起情，如朱熹所云：「興者，先言他物以引起所詠之詞也。」（《詩集傳》卷一）先描寫一種景物，由此引起某種感情的抒發：「借景以引其情，興也。」（清代沈祥龍《論詞隨筆》）表面上看來，「景」與「情」之間風馬牛不相及，但在內涵上，發端之景物與下文所表達的情意往往有某種內在的邏輯連繫，使人產生由此及彼的聯想。如漢樂府詩《飲馬長城窟行》開首兩句：「青青河邊草，綿綿思遠道。」河邊之草與思念遠行之人本無關係，但青青春草生發不止，其性柔軟，正如思戀之情綿綿不絕，繫於遠道之人。用「興」的這種手法，便構成上述「情景交融」的詩句。

五、語詞「不隔」

語詞「不隔」是王國維提出來的。王國維認為，詩詞之語，有「隔」與「不隔」之別。《人間詞話》云：

問隔與不隔之別。曰，陶、謝之詩不隔，延年則稍隔矣。「池塘生春草」，「空梁落燕泥」等二句，妙處唯在不隔。詞亦如是。即以一人一詞論，如歐陽公《少年游》〈咏春草〉上半闋云：「闌干十二獨憑春，晴碧遠連雲，二月三月，千里萬里，行色苦愁人」，語語都在目前，便是不隔。至云「謝家池上，江淹浦畔」，則隔矣。

「隔」與「不隔」是就語詞構成的意象與所要表達的情趣之間的關係而言的。語詞意象空洞含糊，與所要表達的情趣不貼切相合，二者的關係如隔靴搔癢，人為做作，不自然，這就是「隔」。

相反，語詞意象具體、鮮明、生動，與所要表達的情趣相洽相

融，如鍾嶸所説「自然英旨」，「即目」、「直尋」（〈詩品序〉），這便是「不隔」。王國維稱陶淵明和謝靈運的詩「不隔」，顏延之的詩為「隔」，這看法便是從鍾嶸那兒來的。陶、謝、顏三位都是晉宋之間的詩人，據《太平御覽》記載，鍾嶸《詩品》原本是把陶淵明列在上品的。[13]鍾嶸評陶淵明是「篤意真古，辭興婉愜」，「世嘆其質直」[14]。陶詩質樸自然，「辭興婉愜」就是語詞意象（「辭」）與情致（「興」）的關係和順融洽（「婉愜」）。鍾嶸在評論顏延之時説他「喜用古事，彌見拘束」，又把他與謝靈運作了對比：「湯惠休曰：謝詩如芙蓉出水，顏如錯彩鏤金。」[15]所謂「鏤金錯采」，就是講究藻飾。《南史》引鮑照語，説他「雕繢滿眼」。這人工雕琢，也包括他「喜用古事」（過多使用典故）在內，所以顏詩「拘束」而不自然。謝靈運的詩「如芙蓉出水」，也就是天然去雕飾。《南史》引鮑照語：「謝公詩如初發芙蓉，自然可愛。」王國維所舉謝靈運名句「池塘生春草」（《登池上樓》）和隋代薛道衡《昔昔鹽》中「空梁落燕泥」之句，都是意象生動、自然之例。總之，他所説的「不隔」，就是抒情寫景，形象真切，「語語如在目前」。如北朝斛律金的《敕勒歌》：「敕勒川，陰山下，天似穹廬，籠蓋四野。天蒼蒼，野茫茫，風吹草低見牛羊。」草原放牧的生活情趣寓於情景交融的意象之中，溶洽無間，所以王國維説：「寫景如此，方為不隔。」（《人間詞話》）相反，不恰當地使用典故和代字，如以「桂華」代月，「劉郎」代桃，「章台」代柳等，詩的形象模糊空洞，與詩句所

13　《太平御覽》卷五百八十六「文部」：「鍾嶸《詩品》曰：『古詩、李陵、班婕妤、曹植、劉楨、王粲、阮籍、陸機、潘岳、張協、左思、謝靈運、陶潛十二人，詩皆上品。』」

14　陳延傑：《詩品注》，人民文學出版社1962年版，頁41。

15　陳延傑：《詩品注》，頁43。

要表達的情趣不相熨帖，如「霧裡看花，終隔一層」（《人間詞話》），這就是「隔」了。他認為一個人寫的詞，甚至是同一首詞中間，也會有「隔」和「不隔」同時存在的情況，如上述所引歐陽修的《少年游》〈咏春草〉，上半闋寫春天登樓，憑欄遠望，眼前春草，碧色連天，引起漂泊遠行人的無限傷心和愁思，語詞意象生動自然，「語語都在目前」，這是「不隔」的佳作。可是下半闋就不行了，王國維批評他用典不當，而且沒有新意。「謝家池上」是用謝靈運「池塘生春草」的典故，謝靈運的這首詩題為《登池上樓》，所以「謝家池上」是指春草；「江淹浦畔」是用江淹《別賦》的典故。《別賦》中有「春草碧色，春水綠波，送君南浦，傷如之何？」之句，所以「江淹浦畔」還是指春草，當然也含有春天離別之意。這兩個典故既乏新意，又形象空洞模糊，所以王國維批評他犯了「隔」的毛病。

因此我們說，語詞「不隔」，形象生動自然，是通向「情景交融」的重要途徑。

第三節　走向境界

中國古典美學重視藝術創造中主客體的感應融合，這種融合的結果便是詩藝形象的誕生。中國古代關於詩藝形象的理論，大致經歷了「意象」──「意境」──「境界」的發展脈絡，而對「情」、「景」關係的認識和處理，是貫穿「意象」、「意境」、「境界」理論的一條紅線。也就是說，「情景交融」始終是構成「意象」、「意境」、「境界」的核心。

「意象」一詞肇源於《周易》〈繫辭〉：「聖人立象以盡意。」、「象」指卦象，「意」指聖人卦問而知的天意。但卦象來源於物像，是聖人根據物像創造出來的：「擬諸其形容，像其物宜，是故謂之象。」所以後

來「象」也就指事物的「物像」或「形象」:「詩有三體。……以物像為骨。」(白居易《金針詩格》)「遺忘己象者,乃能制眾物之形象。」(孔穎達《周易正義》)最早把「意」與「象」合而為一,使「意象」成為專用的美學範疇的是劉勰。劉勰在《文心雕龍》〈神思〉中指出:「獨照之匠,窺意象而運斤。」有獨到之見的作家,是根據心中的「意象」來進行寫作的,而「意象」的創造是「神與物游」的結果。後來司空圖《二十四詩品》〈縝密〉也說:「是有真跡,如不可知。意象欲出,造化已奇。」說明「意象」的產生,是有「真跡」的,是有生活作為依據的。不過這種生活依據已經經過改造,融化在意象之中,「如不可知」,是看不出來的。因為意象不是自然和社會所固有的,而是詩人創造出來的,是十分獨特的,所以連「造化」也不免對此感到驚奇,自愧不如。

　　「意象」範疇雖由劉勰首次提出,但其實在劉勰那裡,「意象」理論就已初具規模。整部《文心雕龍》,其體系是十分複雜龐大的,但就創作論而言,卻有一個以「意象」為核心的小體系,其基石是〈神思〉與〈隱秀〉兩篇。〈神思〉篇不但提出了「意象」範疇,而且論述了「意象」的創造過程,是主體與客體在想像活動中心物感應、「神與物游」、情意與物像合而為一的結果。[16]〈隱秀〉篇則集中論述了「意象」的內涵和特徵。劉勰認為「意象」的特徵,就「意」的方面而言是「隱」,就「象」的方面而言是「秀」。所謂「隱」,就是「義主文外」、「文外之重旨」,或稱「復意」。這就是說,「意象」中的「意」具有多重性,說出的是一層,沒有說出的還有一層,甚至是兩層,這便是「思

16　關於這一問題的具體論述,可參看拙作《論〈文心雕龍〉的綱及創作心理美學體系》,載於《文心雕龍研究》第一輯,北京大學出版社1995年版。

表纖旨，文外曲致」（《文心雕龍》〈神思〉）。所謂「秀」，就是「篇中之獨拔者也」。張戒《歲寒堂詩話》所引〈隱秀〉篇佚文云：「情在詞外曰隱，狀溢目前曰秀。」可見「秀」不只是指作品中挺拔獨創的佳句秀語，而且是指十分成功的、具體生動的形象描繪。「隱」之所以具有「復意」，是因為它與「秀」結合在一起的緣故。生動具體的形象描寫直接顯示的是文內之意、象內之意，而通過藝術形象的暗示、象徵和聯想作用所領悟到的另一層含義，這就是「文外之重旨」，也就是象外之意、言外之意。反過來說，「秀」之所以為「秀」，正是因為它包含著「隱」，如劉勰所說，「深文隱蔚，餘味曲包」（《文心雕龍》〈隱秀〉），從中可以領會到「文外之重旨」，產生豐富的聯想和無窮的餘味。「隱」和「秀」的結合，就是成功的藝術意象。所以說，〈隱秀〉篇已經比較完整地論述了「意象」的內涵和特徵。圍繞著〈神思〉和〈隱秀〉，〈比興〉、〈誇飾〉等篇著重論述構成「意象」的方法；〈體性〉、〈養氣〉等篇著重論述作為「意象」構成基礎的主體因素；〈物色〉、〈時序〉等篇著重論述作為「意象」構成基礎的客體因素。

劉勰論述到的主體因素有「心」、「意」、「志」、「思」、「理」、「神」、「氣」、「才」等，但他最強調的是主體之「情」：「情者文之經」，「為情而造文」，「為情者要約而寫真」（《文心雕龍》〈情采〉）。在客體因素中，他強調「物」或「物色」。「物色」有兩種含義，有時指客觀存在的自然景物，有時指詩中的景物描寫，所以「物色」相當於後來的美學範疇「景」。

劉勰所論「情」與「物色」之關係，實即「情」與「景」之關係。

「意象」的構成離不開「情」與「物色」的交互作用：一方面是「情以物興」——觸景生情，情感隨景物的變化而變化；另一方面是「物以情觀」——用情感來觀照景物，使景物帶上情感色彩（《文心雕

龍》〈詮賦〉）。「情」與「物色」（「景」）互相交融的結果，產生「意象」。「意象」是主體之「心」、「意」與客體之「物像」的統一，所謂「寫物以附意」（《文心雕龍》〈比興〉）、「物以貌求，心以理應」（《文心雕龍》〈神思〉）。通過「物以貌求」、「寫物」而繪景，但所繪之景又是「心以理應」的，從而達到「附意」。劉勰所說的「物色盡而情有餘」（《文心雕龍》〈物色〉），用有限之景傳達出無限之情，這正是《文心雕龍》〈隱秀〉所強調的「意象」的特點。所以「隱」與「秀」的結合，實即「情」與「景」之交融。

「意象」論的進一步發展，便形成了「意境」論。應當說，「意境」論的基本內涵在唐代已經形成。

首先是王昌齡「三境」說的提出：「詩有三境：一曰物境。欲為山水詩，則張泉石雲峰之境，極麗絕秀者，神之於心，處身於境，視境於心，瑩然掌中，然後用思，了然境象，故得形似。二曰情境。娛樂愁怨，皆張於意而處於身，然後馳思，深得其情。三曰意境。亦張之於意而思之於心，則得其真矣。」（《詩格》）王昌齡首創「意境」範疇，但他所說的「意境」是狹義的，指「思之於心」的「意」（思想）之「境」。「物境」側重於對客觀事物的逼真描繪，「情境」側重於主觀情感的抒發，「意境」側重於深刻思想的表達，三者構成了廣義的詩歌「意境」。

其次是劉禹錫對「意境」之「境」的美學內涵的闡述。劉禹錫《董氏武陵集紀》云：「詩者其文章之蘊邪？義得而言喪，故微而難能；境生於象外，故精而寡和。」他認為文章之中最為含蓄蘊藉的是詩，因為一是要做到得魚忘筌，得意忘言，意在言外——「義得而言喪」，二是要做到「境生於象外」。「義得」也就是「意得」，這是說詩中要有「意」；「境生於象外」是說，詩中要有「境」。總之，詩要有意境。「意

境」如何產生呢？它「生於象外」。「象」指詩的意象，這就是說，「意境」是在「意象」的基礎上形成的，它超於「意象」之外。「意境」不僅包括若干「意象」，而且包括「意象」與「意象」之間的空間。如果說「意象」是平面的二度空間，那麼「意境」便是三維的立體空間。這就很好地說明了「意境」的特徵，以及它和「意象」的關係。

其三是司空圖提出的「思與境偕」（《與王駕評詩書》）和「象外之象，景外之景」（《與極浦書》），以及「味外之旨」（《與李生論詩書》）等有關「意境」的理論。司空圖說：「思與境偕，乃詩家之所尚者。」即「思」與「境」和諧共融，這就是「意境」。司空圖認為，「意境」是寫詩人的最高追求。他進一步論述了「意境」的內涵和特徵。一是「象外之象，景外之景」，句中第一個「象」和「景」是指作品中具體描寫的藝術景象，句中第二個「象」和「景」是指由作品的具體景象描寫所引起的、讀者憑藉其想像力在頭腦中重新構築的藝術境象，也就是「意境」。所以「意境」的創造既有待於作者的想像力，也有待於讀者的想像力。二是「味外之旨」，也就是說「意境」能引起讀者味外有味，其味無窮的感覺。[17]元代揭曼碩《詩法正宗》對上述司空圖的論述作了很精到的闡發，認為「意境」就是「境界意思」，而且要做到「意外生意」，「境外見境」：「唐司空圖教人學詩須識味外味。……人之飲食為有滋味，若無滋味之物，誰復飲食之為？古人盡精力於此，要見語少意多，句窮篇盡，目中恍然別有一境界意思，而其妙者，意外生意，境外見境，風味之美，悠然甘辛酸鹹之表，使千載雋永常在頰舌。」

17　司空圖有關「意境」的具體論述，可參看拙作《司空圖審美理論中的「三外」說》，載《社會科學戰線》1984年第2期。

由上可見，「意境」的理論在唐代已基本成熟。唐代以後進一步得到發展和應用，直到王國維的《宋元戲曲考》對「意境」範疇作了如下的總結：

何以謂之有意境？曰：寫情則沁人心脾，寫景則在人耳目，述事則如其口出是也。古詩詞之佳者，無不如是，元曲亦然。

類似的論述還見之於《人間詞話》：

大家之作，其言情也必沁人心脾，其寫景也必豁人耳目，其辭脫口而出，無矯揉妝束之態。以其所見者真，所知者深也。詩詞皆然。

王國維從言情、寫景和語詞三方面對「意境」內涵作了規範：言情要打動人心，寫景要如在眼前，文辭要自然生動，「語語明白如畫，而言外有無窮之意」（《宋元戲曲考》）。但與唐代的有關論述相比，王國維對「意境」內涵與特徵的概括並不準確，他的分析還停留在「意象」的層次上。不過，上述論述卻説明了「意境」的內核仍然是「情」與「景」二者的融合。

從唐至宋，對「意境」問題的關注比較集中在「意」與「景」關係的討論上。王昌齡《詩格》首先提出「意」應與「景」相兼相合：「景入理勢者，詩一向言意，則不清及無味；一向言景，亦無味；事須景與意相兼始好。」唐代遍照金剛《文鏡秘府論》〈論文意〉云：「當所見景物與意愜者，相兼道。若一向言意，詩中不妙及無味；景語若多，與意相兼不緊，雖理道亦無味。」都是強調「意」與「景」相愜相兼，詩方清妙有味。宋代姜夔《白石道人詩説》：「意中有景，景中有

意。」元代楊載《詩法家數》云：「寫景，景中含意；寫意，意中帶景。」強調「意境」須達到「意」與「景」的互相滲透融合。梅聖俞把「意」、「景」關係更具體化為：「含不盡之意見於言外，狀難寫之景如在目前。」（歐陽修《六一詩話》）「意」須含於「景」內、「言外」，「景」要寫得具體生動「如在目前」。「意」與「景」相融，實即「情」與「景」的交融。我們在前面曾經講到，一方面，「意」是包含著「情」在內的、主體內涵最為豐富的一個美學範疇：「意者，志之所寄，而情流行其中。」（清代朱庭珍《筱園詩話》）另一方面，中國美學把情感視為詩之本體，詩中之「意」又是依託於情感的：「意依情生，情厚則意與俱厚。」（清代厲志《白華山人詩說》）同時，自從宋代詩論家把「情」從「意」中分離出來，構成「情景」關係之時起，「情」就不是狹義的、單純直覺感性之情，而是廣義的、帶有思想義理的情感，如清代李重華《貞一齋詩說》所云：「夫詩言情不言理者，情愜則理在其中，乃正藏體於用耳。故詩至入妙，有言下未嘗畢露，其情則已躍然者。」所以，「意境」的構成以「意」與「景」的融合為基礎，其核心還是「情景交融」。詩中的「情」與「意境」是水乳交融、密不可分的：「情能移境，境亦能移情。」（清代吳喬《圍爐詩話》）情感的變化必然引起「意境」的變化；不同的「意境」必然要求不同的情感。只有從「意境」之中，方能體味到無窮的情趣。這就是唐代皎然《詩式》所說的：「緣境不盡曰情。」

在唐以後「意境」理論的發展過程中，「境界」一詞開始出現。但它在王國維之前，一直不成其為一種詩學主張和美學理論，而只是指某種藝術狀態或達到的藝術水平。直到王國維《人間詞話》標舉「境界」，予以論述和界定，「境界」說才成為繼「意象」、「意境」之後，中國美學理論的又一重要主張。

現在的一般研究者認為,「境界」與「意境」沒有什麼區別。王國維標舉「境界」,就是標舉「意境」,所以在許多研究著作中,「境界」和「意境」的概念都是混著使用的,其實這是不準確的。「境界」說當然是從「意境」論發展而來的,而且繼承了「意境」論的全部內容,但「境界」的範疇大於「意境」。也可以說,「境界」說是在新的歷史條件下對於「意境」理論的豐富和發展,所以二者不能等同。具體說來,「境界」與「意境」的不同主要有以下幾點:

第一點,「境界」說以傳統的「意境」理論為主,又受到西方思潮和美學理論的影響,這在某些美學觀點和美學範疇的運用上,都有所表現。王國維的美學思想深受康德、叔本華與尼采的影響,這種影響自然也滲透到他的「境界」說之中。康德提出「審美超利害」說,認為「美是無一切利害關係的愉快的對象」[18]。王國維的「境界」說,則視詩人之審美為「遊戲」:「詩人視一切外物,皆遊戲之材料也。然其遊戲,則以熱心為之。」[19]所以詩詞創作不能以功利為目的:「人能於詩詞中不為美刺投贈之篇,……則於此道已過半矣。」[20]因為詩之「美刺」是以政治上的功利為目的的,詩之「投贈」是以生活中的功利為目的的。正基於此,他主張:「詞人觀物,須用詩人之眼,不可用政治家之眼。」因為「政治家之眼,域於一人一事」,容易被眼前的功利所束縛;而「詩人之眼則通古今而觀之」[21],具有一種擺脫眼前功利的超越意識:「善於觀物者,能就個人之事實,而發見人類全體之性質。」

18　康德:《判斷力批判》上卷,商務印書館1985年版,頁48。

19　王國維:《人間詞話》,《蕙風詞話》〈人間詞話〉,人民文學出版社1960年版,頁243。

20　王國維:《人間詞話》,《蕙風詞話》〈人間詞話〉,頁219。

21　王國維:《人間詞話》,《蕙風詞話》〈人間詞話〉,頁238。

（《〈紅樓夢〉評論》）話雖有些片面和絕對，卻正好表明康德對他的影響。他分美的形態為兩類——「優美」與「宏壯」，認為「無我之境」屬於「優美」，「有我之境」屬於「宏壯」[22]。對美的這種分類，明顯來自康德關於美的兩大範疇的學說：「優美」與「崇高」。「宏壯」是壯美，是「崇高」的一種表現方式。

　　王國維的「境界」說，也受到叔本華的影響。他提出詩人觀物的兩種方式，即「以我觀物」和「以物觀物」。這一說法雖直接取自邵雍，但其內涵卻來自叔本華。叔本華在《作為意志與表象的世界》一文中認為，人的意志的客體化在低級狀態就產生欲求，容易產生強烈的衝動，此時人也就成了「欲求的主體」；人的意志的客體化在高級狀態，能擺脫一切束縛，達到無慾，此時人也就成了「純粹的主體」。王國維接受並發揮了叔本華的這一思想，把觀照主體分為「純粹無慾之我」和「欲之我」[23]。王國維提出的「以物觀物」，就是以「純粹無慾之我」觀物；「以我觀物」就是以「欲之我」觀物。與邵雍和叔本華不同的是，邵雍肯定「以物觀物」而否定「以我觀物」，叔本華貶低「欲求主體」而高揚「純粹主體」，王國維則改造了他們的學說，「以物觀物」和「以我觀物」在「境界」說那裡，只是觀物方式的差別，而無是否、高低之軒輊。

　　此外，「境界」說中也有尼采的蹤跡。《人間詞話》云：「尼采謂：『一切文學，余愛以血書者。』後主之詞，真所謂以血書者也。」他讚美李煜的詞是用鮮血寫成的，一是因為其真誠，二是因為其痛苦。他認為李煜是「不失其赤子之心者也」，比之於耶穌、釋迦牟尼，因為後

22　王國維：《人間詞話》，《蕙風詞話》〈人間詞話〉，頁192。

23　「純粹無慾之我」見王國維《叔本華之哲學及其教育學說》一文，「欲之我」見其《〈紅樓夢〉評論》。

者肩負著人類的痛苦。

　　至於「境界」說所包含的「主觀之詩人」、「客觀之詩人」、「理想派」、「寫實派」等範疇，更直接出自西方文學理論。

　　第二點，「意境」論是一種抒情文學理論。中國最早成熟的文學樣式是抒情詩，「意境」理論是在「詩言志」、「詩緣情」的傳統詩歌主張的基礎上發展起來的，所以在「意象」和「意境」中，主體之「意」始終處於主導地位，「以意為主」，「意在筆先」，象隨意生，境由意構，所謂「詩人必有輕視外物之意，故能以奴僕命風月」（《人間詞話》）。雖然情意的表現有顯與隱之別，但「意象」乃「人心營構之象」（清代章學誠《文史通義》〈易教下〉），「象者所以存意」（晉代王弼《周易例略》〈明象〉）、「立象以盡意」（《周易》〈繫辭上〉）的原則是一樣的。所以中國藝術講究「以象傳意」，而不在「象」之巧似。水墨寫意畫追求意境，更是強調適趣寫懷，「在意不在象」。明代岳正《畫葡萄說》云：

　　　　畫，書之餘也，學者於遊藝之暇，適趣寫懷，不忘揮灑，大都在意不在象，在韻不在巧。巧則工，象則俗矣。雖然，其所畫者必有意焉。是故於草木也，蘭之芳，菊之秀，梅之潔，松竹之操，皆托物寄興，以資自修，非徒然也。

　　所謂「古畫畫意不畫形」（宋代葛立方《韻語陽秋》引歐陽修詩），「意得不求顏色似」（宋代陳與義《墨梅詩》），「花之至清者，畫之當以意寫，不在形似耳」（元代湯垕《畫鑑》）。說的都是這個道理，為了緣情寫意，可以不求形似，以心構象。

　　「境界」則不同，它既包括「意境」，又包括「實境」；既強調「造

境」，又強調「寫境」：「有造境，有寫境，此理想與寫實二派之所由分。」[24]所謂「造境」，即從審美理想出發的意造之境；所謂「寫境」，即忠於生活的寫實之境。所以「境界」說既包括抒情文學，又包括寫實文學。

王國維在說了「詩人必有輕視外物之意，故能以奴僕命風月」之後，接著又說：「又必有重視外物之意，故能與花鳥共憂樂。」[25]前者說的是「主觀之詩人」對待生活的態度，是抒情文學主體傾向性的強烈表現；後者是「客觀之詩人」對待生活的態度，是寫實文學客體真實性的深刻表現。前者「輕視外物」，「以奴僕命風月」，這是「以我觀物」，客體服從於主體；後者「重視外物」，「與花鳥同憂樂」，也就是以花鳥之憂樂為憂樂，這是「以物觀物」，主體趨向於客體，忠實於客體。王國維進一步指出，「主觀之詩人」就是如李煜那樣的抒情詩人，「客觀之詩人」即「《水滸傳》、《紅樓夢》之作者是也」[26]。明確地把敘事文學、寫實小說如《水滸傳》、《紅樓夢》之類的作品，納入其「境界」說的範疇之中。

第三點，「意境」論強調，詩中的情意必須通過具體、生動的「境象」來體味，蘊藉含蓄，不可直說，否則便無意境、韻味可言。如清代李重華《貞一齋詩說》所言：「詩緣情而生，而不欲直致其情；其蘊含只在言中，其妙會更在言外。意立而像與音隨之。」、「境界」說則不同，它既包含有「意境」的上述要求，但又可以超越上述要求。它所強調的首先是一個「真」字，只要意真、情真，即使是直說出來，

---

24 王國維：《人間詞話》，《蕙風詞話》〈人間詞話〉，人民文學出版社1960年版，頁191。

25 王國維：《人間詞話》，《蕙風詞話》〈人間詞話〉，頁220。

26 王國維：《人間詞話》，《蕙風詞話》〈人間詞話〉，頁198。

真摯熱烈的感情能夠打動人，這也可以謂之「有境界」：

　　境非獨謂景物也。喜怒哀樂，亦人心中之一境界。故能寫真景物、真感情者，謂之有境界。否則，謂之無境界。[27]

　　為什麼呢？因為「激烈之情感，亦得為直觀之對象，文學之材料；而觀物與其描寫之也，亦有無限快樂伴之。」（《文學小言》）情感也可以成為審美的直觀對象，只要能給人以審美的愉悅（「有無限快樂伴之」），它本身便是一種美的境界。比如：「其專作情語而妙絕者，如牛嶠之『甘作一生拼，盡君今日歡。』（引者按：引其《菩薩蠻》句）顧敻之『換我心為你心，始知相憶深。』（引者按：引其《訴衷情》句）歐陽修之『衣帶漸寬終不悔，為伊消得人憔悴。』（引者按：應為柳永《鳳棲梧》句）美成之『許多煩惱，只為當時，一餉留情。』（引者按：引周邦彥《慶宮春》句）此等詞求之古今人詞中，曾不多見。」[28]上述詩句，直抒胸臆，一片摯熱赤誠，感動人心，雖無意境，但卻有境界。

　　王國維否定詩詞創作中的「游詞」。「游詞」之「游」，並非因其內容的「淫」或「鄙」，而是因為它虛假，游離於真實的內心世界，如王國維所說，對己對物都不「忠實」：「詞人之忠實，不獨對人事宜然。即對一草一木，亦須有忠實之意，否則所謂游詞也。」[29]王國維認為，情真意真之詞，即使其情意並不高雅，也不失為有境界之詞。他舉《古詩十九首》中兩首為例：

27　王國維：《人間詞話》，《蕙風詞話》〈人間詞話〉，頁193。

28　王國維：《人間詞話》，《蕙風詞話》〈人間詞話〉，頁226。

29　王國維：《人間詞話》，《蕙風詞話》〈人間詞話〉，頁242。

「昔為倡家女，今為蕩子婦。蕩子行不歸，空床難獨守。」、「何不策高足，先據要路津？無為久貧（當作『守窮』）賤，軻長苦辛。」可謂淫鄙之尤。然無視為淫詞、鄙詞者，以其真也。五代北宋之大詞人亦然。非無淫詞，讀之但覺其親切動人。非無鄙詞，但覺其精力彌滿。可知淫詞與鄙詞之病，非淫與鄙之病，而游詞之病也。[30]

上引二詩，格調低俗，淺露直白，談不上有意境，但因其赤條條的真率，誠實得可愛，可以成為境界之一種。可見「境界」的基點是真情，而「意境」的基點是真情與境象的合一。

第四點，「境界」中的「境」，其含義與「意境」中的「境」不同。「意境」之「境」，其義為「物」或「物像」。「意」為主體因素，「境」為客體因素。何以見得？王國維《人間詞話》云：「原夫文學之所以有意境者，以其能觀也。出於觀我者，意余於境。而出於觀物者，境多於意。」可見詩中之「意」，是「觀我」的結果；詩中之「境」，是「觀物」的結果。所以「意境」一詞，是「我」與「物」、主體與客體，兩方面的統一。

「境界」則不同。「境界」一詞，是由同義詞合成的。「境」也是「界」，「界」也是「境」。「境」的古字為「竟」，本義為「界」。《周禮》〈夏官〉〈掌固〉註：「竟，界也。」所以對「境界」的理解，關鍵是一個「境」字。「境」最早是指疆界、境域，後來又指生活狀況或藝術狀況。當與藝術創作連繫在一起使用「境」字的時候，「境」有兩種含義：一是指創作的客體因素，側重於外在的景象、境遇。如王昌齡《詩格》云：「用意於古人之上，則天地之境，洞焉可觀。……搜求於象，

30　王國維：《人間詞話》，《蕙風詞話》〈人間詞話〉，頁220。

心入於境。」宋代葛立方《韻語陽秋》卷十六云：「人之悲喜，雖然本於心，然亦生於境。」清代吳喬《圍爐詩話》卷一云：「詩不越乎哀樂。境順則情樂，境逆則情哀。」二是指創作的主體因素，側重於內在的情感心理狀況。如《文鏡秘府論》〈論文意〉云：「思若不來，即須放情卻寬之，令境生。然後以境照之，思則便來，來即作文。如其境思不來，不可作也。」宋代郭熙《林泉高致》云：「境界已熟，心手已應，方始縱橫中度，左右逢源。」元代方回《心境記》則云：「心即境也。」、「我之所以為境，則存乎方寸之間。」梁啟超也說：「境者，心造也。」（《自由書‧唯心》）

當「境界」說形成之後，「境」的含義有了新的變化。「境」把創作主體與創作客體連繫起來，統一於審美關係之中。此時，「境」把原有的或指創作客體因素，或指創作主體因素兩種含義融合為一，指的是處於主客體審美關係中的審美狀態，也就是在審美關係中能夠使人產生美的感覺的審美狀態。比如王國維認為「造境」與「寫境」雖屬不同的藝術境界，前者屬於理想，後者屬於寫實，但這兩種「境」都是在藝術創作的審美關係中，主客觀達到的統一。「二者頗難分別。因大詩人所造之境，必合乎自然；所寫之境，亦必鄰於理想故也。」（《人間詞話》）王國維指出，「境界」無論離開審美客體或離開審美主體，都不可能產生：

　　一切境界，無不為詩人設。世無詩人，即無此種境界。夫境界之呈於吾心而見於外物者，皆須臾之物。唯詩人能以此須臾之物，鑴諸不朽之文字，使讀者自得之。[31]

31　王國維：《人間詞話》，《蕙風詞話》〈人間詞話〉，頁251-252。

　　藝術「境界」為詩人所設，為詩人所造，離開詩人，便無「境界」。但詩人之「境界」是如何創造出來的呢？是在審美關係中，「見於外物」而「呈於吾心」，主客體統一的結果；是「須臾」出現，稍縱即逝的美的審美創造物。只有詩人能抓住它，用美妙不朽的文字把它表現在作品中，使讀者各自領會這美的境界。所以王國維把這種審美關係、審美狀態中美的「境界」的創造，視為包括詩詞在內的一切藝術的根本。有了美的「境界」，也就有了其他一切：「言氣質，言神韻，不如言境界。有境界，本也：氣質、神韻，末也。有境界而二者隨之矣。」[32]

　　把「境」視為審美關係中的審美狀態，最早始自明代藝術家祝允明。祝允明提出，詩人的審美感情，來自作為審美關係狀態的「境」。他的《姜公尚自別余樂說》一文云：

　　　身與事接而境生，境與身接而情生。屍居窐逼之人，雖□（缺字，疑當作「處」——引者注）泰華，而目不離簷楝。彼公私之憧憧，則寅燕西越，川岳盈懷，境之生乎事也；至於蠻煙塞雪，在官轍者矗矗爾；若單行孤旅，騎嶺嶠而舟江湖者，其逸樂之味充然而不窮也，情不自境出耶？情不自已，則丹青以張，宮商以宣，往往有俟於才。

　　祝允明認為，藝術是情感與才能相結合的產物。藝術情感是一種審美情感，對於這種情感的起源，他與歷來傳統的「觸景生情」、「感物起情」的說法不同。他提出「身與事接而境生，境與身接而情生」。這裡的「身」指審美主體的藝術家，「事」指審美客體的對象事物。他

32　王國維：《人間詞話》，《蕙風詞話》〈人間詞話〉，頁227。

認為孤立的「身」，或孤立的「事」，都不能成為藝術創作的情感源泉。藝術創作的情感源泉來自主體與客體互相作用而構成的審美關係中的審美狀態，即他所說的「境」。「身與事接而境生」，「境」生成於主客體的連繫之中。他舉例說，一個「尸居」不出的人，雖然他住在泰岳或華山，但他整日看到的只是房屋的簷柱而已，主體與「泰華」之山仍是隔絕的，因而不能與這種自然景色構成審美關係，「境」就不可能產生。相反，因公事或私事不得不外出奔波、勞碌於旅途的人，他必然今日在燕、明日在越（「寅燕酉越」），與大自然接觸，以至與山岳河川構成一種審美關係——「川岳盈懷，境之生乎事也」，「川岳」進入主體之「懷」，主體擁抱「川岳」，這種審美關係構成的狀態就是「境」。祝允明接著論述了情自「境」生的原理，也即藝術的審美感情產生於審美關係的狀態。審美關係狀態不同，產生的主體感受、情感也就不同。他舉例說，同樣面對「蠻煙塞雪」的客觀景物，但坐在官府的轎子裡，優哉游哉地來領略這自然風光，這種審美狀態便會產生「聶聶」之情，即沖虛平和的審美感情；相反，「單行孤旅」之人，「騎嶺嶠而舟江湖」，擺脫了坐於官府轎子的束縛，就會產生一種自由自在的「逸樂」的情趣：「其逸樂之味充然而不窮也。」

　　王國維「境界」說之「境」，與祝允明所論，基本是一致的。由此可見，「境界」之「境」的含義，比「意境」之「境」的含義，又進了一步。「意境」在字面上把主客體統一起來，「境界」則把主客體融合在一個「境」字之中了。

　　這裡不免要談到王國維的「境界」說與佛學的關係問題，對此目前學術界是有爭議的。我認為，不能說王國維的「境界」一詞直接取自佛經，因為在王國維之前，「境界」作為一個美學範疇，早已為許多詩評家所採用。但王國維在闡釋「境界」的美學意蘊時，可能受到佛

學有關「境界」思想的啟發和影響。《俱舍論頌疏》稱人的眼、耳、
鼻、舌、身、意（心）六種感覺器官為「六根」，稱這六種感覺器官的
感知覺為「六識」，稱這些感覺器官的感知能力為「功能」，又說：「功
能所托，名為『境界』，如眼能見色，識能了色，喚色為『境界』。」
這就是說，「境界」是產生在主客體的關係之中的，是外界事物進入主
體的視野之中而引起的主體直覺。「功能所托」——人的感知力所倚賴
的，有兩個方面：一是客體外物，如果沒有外物，沒有自然界的各種
顏色，就不可能「眼能見色，識能了色」，「境界」也就不可能產生；
二是作為主體的人，如果離開了人，孤立的存在物不成其為「境界」。
「境界」存在於人對事物的直覺感知之中，二者如此連繫在一起，這就
是「功能所托，名為境界」。當然，王國維只是借鑒於此而重新進行了
建構，他把「境界」從佛學的主客體關係移到了藝術創造的主客體審
美關係之中，強調藝術「境界」是審美關係中的主客觀統一，是主體
在對客體審美感知基礎上的重新創造和成功表現。但王國維認為「境
界」是詩人「呈於吾心而見於外物」的產物，「世無詩人，即無此種境
界」，這與上引佛典所說「眼能見色，識能了色，喚色為『境界』」，
就強調「境界」的主客體統一，強調「境界」是主體對客體的直覺感
知而言，二者是完全一致的。葉嘉瑩先生在其《王國維及其文學批評》
一書中對此曾有這樣的評述：

　　雖然當靜安先生使用此辭為評詞之術語時，其所取之含義與佛典
中之含義已不盡同，然而其著重於「感受」之特質的一點，則是相同
的。……《人間詞話》中所標舉的「境界」，其含義應該乃是說，凡作
者能把自己所感知之「境界」，在作品中作鮮明真切的表現，使讀者也

可得到同樣鮮明真切之感受者，如此才是「有境界」的作品。[33]

　　這是頗有見地之論。當然從所感知之「境界」到藝術「境界」，還須經過創造，這是王國維在多處強調的，比如他認為一切「境界」都是「寫境」與「造境」的統一等等。

　　這裡又遇到了一個問題，「境界」與「意境」既有如許之不同，那麼王國維為什麼在執筆於一九○七年的《人間詞乙稿序》中，在發表於一九○八至一九○九年的《人間詞話》中，並且直到一九一三年寫成的《宋元戲曲史》中也都使用了「意境」這個範疇呢？我認為原因有二：

　　第一個原因是，「境界」與「意境」雖有差異，卻並不矛盾，二者是互為補充的關係。「意境」是「境界」的主要組成部分，「境界」則是對「意境」的發展和突破。「境界」與「意境」有共同之處，它們都以處理「情」、「景」關係為核心。「情景交融」既是構成「意境」的主要因素，也是構成「境界」的主要因素。清代布顏圖《畫學心法問答》云：「山水不出筆墨情景。情景者，境界也。」王國維把「情」與「景」視為構成一切文學和境界的兩種「原質」：「文學中有二原質焉：曰景，曰情。前者以描寫自然及人生之事實為主，後者則吾人對此種事實之精神的態度也。故前者客觀的，後者主觀的也。」[34]他在《人間詞話》中稱讚辛棄疾的詞：「幼安之佳處，在有性情，有境界。」總之，「境界」離不開「情」、「景」二者。不同的「情」、「景」關係，構成不同的「境界」和「意境」。因此，當論及「情景交融」的藝術境界，王國

33　葉嘉瑩：《王國維及其文學批評》，廣東人民出版社1982年版，頁221。

34　王國維：《文學小言》，《王國維文集》，北京燕山出版社1997年版，頁231。

維有時也採用「意境」一詞。比如《宋元戲曲史》在談到元雜劇時說：
「其文章之妙，亦一言以蔽之曰：有意境而已矣。何以謂之有意境？
曰：寫情則沁人心脾，寫景則在人耳目，述事則如其口出是也。古詩
詞之佳者，無不如是，元曲亦然。」說的便是「情」與「景」交融和語
言的生動自然。

第二個原因我同意葉朗先生的說法，「當王國維談到藝術作品的時
候，『境界』和『意境』基本上是一個概念」[35]，所以有時他便採用「意
境」一詞。比如《人間詞乙稿序》中說：「文學之工不工，亦視其意境
之有無，與其深淺而已。」其中「文學」即是指文學作品，下文接著都
是用「意境」來品評具體的詞人詞作。除此之外，《人間詞乙稿序》之
所以通篇使用「意境」一詞還有兩個因素，一是此序並非王國維的獨
著，而是由他的朋友樊志厚命意，經王國維同意而執筆的，其中自然
有樊志厚的主張；二是此序作於一九〇七年，此時《人間詞話》尚未
寫作和發表，王國維關於「境界」說的思想還沒有形成。到一九〇八
至一九〇九年《人間詞話》完成並發表時，他關於「境界」的學說理
論已經完全成熟和系統化了，他用《人間詞話》來標舉他關於「境界」
的文學主張。所以在《人間詞話》中，他幾乎只使用「境界」或「境」，
據我統計共有四十九處[36]，而使用「意境」的僅有一處，而且如上所
說，是評論具體的詞人——姜夔之詞作的：「古今詞人格調之高，無如
白石。惜不於意境上用力，故覺無言外之味，弦外之響，終不能與於

---

35 葉朗：《中國美學史大綱》，上海人民出版社1985年版，頁612。

36 此統計所據版本為人民文學出版社一九六〇年出版的徐調孚校訂本《人間詞話》，其
中包括王國維編定發表的《人間詞話》六十四則，以及後人蒐集整理的《人間詞話刪
稿》、《人間詞話附錄》，唯《附錄》中《人間詞甲稿序》與《人間詞乙稿序》因作於
《人間詞話》之前，故未統計在內。

第一流之作者也。」所以，當作為一種系統的學說理論和文學主張來提出和論述時，王國維是只使用「境界」這個範疇的，以示這種新的文學理論與主張同傳統的「意境」論是有區別的。

總之，中國古典詩學藝象論經歷了「意象」──「意境」──「境界」三個階段，三者既互相連繫，又互相區別，它們之間是層層包容的關係。作為美學範疇，「意境」大於「意象」，「境界」大於「意境」；「境界」包容「意境」，「意境」包容「意象」。三者環環相套，而「情景交融」是層層相套的三環之中心。當然，構成「意象」、「意境」和「境界」的因素各自都是多方面的，但「情景交融」無疑是其中的基本要素，它是貫穿「意象」──「意境」──「境界」發展過程的一條鏈索，最終走向「境界」。

後　記

　　我們這一代人，對自己的學術道路是既慶幸，又嘆息的。慶幸的是，經過十年的文化荒漠之後，迎來了撥亂反正，自己還能回到學術之旅，有了相對自由的學術空氣。嘆息的是，人生精力最旺盛、思維最敏捷的青春年華被耽誤了。待到重返學術道路，雖然備加努力，但年齡已過不惑。上有老，下有小，居室逼仄，教務繁忙，學術研究只能鑽教學的空當，在臥室兼書房中的那張桌子上進行。待到居室改善，有了書房，書桌變大，而且配了電腦時，卻已兩鬢斑白，神思不濟，學術研究與寫作的速度反而慢了下來。比之現今年輕人既有旺盛的精力，又有做學問的條件，我的內心是十分羨慕的。不過回首往昔，差以自慰的是，還沒有虛擲歲月，也算出版了那麼幾本流著自己心血的書。

　　這本《心物感應與情景交融》是我的第十本著作，但這也許是我掛筆前的最後一本書。掛筆的想法近年時不時冒出來。已經退休了，還寫什麼書呢？看你比不退休還忙，累病了，值嗎？一直用全副精力

支持我、現在卻已患病的老伴，她的話常常引起我的共鳴，然而時不時又為自己的念頭感到慚愧。雖然自己掛不掛筆，對學術界毫無影響，對別人無足輕重，絕不會像某歌星宣告將退出歌壇，有人為之呼號，有人為之哭泣。但作為一個學者，對學術是應該用全部忠誠來對待的，為私念而放棄學術，豈不是對學術的最大不忠嗎？然而再一想，寫了十本書，固然它使我博得了一個教授的頭銜，不過說到稿費，學術著作恐怕是最不「按勞付酬」的了。稿費是出奇的低不說，經常是沒有稿費；沒有稿費不說，還經常要你付出版費，或謂出版資助，否則你就「藏諸深山」吧。現代人寫作，像古人那樣，肯「藏諸深山」以待後人的又有幾個呢？於是到處想辦法，鑽路子，求爹爹，告奶奶，籌集資金；囊不羞澀的，就自掏腰包割肉吧。所以這個領域是特有的「按勞付出」的領域。待到出版了，給你一兩百本「大著」權作「稿費」，你想要錢，就去到處敲門推銷。否則，就到處送人「指正」，外加貼上郵費。我的十本著作，真正拿到稿費的（即使很低），也就兩三本而已。想到這些，也曾咬牙發狠，不再寫了。可是讀書偶有所得，又蠢蠢欲動，禁不住技癢，提筆直書，現在是敲起電腦鍵來了。而且轉念一想，即使是沒有稿費，可你已經當了教授，現在托領導的福，教授的工資漲了，比起當年「教授教授，越教越瘦」的日子，不知好到哪兒去了，所以心裡又平靜起來。

不過臨到此書寫完，這次寫「後記」時，似乎又有點進入大徹大悟了：已經曾為趕寫一本書，一隻眼睛視網膜破裂；又曾為趕寫另一本書，一隻耳朵聾了；要是再為寫書累趴下了，現在正面臨醫療改革，誰為你付醫療費還很難說；要真是臥床不起，子女上班沒法照看你，只能讓本應由我照料的患病的老伴再來照料我，於心何忍？所以應當趁自己還手腳能動、能吃能睡之際，就此打住吧。

　　我能在反反覆覆中堅持寫完此書，還有一個重要的原因：中國人民大學蔡鍾翔教授任這套規模宏大的「中國美學範疇叢書」主編，承他賞識，堅約於我，加之江西百花洲文藝出版社領導傾心支持，大力推出，合同已簽，稿酬預定，無須我到處籌集資金，更無須我為推銷煩惱，此等氣魄，豈非快哉！還應說明的是，此書在寫作過程中汲取了我與倪進等合著的《感應美學》的部分內容，特向他們表示感謝。

　　不過，我還是希望，這是我掛筆前的最後一本書。

郁沅
二〇〇一年六月八日於高溫提前到來之際

昌明文庫·悅讀美學　A0606016

心物感應與情景交融

作　　者	郁　沅
責任編輯	楊家瑜
發 行 人	林慶彰
總 經 理	梁錦興
總 編 輯	張晏瑞
編 輯 所	萬卷樓圖書股份有限公司
排　　版	菩薩蠻數位文化有限公司
印　　刷	百通科技股份有限公司
封面設計	菩薩蠻數位文化有限公司

出　　版　昌明文化有限公司

桃園市龜山區中原街 32 號

電話 (02)23216565

發　　行　萬卷樓圖書股份有限公司

臺北市羅斯福路二段 41 號 6 樓之 3

電話 (02)23216565

傳真 (02)23218698

電郵 SERVICE@WANJUAN.COM.TW

大陸經銷

廈門外圖臺灣書店有限公司

　　電郵 JKB188@188.COM

ISBN 978-986-496-319-5

2020 年 7 月初版二刷

2018 年 1 月初版

定價：新臺幣 440 元

如何購買本書：

1. 轉帳購書，請透過以下帳戶

　　合作金庫銀行　古亭分行

　　戶名：萬卷樓圖書股份有限公司

　　帳號：0877717092596

2. 網路購書，請透過萬卷樓網站

　　網址 WWW.WANJUAN.COM.TW

大量購書，請直接聯繫我們，將有專人為您

服務。客服：(02)23216565 分機 610

如有缺頁、破損或裝訂錯誤，請寄回更換

版權所有·翻印必究

Copyright©2020 by WanJuanLou Books CO.,

Ltd.All Right Reserved　**Printed in Taiwan**

國家圖書館出版品預行編目資料

心物感應與情景交融 / 郁沅作. -- 初版. -- 桃

園市：昌明文化出版；臺北市：萬卷樓發

行, 2018.01

　　面 ；　　公分. -- (昌明文庫. 悅讀美學)

ISBN 978-986-496-319-5(平裝)

1.文學理論 2.文藝評論 3.中國美學史

820.1　　　　　　　　　　107002260

本著作物經廈門墨客知識產權代理有限公司代理，由百花洲文藝出版社授權萬卷樓圖
書股份有限公司出版、發行中文繁體字版版權。